U0939717

名家读唐诗

西渡——编

北京联合出版公司
Beijing United Publishing Co.,Ltd.

图书在版编目（CIP）数据

名家读唐诗 / 西渡编. -- 北京 : 北京联合出版公司，2017.9
（名家领读）
ISBN 978-7-5596-0148-3

I. ①名… II. ①西… III. ①唐诗—诗歌欣赏 IV. ①I207.227.42

中国版本图书馆CIP数据核字（2017）第148735号

名家读唐诗
作　　者：西　渡
选题策划：北京时代光华图书有限公司
责任编辑：宋延涛
特约编辑：徐　泓　卢倩倩
封面设计：新艺书文化
版式设计：冉　冉

北京联合出版公司出版
（北京市西城区德外大街83号楼9层　100088）
北京晨旭印刷厂印刷　新华书店经销
字数408千字　880毫米×1230毫米　1/32　16.25印张
2017年9月第1版　2017年9月第1次印刷
ISBN 978-7-5596-0148-3
定价：49.00元

前　言

唐诗历来被看作我国古典诗歌的巅峰，某种程度上它也是中国人心目中诗歌的标准。鲁迅说，一切好诗到唐时已经做完。话虽有些夸张，但从中国古典诗学的范畴来考察，唐诗确实包罗了诗歌的种种可能性，使得后世很难在它的范围之外另辟一番天地。唐以后的词，虽然在形式上有所变革，但在精神上实在不过是发展了晚唐诗的某种倾向加以渲染而已。宋诗对诗歌的版图有所扩充，却不免显出伧俗气，透出一副竭力做诗的形相，在我们读来总不及唐诗来得自然，来得毫无痕迹。唐诗最感动我们的在于它那蓬蓬勃勃的生命力，诗人仿佛只就其所见、所闻、所感、所想信口道来，而无不是诗，而且总是最好的诗。他们生活在中国历史上最好的一个时期，诗人所经验的正是中国的青春。个人的青春和民族的青春、国家的青春的完美结合,乃有了中国诗歌的青春——盛唐诗人的不朽歌唱。他们旺盛的生命本身就是诗。所以，他们无须做诗，也无须向自身之外求诗，而他们的作品自然诗意丰沛。正如林庚所说，唐诗的气象是浑然一片，无限清新，无限饱满，个别的诗句和全篇完全融合在一起。唐以后的诗不乏佳句，所缺的正是这种浑然的气象。

民族的、国家的、个人的旺盛的生命洋溢为唐诗万象森罗、众妙兼备，极其丰富、极其多彩的个性，在数百年间各逞所能、各呈其媚。张若虚的《春江花月夜》是初唐的顶峰、盛唐诗的一个华美的开篇，享有“孤篇盖全唐”的盛誉。它充溢着闻一多先生所说的“被宇宙意识升华过的纯洁的爱情，又由爱情辐射出来的同情心”；它具有最浓郁的人间情调，又弥漫着深沉华美的出世的玄想。多么出人料想，这一曲敻绝藐远的心灵之歌，却被塑成了唐诗的肉身！就是这个原因，唐人的诗即便现实如杜甫，也总有那么一点出人遐想的非人间的气息。这一个绝世的美人，她的鬓发几乎触着我们的脸颊，却总像要临空飞去！然而，这对唐诗还不够。紧接着，陈子昂又从建安为唐诗引进了苍凉慷慨的风骨。而结合了这倾国倾城的肉身和苍劲风骨的便是气象万千的盛唐诗歌。由于两者结合的程度不同，它一会儿是冲淡闲雅、气度从容的孟浩然、一会儿是空山无人、纤尘不到的王维、一会儿是飘然不群、超尘出世的李白、一会儿又是闳大深约、摹画入微的杜甫。尽管这些诗人个性悬异难以道里计，但却都不同程度地兼具了这个肉与骨。从容如孟浩然，也不妨碍其写“气蒸云梦泽，波撼岳阳城”的豪言；空灵如王维，也不妨碍其写“风劲角弓鸣，将军猎渭城”“大漠孤烟直，长河落日圆”的壮语；奔放如李白，也同样写过“一枝红艳露凝香”“名花倾国两相欢”的艳词；沉郁如杜甫，也不妨写“三月三日天气新，长安水边多丽人”“天寒翠袖薄，日暮倚修竹”……什么是盛唐气象？它就是这个华美肉身和苍劲风骨的浑然结合。随着盛唐诗歌向着中晚唐转移，这个结合中骨的成分逐渐退化，但还不妨碍其创造出完全的、浑然的诗歌。中晚唐诗人中，白居易发展了乐府民歌的叙事技巧加以抒情化；李贺发展了楚辞瑰异的想象加以个性化；杜牧则把唐诗引向了感觉化的方向；李商隐进一步把感觉加以想象的处理，开辟了诗歌的另一番天地；温庭筠则向着肉感的方向不断深入……这些都成为唐诗百花园中珍异的品种。晚唐之后，这个结合才逐渐分解。沿着风骨的一路，逐渐演化为宋诗，而终伤于枯；沿着肉感的一路，演化为五代和宋以后的词，而终伤于熟。中国古典诗歌由此逐渐走上了一条下坡路。创造的能量仿佛在有唐一代得到了一次集中的释放，此后就难以为继了。诗歌的盛世景象遂成绝响。

唐诗也是中国古典诗歌中诗歌精神最充沛、最丰盈的一个阶段。现代诗人、小说家废名有一个意味深长的说法。他说，中国旧诗在文字上是诗的，在内容上却是散文的；新诗在文字上是散文的，而内容上却是诗的。废名所说的这个“诗的内容”是指什么呢？我理解它就是诗的情绪、诗的感觉。诗歌作为一种文学艺术的样式，它的写作应该始于一种创造性的发现，也就是对世界、对心灵的一种个性化、独特的领悟。诗歌写作的过程就是给这个“诗的内容”寻找恰当的形式的过程。这正是新诗所走的路子。而旧诗所走的路子正好相反。它是先有诗歌的形式，写作的过程是为这样一个形式填进内容的过程。如果说新诗所走的路子是“情生文”，旧诗的路子就是“文生情”。旧诗的写作过程与其说是一个创造的过程，不如说是一个演奏的过程，它在一般缺少才情的诗人手中很容易落入废名所谓“按谱行事”“做题目”的格套。结果旧诗中填进去的多数不过是散文的内容。因为作者写诗的时候本来并没有诗的情绪、诗的感觉。社交应酬、政治议论加上一点点伤春悲秋、感时伤世的小感慨，几乎可以概括大部分旧诗的内容。因此，旧诗的“诗”正是靠它的形式，它的特别的文法，它的音节维持着。如果没有了这个形式，很多旧诗就直同散文无异。这也是旧诗无法译成白话，也难以译成其他语言的原因。因为你一旦将其译成其他语言，势必破坏它的形式，而一旦失去了这个“诗的形式”，它就成了并不高明的散文。在这种情形下，诗歌要表现作者的个性、诗人的创造，就有点“危乎殆哉”。唐朝是我国近体诗格律不断规范的时代，但唐诗却能逃脱旧诗的形式化倾向所规定的路子，创造出诗的情绪、感觉最饱满，诗人个性最丰富的诗篇。日趋严格的形式并没有束缚诗人的创造力，相反他们超绝的想象在形式的限制下上天入地、纵横驰骋，比任何时代的古典诗人都表现得更为自由。严格的形式也没有限制住他们的个性，每一个诗人都是一个独特的人，性情、面目完完全全是他们自己的，差不多每一首诗都完完全全地表现着他们自己。这真是一个自由创造的时代！一个人的时代！这也正是唐诗最令我们着迷的一点。

对于这样一笔丰厚的精神遗产和文学遗产，我们不仅要懂得欣赏，而且要用新的眼光去发现它蕴涵的独特价值，在新的历史条件下将其转化为我们自身的财富。这是一个富有挑战性的课题。五四新文学运动以来，我国几代学人和作家都在这方面进行了很多的努力，积累了可观的成果。但是他们的文章往往散见于报章杂志和个人的文集、专集中，一般读者不容易见到。为此，编者就自身目力所及，从大量的唐诗解读、赏析文章中，选编了三十二位重要的现代诗人、作家、学者解读唐诗文章五十七篇，涉及唐诗十八家、六十七首。这里涉及的原作都是素有定评的名作，而且多为这些诗人的代表作品。所以，虽然数量有限，却在一定程度上代表了唐诗取得的伟大成就。对一些重要的作品，编者特意选辑了多个作者从不同角度所做的解读，以激发读者独立思考、自我探索的兴趣。另外，斯蒂芬·欧文以一个西方学者的身份所做的唐诗研究，往往能独辟蹊径，发我国学者所未发，近年来在我国学界和诗歌界产生了很大的影响。编者也从他的几本中国古典诗歌论集中，选取了几个集中论述某些唐诗篇章的片断，希望为读者欣赏唐诗提供不同的视角。林庚先生的《盛唐气象》是我国唐诗研究领域的重要论文，对读者总体上把握盛唐诗歌的特征极有助益。事实上，盛唐气象不仅是盛唐诗歌的特征，也可以视为整个唐代诗歌的一个重要征候。初唐是它的酝酿，盛唐是它的集中表现，中晚唐则是它的流风余韵。特将之冠于卷首，作为全书的代序。希望本书对广大唐诗爱好者了解唐诗、欣赏唐诗有所助益。不当之处，诚望海内方家不吝指正。

西　渡

盛唐气象[①]
（代序）

林 庚

盛唐是中国古典诗歌的全盛时期，这全盛并不是由于量多，而是由于质高。当然盛唐比起初唐来，诗的数量是较多的，但是比起中晚唐来，它却是较少的。《全唐诗》所收诗的比例，除五代及生平不明的作家（这些人一般的作品也都很少）外，初唐诗人约为二七〇人，作品约二七五七首；盛唐诗人约为二七四人，作品约六三四一首；中唐诗人约为五七八人，作品约一九〇二〇首；晚唐诗人约为四四一人，作品约一四七四四首。按照这个数字，如果画成曲线，中唐显然在人数和作品数量上都是高峰，然而我们却说盛唐时代是唐诗的最高峰，这里正是就质量而言。

盛唐时代前后约半世纪，初唐时代则前后约一世纪。从发展上看，盛唐时代的诗坛盛况对于初唐说乃是加速飞跃的；而中唐的八十年，

① 林庚（1910—2006），现代诗人、古代文学学者、文学史家，历任厦门大学、燕京大学、北京大学中文系教授，著有《唐诗综论》《诗人屈原及其作品研究》《天问论笺》《诗人李白》《中国文学简史》等古典文学研究专著及《春野与窗》《问路集》等新诗集。有《林庚诗文集》（清华大学出版社）九卷行世。本文选自林庚《唐诗综论》，人民文学出版社 1987 年版。

虽然数量增多了，在某些方面，并且也取得了新的成就，但从发展上看却是在减速中，是在深入与浅出难以统一的过程中。这样，到了晚唐便自然地更为无力了。如果事物发展速度可以说明它本质的一面，那么盛唐时代的诗歌发展就正是处于最蓬勃健旺的时刻。

一、盛唐气象是反映盛唐时代的

盛唐气象所指的是诗歌中蓬勃的气象，这蓬勃不只由于它发展的盛况，更重要的乃是一种蓬勃的思想感情所形成的时代性格。这时代性格是不能离开了那个时代而存在的。盛唐气象因此是盛唐时代精神面貌的反映。然而我们如果以为诗歌是像照像机似的，在反映时代的精神面貌时，乃是完全亦步亦趋，则也是不尽然的。因为文学之反映现实经常是通过作者的思想感情来表现的，特别是古典的抒情诗歌，作者的世界观与作品的艺术形象经常是统一的。当然这并不等于说在古典抒情诗中就没有主客观矛盾的现象。例如唐初王绩的一首名诗《野望》：

东皋薄暮望，徙倚欲何依。树树皆秋色，山山唯落晖。牧童驱犊返，猎马带禽归。相顾无相识，长歌怀采薇。

作者是隋末的遗民，对于唐代新的统一局面是怀着遗民的寂寞之感的。这首诗的主题，所谓“东皋薄暮望，徙倚欲何依……相顾无相识，长歌怀采薇”，也正是表达了这遗民之感的。可是这首诗之所以成为唐初的名作，却并不因为这个主题，而是由于中间四句“树树皆秋色，山山唯落晖。牧童驱犊返，猎马带禽归”的醒目的形象。这形象比一切唐初的诗篇更早的反映出了在新的统一局面下和平生活的环境与人民各得其所的心情，这也就是这首诗之所以具有文学史上突出的价值。而这一种对于时代的礼赞，它原是遗民的世界观中所没有的，却正是客观上现实存在的。这里客观的反映是突破了作者的世界观而出现的。然而一般的情况，在古典抒情诗里这样的现象是稀少的，至少是不明显的。一般的情况，时代的精神面貌经常是通过它所赋予作者的世界观与它所孕育的作者的性格而出现的。这就必然发生一种现象：诗歌中所反映的时代精神面貌，不免会稍迟于那个时代现实的发展。因为认识既经常落后于形势，那么诗人能充分认识新的现实也就经常需要一段短暂的时间，同时诗人们要改变他们已经形成的世界观与前一阶段所孕育成熟的性格也需要一段短暂的时间，这就不能那么紧凑的亦步亦趋了。事实上开元之初，继承了武则天王朝的发展，整个社会已经是进入上升的高潮，然而诗坛盛况却还要等到开元中叶才更有力的普遍展开。《河岳英灵集》叙所以说：

贞观末（近650年），标格渐高；景云（710年）中，颇通远调；开元十五年（727年）后，声律风骨始备矣。

景云中其实也就是开元（713年）前夕。可是为什么要等到开元十五年后，“声律风骨始备”呢？这就是说一种“气象”或“风格”孕育成熟，原不是一朝一夕之事。远而如代表建安时代的诗人曹植，他的名作大部分是在建安的后期，有的则还到了建安之后。而历代归之于盛唐诗歌成就之一的岑参的大量边塞诗，却正是写在安史乱前不久的。一个时代的影响之来既不是突然而来，一个时代的影响之去，也不会是突然而去。特别是在几千年的长期封建社会中，其发展原是缓慢的；人们需要十年八年或更长的时间来充分认识它，乃是自然的事情。安史之乱作为唐代高潮的分水岭，也作为几千年封建社会发展的分水岭，这意义当时人是很少察觉的，甚至除了李白、杜甫之外，诗人们几乎都没有反映这一重大的事件。特别由于从安史之乱到长安收复，为期不过两年，更容易使当时的人们认为这不过是偶然短暂的不幸而已。那么安史乱前，即使社会上黑暗面的抬头已经露出端倪，也就还难于立即改变开元盛世所长期孕育的普遍的生活感情。至于黑暗面与光明面的矛盾斗争这是任何时代都有的。盛唐时期，其间的对比也是在渐变的发展中，总的说来，在征云南战役（天宝十载，751年）之前社会的精神面貌，光明面仍是占着上风的，所以李白《古风》说：

白日曜紫微，三公运权衡；天地皆得一，澹然四海清。

这就是李白对于征云南前夕社会的描写。当时宰相李林甫阿附权贵、杀害贤能，的确是开明政治的破坏者。但李林甫还有自知之明，在开明政治传统的压力下，仍然不敢十分胡作非为。历史上说他为了保持自己的相位，排除异己，却又尽量的在各项措施上照规矩办事；这就使得直到天宝十载，整个的情况还是平稳的。而杨国忠则是一个好大喜功大胆妄为的人。这样到了天宝十一载杨氏独揽大权，十二载十三载连年饥荒，局势才显得严重起来。而安史乱后，唐帝国还维持了一个半世纪左右，说明在这划时代的转折点后，一方面固然是开始面向下坡路，一方面也并非就立即一落千丈、分崩离析。而安史乱前正如李白《古风》所说：

一百四十年，国容何赫然。

其间虽然有矛盾、有曲折，总的是统一在一个发展的盛况中，这就是盛唐气象的根据。

二、盛唐气象与陈子昂

盛唐气象是反映着时代精神的，然而如果以为一谈盛唐气象便是歌功颂德，则显然又是错误的。歌功颂德指的是对于封建统治阶级的阿谀，是从来也不代表盛唐气象的那些应制诗之类的主要内容。而盛唐气象所歌颂的是人民的胜利，离开了人民的胜利就无所谓盛唐气象。唐代的盛世是由于隋末农民起义迫使统治阶级作了让步，是由于建安以来成长起来的民主要求在这一基础上的更为高涨，才使得封建社会顺利发展了它的上升阶段。而这些都是人民的斗争成果。盛唐时代并不是统治阶级好心的赐与，歌颂这一时代因此与所谓歌功颂德并无相同之处。相反的，歌颂盛唐时代正是要歌颂那促进现状更为富于解放的精神力量，歌颂那人民在胜利中饱满的生活情绪与自豪感。陈子昂作为盛唐诗坛的先驱，也是盛唐气象与建安风骨之间的桥梁，而陈子昂就是并不满足于现状的。他的最有名的《登幽州台歌》：

前不见古人，后不见来者。念天地之悠悠，独怆然而涕下！

这动人心魄的诗篇，它鼓舞了人们的事业心，增强了突破现状的豪迈气质，一种追求理想的热情，一种积极浪漫主义精神的新鲜品质，它乃是陈子昂在诗歌史上给人们最深刻最难以磨灭的印象。而我们如果却以为陈子昂主要的是在这里揭露黑暗，或者说是在这里反映了一个没落无望的时代，岂不违背历史真实吗？实际上陈子昂在这里所揭开的正是盛唐的序幕。这就说明反映一个上升时代的诗篇原不是一味歌咏升平的，当然更不是什么歌功颂德了。陈子昂在诗歌主张上与李白是先后相映成辉的，陈子昂的《登幽州台歌》等也与李白的《行路难》等一类篇章有极多共同之处。如果陈子昂所反映的时代竟是没落的，李白所反映的时代也竟是没落的，那么历史上还有什么唐代上升的高潮呢？如果他们之中一个是反映了上升的时代，一个却是反映了没落的时代，那么我们将如何来理解他们之间从诗歌主张到诗歌创作上的许多共同之处？事实上陈子昂是呼唤着盛唐时代的，李白是歌唱了盛唐时代的；他们之间原极为相近。而孕育这样诗人的正是一个半世纪所形成的一个上升发展的时代高潮。把盛唐气象错误地理解为歌功颂德，或者把富于解放精神的诗篇又简单地理解为是反映了矛盾的激化，这就必然造成了认识上的混乱。

矛盾是社会发展中不可缺少的因素，而我们却要求反映当时上升发展的诗篇中没有矛盾，这是可能的吗？不理解这一点，陈子昂唤起了整个时代注意的《登幽州台歌》发生在盛唐时代的前夕，也就几乎成为不可理解的事情。

三、盛唐气象与建安风骨

中国诗歌史上，作为一个理想的诗歌时代，唐代以前大都向往于建安，唐代以后则转而醉心于盛唐。盛唐气象乃是在建安风骨的基础上又发展了一步，而成为令人难忘的时代。对于建安风骨的大力提倡，首先有梁代优秀批评家钟嵘的《诗品》，之后就是陈子昂了，他的《与东方左史虬修竹篇序》说：

汉魏风骨，晋宋莫传！

这有力的语言指出了唐诗明确的方向。之后李白《古风》说：

自从建安来，绮丽不足珍。

又《宣城谢朓楼饯别校书叔云》[1] 中说：

蓬莱文章建安骨，中间小谢又清发。俱怀逸兴壮思飞，欲上青天览明月。

而专选盛唐的殷璠《河岳英灵集》则说：

开元十五年后，声律风骨始备矣。言气骨则建安为俦，

---

① 即《宣州谢朓楼饯别校书叔云》。

论宫商则太康不逮。

可见风骨乃是建安诗歌的特点，也是唐诗的优良传统。所以论到高适则说：

适诗多胸臆语，兼有气骨。

论到崔颢则说：

晚节忽变常体，风骨凛然。

然则盛唐气象之继承了建安风骨，盖为无可争辩的历史事实。那么盛唐时代与建安时代到底有什么共同之处呢？盛唐气象与建安风骨又有什么不同点呢？要说明这个问题，首先就必须了解建安时代乃是一个解放的时代，那是从两汉的宫廷势力之下解放出来，从沉闷的礼教束缚之下解放出来；于是文学也就有力地从贵族文学中解放出来，带着人民胜利的心情、民主要求的信念；一种自由奔驰的浪漫的气质、富于展望的朗爽的形象，这就构成建安风骨的精神实质。而唐代也正是从六朝门阀的势力下解放出来，从佛教的虚无倾向中解放出来、从软弱的偏安与长期的分裂局面下解放出来，而表现为文学从华靡的倾向中解放出来，带着更为高涨的胜利心情，更为成熟的民主信念，更为豪迈的浪漫气质，更为丰富的朗爽的歌声，出现在诗歌史上。而初唐社会上残余的门阀势力与诗歌中残余的齐梁影响，到了盛唐就一扫而尽。这一种解放的力量，也就是建安风骨真正的优良传统。而这样一种发展的力量与社会上的落后势力、保守势力能没有抵触吗？它乃冲击为绚烂的浪花，反映为复杂的歌唱，而总的则统一为人民胜利的声音，这也就是令人向往的“盛唐之音”。唐代的宏伟的力量，表现在经济上，表现在文化上，表现在边防上，也就广泛地表现在日常生活之中。这些力量如果不是人民的力量，那么是谁的力量呢？而解放了这些力量的如果不是人民自己那么又是谁呢？这也就是蓬勃的盛唐气象的实质。然而我们有些人却以为盛唐气象必然是歌功颂德，在这里似乎也就没有看见盛唐时代中人民的力量，或者是以为盛唐时代中人民是没有力量的，那么要歌颂只能是歌颂统治力量了。关于盛唐气象的许多争辩，问题就在这里。

建安是一个解放的时代，但也是一个艰苦的时代。这艰苦由于这时代是出现在一个兵荒马乱的废墟之上的，这艰苦又由于这时代还缺少一种保证这个解放的有效的经验，因为一切都似乎是草创的。一种荒凉高亢的歌声，所谓“惊风飘白日”“高台多悲风”，就是建安风骨的基调。而盛唐时代是出现在百年来不断上升的和平繁荣的发展中，是有了几百年来成熟了的封建社会中民主斗争的方式，它是一个进展得较为顺利的解放中的时代。一种春风得意一泻千里的展望，所谓“天生我材必有用”“黄河之水天上来”“大道如青天”“明月出天山”，这就是盛唐气象与建安风骨，同为解放的歌声，而又不全然相同的地方。当然，为保证并发展这一解放的高潮，就得不断地斗争，就不得不有能禁得起艰苦考验的风骨，建安风骨因此是具备在盛唐气象之中的，也是盛唐气象的骨干。没有这个骨干，盛唐气象是不可能出现的，这就是为什么陈子昂高倡风骨在诗歌史上具有那么重大的意义，也就是李白之所以赞美“建安骨”的根据。然而盛唐气象又不止于这个“骨”，它还有丰实的肌肉，而丰实的肌肉也就更为有力的说明了这个“骨”。如果建安风骨无妨以刘桢的《赠从弟》一诗为例：

亭亭山上松，瑟瑟谷中风。风声一何盛，松枝一何劲。
冰霜正惨悽，终岁常端正。岂不罹凝寒，松柏有本性。

这正是《诗品》所赞美的“真骨凌霜，高风跨俗”了。那么盛唐气象就是“阳春召我以烟景，大块假我以文章”的大地回春的歌声。它们在本质上是一个东西，而盛唐气象却进一步显示出这个本质在生活中起了更为丰富的作用。它潜移默化，无往而不存在，因此只能说是一片气象，而非素朴的风骨所能尽了，它乃是建安风骨的更为丰富的展开。

盛唐气象正如建安风骨，传统上是诗歌上的一个概念。它是反映盛唐时代的，但历来人们并不把它直接作为一个时代的精神面貌来理解，虽然它是反映着盛唐时代的精神面貌的。它与人民的力量受到束缚压抑的时代的诗歌有着显然不同的基调。这后者正是所谓矛盾尖锐的时代。这在长期封建社会中乃是民不聊生而又找不到出路的时候。反映在诗歌上其基调是黯淡的，仿佛在灰沉沉的天气里，一切色调都失去了光彩。而盛唐气象正如建安风骨其基调是朗爽的，色调是鲜明的。这里，盛唐诗歌的色调则要比建安更为鲜明，其基调也更为爽朗。盛唐气象之与建安风骨，其关系正是这样的。

四、盛唐气象是一个具有时代性格的艺术形象

什么叫做盛唐气象呢？或者先说什么叫做气象呢？唐皎然《诗式》说：

> 气象氤氲，由深于体势。

而其《明势篇》又说：

> 高手述作，如登荆巫，觌三湘、鄢、郢之盛，萦回盘礴，千变万态。或极天高峙，崒焉不群，气盛势飞，合沓相属；或修江耿耿，万里无波，欲出高深重复之状。古今逸格，皆造其极。

“明势”就是阐明体势的，所谓“气盛势飞”也就是气象与体势的关系。而“高手述作，如登荆巫，觌三湘、鄢、郢之盛，萦回盘礴，千变万态”，正是盛唐气象的概念了。皎然与殷璠约为同时人，所谓“气象氤氲”的概念正是在盛唐诗歌的基础上形成的，而后人向往于盛唐也就是向往于这个气象。姜夔在《白石道人诗说》里说：

> 气象欲其浑厚，其失也俗；体面欲其宏大，其失也狂。

这里所说的“体面”约同于《诗式》所说的“体势”，所谓“其失也狂”也正可以说明所谓“宏大”乃是“气盛势飞”的，所以其“失”

才会“狂”。而这里所说的“气象欲其浑厚”也就是《诗式》的“气象氤氲”，因其是“浑厚氤氲”的，所以似浅而实深，似俗而实高。《沧浪诗话》说：“盛唐人有似粗而非粗处，似拙而非拙处”，若竟是粗拙便是俗了；这正是盛唐诗歌“深入浅出”的造诣。使得三言两语就抵得无尽的言说，这也就是“氤氲”与“浑厚”了。因此《诗式》中序说：

> 至如天真挺拔之句，与造化争衡，可以意会，难以言状。

《白石道人诗说》则引东坡的话：

> 言有尽而意无穷，天下之至言也。

他们都强调诗歌的最高造诣就是丰富到不可尽说，完整到天真自然。而我们今天应当进一步的了解，能达到这样造诣，固然有待于诗歌的艺术修养，而更主要的还是诗歌的生活内容。没有丰富而深厚的生活内容，艺术修养也是无法提高的。而盛唐诗歌中普遍存在的“浑厚”“氤氲”的气象，证明它不单是属于某一个诗人的，而乃是整个时代精神面貌的反映。

蓬勃的朝气，青春的旋律，这就是“盛唐气象”与“盛唐之音”的本质。朱彝尊的《静志居诗话》里所以引有这样的一段话：

> 唐诗色泽鲜妍，如旦晚脱笔砚者；今诗才脱笔砚，已是陈言。

这一个富于创造性的解放的时代，它孕育了鲜明的性格，解放了诗人的个性，使得那些诗篇永远是生气勃勃的，如旦晚才脱笔砚那么新鲜，它丰富到只能用一片气象来说明。当然“气象”二字是一个更为抽象的概念，不像风骨本身那么具体，然而“盛唐气象”却与“建安风骨”同样是具体的，它是古代诗歌中理想的艺术形象。它之所以用了一个比风骨更为抽象的概念，正因其内涵的更为丰富，而当这个抽象的概念得到了具体的说明，它就具有更为广泛的典型意义。这就是“盛唐气象”所以在“建安风骨”之后成为古代诗人们普遍向往的造诣。

五、《沧浪诗话》论盛唐气象

论“盛唐气象”最集中的，莫过于严羽的《沧浪诗话》。这一部批评名著，其中心命题就是高倡“盛唐气象”。

《沧浪诗话》的见解事实上也是继承了“建安风骨”到“盛唐气象”这一传统的认识，集中了自《诗品》以至《诗式》各家的见解，而最后得出了结论：

> 推原汉魏以来，而截然谓当以盛唐为法。虽获罪于世之君子不辞也。

他说：

> 论诗如论禅，汉魏晋与盛唐之诗则第一义也。

这里所谓汉、魏、晋也就是指的建安风骨，他说：

> 黄初之后，惟阮籍《咏怀》之作极为高古，有建安风骨。

又说：

> 晋人舍陶渊明、阮嗣宗外，惟左太冲高出一时。[1]

而钟嵘《诗品》论陶渊明则说他“兼协左思风力”（钟嵘称“建安风力”与“建安风骨”实为一义）。《沧浪诗话》之所以在传统的“汉魏风骨”的概念中又加上了晋，也就是认为阮籍、左思、陶渊明是具有建安风骨的。这一优良的传统，到了盛唐乃发展得更为理想更为丰富，所以说“盛唐人诗，无不可观者”“推原汉魏以来，而截然谓当以盛唐为法”。

《沧浪诗话》说：“诗之法有五：曰体制、曰格力、曰气象、曰兴趣、曰音节。”这里分开来说则为五，合起来说则都可以说是气象，如曰：

> 《西清诗话》载晁文元家所藏陶诗，有《问来使》一篇云：“尔从山中来，早晚发天目。我屋南山下，今生几丛菊？蔷薇叶已抽，秋兰气当馥。归去来山中，山中酒应熟。”余谓此篇诚佳，然其体制气象，与渊明不类，得非太白逸诗，后人谩取以入陶集耶？

---

① 阮嗣宗即三国魏诗人阮籍，左太冲即西晋文学家左思。

曰“体制气象”则正如《诗式》所云“气象氤氲，由深于体势。”二者乃是密切相关的。而《沧浪诗话》之论诗体则有“建安体”“正始体”“盛唐体”“晚唐体”“少陵体”“太白体”等，则所谓“体制”，这里正是时代或作家的风格。至于“音节”，则《沧浪诗话》说：

> 下字贵响，造语贵圆。
>
> 孟浩然之诗，讽咏之久，有金石宫商之声。

则所谓“音节”也正如《河岳英灵集》所说：“开元十五年后，声律风骨始备矣。”所指绝非仅在于平上去入，双声叠韵的追求而已。（《河岳英灵集》对于专意追求这些的人，认为是“攻异端、妄穿凿”“虽满箧笥，何以用之！”）而《白石道人诗说》说：“一家之语，自有一家之风味，如乐之二十四调，各有韵声。”风味也就是风格，而比之“声”“调”，这一传统用法盖早源于《典论论文》，则《沧浪诗话》的“音节”也仍指的是形象风格。我们无妨说《沧浪诗话》所举的五项之中，“体制”“音节”是比较外在的部分，而“格力”“气象”“兴趣”则是其中心环节。《诗式》邺中集一节论代表建安风骨的曹植、刘桢时说：

> 语与兴驱，势逐情起。不由作意，气格自高。

这里的“兴”“情”，也即《沧浪诗话》的“兴趣”，这里的“气格”，也即《沧浪诗话》的“格力”。它们与“风骨”“气象”本质上实为一物。所以《沧浪诗话》说：

诗者，吟咏情性也，盛唐诸人，惟在兴趣。

而用之以全面概括诗人风格造诣的，于《沧浪诗话》中则是“气象”，如曰：

唐人与本朝诗，未论工拙，直是气象不同。

所谓：

大历以前分明别是一副言语，晚唐分明别是一副言语，本朝诸公分明别是一副言语。

又如说：

“迎旦东风骑蹇驴”绝句，决非盛唐人气象。

这里更突出的是《沧浪诗话》不但用“气象”来说明盛唐诗歌，而且也用“气象”来说明汉、魏、建安或其他时代的诗作，则“气象”乃是最具有概括性的了。如曰：

汉魏古诗，气象混沌，难以句摘。

又说：

建安之作，全在气象，不可寻枝摘叶。

虽谢康乐拟邺中诸子之诗，亦气象不同。

然则建安风骨也正是一种气象。而《沧浪诗话》的《答出继叔临安吴景仙书》又说：

盛唐诸公之诗，如颜鲁公书，既笔力雄壮，又气象浑厚。

然则气象最高的标准就要达于浑厚，这也是《诗式》《诗说》所共同的，《诗式》说：

要气足而不怒张。

《诗说》说：

体面欲其宏大，其失也狂；血脉欲其贯穿也，其失也露。

《答出继叔临安吴景仙书》论对于“盛唐之诗”的按语时说：

于诗则用“健”字不得，不若诗辨“雄浑”“悲壮”之语，为得诗之体也。毫厘之差，不可不辨。坡、谷诸公之诗，如米元章之字，虽笔力劲健，终有子路未事夫子时气象。……只此一字，便见我叔脚根未点地处。

“雄浑”“悲壮”是《沧浪诗话》中所谓“诗有九品”之中的二品，这“品”也即风格的意思，而这里又说“得诗之体”，可见体实兼有风格之意，而风格的中心则归之于气象，气象的标准则要达于浑厚。盛唐气象既是气象的最高理想，所以“用健字不得”，因为“健”字有“怒张”“狂”“露”的倾向，所以说“终有子路未事夫子时气象”，唐司空图《二十四诗品》第一篇就是“雄浑”，所谓：

反虚入浑，积健为雄，具备万物，横绝太空。

古人以为“健”要累积起来才够得上“雄”，则“健”的概念还是不够深厚的，而“盛唐气象”之所以是“浑厚”“雄浑”，正因其是“具备万物，横绝太空”，这就是“盛唐气象”的本质。

《沧浪诗话》说：“汉魏古诗，气象混沌，难以句摘”，那么与“盛唐气象”的“浑厚”又有什么区别呢？这就还要从它另一个论诗的角度来理解，那就是《沧浪诗话》论“悟”的地方。“悟”原是禅宗的说法，有“渐悟”“顿悟”之分。《沧浪诗话》实是借其“顿悟”的说法来说诗。所谓：

谓之直截根源，谓之顿门，谓之单刀直入也。

《沧浪诗话》借用了这个“悟”字说诗，吴景仙曾表示反对，所以《答出继叔临安吴景仙书》说：“我叔谓说禅非文人儒者之言。本意但欲说得诗透彻，初无意于为文，其合文人儒者之言与否，不问也。”那么《沧浪诗话》所说的“悟”到底是什么呢？其实就是对于形象的捕逐。韩愈诗："我愿生两翅，捕逐出八荒。精诚忽交感，百怪入我肠。"诗人们凭着丰富的想象翅膀在广阔的空间中飞翔，捕逐他要塑造的形象；这正是所谓"文章本天成，妙手偶得之"了，所以《沧浪诗话》说：

且孟襄阳学力下韩退之远甚，而其诗独出退之之上者，一味妙悟而已。

"悟"既是"捕逐"，"妙悟"也就是"妙手偶得之"。而形象乃是最直接的感受，这也就是"直截根源""单刀直入"，这个意见也是本于钟嵘《诗品》的说法。《诗品》说：

至于吟咏情性，亦何贵于用事："思君如流水"，既是即目；"高台多悲风"，亦惟所见；"清晨登陇首"，羌无故实；"明月照积雪"，讵出经史？观古今胜语，多非补假，皆由直寻。

《诗品》这里所说的"直寻"，也就是要捕逐"高台多悲风""明月照积雪"这么鲜明直接的形象。而《沧浪诗话》又有与《诗品》如出一辙的大段论述。他说：

诗者吟咏情性也。盛唐诸公……言有尽而意无穷。近代诸公乃作奇特解会。遂以文字为诗，以才学为诗，以议论为诗，夫岂不工，终非古人之诗也。盖于一唱三叹之音，有所歉焉！且其作务多使事，不问兴致。用字必有来历，押韵必有出处。读之反复终篇，不知着到何处！

《诗品》的“羌无故实”“讵出经史”“皆由直寻”，正是《沧浪诗话》的“一味妙悟”“直截根源”“单刀直入”。《诗品》反对的“补假”，也就是《沧浪诗话》所反对的“以文字为诗”“以才学为诗”。至于“以议论为诗”，又见于他所说的：

夫诗有别裁，非关书也；诗有别趣，非关理也。然非多读书，多穷理，则不能极其至。所谓不涉理路，不落言筌者，上也。

他以为诗人要有高度的艺术成就则需要平时多读书、多穷理，然而到了写诗时，却又要“不涉理路，不落言筌”，正因为诗所要捕逐的乃是最直接的形象，而这个形象应当自然含有平时所“读”的“书”、所“穷”的“理”在内，所以说“唐人尚意兴，而理在其中”。而这个“意兴”，到了汉魏则是：

汉魏之诗，词理意兴，无迹可求。汉魏古诗，气象混沌，难以句摘。

我们若再证之以《沧浪诗话》的另一段话：

惟悟乃为当行，乃为本色。然悟有深浅，有分限，有透彻之悟，有但得一知半解之悟，汉魏尚矣，不假悟也……盛唐诸公透彻之悟也。他虽有悟，皆非第一义也。

盛唐诗人，惟在兴趣。羚羊挂角，无迹可求。故其妙处，透彻玲珑，不可凑泊。

总结上面的话就是说，汉魏是“气象混沌”“不假悟也”“词理意兴，无迹可求”。盛唐是“气象浑厚”“透彻之悟”“尚意兴而理在其中”“惟在兴趣……玲珑透彻”。如果“悟”是对于形象的捕逐，那么，汉魏就是还不曾有意去捕逐，而是听其自来的，所以说“不假悟也”；盛唐则是认识到捕逐而且达于深入浅出的造诣，所以是“透彻之悟”。汉魏既然还没有致力去捕逐形象，所以形象是淳朴的，又是完整的，因此“难以句摘”；如同还没有开采的矿山，这也就是“气象混沌”。而盛唐则由于致力捕逐而获得最直接鲜明的形象，它好像是已经展开来真金美玉的矿藏，美不胜收的放出异样的光彩，这就不能说是混沌，只能说是浑厚了。然则《沧浪诗话》所说的“悟”就是形象的捕逐。所说的“意兴”或“兴趣”就是“想象”的飞翔。所说的“透彻”就是深入浅出直接了当；所以他说：“诗贵透彻，不可隔靴搔痒。”所说的“气象”就是风格形象。而所谓的“浑厚”则在于说明这个风格形象的蓬勃饱满，这也就是盛唐时代精神面貌的反映。

六、盛唐气象的艺术特征

盛唐气象正是凭借着生活中丰富的想象力，结合着自建安以来诗歌在思想上与艺术上成熟的发展，飞翔在广阔的朝气蓬勃的开朗的空间，而塑造出那个时代性格的鲜明的形象。那么这个形象的艺术特征，就不可能离开那个时代而存在，它的艺术特征与时代特征因此是不可分割的。

盛唐气象最突出的特点就是朝气蓬勃，如旦晚才脱笔砚的新鲜，这也就是盛唐时代的性格。它是思想感情，也是艺术形象，在这里思想性与艺术性获得了高度的统一，我们如果以为只有揭露黑暗才是有思想性的作品，这说法是不全面的，我们只能说属于人民的作品是有思想性的作品，而人民不一定总是描述黑暗的。以艺术的重要渊泉民歌为例，绝大多数的民歌是歌唱爱情的，以《国风》而论，像《硕鼠》一类的篇章究竟是占少数的。人民要求幸福的生活，当然就形成与黑暗面敌对的力量，这里为什么没有思想性呢？它的思想性就因为它是属于人民的。有人又以为唐诗中的积极浪漫主义精神是不满足于现状的，因此它必然是在揭露黑暗，这说法也是不合逻辑的；不满足于现状固然可以是揭露黑暗的，但也可以是追求理想的，而积极浪漫主义精神一般的理解，特别是表现在中国古典诗歌中，往往正是属于后者；屈原的《九歌》不用说，没有具体揭露什么黑暗面，就是屈原最有代表性的《离骚》，给我们最深刻的印象也是强烈的追求理想追求光明的性格形象，很少具体黑暗面的描述。当然追求光明就会与黑暗面形成敌对，这原是矛盾的两面；可是作者究竟是带着更多黑暗的重压，还是带着更多光明的展望来歌唱，这在形象上是有所不同的，这里事实上正是一个时代精神面貌的反映；当现实中光明的力量被压抑而黑暗势力横行的时候，揭露黑暗就成为主要的手法；当光明的力量得到发展，而黑暗势力不得不退让的时候，热情的追求理想就成为最直接的歌唱。屈原的时代正是先秦迅速发展的时代，也是中国古代经济、政治、文化，各方面跃进得最澎湃的时代，屈原作品中华采缤纷的形象正是这一时代的写照；这与他具有积极的浪漫主义精神，以及浪漫主义的创作方法乃是一致的。而李白出现在盛唐时代的高潮中，其情形也正复相似。李白《古风》中少数揭露黑暗的诗篇，只是李白诗歌成就的一方面，而李白诗歌上主要的成就，李白在诗歌史上典型的形象，却是他的“斗酒诗百篇”的那些豪迈的乐府篇章，这里追求理想乃是它的主要方面。李白之所以被目为是具有积极浪漫主义精神的诗人，李白诗歌之表现为采取了浪漫主义的创作方法，主要也表现在这方面的作品上，而不是他那较少的《古风》中。李白是盛唐时代最典型的诗人，整个盛唐气象正是歌唱了人民所喜爱的正面的东西，这里反映了这时代中人民力量的高涨，这也就是盛唐气象所具有的时代性格特征；它是属于人民的，它是人民所喜爱的，它是与黑暗力量、保守势力相敌对的，这就是它的思想性。

盛唐时代是一个统一的时代，是一个和平生活繁荣发展的时代，它不同于战国时代生活中那么多的惊险变化。因此在性格上也就更为平易开朗。《楚辞》比起《国风》来要复杂得多，曲折得多，而唐诗则反而与《国风》更为接近；这一个深入浅出而气象蓬勃的风格，正是盛唐诗歌所独有的。王维的《少年行》：

新丰美酒斗十千，咸阳游侠多少年。相逢意气为君饮，系马高楼垂柳边。

高适的《营州歌》：

营州少年厌原野，狐裘蒙茸猎城下。虏酒千钟不醉人，胡儿十岁能骑马。

李白的《望天门山》：

天门中断楚江开，碧水东流直此回。两岸青山相对出，孤帆一片日边来。

以及他的《庐山谣》：

庐山秀出南斗傍，屏风九叠云锦张，……登高壮观天地间，大江茫茫去不还，黄云万里动风色，白波九道流雪山。

一种青春的旋律，无限的展望，就是盛唐诗歌普遍的特征。他的《横江词》：

人道横江好，侬道横江恶；一风三日吹倒山，白浪高于瓦官阁。

在风浪的险恶中，却写出了如此壮观的局面，这与《蜀道难》的惊心动魄，乃同为时代雄伟的歌声。而这一首民歌似的短诗，它究竟是说“横江恶”还是在更深入的礼赞“横江好”呢？这就是现实生活中丰富的歌唱。在现实生活中矛盾是不可能没有的，然而那压倒一切的辉煌的形象，它说明了一个经得起风浪的时代性格的成长。李白的诗歌因此是盛唐气象的典型。这一时代性格事实上无往而不存在。杜甫的《后出塞》：

朝进东门营，暮上河阳桥；落日照大旗，马鸣风萧萧。平沙列万幕，部伍各见招；中天悬明月，令严夜寂寥。悲笳数声动，壮士惨不骄；借问大将谁，恐是霍嫖姚。

这真是“雄浑悲壮”的诗篇了，在中国古典诗歌中它只能是属于盛唐的。而王昌龄的《塞下曲》：

饮马渡秋水，水寒风似刀；平沙日未暮，黯黯见临洮。昔日长城战，咸言意气豪；黄尘足今古，白骨乱蓬蒿。

其深厚、朗爽、典型、形象，正是最饱满有力的歌声，至如李白的《将进酒》：

黄河之水天上来，奔流到海不复回。……五花马，千金裘，呼儿将出换美酒，与尔同销万古愁！

如果单从字面上看，那么已经是“万古愁”了，感情还不沉重吗？然而正是这“万古愁”才够得上盛唐气象，才能说明它与“前不见古人，后不见来者。念天地之悠悠，独怆然而涕下”的气象可以匹敌，有着联系；才能说明盛唐的诗歌高潮比陈子昂的时代更为气象万千。然而我们如果以为“白发三千丈”“同销万古愁”仅仅是由于说愁之多，愁之长，也还是停留在字面之上，更深入的理解是这个形象的充沛饱满，这才是盛唐气象真正的造诣。李后主《虞美人》：

> 问君能有几多愁，恰似一江春水向东流。

也是说愁多、愁长，也是形象的名句；然而这个形象绝不是盛唐气象；它说愁多、愁长，却说得那么可怜相；它的“一江春水向东流”与“黄河之水天上来”，在形象上简直是无法比拟的全然不同的性格。难道长江不比黄河更大些吗？难道一定要用“长江”“大河”才能构成“盛唐气象”吗？王昌龄《芙蓉楼送辛渐》：

> 寒雨连江夜入吴，平明送客楚山孤；洛阳亲友如相问，一片冰心在玉壶。

这也是典型的盛唐气象。盛唐气象是饱满的、蓬勃的，正因其在生活的每个角落都是充沛的；它夸大到“白发三千丈”时不觉得夸大，它细小到“一片冰心在玉壶”时不觉得细小；正如一朵小小的蒲公英，也耀眼地说明了整个春天的世界。它玲珑透彻而仍然浑厚，千愁万绪而仍然开朗；这是根植于饱满的生活热情、新鲜的事物的敏感，与时代的发展中人民力量的解放而成长的，它带来的如太阳一般的丰富而健康的美学上的造诣，这就是历代向往的属于人民的盛唐气象。

盛唐气象是一个时代的性格形象，是盛唐诗歌普遍的基调。然而这并不妨碍盛唐个别诗篇不同于这个气象或基调，也不妨碍盛唐之后的诗篇中偶然出现这个气象。如刘方平也是曾生活于盛唐时代的人，但是他的诗《月夜》：

> 更深月色半人家，北斗阑干南斗斜。今夜偏知春气暖，虫声新透绿窗纱。

又《春怨》：

> 纱窗日落渐黄昏，金屋无人见泪痕；寂寞空庭春欲晚，梨花满地不开门。

都宛然是中晚唐的气象了。而大历时期的诗人卢纶，他的《塞下曲》：

> 林暗草惊风，将军夜引弓；平明寻白羽，没在石棱中。
> 月黑雁飞高，单于夜遁逃；欲将轻骑逐，大雪满弓刀。

则依然是盛唐气象。所以《沧浪诗话》说："大历之诗高者尚不失盛唐，下者渐入晚唐矣。"又说"盛唐人诗亦有一二滥觞晚唐者，晚唐人诗亦有一二可入盛唐者，要当论其大概耳"。因为这既然是一个时代的性格，当然只能论其大概了。盛唐气象因此又是一个诗歌时代总的成就，无数优秀的诗人们都为这一气象凭添了春色。它也是中国古典诗歌造诣的理想，因为它鲜明、开朗、深入浅出；那形象的飞动，想象的丰富，情绪的饱满，使得思想性与艺术性在这里统一为丰富无尽的言说。这也就是传统上誉为"浑厚"的盛唐气象的风格。

历史上不知有多少诗人们在追求着向往着这个盛唐气象，然而这到底是一个时代的产物和反映；盛唐以后，宋、元、明、清各代，中国长期陷在封建社会没落阶段的泥淖中，这一个如日之方中的美好的成就，也就成为千百年来古典诗歌中可望而不可即的赞叹。

结语

今天我们来说盛唐气象，它是作为诗歌史上的现象来理解的，也是作为文学遗产中丰富的宝藏而接受的。我们今天正欢欣鼓舞的进入了一个完全属于人民的更为豪迈的时代，当我们回顾祖国诗歌史上曾经有过如此辉煌的时代，我们是含着微笑的；让古典诗歌优秀的成就，丰富我们今天的创作，鼓舞我们塑造出自己时代的更为辉煌的性格形象。

1958 年 1 月 27 日

（原载《北京大学学报》1958 年第 2 期）

目　录

张若虚

春江花月夜 /001

闻一多　宫体诗的自赎 /003

李泽厚　初唐的顶峰 /016

吴小如　说张若虚《春江花月夜》/019

陈子昂

登幽州台歌 /041

梁宗岱　谈陈子昂《登幽州台歌》/043

王运熙　杨　明　陈子昂和他的《登幽州台歌》/045

斯蒂芬·欧文　陈子昂《登幽州台歌》解 /052

孟浩然

春　晓 /054

周振甫　释孟浩然《春晓》/055

过故人庄 /059

林　庚　谈孟浩然《过故人庄》/060

与诸子登岘山 /065

斯蒂芬·欧文　回忆者与被回忆者 /066

贺知章

回乡偶书 /072

沈祖棻　释贺知章《回乡偶书》/073

王昌龄

出　塞 /077

林　庚　秦时明月汉时关 /079

七绝三首 /081

吴小如　说王昌龄七绝三首 /083

王之涣

凉州词 /092

林　庚　王之涣的《凉州词》/094

王　维

五言律诗三首 /099

施蛰存　析王维五言律诗三首 /102

辋川闲居赠裴秀才迪 /110

刘逸生　“暗传”的技巧

——析王维《辋川闲居赠裴秀才迪》/112

崔　颢

黄鹤楼 /116

周振甫　释崔颢《黄鹤楼》/118

李　白

古风（第一首）/122

俞平伯　李白《古风》第一首解析 /125

蜀道难 /133

施蛰存　析李白《蜀道难》/137

将进酒 /148

施蛰存　析李白《将进酒》/150

梦游天姥吟留别 /156

吴小如　说李白《梦游天姥吟留别》/159

宣州谢朓楼饯别校书叔云 /167

周振甫　释李白《宣州谢朓楼饯别校书叔云》/168

长干行 /173

王运熙　杨　明　缠绵的相思　真实的形象
——李白《长干行》赏析 /176

乌栖曲 /182

斯蒂芬·欧文　一首能够哭鬼神的诗 /183

李白诗三首 /186

朱光潜　谈李白诗三首 /189

清平调词 /197

俞平伯　李白《清平调》三章的解释（节选）/199

高　适

燕歌行 /204

徐公持　高适《燕歌行》简析 /207

岑　参

岑参诗三首 /212

陈贻焮　谈岑参的边塞诗 /216

杜　甫

望　岳 /225

马茂元　杜甫《望岳》赏析 /227

月　夜 /231

俞平伯　释杜诗《月夜》/232

春　望 /235

颜元叔　析《春望》/236

自京窜至凤翔喜达行在所三首 /241

废　名　《自京窜至凤翔喜达行在所》讲解 /243

蜀　相 /246

萧涤非　出师未捷身先死　长使英雄泪满襟
——杜甫《蜀相》赏析 /247

春夜喜雨 /254

萧涤非　谈杜甫《春夜喜雨》/255

咏怀古迹 /264

周振甫　暮年诗赋动江关
——说杜甫《咏怀古迹》三首 /267
观公孙大娘弟子舞剑器行并序 /275
钱仲联　《观公孙大娘弟子舞剑器行》简析 /279
登岳阳楼 /282
废　名　《登岳阳楼》讲解 /283
丹青引赠曹将军霸 /285
葛晓音　绘形于意　写实于空
——读杜甫的《丹青引赠曹将军霸》/288
自京赴奉先县咏怀五百字 /294
俞平伯　说杜甫《自京赴奉先县咏怀》诗 /303

钱　起

省试湘灵鼓瑟 /314
朱光潜　说“曲终人不见，江上数峰青”
——答夏丏尊先生 /315
朱自清　再论“曲终人不见，江上数峰青”/320
鲁　迅　题未定草（七）/324

韩　愈

山　石 /331
施蛰存　释韩愈《山石》/333
听颖师弹琴 /339

陈迩冬　颖乎尔诚能　无以冰炭置我肠
——说韩愈《听颖师弹琴》/341

白居易

长恨歌 /348
马茂元　评《长恨歌》/357
褚斌杰　一篇长恨有风情
——漫谈《长恨歌》的思想和艺术 /360
琵琶行 /367
何其芳　白居易《琵琶行》——新诗话 /373
钱塘湖春行 /380
马茂元　随物赋形　象中有兴
——白居易《钱塘湖春行》析说 /381

李　贺

李凭箜篌引 /385
吴小如　说李贺《李凭箜篌引》/388
梦　天 /393
吴小如　说李贺《梦天》/395
浩　歌 /397
周振甫　释李贺《浩歌》/400

许　浑

咸阳城西楼晚眺 /403

周汝昌　一上高城万里愁
——说许浑《咸阳城西楼晚眺》/405

李商隐

夜雨寄北 /414
王家新　重读《夜雨寄北》/415
无题（选六）/420
王　蒙　通境与通情
——也谈李商隐的《无题》七律 /429
锦　瑟 /442
钱锺书　李商隐《锦瑟》诗解 /443
程千帆　李商隐《锦瑟》诗张《笺》补正 /449
废　名　谈李商隐《锦瑟》/464
重过圣女祠 /469
刘逸生　释李商隐《重过圣女祠》/470

张若虚

张若虚（660—720），扬州（今属江苏省扬州市）人，曾任兖州兵曹，神龙年间与贺知章等俱以吴越文士扬名京都。开元初年又与贺知章、张旭、包融号称“吴中四士”。《全唐诗》录存其诗二首。

春江花月夜[1]

春江潮水连海平，海上明月共潮生。
滟滟随波千万里[2]，何处春江无月明。
江流宛转绕芳甸[3]，月照华林皆似霰[4]。
空里流霜不觉飞，汀上白沙看不见。
江天一色无纤尘，皎皎空中孤月轮。
江畔何人初见月？江月何年初照人？
人生代代无穷已，江月年年只相似。
不知江月待何人，但见长江送流水。
白云一片去悠悠，青枫浦上不胜愁。
谁家今夜扁舟子？何处相思明月楼？
可怜楼上月徘徊，应照离人妆镜台。
玉户帘中卷不去，捣衣砧上拂还来。

此时相望不相闻，愿逐月华流照君[5]。
鸿雁长飞光不度，鱼龙潜跃水成文。
昨夜闲潭梦落花，可怜春半不还家。
江水流春去欲尽，江潭月落复西斜。
斜月沉沉藏海雾，碣石潇湘无限路。
不知乘月几人归，落月摇情满江树。

【注释】

［1］春江花月夜：乐府《清商曲·吴声歌》旧题。

［2］滟滟：水光动荡的样子。

［3］甸：郊野。芳甸：春天的原野。

［4］霰（xiàn）：雪珠。

［5］逐：随。月华：月光。

宫体诗的自赎①

闻一多

宫体诗就是宫廷的，或以宫廷为中心的艳情诗。它是个有历史性的名词，所以严格地讲，宫体诗又当指以梁简文帝为太子时的东宫及陈后主、隋炀帝、唐太宗等几个宫廷为中心的艳情诗。我们该记得从梁简文帝当太子到唐太宗晏驾中间一段时期，正是谢朓已死，陈子昂未生之间一段时期。这期间没有出过一个第一流的诗人。那是一个以声律的发明与批评的勃兴为人所推重，但论到诗的本身，则为人所诟病的时期。没有第一流诗人，甚至没有任何诗人，不是一桩罪过。那只是一个消极的缺憾。但这时期却犯了一桩积极的罪。它不是一个空白，而是一个污点，就因为他们制造了些有如下面这样的宫体诗：

长筵广未同，上客娇难逼。还杯了不顾，回身正颜色。

（高爽《咏酌酒人》）

众中俱不笑，座上莫相撩。

（邓鉴《奉和夜听妓声》）

---

① 闻一多（1899—1946），现代诗人、学者。历任武汉大学、山东大学、清华大学、西南联合大学教授，被誉为“诗人型学者，学者型诗人”，著有诗集《红烛》《死水》，以及《楚辞校补》《神话与诗》《古典新义》《唐诗杂论》等古典文学研究专著。有《闻一多全集》十二卷行世。本文选自闻一多《唐诗杂论》，山西古籍出版社 2001 年版。

这里所反映的上客们的态度，便代表他们那整个宫廷内外的气氛。人人眼角里是淫荡：

上客徒留目，不见正横陈。

（鲍泉《敬酬刘长史咏名士悦倾城》）

人人心中怀着鬼胎：

春风别有意，密处也寻香。

（李义府《堂堂词》）

对姬妾娼妓如此，对自己的结发妻亦然（刘孝威《郗县寓见人织率尔赠妇》便是一例）。于是发妻也就成了倡家。徐悱写得出《对房前桃树咏佳期赠内》那样一首诗，他的夫人刘令娴为什么不可以写一首《光宅寺》来赛过他？索性大家都揭开了：

知君亦荡子，贱妾自倡家。

（吴均《鼓瑟曲·有所思》）

因为也许她明白她自己的秘诀是什么：

自知心所爱，出入仕秦宫。谁言连屈尹，更是莫遨通？

（简文帝《艳歌篇》十八韵）

简文帝对此并不诧异，说不定这对他，正是件称心的消息。堕落是没有止境的。从一种变态到另一种变态往往是个极短的距离，所以现在像简文帝《娈童》，吴均《咏少年》，刘孝绰《咏小儿采莲》，刘遵《繁华应令》，以及陆厥《中山王孺子妾歌》一类作品，也不足令人惊奇了。变态的又一类型是以物代人为求满足的对象。于是绣领、袙腹、履、枕、席、卧具……全有了生命，而成为被玷污者。推而广之，以至灯烛、玉阶、梁尘，也莫不踊跃地助他们集中意念到那个荒唐的焦点，不用说，有机生物如花草莺蝶等更都是可人的同情者。

罗荐已擘鸳鸯被，绮衣复有葡萄带。残红艳粉映帘中，戏蝶流莺聚窗外。

（上官仪《八咏应制》）

看看以上的情形，我们真要疑心，那是作诗，还是在一种伪装下的无耻中求满足。在那种情形之下，你怎能希望有好诗！所以常常是那套褪色的陈词滥调，诗的本身并不能比题目给人以更深的印象。实在有时他们真不像是在作诗，而只是制题。这都是惨淡经营的结果：《咏人聘妾仍逐琴心》（伏知道），《为寒床妇赠夫》（王胄）。特别是后一例，尽有“闺情”“秋思”“寄远”一类的题面可用，然而作者偏要标出这样五个字来，不知是何居心。如果初期作者常用的“古意”“拟古”一类暧昧的题面，是一种遮羞的手法，那么现在这些人是根本没有羞耻了！这由意识到文词，由文词到标题，逐步的鲜明化，是否要算作一种文字的裎裸狂，我不知道，反正赞叹事实的“诗”变成了标明事类的“题”之附庸，这趋势去《游仙窟》一流作品，以记事文为主，以诗副之的形式，已很近了。形式很近，内容又何尝远？《游仙窟》正是宫体诗必然的下场。

我还得补充一下宫体诗在它那中途丢掉的一个自新的机会。这专以在昏淫的沉迷中作践文字为务的宫体诗，本是衰老的、贫血的南朝宫廷生活的产物，只有北方那些新兴民族的热与力才能拯救它。因此我们不能不庆幸庾信等之入周与被留，因为只有这样，宫体诗才能更稳固地移殖在北方，而得到它所需要的营养。果然被留后的庾信的《乌夜啼》《春别诗》等篇，比从前在老家作的同类作品，气色强多了。移殖后的第二三代本应不成问题。谁知那些北人骨子里和南人一样，也是脆弱的，禁不起南方那美丽的毒素的引诱，他们马上又屈服了。除薛道衡《昔昔盐》《人日思归》，隋炀帝《春江花月夜》三两首诗外，他们没有表现过一点抵抗力。炀帝晚年可算热忱地效忠于南方文化了；文艺的唐太宗，出人意料之外，比炀帝还要热忱。于是庾信的北渡完全白费了。宫体诗在唐初，依然是简文帝时那没筋骨、没心肝的宫体诗。不同的只是现在词藻来得更细致，声调更流利，整个的外表显得更乖巧，更酥软罢了。说唐初宫体诗的内容和简文帝时完全一样，也不对。因为除了搬出那僵尸“横陈”二字外，他们在诗里也并没有讲出什么。这又教人疑心这辈子人已失去了积极犯罪的心情。恐怕只是词藻和声调的试验给他们羁縻着一点作这种诗的兴趣（词藻声调与宫体有着先天与历史的联系）。宫体诗在当时可说是一种不自主的，虚伪的存在。原来从虞世南到上官仪是连堕落的诚意都没有了。此真所谓“萎靡不振”！

但是堕落毕竟到了尽头，转机也来了。

在窒息的阴霾中，四面是细弱的虫吟，虚空而疲倦，忽然一声霹雳，接着的是狂风暴雨！虫吟听不见了，这样便是卢照邻《长安古意》的出现。这首诗在当时的成功不是偶然的。放开了粗豪而圆润的嗓子，他这样开始：

> 长安大道连狭斜，青牛白马七香车。玉辇纵横过主第，金鞭络绎向侯家！龙衔宝盖承朝日，凤吐流苏带晚霞。百丈游丝争绕树，一群娇鸟共啼花。……

这生龙活虎般腾踔的节奏，首先已够教人们如大梦初醒而心花怒放了。然后如云的车骑，载着长安中各色人物panorama（英文，活动画景之意——编者注）式的一幕幕出现，通过“五剧三条”的“弱柳青槐”来“共宿娼家桃李蹊”。诚然这不是一场美丽的热闹。但这颠狂中有战栗，堕落中有灵性：

> 得成比目何辞死，愿作鸳鸯不羡仙。

比起以前那光是病态的无耻——

> 相看气息望君怜，谁能含羞不肯前！
>
> （简文帝《乌楼曲》）

如今这是什么气魄！对于时人那虚弱的感情，这真有起死回生的力量。最后：

节物风光不相待，桑田碧海须臾改。昔时金阶白玉堂，即今唯见青松在！

似有“劝百讽一”之嫌。对了，讽刺，宫体诗中讲讽刺，多么生疏的一个消息!我几乎要问《长安古意》究竟能否算宫体诗。从前我们所知道的宫体诗，自萧氏君臣以下都是作者自身下流意识的口供，那些作者只在诗里。这回卢照邻却是在诗里，又在诗外，因此他能让人人以一个清醒的旁观的自我，来给另一自我一声警告。这两种态度相差多远!

寂寂寥寥扬子居，年年岁岁一床书。独有南山桂花发，飞来飞去袭人裾。

这篇末四句有点突兀，在诗的结构上既嫌蛇足，而且这样说话，也不免暴露了自己态度的褊狭，因而在本篇里似乎有些反作用之嫌。可是对于人性的清醒方面，这四句究不失为一个保障与安慰。一点点艺术的失败，并不妨碍《长安古意》在思想上的成功。他是宫体诗中一个破天荒的大转变。一手挽住衰老了的颓废，教给他如何回到健全的欲望，一手又指给他欲望的幻灭。这诗中善与恶都是积极的，所以二者似相反而相成。我敢说《长安古意》的恶的方面比善的方面还有用。不要问卢照邻如何成功，只看庾信是如何失败的。欲望本身不是什么坏东西。如果它走入了歧途，只有疏导一法可以挽救，壅塞是无效的。庾信对于宫体诗的态度，是一味的矫正，他仿佛是要以非宫体代宫体。反之，卢照邻只要以更有力的宫体诗救宫体诗，他所争的是有力没有力，不是宫体不宫体。甚至你说他的方法是以毒攻毒也行，反正他是胜利了。有效的方法不就是对的方法吗？

矛盾就是人性，诗人作诗本不必对自己的行为负责。原来《长安古意》的“年年岁岁一床书”，只是一句诗而已，即令作诗时事实如此，大概不久以后，情形就完全变了，骆宾王的《艳情代郭氏答卢照邻》便是铁证。故事是这样的：照邻在蜀中有一个情妇郭氏，正当她有孕时，照邻因事要回洛阳去，临行相约不久回来正式成婚。谁知他一去两年不返，而且在三川有了新人。这里她望他的音信既望不到，孩子也丢了。“悲鸣五里无人问，肠断三声谁为续！”除了骆宾王给寄首诗去替她申一回冤，这悲剧又能有什么更适合的收场呢？一个生成哀艳的传奇故事，可惜骆宾王没赶上蒋防、李公佐的时代。我的意思是：故事最适宜于小说，而作者手头却只有一个诗的形式可供采用。这试验也未尝不可作，然而他偏偏又忘记了《孔雀东南飞》的典型。凭一枝作判词的笔锋（这是他的当行），他只草就了一封韵语的书札而已。然而是试验，就值得钦佩。骆宾王的失败，不比李百药的成功有价值吗？他至少也替《秦妇吟》垫过路。

这以“一抔之土未干，六尺之孤何托”，教历史上第一位英威的女性破胆的文士，天生一副侠骨，专喜欢管闲事，打抱不平、杀人报仇、革命、帮痴心女子打负心汉，都是他干的。《代女道士王灵妃赠道士李荣》里没讲出具体的故事来，但我们猜得到一半，还不是卢郭公案那一类的纠葛？李荣是个有才名的道士（见《旧唐书·儒学·罗道琮传》，卢照邻也有过诗给他）。故事还是发生在蜀中，李荣往长安去了，也是许久不回来，王灵妃急了，又该骆宾王给去信促驾了。不过这回的信却写得比较像首诗。其所以然，倒不在“梅花如雪柳如丝，年去年来不自持。初言别在寒偏在，何悟春来春更思”一类响亮句子，而是那一气到底而又缠绵往复的旋律之中，有着欣欣向荣的情绪。《代女道士王灵妃赠道士李荣》的成功，仅次于《长安古意》。

和卢照邻一样，骆宾王的成功，有不少成分是仗着他那篇幅的。上文所举过的二人的作品，都是宫体诗中的云冈造像，而宾王尤其好大成癖（这可以他那以赋为诗的《帝京篇》《畴昔篇》为证）。从五言四句的《自君之出矣》，扩充到卢骆二人洋洋洒洒的巨篇，这也是宫体诗的一个剧变。仅仅篇幅大，没有什么，要紧的是背面有厚积的力量撑持着。这力量，前人谓之“气势”，其实就是感情。有真实感情，所以卢骆的来到，能使人们麻痹了百余年的心灵复活。有感情，所以卢骆的作品，正如杜甫所预言的，“不废江河万古流”。

从来没有暴风雨能够持久的。果然持久了，我们也吃不消，所以我们要它适可而止。因为，它究竟只是一个手段，打破郁闷烦躁的手段；也只是一个过程，达到雨过天晴的过程。手段的作用是有时效的，过程的时间也不宜太长，所以在宫体诗的园地上，我们很侥幸地碰见了卢骆，可也很愿意能早点离开他们——为的是好和刘希夷会面。

古来容光人所羡，况复今日遥相见？愿作轻罗著细腰，愿为明镜分娇面。

（《公子行》）

这不是什么十分华贵的修词，在刘希夷也不算最高的造诣。但在宫体诗里，我们还没听见过这类的痴情话。我们也知道他的来源是《同声诗》和《闲情赋》。但我们要记得，这类越过齐梁，直向汉晋人借贷灵感，在将近百年以来的宫体诗里也很少人干过呢！

与君相向转相亲，与君双栖共一身。愿作贞松千岁古，
谁论芳槿一朝新！百年同谢西山日，千秋万古北邙尘。

（《公子行》）

这连同它的前身——杨方《合欢》诗，也不过是常态的、健康的爱情中，极平凡、极自然的思念，谁知道在宫体诗中也成为了不得的稀世的珍宝。回返常态确乎是刘希夷的一个主要特质，孙翌编《正声集》时把刘希夷列在卷首，便已看出这一点来了。看他即便哀艳到如：

自怜妖艳姿，妆成独见时。愁心伴杨柳，春尽乱如丝。

（《春女行》）

携笼长叹息，逶迤恋春色。看花若有情，倚树疑无力。
薄暮思悠悠，使君南陌头。相逢不相识，归去梦青楼。

（《采桑》）

也从没有不归于正的时候。感情返到正常状态是宫体诗的又一重大阶段。唯其如此，所以烦躁与紧张都消失了，只剩下一片晶莹的宁静。就在此刻，恋人才变成诗人，憬悟到万象的和谐，与那一水一石一草一木的神秘的不可抵抗的美，而不禁受创似的哀叫出来：

可怜杨柳伤心树！可怜桃李断肠花！

（《公子行》）

但正当他们叫着“伤心树”“断肠花”时，他已从美的暂促性中认识了那玄学家所谓的“永恒”——一个最缥缈，又最实在，令人惊喜，又令人震怖的存在，在它面前一切都变渺小了，一切都没有了。自然认识了那无上的智慧，就在那彻悟的一刹那间，恋人也就是变成哲人了：

> 洛阳城东桃李花，飞来飞去落谁家？洛阳女儿好颜色，坐见落花长叹息——今年花落颜色改，明年花开复谁在！……古人无复洛城东，今人还对落花风。年年岁岁花相似，岁岁年年人不同。
>
> （《代白头吟》）

相传刘希夷吟到“今年花落……”二句时，吃一惊，吟到“年年岁岁……”二句，又吃一惊。后来诗被宋之问看到，硬要让给他，诗人不肯，就生生地被宋之问给用土囊压死了。于是诗谶就算验了。编故事的人的意思，自然是说，刘希夷泄露了天机，论理该遭天谴。这是中国式的文艺批评，隽永而正确，我们在千载之下，不能，也不必改动它半点，不过我们可以用现代语替它诠释一遍：所谓泄露天机者，便是悟到宇宙意识之谓。从蜣螂转丸式的宫体诗一跃而到庄严的宇宙意识，这可太远了，太惊人了！这时的刘希夷实已跨近了张若虚半步，而离绝顶不远了。

如果刘希夷是卢骆的狂风暴雨后宁静爽朗的黄昏，张若虚便是风雨后更宁静更爽朗的月夜。《春江花月夜》本用不着介绍，但我们还是忍不住要谈谈。就宫体诗发展的观点看，这首诗，尤有大谈的必要。

> 春江潮水连海平，海上明月共潮生。滟滟随波千万里，何处春江无月明！江流宛转绕芳甸，月照花林皆似霰。空里流霜不觉飞，汀上白沙看不见。

在这种诗面前，一切的赞叹是饶舌，几乎是渎亵。它超过了一切的宫体诗有多少路程的距离，读者们自己也知道。我认为用得着一点诠明的倒是下面这几句：

> ……江畔何人初见月？江月何年初照人？人生代代无穷已，江月年年只相似。不知江月待何人，但见长江送流水！

更绝的宇宙意识！一个更深沉，更寥廓，更宁静的境界！在神奇的永恒前面，作者只有错愕，没有憧憬，没有悲伤。从前卢照邻指点出“昔时金阶白玉堂，即今唯见青松在”时，或另一个初唐诗人——寒山子更尖酸地吟着“未必长如此，芙蓉不耐寒”时，那都是站在本体旁边凌视现实。那态度我以为太冷酷，太傲慢，或者如果你愿意，也可以带点狐假虎威的神气。在相反的方向，刘希夷又一味凝视着“以有涯随无涯”的徒劳，而徒劳地为它哀毁着，那又未免太萎靡，太怯懦了。只张若虚这态度不亢不卑、冲融和易才是最纯正的，“有限”和“无限”，“有情”与“无情”——诗人与“永恒”猝然相遇，一见如故，于是谈开了——“江畔何人初见月？江月何年初照人？……江月年年只相似，不知江月待何人？”对每一问题，他得到的仿佛是一个更神秘的更渊默的微笑，他更迷惘了，然而也满足了。于是他又把自己的秘密倾吐给那缄默的对方：

白云一片去悠悠，青枫浦上不胜愁。

因为他想到她了，那“妆镜台”边的“离人”。他分明听见她的叹喟：

此时相望不相闻，愿逐月华流照君！

他说自己很懊悔，这飘荡的生涯究竟到几时为止！

昨夜闲潭梦落花，可怜春半不还家——江水流春去欲尽，江潭落月复西斜！

他在怅惘中，忽然记起飘荡的许不只他一人，对此清景，大概旁人，也只得徒唤奈何吧？

斜月沉沉藏海雾，碣石潇湘无限路，不知乘月几人归，落月摇情满江树！

这里一番神秘而又亲切的、如梦境的晤谈，有的是强烈的宇宙意识，被宇宙意识升华过的纯洁的爱情，又由爱情辐射出来的同情心，这是诗中的诗，顶峰上的顶峰。从这边回头一望，连刘希夷都是过程了，不用说卢照邻和他的配角骆宾王，更是过程的过程。至于那一百年间梁陈隋唐四代宫廷所遗下的那份最黑暗的罪孽，有了《春江花月夜》

这样一首宫体诗，不也就洗净了吗？向前替宫体诗赎清了百年的罪，因此，向后也就和另一个顶峰陈子昂分工合作，清除了盛唐的路——张若虚的功绩是无从估计的。

民国三十年（1941年）八月二十二日陈家营

（原载《当代评论》第十期）

初唐的顶峰[①]

李泽厚

闻一多关于唐诗的论文久未为文学史著作所重视或采用。其实这位诗人兼学者相当敏锐而漂亮地述说了由六朝宫体到初唐的过渡。其中提出卢照邻的“生龙活虎般腾踔的节奏”（《唐诗杂论·宫体诗的自赎》），骆宾王“那一气到底而又缠绵往复的旋律之中，有着欣欣向荣的情绪”（同上），指出“宫体诗在卢、骆手里是由宫廷走向市井，五律到王杨的时代是从台阁移至江山与塞漠”（《唐诗杂论·四杰》）。诗歌随时代的变迁由宫廷走向生活，六朝宫女的靡靡之音变而为青春少年的清新歌唱。代表这种清新歌唱成为初唐最高典型的，正是闻一多强调的刘希夷和张若虚：

> 洛阳城东桃李花，飞来飞去落谁家；洛阳女儿好颜色，坐见落花长叹息。今年花落颜色改，明年花开复谁在？已见松柏摧为薪，更闻桑田变成海。古人无复洛城东，今人还对落花风，年年岁岁花相似，岁岁年年人不同……

---

① 李泽厚，当代美学家、哲学家，毕业于北京大学哲学系，中国社科院哲学所研究员。著有《美的历程》《中国古代思想史论》《中国近代思想史论》《中国现代思想史论》等。本文节选自李泽厚《美的历程》，文物出版社 1981 年版。标题为编者所加。

（《代悲白头翁》，又名《代白头翁》）

春江潮水连海平，海上明月共潮生，滟滟随波千万里，何处春江无月明。江流宛转绕芳甸，月照花林皆似霰。空里流霜不觉飞，汀上白沙看不见。江天一色无纤尘，皎皎空中孤月轮。江畔何人初见月，江月何年初照人？人生代代无穷已，江月年年只相似。不知江月待何人，但见长江送流水。白云一片去悠悠，青枫浦上不胜愁。谁家今夜扁舟子，何处相思明月楼……

（《春江花月夜》）

多么漂亮、流畅、优美、轻快哟！特别是后者，闻一多再三赞不绝口："更绝的宇宙意识！一个更深沉，更寥廓，更宁静的境界！在神奇的永恒前面，作者只有错愕，没有憧憬，没有悲伤""他得到的仿佛是一个更神秘的更渊默的微笑，他更迷惘了，然而也满足了""这里一番神秘而又亲切的、如梦境的晤谈，有的是强烈的宇宙意识……""这是诗中的诗，顶峰上的顶峰"（《唐诗杂论·宫体诗的自赎》）。

其实，这诗是有憧憬和悲伤的，但它是一种少年时代的憧憬和悲伤，一种"独上高楼，望断天涯路"的憧憬和悲伤。所以，尽管悲伤，仍然轻快，虽然叹息，总是轻盈。它上与魏晋时代人命如草的沉重哀歌，下与杜甫式的饱经苦难的现实悲痛，都决然不同。它显示的是，少年时代在初次人生展望中所感到的那种轻烟般的莫名惆怅和哀愁。春花春月，流水悠悠，面对无穷宇宙，深切感受到的是自己青春的短促和生命的有限。它是走向成熟期的青少年时代对人生、宇宙的初醒觉的“自我意识”：对广大世界、自然美景和自身存在的深切感受和珍视，对自身存在的有限性的无可奈何的感伤、惆怅和留恋。人在十六七或十七八岁，在将成熟而未成熟，将跨进独立的生活程途的时刻，不也常常经历过这种对宇宙无垠、人生有限的觉醒式的淡淡哀伤么?它实际并没有真正沉重和具体的人事现实内容，它的美学风格和给人以审美感受，是尽管口说感伤却“少年不识愁滋味”，依然是一语百媚，轻快甜蜜的。永恒的江山、无垠的风月给这些诗人们的，是一种少年式的人生哲理和夹着感伤、怅惘的激励和欢愉。闻一多形容为“神秘”“迷惘”“宇宙意识”，等等，其实就是说这种审美心理和艺术意境。

张若虚《春江花月夜》是初唐的顶峰，经由以王勃为典型代表的“四杰”，就要向更高的盛唐峰巅攀登了。

说张若虚《春江花月夜》[①]

吴小如

一

先从《春江花月夜》的有关资料谈起。郭茂倩《乐府诗集》卷四十七引《晋书·乐志》[②]云：

> 《春江花月夜》《玉树后庭花》《堂堂》，并陈后主所作。后主常与宫中女学士及朝臣相和为诗，太常令何胥又善于文咏，采其尤艳丽者以为此曲。

陈后主君臣的原作今已不传。《乐府诗集》所载《春江花月夜》诗共七首：计隋炀帝（杨广）二首，诸葛颖一首，以及初唐时张子容的二首；再有就是张若虚的一首和温庭筠的一首。温诗晚出，诗的内容是嘲讽隋炀帝荒淫无耻，终于破家亡国，与陈代宫体诗无关，可以不谈；而前面的五首则是我们研究《春江花月夜》仅有的历史文献。这

---

① 吴小如（1922—2014），古典文学专家、戏曲评论家、历史学家、教育家。北京大学教授。先后就读于燕京大学、清华大学、北京大学。著有《古典小说漫稿》《京剧老生流派综说》《吴小如戏曲文录》《古典诗词札丛》《古文精读举隅》等。本文选自吴小如《古典诗词札丛》，天津古籍出版社2002年版。

② 《乐府诗集》原文如此，应为《旧唐书·乐志》。

些诗数量不多，不妨照录如下：

隋炀帝二首

暮江平不动，春花满正开；
流波将月去，潮水带星来。

夜露含花气，春潭漾月晖；
汉水逢游女，湘川值二妃。

诸葛颖一首

花帆渡柳浦，结缆隐梅洲；
月色含江树，花影覆船楼。

张子容二首

林花发岸口，气色动江新。
此夜江中月，流光花上春。
分明石潭里，宜照浣纱人。

交甫怜瑶佩，仙妃难重期。
沉沉绿江晚，惆怅碧云姿。
初逢花上月，言是弄珠时。

如果我们把两汉乐府中的篇题如《陌上桑》《秋胡行》《长歌行》《短歌行》等称为“乐府旧题”，那么《春江花月夜》既为陈代所制之曲，则不妨称之为乐府新题或新声。而梁、陈以来，无论是乐府还是一般的徒诗[①]，都有唯美主义和形式主义倾向；其中很大一部分是流行于宫廷中的艳情诗，故亦统称为宫体诗。历来治古典文学史者，对于六朝宫体诗基本上持否定态度，这完全正确。而自（二十世纪）三十年代以来，这方面的权威论著首推闻一多先生的《宫体诗的自赎》。这篇文章不但指出六朝宫体诗的缺点和局限，而且给予张若虚的《春江花月夜》以极高的评价。即如今天我们在讨论这篇名作，仍是以闻先生的文章作为出发点的。直到最近，周振甫先生发表了他的大作《〈春江花月夜〉的再认识》（见中华书局1983年3月出版的《学林漫录》第七集），对宫体诗做了更细致的划分，并对闻先生的论点提出了异议。周先生把宫体诗分成甲乙两类，而把以宫廷为中心的艳情诗算作甲类；另外，周先生以《梁书·徐摛传》为依据，认为乙类宫体诗实属于当时诗中的新变体，并不描写艳情，因此无所谓犯罪和赎罪的问题。盖周先生的意见是，犯罪的只是甲类宫体诗，所犯的罪根本无法赎；而乙类宫体诗本无罪可言，自然也就不用赎了。周先生的论点很精辟，有说服力。但问题却在于：作为宫体诗，《春江花月夜》究竟属于甲类还是乙类？由于陈后主（叔宝）君臣原作已佚，无法判明其究竟犯罪与否。所以周先生的论点并不见得一下子就能推翻闻先生的看法。这就有必要做更进一步的研讨。

① 徒诗，不入乐之诗。

二

我想谈谈个人不成熟的意见。我赞成周先生把宫体诗分成甲、乙两类，因为事实确系如此。但这两类之间并不止是有区别，而且还有联系。周先生的文章对二者的联系似乎没有谈到。所谓诗有新变之体，这不独乙类诗为然，作为甲类宫体诗，在形式上也是逐渐趋向于格律化的。极端强调这种“形式美”，即所谓形式主义。而宫体诗中的艳情诗，主要是在作诗人的不健康的美学思想指导下写出来的。这些皇室贵族作家们如梁简文帝、陈后主等，包括狎客类的朝臣和宫中一群只知阿谀谄媚的“女才子”“女学士”等，认为写宫闱艳情就是对“美”的歌颂和描绘，其走极端者则认为只有写这样内容的诗才是“美”的作品，故称之为唯美主义。而唯美主义与形式主义之间是有着千丝万缕的联系的。当然，这些作家并不一天到晚都在写艳情诗，偶尔也会写一些非艳情的作品，这就是宫体诗中的乙类。正如周先生自己所说，徐摛的诗今天流传下来的只有五首，都不是艳情诗，但并不排斥徐本人也写过甲类宫体诗，只是没有流传下来罢了。然则我们研究宫体诗，不仅要看甲、乙两类诗的相异处，还要照顾到这两类诗的相近似和相通处。这是我在谈正题以前所要说明的一个前提。

现在要说到《春江花月夜》本身了。诚然，陈叔宝君臣所写的《春江花月夜》面目究竟如何，我们已看不到；但《晋书·乐志》的话却透露给我们一些不算隐晦的消息。所谓“采其尤艳丽者以为此曲”，这“尤艳丽者”四字，大概除了指辞藻的华美绚丽之外，如果说其中也包含着一定的“艳情”成分，恐怕不能算是主观臆测或穿凿附会吧。此其一。其二，周先生在征引作品时，唯独没有引述隋炀帝的另一首《春江花月夜》，这似乎不能令人心悦诚服。因为诗中“汉水逢游女，湘川值二妃”二句，字面虽不“艳”，故事却有“艳”的成分，至少在熟知这些典故的贵族作家们的心目中，是很容易引起“艳”的联想的。说它全属乙类宫体诗，丝毫不沾甲类的边儿，大约有点讲不过去。还有其三，略早于张若虚的张子容所写的两首《春江花月夜》，周先生没有谈，而其诗的内容也并非毫无艳情可言。第一首提到浣纱人西施，第二首写到郑交甫遇女仙事，都与艳遇有关。特别是第二首末二句“初逢花上月，言是弄珠时”，语含双关，其艳在骨。要知从艳情诗趋于净化、淡化，升华为美而不艳，也有一个逐渐进展、转化的过程，不是只凭张若虚一个作家的一首诗就倏尔妙手回春、尽湔前垢的。闻先生的“赎罪说”，无非是一种形象化的比喻。从闻先生的文章中所引到的初唐四杰和刘希夷等诗人，也可以看出所谓“以宫体救宫体”原是一个渐变的过程。不过张若虚的这一首《春江花月夜》，确乎出手不凡，一举而定乾坤，彻底改变了（或说扭转了，甚至可以说抛弃了）宫体诗的纨袴习气和以女性为玩物的恶劣作风，从而才博得闻先生如此崇高的评价。而周先生用已经逐步趋于净化、淡化和升华了的作品回过头去反证陈代的《春江花月夜》绝非甲类宫体诗，至少我以为也还有“再认识”的必要。

还想再补充一点。《乐府诗集》列《春江花月夜》于清商曲辞中的“吴声歌曲”。而“吴声歌曲”，用现代话说，应基本上属于当时的流行歌曲一类，即是一种靡靡之音。我们不妨以近似者来类推。杜牧《泊秦淮》有云：“商女不知亡国恨，隔江犹唱后庭花。”《春江花月夜》和《玉树后庭花》本属同一类风格的曲调，都是歌女在侑酒时所唱。尽管我们已不知这个曲子该怎么唱，但唱起来总归不是高风雅韵，而有点近于今天酒吧间里的调调儿，这种揣测恐怕与实际情况还是不甚相远的。然则纵使隋炀帝等所写的曲词已不怎么“艳”，或径可归之于乙类作品，而其歌声听起来很可能还是有点软绵绵的，正如俞文豹《吹剑续录》中所说的那种由十七八岁女郎来唱的柳永的“杨柳岸晓风残月”的味儿。所以我们谈古典诗歌，从《诗三百篇》[①] 直到唐诗宋词，在欣赏其辞章的文学性的同时，总不宜忘记它们还有另外一方面即能够被诸管弦的音乐歌唱特色。说到这里，我们确可以着力称赞张若虚是多么了不起了。他的这首《春江花月夜》虽说还未完全洗净和摆脱宫体诗的情调和旋律，但它已确是一首徒诗，与卢照邻的《长安古意》、骆宾王《帝京篇》等长篇七古同样不能谱以乐章、被之弦管，却是无可置疑的。假定当时人一定要为张若虚的这首长诗配乐谱曲（实际上是完全无必要的），那也绝对不能像从前为那些篇幅较短并带有一定宫体诗特色的《春江花月夜》所谱的乐曲一样，而必须另起炉灶，独辟蹊径。这就使得以当日“乐府新声”为题的新作跳出了靡靡之音的窠臼，向着更为健康而清新的方面发展。这正是由张若虚作品本身所具有的那种超越前人的特点所决定的。关于这一点，闻先生的文章似乎已经涉及而未加深入地剖析，周先生则根本未谈到。所以我姑且找补几句，不知能为广大读者所首肯否。

三

谈到张若虚《春江花月夜》的思想内容，我们仍须回到闻一多先生的观点上来，即从初唐开始，诗人“已从美的暂促性中”逐渐领

① 指代《诗经》。

悟到一种宇宙意识，一种超时空的永恒观念，并把这种观念用形象思维的方式在诗中体现、表达出来。这种“永恒”观念，用闻先生的话说，乃是“一个最缥缈，又最实在，令人惊喜，又令人震怖的存在，在它面前一切都变渺小了，一切都没有了”。“就在那彻悟的一刹那间”，诗人变成了“哲人”。其态度冷静而庄严，“冲融”而“和易”，“不亢不卑”而“深沉”“纯正”，进入一个敻绝[①]、寥廓、宁静、神奇的境界。这种体现“永恒”观念的宇宙意识，从闻先生所引述的诗篇来看，卢照邻的《长安古意》已见端倪：

> 节物风光不相待，桑田碧海须臾改。昔时金阶白玉堂，即今唯见青松在!

“青松”，即永恒的象征。用它来同凡庸鄙俗的“金阶白玉堂”两相对照，充分体现了作者思想感情上的升华。与此同时，在闻先生所引述的诗篇之外，我们不能不想到王勃的《滕王阁诗》：

> 闲云潭影日悠悠，物换星移几度秋；阁中帝子今何在，槛外长江空自流。

以江水之无穷与人生的短暂相比，这是从《论语》“子在川上曰，逝者如斯夫，不舍昼夜”得到的启发，再经过张若虚和李白（引诗详后），一直发展到杜甫的“不尽长江滚滚来”，终于由苏轼从对“水”与“月”的永恒性的体认中发挥了他的“变”与“不变”（或

① 敻绝：绝高，绝远。敻（xiòng），远，辽阔。

则“天地曾不能以一瞬”，或则“物与我”皆“无尽藏”，详见《赤壁赋》）的带有朴素辩证观点的至理名言。而在初唐四杰以后，又有刘希夷的《代悲白头翁》，所谓“年年岁岁花相似，岁岁年年人不同”。特别是陈子昂的《登幽州台歌》，尤为俯仰古今的绝唱：

前不见古人，后不见来者；
念天地之悠悠，独怆然而涕下！

诗人歌颂永恒，必须以人生为对立面，以人寿的短促与宇宙之无限相比，才见出永恒的伟大（用苏轼一语道破的话说，即“哀吾生之须臾，羡长江之无穷”）。这就是为什么从四杰到陈子昂，一面领悟到宇宙意识，一面又“怆然涕下”的缘故。而张若虚的《春江花月夜》中最有名的警句也就在这时辉耀于群星灿照之间：

江天一色无纤尘，皎皎空中孤月轮。江畔何人初见月，江月何年初照人？人生代代无穷已，江月年年只相似；不知江月待何人，但见长江送流水。

稍后，李白的《把酒问月》也是沿着这条线索发展下来而咏唱的名篇：

青天有月来几时？我今停杯一问之。人攀明月不可得，月行却与人相随。……白兔捣药秋复春，嫦娥孤栖与谁邻？今人不见古时月，今月曾经照古人。古人今人若流水，共看明月皆如此。……

在我们把初盛唐前前后后的名家杰作重点地加以引述之后，再来看张若虚的《春江花月夜》，就会感到他所娓娓道出的宇宙意识即对永恒的领悟，原是一种时代精神的体现，也正是构成盛唐气象的不可缺少的因素，它的出现既难能可贵而又理所当然，因为这是时代赋予这一批诗人的使命。然而，如果专就突破宫体诗的平凡庸俗的藩篱而言，它确不愧为是一篇典型之作。这就难怪闻一多先生把张若虚誉为与陈子昂分工合作，“清除了盛唐的路”的大诗人，认为他的“功绩是无从估计的”了。

然而，我个人认为，张若虚这首《春江花月夜》在思想内容上的功绩还有另外一点，这固然可以说他为宫体诗赎了罪，而实质上却是“复古”，即是对艳情诗的彻底清算，其功盖足以同韩愈的“文起八代之衰”相提并论。这要从《诗三百篇》谈起。

夫饮食男女，自古而然。从有人类社会开始，或者说得具体一点，从人类逐渐摆脱和洗汰了兽性而把六欲七情纳入理性的轨道开始，从原始共产社会进入阶级社会开始，男女之间生理上的欲念要求就逐渐升华，从而萌发了爱情。不少人认为爱情是文艺作品的永恒主题，从某种意义上讲，这话确有一定道理。在中国，从最早的《诗三百篇》中的民歌而《楚辞·九歌》、而汉魏六朝民间乐府，直到今天的《送郎参军》和《刘三姐》，歌咏男欢女悦的爱情诗篇是数也数不完的。其中最广泛的题材和最普遍的抒情主人公，应以游子思妇为典型。这原是尽人皆知的毫不新鲜的现象。然而，自从出现了宫体诗，即以宫廷为中心的艳情诗以后，爱情为主题的作品一下子就堕落为低级下流的色情描写，根据闻一多先生的意见，这乃是以男子为中心，以女子为玩物的一种裸裎狂，甚至连合于封建伦理观念的表达真正夫妇之爱的作品（如东汉末年秦嘉、徐淑夫妇间的书信往还和诗歌唱和），在文坛上也被充斥的劣质货色给挤掉了，取代了，佻达的宫体诗人甚至把自己的妻子也看成娼妓。闻先生在《宫体诗的自赎》一文中举了一些例子，其实他还是十分含蓄的，甚至以隐恶扬善的态度来写文学史上这一段诗歌逆流的罪孽的。就连初唐四杰的诗作，尽管作品本身已开始净化，但从《艳情代郭氏答卢照邻》《代女道士王灵妃赠道士李荣》之类的诗题来看，宫体诗低级趣味的影响并未全摆脱和消除。而张若虚在他的《春江花月夜》中，他写自然、写景的部分固然体现了他对宇宙永恒性的领悟，而其写人事、写情的部分却恢复了自《诗三百篇》以来的游子思妇主题。这一传统的恢复看似简单而无所谓，其实却具有普遍典型意义。特别是作者的创作意图是十分严肃郑重的，故我也郑重宣布，称之为“复古”，而这个表面上的“复古”，实质却具有全新的意义。这就把我国优秀的诗歌传统彻底从艳情诗的堕落深渊中勇敢地自拔出来，洗尽邪恶的魔障，使男女间纯真的爱情（从表面看去，无非还是相思离别那一套）重新回到圣洁的境界中来。从我国诗歌发展史所走过的道路或轨迹来考察，这种挽狂澜于既倒的精神也不妨称之为其“功不在禹下”。而张若虚之所以能彻底根除宫体诗的劣习，清算艳情诗的罪孽，应该说这同他对宇宙永恒问题的领悟是息息相关、互为表里的。只有把爱情描写恢复到三百篇和古乐府的传统，它才有不朽的价值可言；也只有认识永恒的哲人才能领会到爱情（而非色情）所具有的永恒意义。因此，就这一点来说，闻一多先生所提出的“宫体诗的自赎”说，还是有其不可磨灭的合理内核的。

四

从隋炀帝、诸葛颖等人所作的《春江花月夜》的具体内容来探索六朝人通常写这类诗的艺术手段，我们可以清楚地看出张若虚在写这首同一题目的长诗时，其构思之缜密精巧是远远超过了前人的。原来用这个题目来作诗，其写景部分是要扣紧题面的，即诗中之景离不开“春”“江”“花”“月”“夜”这五方面的内容，要想把诗作巧、作活、作得有特色，必须要从这五个字下功夫，过去人对此称之为“作题目”。因此，我们在对此诗进行具体艺术分析之前，必须先把题面这五个字作一番探讨。“春”是季节，是全诗的总背景，是表时间观念的大范畴；而“夜”则为表时间观念的小范畴。如果不在夜间，即无从写“月”。换言之，只要写了“月”，“夜”也就包含在其中了。“春”与“花”有关，“花”是春天的特征。但“花”在夜间是无法观赏的，所以全诗只是点到而止，前后仅出现了两次，而且都是虚写。春天是容易引起游子思妇的离愁别恨的，作为总的背景，它当然贯穿于全诗。但它比较抽象，无法实写，只能通过其他有形象的事物来体现。这样，剩下来的只有“江”与“月”了。因此在全诗中，这两者才是真正的重点，也是统摄全诗的枢纽和贯穿全诗的线索。“江”在地上，“月”在天空；“江”可以代表空间，所谓“碣石潇湘无限路”，纵贯了当时唐代的南北版图；而“月”则代表时间，诗人从“海上明月共潮生”写起，一直写到“落月摇情满江树”，概括了前一天的夜幕初临到次日清晨的曙光乍现，概括了完整的一个夜晚。“江”与“月”虽似互相关联，在诗中平分春色；但诗人既以写夜景为主，而月光又是夜景中唯一有代表性的特征，那么诗人必须更为突出地写“月”才行。而夜间的江水，只有在月光下才能显出它的丰姿（当然，由于江水中有倒影，使月光更加皎洁澄澈，江对月也起了衬托作用），从而江乃成为月的背景。既然从月升到月落，概括了一个完整的夜，那么对“夜”的本身自然也不须多写或明写，同样也只点到而止就足够了。这种顾及全局而重点突出、一环扣一环、牵一发而动全身的艺术构思，也是唐以前的诗人所不易做到的。清人王尧衢的《唐诗合解》[①]有一段总评颇有概括性，今全录于下以供参考：

> 此篇是逐解（小如按，“解”为音乐名词，古称一解，犹今言一节）转韵法。凡九解：前二解是起，后二解是收；起则渐渐吐题，收则渐渐结束。中五解是腹，虽其词有连有不连，而意则相生。至于题目五字，环转交错，各自生趣。春字四见，江字十二见，花字只二见，月字十五见，夜字亦只二见。于江，则用海、潮、波、流、汀、沙、浦、潭、潇湘、碣石等以为陪；于月，则用天、空、霰、霜、云、楼、妆、台、帘、砧、鱼、雁、海、雾等以为映。于代代无穷、乘月望月之人内，摘出扁舟游子、楼上离人两种以描情事。楼上宜月，扁舟在江，此两种人于春江花月夜最独关情，故知情文相生，各各呈艳，光怪陆离，不可端倪，真奇制也。

根据王氏的详细统计，足以作为我上文对诗题分析的佐证。另外，古诗韵脚的转换是与诗意密切相关的。此诗四句一换韵，韵脚变而诗意亦随之发展变化，逐步深入，这与六朝乐府长诗《西洲曲》和《木兰

① 该书目前有两个版本，一名《古唐诗合解》，一名《唐诗合解笺注》。

诗》是同一机杼。下面就根据王氏所说的“逐解转韵法”，把全诗分成九节，逐一加以析解，以窥其作意。

春江潮水连海平，海上明月共潮生。滟滟随波千万里，何处春江无月明！

前四句从月出写起，除“月”外，还带出“春江”二字。这里的“江”还是诗人描述的主体，所以还要给“江”安放一个更辽阔浩渺的背景，于是写到海；用海来衬托江，则视野自然广阔。历来评论家谈诗词，多把作品分为豪放与婉约两种风格。所谓豪放，离不开磅礴气势；所谓婉约，离不开纤丽笔触。两者本不相近。张若虚此诗既属宫体诗余风遗韵，照理应侧重于婉约纤丽，事实上此诗也并未尽脱婉约纤丽习尚。但诗人的目光和胸襟毕竟与六朝人不同，所以诗的一开头便从“海上”着笔。江潮平海，本为春天特色；而明月从海上升起，更显得气魄宏伟，这就比只就江而写月来得雄浑壮丽。可见作者正在试图用纤丽的笔触写磅礴的气象，把两者尽量统一起来。于是三、四两句用了“千万里”和“何处春江无月明”这样近于无所不包的全称词语，以见其目光之远大与胸怀之宽阔。

江流宛转绕芳甸，月照花林皆似霰。空里流霜不觉飞，汀上白沙看不见。

上一节从宏观写起，这一节渐入深微。两节八句，把春、江、花、月逐步点出，而夜色自在其中。是所谓起笔。此节首二句江、月似乎并举，但从三、四句看，诗人把重点已渐渐移到写月的方面来了。“芳甸”是花之所聚集处，隐含“春”字，故下文正面点出“花林”。但花不宜于夜景，只能一表而过。“宛转绕芳甸”写江流之曲折，仿佛有依恋春光之情，秦观《踏莎行》所谓的“郴江幸自绕郴山，为谁流下潇湘去”，正从此出。而“皆似霰”云云，虽写花而实已转到月，故下文“空里”二句才不突兀。后两句既写月光之活，更写月色之亮。活到似流霜，但实不觉其飞，可见“流光”虽美，“活”仍是假象，“亮”得跟霜一样才是真正写出月色皎洁（李白的“疑是地上霜”，李益的“受降城外月如霜”，大约都受此诗启发）。然后用看不见汀上白沙来反衬月光之亮之强，是透过一层写法。这一节写月色皎洁已达到无与伦比之境地，且看下文作者如何掉转笔锋、改换角度来描写“月”的特点。详下文。

江天一色无纤尘，皎皎空中孤月轮。江畔何人初见月？江月何年初照人？

从这一节的第三、四句起，诗人已把读者引入永恒的境界。但我常想，为什么在这之前要先写“江天一色”和“皎皎孤月轮”?我以为，“江天一色”者，正是浩瀚无际、无始无终的宇宙的缩影，更着“无纤尘”三字，极状大自然之纯洁空灵，了无滓垢。而这里的“江”又成为“月”的背景。在这水天一碧，上下无垠的时空之中，独有皎皎孤月一轮俯照今古。故这两句虽为景语，已涉及宇宙观念，于是三、四两句逗出“人”字，才不突兀。“江畔”二句是回溯往古，说“人见月”和“月照人”是究竟从何时开始的；到下一节才涉及渺邈无涯的将来。诗人把时间的长河用江上明月体现出来，却分两截写出，正以见文笔顿挫摇曳之妙。

人生代代无穷已，江月年年只相似；不知江月待何人，但见长江送流水。

这一节四句正式描述永恒境界。人生世代无穷，江月也古今长在。人是有情的，而且是多情的（这将从下面三节以游子思妇为代表来充分体现），固不待言矣；而江月是否亦属有情呢？作者在这里没有作肯定答复，只说“不知江月待何人”（一本作“照何人”，显然差多了），着一“待”字，看来也该是有情者，至少作者是在希望它成为有情者，仿佛正在企盼着或憧憬着未来的什么吧？然而它所“待”究属何人，作者自无从体会；而且诗人也感到自己的年命有涯，与江月相比，也觉察到自身的渺小了，因而他乃慨叹自己不及长江之无穷已，能为他日明月所待究属何人做一见证，于是只能说一句“但见长江送流水”了。周振甫先生在《〈春江花月夜〉的再认识》中曾说：“张若虚看到‘江月年年只相似’，……又看到‘人生代代无穷已’，即人生的无尽，这就与‘永恒’相遇了。其实这并不神秘，苏轼在《前赤壁赋》里说了……‘物与我皆无尽也’，……这里讲的‘物与我皆无尽’就是永恒。假如张若虚的诗看到了永恒，那么比起苏轼的话，还只看到一半，即只看到不变的一面，没有注意到变的一面。”我以为，张若虚“永恒”的那一半也看到了的，只不过没有用苏轼所说的那么绝对的语言，说出“则天地曾不能以一瞬”罢了。试看，“不知江月待何人，但见长江送流水”两句，不正是苏轼在《赤壁赋》中借客人的口说的“哀吾生之须臾，羡长江之无穷”么？说到这里，还要请读者把这里的诗句同陈子昂的《登幽州台歌》作一比较；陈诗苍凉而奔放，压抑不住自己迸发出的情感，于是“独怆然而涕下”；此诗则只表露出轻微的惆怅与淡淡的哀愁，似无可奈何却终未彻底失望，把悲壮的慷慨改用一片轻寂的嘘唏给曲曲传达出来。当然，他也不同于宋代苏轼的挥洒自如，了无挂碍。然而以人生的短暂与宇宙的长存相对比，则陈、张、苏轼之间并无太大的不同。我们只能从这里看出唐宋作家在风格上的千门万户。

王尧衢说：“中五解是腹，虽其词有连有不连，而意则相生。”我以为这五解又可分为两层，即以上二节是一层，以下三节是另一层。前二节是点明永恒主题，后三节则从此永恒主题中抽出人世中游子思妇间的永恒相爱来着意摹写，由写大自然而转入人事。此亦即王氏所说的词虽有连有不连，“而意则相生”。

白云一片去悠悠，青枫浦上不胜愁。谁家今夜扁舟子，何处相思明月楼？

从这一节至以下两节，转入写情。情之双方为游子与思妇。两者虽属对等关系，但在作者笔下则时或有所侧重。这一段是总述对举，故无所轩轾，而用笔却各异。从字面看，“白云”是“月”的衬笔（与上文“无纤尘”相反而相成），“青枫浦”是“江”和“花”的衬笔。不过“白云一片去悠悠”却属比兴手法，是从思妇心目中看游子之一去不返，如白云悠悠，一去无迹。下句“青枫浦”，乃游子飘泊之所，浦上之人亦“不胜愁”者，正因他也在念闺人，欲见而不可得也，这两句是曲说，都是由此及彼，而上虚（用比兴手法，故“虚”）下实（用赋的手法，故“实”）。至“谁家”二句，则干脆各用一语道破。“扁舟子”是“江”的衬笔，而“明月楼”则爽性点出了“月”。“谁家”与“何处”，是作者客观的描述，意思说江上的游子是谁家的丈夫，而楼上的思妇又在何处呢？这一节中，“江”“月”都已退居到背景的位置上，活动在背景之前的则是游子和思妇了。而“今夜”与“相思”又为互文见义，盖游子、思妇同于今夜分别在异乡和闺中见到了挑人别思离愁的月色，而相思之情则为共同所有也。

可怜楼上月徘徊，应照离人妆镜台。玉户帘中卷不去，捣衣砧上拂还来。

这一节的四句是从月写人，而下一节的四句“此时相望”云云则是从人写月。这四句是从游子的角度设想闺人在月光之下的相思之苦，而下四句则前三句径写思妇一腔幽怨，到第四句复由实而虚，兼写男女两面。此节第一句不说人徘徊而说“月徘徊”，固然用曹植《七哀诗》“明月照高楼，流光正徘徊”的典故，但在游子心目中觉得月还是有情的，也是幸运的，它的光毕竟能照到自己妻子梳妆的镜台上。这里有两句不大好讲，即“玉户”云云究应怎样解释才贴切。王尧衢云：“帘卷得去，月卷不去；捣衣砧上，只疑是霜，然拂拭亦不能去。视此月光之不去，反形游子之不来。”但我觉得，这儿“玉户”两句同上文“空里流霜”两句写法并不一样[①]。那两句是写月光极度

① 《中国历代诗歌选》上编（二）注云：“空里”句，“是说月色如霜，所以霜飞也就无从察觉”。其实这一句只是形容月色如霜，并非真在下霜。注文似未切。

明亮，而这两句却是透过月影来写月色光辉皎洁，由于角度不同，乃有意从反面着笔。夫帘遮玉户，月光自然不能直射室中；室中所见，只是穿过帘幕斑驳的月影。月色亮度极强固然撩人愁思，斑驳月影也同样添人惆怅。秦观词有云："花影和帘卷。"欲使月影无存，最好莫过于卷帘；帘卷则影随之而逝。但诗人于此处却故作痴语，仿佛把帘一卷起来则月影自然消失。却不料无帘幕遮拦，月光反复直射室中，亮度更强了，因此愁思也就更烈了，此正所谓"卷不去"，不仅月色卷不去，愁亦卷不去也。这真是神来之笔。"捣衣"句亦与此仿佛。王氏解砧上月光"只疑是霜"，我则以为砧本女性在夜间捣衣所用，人近砧旁，影自会投于砧。这个影既为月光所照射，自然拂之还来。《千家诗》里有一首托名苏轼的《花影》，诗云："刚被太阳收拾去，却教明月送将来。"愈不想见它，它偏来惹你；月光如此，月影亦如此。光和影本来是一件事物的两面。这里作者只是从另一角度写，便觉笔意变化多姿了。

此时相望不相闻，愿逐月华流照君。鸿雁长飞光不度，鱼龙潜跃水成文。

这四句是从思妇的角度怀念天涯游子；"相望"，同望月也；似实而虚。因为彼此同在一个夜晚能够都望见明月，这只是一厢情愿而已（说详下）。"不相闻"，彼此无消息也，似虚而实。于是作者又代思妇说出了痴语，我愿追逐着月光流照到我所思念的人的身上。而这当然不可能实现。不但"逐月华"不可能与"君"相见，即凭借翱翔于天空的鸿雁（与"月"相关）和沉浮于水内的鱼龙（与"江"有关）也仍然不可能与“君”相见。“鸿雁”二句，是全诗中最不好讲的所在，其难度仅次于“玉户帘中”二句。《中国历代诗歌选》上编（二）的注文是：“写月光下一片无边的世界。这里鸿雁不停地长飞，仍然飞不出无边的月光去。”“写水流月光照得透明，可能看见水底鱼龙泛起的波纹。”我曾为此亲自请教过这首诗的注释者，他进一步解释道：“一、月光是无所不照的，既照游子，也照思妇。这有谢庄的《月赋》‘隔千里兮共明月’、张九龄的《望月怀远》‘海上生明月，天涯共此时’、苏轼的《水调歌头》‘但愿人长久，千里共婵娟’等可以作证，既然双方都可‘共’此明月，那么鸿雁当然飞不出这无边的月光了。二、‘不度’的主语只能是‘鸟’，不能是‘光’。三、与下句‘鱼龙’字样相对照，这里的‘鸿雁’无传书寄简之意，当然也不会传送月光。”我为此反复思考，终觉其说未洽。一、如果说月光既照游子，又照思妇，则思妇正可逐月华而至游子身边矣，岂不与诗意正相反？二、自谢庄以至于苏轼，所以说“共明月”“共婵娟”者，只是说人的主观愿望。正由于离人相暌隔而不能见面，才希望月光普照离人，彼此对着月光可以聊慰别思。这原是百无聊赖之下的一种幻想。如果真是写实，则万里之外正未必共阴晴也。三、这里的“鸿雁”是否传书姑不论，但“光不度”的主语却一定是“光”而不能是其他。若照《中国历代诗歌选》（以下简称“《诗歌选》”）的注释，则是不可度越此月光或月光不可被度越，成为宾语前置，这在古诗中似不大有此别扭句法；且证以下句“水成文”，主语只能是“水”，而“水成文”云云是无法解为宾语前置的。四、“度”作动词用，其主语并不限于鸿雁，更不能说“度”字不能作为“光”的谓语。如认为“光不度”是不合理的，那么“春风不度玉门关”亦唐人诗也，难道“风”可以成为“不度”的主语，而“光”就不可以么？王尧衢说：“即如能飞者鸿雁，雁飞在月光中，此处月光，鸿雁不能带去，故曰‘不度’。”我基本同意此说。盖纵使月光无所不照，然此处之光亦绝不同于彼处之光，纵使鸿雁长飞不已，此处之光也依旧照不到彼人身上。正以见“逐月华”以“流照君”是不可能的。至于“鱼龙”句，鄙意以为似当贴游子说。《乐动声仪》云：“风雨感鱼龙，仁义动君子。”今值波平月朗之夜，水面寂无风雨，则鱼龙并未受到任何影响，只在水底潜跃而已，全不体会游子一片怀人思乡之情。“水成文”者，言鱼龙潜跃于水下，水上虽有波纹，亦空文耳；非能如书札上的文字可以传递消息。水文与文字之“文”，字面双关而两义不同，犹“光”之不可由彼度至此也。此说盖请益于俞平伯师，或较可信。而《诗歌选》之注似未免浮泛，虽注犹未注耳。

以上三节专从游子思妇两地怀想落笔，而一归于思慕之诚，情爱之笃，盖从永恒主题生发而出，以见人同此心，心同此理，自古如斯，全无例外。这也正是作者把六朝艳体诗逐渐升华为纯真爱情之作的具体实践。

> 昨夜闲潭梦落花，可怜春半不还家。江水流春去欲尽，江潭落月复西斜。
>
> 斜月沉沉藏海雾，碣石潇湘无限路；不知乘月几人归，落月摇情满江树。

此八句渐趋结束，虽为两节，实同出一辙。“昨夜”即望月之夜，此就次晨天色渐明时说。“闲潭梦落花”乃虚写，“花落”则“春去欲尽”，天向曙而“落月西斜”，直至复归于海雾之中，则一宵已过，又到天明。近写时光之易逝，远寓人生之短促，时不我留，青春老去，而相爱之人终不能朝夕相处，正说明游子思妇之处境堪悲，而人生每不能尽如人意，可怜亦复可憾，从而翻转过来见江与月竟万古不灭，为可欣可羡也。从月“共潮生”到月“藏海雾”，整整一夜，是时间的线索；从北方的碣石到南方的潇湘，由海而通江，路遥人远，是空间的脉络。最后归结为“不知乘月几人归”，似渺茫而又未全失望；而“落月摇情”，似犹非完全无情无义者可比。这就更给离人增添惆怅。诗人不仅洞察人生，而且对旷夫怨女充满无限同情，这样的结尾，似比《长恨歌》“天长地久有时尽，此恨绵绵无绝期”之毫无含蓄，更为难得。王尧衢于此诗结尾处评云：

> 余情嫋嫋，摇曳于春江花月之中，望大海而杳渺，感今古之茫茫；伤离别而相思，视流光而如梦。千端万绪，总在此情字内动摇无已（小如按，此盖指诗末“落月摇情”句），将全首诗情，一总归结。其下添不得一字，而又余韵无穷。此古诗之所以难于结也。

正可用此段文字为本文之结束语。

附：跋语

拙作是根据1965年写的一篇粗略的讲稿提纲扩展改订而成文的。到1985年初才定稿交《北京大学学报》发表，刊出时已过了这一年的国庆节了。虽参考了几种前人评论，却未遑旁搜远绍，遍辑旧文。仅录王尧衢一家之言，以申鄙见而已。1985年末，承廖仲安先生见告，程千帆先生《古诗考索》中有此诗《集评》而“净化”的提法已早经闻一多先生拈出。但我撰写此文时，程先生《古诗考索》尚未问世，闻先生旧说当然更非我这晚学后辈所知，故深悔读书不多，率尔操觚，未免孟浪。及《集评》既已获读，乃又窃幸所言与古人尚无太多枘凿矛盾之处。惟当时倘能遍搜旧评，则拙文可以不作，或虽作亦不必如此辞费也。

这里想略加饶舌的凡两点。一、程千帆先生有《张若虚〈春江花月夜〉的被理解和被误解》的大作，持论与闻一多先生不同，即不承认张若虚此诗为宫体诗。这一点，与鄙见亦根本殊异。我认为，闻先生并未把宫体诗的范围无限扩大，而《春江花月夜》这一乐府旧题实在应该是不折不扣的艳情宫体诗。二、《集评》于“玉户”“捣衣”“鸿雁”“鱼龙”四句皆引徐增《而庵说唐诗》中评语，此书我实未读过。但我的解释与徐说基本一致，此实差堪告慰者也。

陈子昂

陈子昂（661—702），字伯玉，梓州射洪（今四川省射洪县）人。二十四岁中进士，为武则天所赏识，擢为麟台正字。二十六岁曾随乔知之出征西北，三十三岁升为右拾遗。三十六七岁随武攸宜东征契丹。时陈子昂一再进谏，反受到降职的处分。三十八岁那年辞官回乡。后被县令段简害死。

陈子昂反对齐梁“彩丽竞繁，而兴寄都绝”的形式主义诗风，高倡“汉魏风骨”和“风雅兴寄”。其诗深沉蕴藉，刚健质朴，一扫齐梁萎靡诗风，为盛唐诗歌开辟了新的天地。后人辑有《陈子昂集》。

登幽州台歌 [1]

前不见古人，后不见来者 [2]。

念天地之悠悠 [3]，独怆然而涕下 [4]。

【注释】

［1］幽州台：即蓟北楼。故址在今北京城西南。

［2］“前不见”二句：古人，指前代的明君贤士，如燕昭王、乐毅等。来者，指后世的明君贤士。《楚辞·远游》：“往者余弗及

兮，来者吾不闻。”

[3] 悠悠：长远无穷的样子。《楚辞·远游》：“惟天地之无穷兮，哀人生之长勤。”

[4] 怆然：伤感的样子。

谈陈子昂《登幽州台歌》[①]

梁宗岱

陈子昂底《登幽州台歌》：

前不见古人，
后不见来者。
念天地之悠悠，
独怆然而涕下！

字面酷像屈原《远游》里的：

唯天地之无穷兮，
哀人生之长勤！
往者吾不及知兮，
来者吾不闻！[②]

① 梁宗岱（1903—1983），现代诗人、诗歌理论批评家、外语教育家、翻译家，曾任教于北京大学、清华大学、复旦大学、中山大学。所译《莎士比亚十四行诗》、《浮士德》（上卷）堪称现代译诗经典。著有诗集《晚祷》，论文集《诗与真》《诗与真二集》等。有《梁宗岱文集》（中央编译出版社）、《梁宗岱译集》（华东师范大学出版社）等行世。本文节选自梁宗岱《谈诗》，见《梁宗岱文集·评论卷·诗与真二集》，中央编译出版社 2003 年版。标题为编者所加。

② 唯，一作“惟”。

陈子昂读过《远游》是不成问题的，说他有意抄袭屈原恐怕也一样不成问题。唯一合理的解释，就是：或者陈子昂登幽州台的时候，屈原这几句诗忽然潜意识地变相涌上他心头；或者干脆只是他那霎时胸中油然兴起的感触，与《远游》毫无关系，因为永恒的宇宙与柔脆的我对立，这种感觉是极普遍极自然的，尤其是当我们登高远眺的时候。试看陶渊明在《饮酒》里也有

> 宇宙一何悠！
> 人生少至百……

之叹，而且字面亦无大出入，便可知了。

无论如何，两者底诉动力，它们在我们心灵里所引起的观感，是完全两样的：一则嵌于长诗之中，激越回荡，一唱三叹；一则巍然兀立，有如短兵相接，单刀直入。各造其极，要不能互相掩没也。

陈子昂和他的《登幽州台歌》[①]

王运熙　杨　明

前不见古人，后不见来者。

念天地之悠悠，独怆然而涕下！

陈子昂的《登幽州台歌》作于武则天万岁通天二年（697年）。当时子昂在征讨契丹的武攸宜军中任参谋。幽州台在幽州蓟县，其故址在今北京市。

这首诗只有短短的四句。作者感慨万端，意绪悲凉，好像是在慨叹宇宙的无穷和生命的短暂，又流露出一种孤独寂寞之感。这种悲感究竟为何而发？包含着怎样的具体内容？又给读者以怎样的启示？要回答这些问题，必须结合陈子昂的为人和写作时的具体情况加以探讨。

陈子昂不仅是杰出的诗人，而且是一位具有远见卓识的政治家，但他在政治上的遭遇却是不幸的。他生活在初唐时期，从青年时代起，就怀抱建功立业的壮志，关心现实，关心国家的命运。入仕之

① 王运熙（1926—2014），学者，复旦大学教授，尤长于六朝、唐代文学和《文心雕龙》研究。著有《六朝乐府与民歌》《汉魏六朝唐代文学论丛》《文心雕龙探索》，主编有《中国文学批评史》（三卷）等。杨明，复旦大学教授，师从王运熙教授，从事中国古代文学研究，长于魏晋南北朝和唐代文学。本文选自《唐诗鉴赏集》，人民文学出版社 1981 年版。

初，任麟台正字，这是一个整理国家所藏图书的小小官职。可是他却不因地位卑微而缄默，多次上书批评朝政得失，提出建议，要求采纳，表现了高度的政治热情和勇气。当时武则天为了镇压政敌的反抗，任用酷吏，滥施刑罚，他便一而再、再而三地加以批评。对于唐王朝与边境少数民族之间的战争，他也屡次发表意见，要求息兵以缓和社会矛盾，减轻人民负担。这些意见都相当中肯，但却并没有得到重视，这使得子昂宏大的政治抱负受到了打击。后来他擢升为右拾遗。这个职务本该让他有更多的发表政见的机会，可是事实上他却反而接连受到打击，还曾因事下狱。出狱后，他感到理想已经破灭，很难再有所作为。但是诗人内心深处立功报国的火焰仍然没有熄灭，随武攸宜出征契丹就是这种意愿的具体表现。

当时战争形势对唐王朝很不利。契丹叛唐后，攻陷了营州（在今辽宁省西部），并深入到今河北省中、南部。同时北方的突厥也乘机南侵。万岁通天二年，武攸宜所统先头部队又大败于契丹，总管王孝杰坠崖而死，将士死亡殆尽。当时武攸宜大军驻扎在渔阳（今天津市蓟州区），听到前军战败的消息，震恐万分，不敢前进。在这样的情况下，陈子昂挺身而出，向武攸宜进谏。他直率地批评武攸宜不认真分析双方的形势，不简练兵马，不严明法制，并一针见血地指出：这样把军国大事视同儿戏，将是十分危险的。他还要求分兵万人给自己，充当前驱。但武攸宜却拒不接受他的正确意见。子昂认为自己是军中参谋，当此危急存亡之际，断不可苟合取容；于是再次进谏，言辞非常激切。刚愎自用的武攸宜一怒之下，竟将他降职为军曹。子昂知道再也无法可施，只得缄默不言。他心中巨大的悲愤是可以想见的。《登幽州台歌》就是诗人在这种心情支配之下写作的。

陈子昂的好友卢藏用记述当时情况说："子昂知不合，因箝默下列，但兼掌书记而已。因登蓟北楼（即幽州台），感昔乐生、燕昭之事，赋诗数首，乃泫然流涕而歌曰：'前不见古人，后不见来者。念天地之悠悠，独怆然而涕下！'"（《陈氏别传》，又名《陈子昂别传》）这里所说的"赋诗数首"，是指《蓟丘览古赠卢居士藏用》诗。蓟丘，即蓟北楼所在之地，遗址也在今北京市。[①] 诗共七首。所谓"感昔乐生、燕昭之事"，是指其中的《燕昭王》《乐生》《郭隗》诸首。《燕昭王》云：

南登碣石馆，遥望黄金台。丘陵尽乔木，昭王安在哉！霸图怅已矣，驱马复归来。

《郭隗》云：

逢时独为贵，历代非无才。隗君亦何幸，遂起黄金台。

战国时代，燕昭王礼贤下士，收罗人才。他曾尊郭隗为师，传说还曾为之建筑高台，置黄金于其上，以此招天下贤士。于是乐毅等人纷纷前往燕国，为燕国建立了功勋。唐代的幽州蓟县，正是古燕国建都之地。子昂追咏昭王、郭隗之事，于览古抒怀中宣泄了胸中的块磊。"逢时独为贵，历代非无才"二句，清楚地表明了他的自负。他认为自己虽有济世之才，但却不逢其时。天地悠悠，哪里有知己，谁能赏

① 明蒋一葵《长安客话》："今都城德胜门（按：即北京城北边西头第一门）外有土城关，相传是古蓟门遗址，亦曰蓟丘。蓟丘旧有楼馆，并废，但门存二土阜。"

识和重用自己呢？由此上的分析，就可以知道，《登幽州台歌》之所以流露出孤寂之感，诗人之所以发出宇宙无穷和人生短促的慨叹，是有着深刻的原因的。“前不见古人，后不见来者”，是感叹那些能够重用贤才的圣明之君，已经一去不返；而后来的能像燕昭王那样求贤若渴的统治者，自己又不获见。有志之士本该抓紧短暂的一生建立功业，而自己却遭受压抑，只能徒然地吊古伤今。这怎不叫诗人怆然泪下呢？长期以来仕途失意的郁闷，公忠体国却遭受打击的悲愤，政治理想完全破灭的苦痛，都在这短短的四句诗中倾泻出来了。这首诗深刻地表达了封建社会中正直而富有才能的人士遭受压抑的悲哀，反映了他们在失意境地中孤单寂寞的情怀。

这种孤独悲凉之感，在封建社会遭遇困厄的知识分子中是十分普遍的。相传为屈原所作的《远游》中就有“惟天地之无穷兮，哀人生之长勤。往者余弗及兮，来者吾不闻”的句子，表现了诗人忠而见谤、侘傺穷困的悲愁。[①] 阮籍《咏怀》诗中也有“去者余不及，来者吾不留”之句，抒发了他身处乱世的忧生之嗟。《登幽州台歌》中“前不见古人，后不见来者”二句就是从上引屈原、阮籍的诗句变化而来，陈子昂的思想感情也正与屈原、阮籍有相通之处。[②] 唐朝是我国封建社会中一个强大昌盛的王朝，子昂所处的武则天时代又处于

---

① 王逸释“往者余弗及兮”二句云：“三皇五帝，不可逮也。后虽有圣，我身不见也。”侘傺（chàchì），失意状。

② 陈沆《诗比兴笺》卷三释《登幽州台歌》云：“先朝之盛时，既不及见；将来之太平，又恐难期。不自我先，不自我后，此千古遭乱之君子所共伤也。不然，茫茫之感，悠悠之词，何人不可用，何处不可题？岂知子昂幽州之歌，即阮公广武之叹哉！”可以参考。“广武之叹”见《晋书·阮籍传》：“（阮籍）尝登广武，观楚汉战处，叹曰：‘时无英雄，使竖子成名！’”

唐王朝的上升时期，但还是存在打击、压抑有用之才的极不合理的现象。这种现象在过去时代是根本无法完全避免的，《登幽州台歌》反映了这种现象，表现了子昂怀才不遇的悲感，具有深刻的典型意义，因此千百年来一直唤起人们的共鸣。而由于作者并没有在诗中直接叙说如何怀才不遇，只是十分含蓄地传达了一种深沉强烈的情绪，所以读者即使并无诗人那样不幸的遭逢和痛苦的感情，也还是可能被那种登高远眺、极目古今的宏伟胸襟，那种苍茫辽阔、雄浑有力的艺术境界所打动。清人沈德潜评这首诗时就曾说过："余于登高时，每有今古茫茫之感，古人先已言之。"（见《唐诗别裁集》卷五）我们今天读它时，也往往会由于感受到时间、空间的无限而引起深思，考虑到个人应该怎样不虚度这有限的年华。

《登幽州台歌》之所以能引起广大读者的共鸣，与它艺术上的成功也有着密切的关系。它的语言劲健有力，质朴自然，绝无矫揉造作、过度雕琢之病。这在初唐诗坛上是十分突出的。诗的前三句通过作者深沉的目光和思索，构成了一个无限广阔的背景；第四句"独怆然而涕下"，则如同镜头转换一般，突出了诗人独立高楼、慷慨悲歌的动人形象。一个"独"字承上启下，有力地写出了诗人的寂寞孤单；其声调的短促重浊，又正与上句"悠悠"二字的清扬形成鲜明的对比，读起来真有力能扛鼎之感。全诗直抒胸臆，壮怀激烈，突然而起，戛然而止，像是感情的洪流在一刹那间决口而出。诗中没有用一个字去描绘具体的景物，但那沉着的笔力、开阔的境界、雄浑的格调，却激发起读者的想象，使读者仿佛立身于历史的潮流之中，看到了无边无际的天宇和苍茫辽远的原野，听到了震撼心灵的慷慨悲歌，感受到一种悲壮的美。

《登幽州台歌》的语言节奏也是很值得注意的。它的前两句是对称的五言句，但打破了一般五言诗句“上二下三”的节奏。后两句是六言，在句子中间嵌用虚字，这种句式来源于《楚辞》。[1] 全诗念起来节奏是这样的：

前不见古人，后不见来者。

念天地（之）悠悠，独怆然（而）涕下。

这样的节奏显得既整齐又有变化，即有诗的韵律又比较活泼自由，比较接近散文句式，对于表达作者那种奔放强烈的感情是很适宜的。陈子昂集中还有三篇骚体歌，即《春台引》《采树歌》《山水粉图》，都写得比较自由挥洒，风格与《登幽州台歌》相近。

陈子昂是唐诗发展过程中具有关键性的人物。初唐的诗坛，漫着齐梁余风。诗歌的内容往往是吟风弄月，或者写男女之间的轻薄艳情，空虚而贫乏。形式上则片面讲究词藻、对偶、声律，风格柔靡不振。陈子昂之前也有人对这种创作风气表示不满，但是积重难返。陈子昂则是有意识地扫除六朝以来绮靡之风并取得重大成绩的第一人。他要求诗歌有“兴寄”，能反映社会现实、抒发真实的感情；要求摆脱齐梁诗“采丽竞繁”的纤巧作风，做到具有“汉魏风骨”，建立明朗刚健的风格。尤其可贵的是，他不但有理论，而且用创作实践体现

① 例如《楚辞·离骚》：“惟草木之零落兮，恐美人之迟暮。”又如《远游》：“悲时俗之追兮，愿轻举而远游。”若去掉上句句末的“兮”字，便是两个六字句，其中第四字为虚字。这种句式后来逐渐成为赋中最常见的句式，而且上下两句一般均取对偶的形式。《登幽州台歌》中“念天地之悠悠，独怆然而涕下”正是此种句式，但并不对偶。

了自己的主张。因此，李白、杜甫、白居易、元稹、韩愈等大诗人都非常推崇他，后代还有人把他比作大泽乡振臂一呼为群雄开路的先驱。[①]而千古传诵的《登幽州台歌》也就不愧为开创有唐一代文学风气的先驱之作。

1980年9月于复旦大学

① 明人胡震亨云："子昂自以复古反正，于有唐一代诗功为大耳。正如夥涉为王，殿屋非必沉沉，但大泽一呼，为群雄驱先，自不得不取冠汉史。"见《唐音癸签》卷五。

陈子昂《登幽州台歌》解①

斯蒂芬 · 欧文

《登幽州台歌》见于卢藏用的《陈子昂别传》中，是陈子昂最著名的作品。

> 前不见古人，后不见来者。
> 念天地之悠悠，独怆然而涕下。

这些朴素的诗句比起诗人全部雅致的风景描写要更引人瞩目。诗歌直接生动地描绘个人的孤独形象：他处于空间和时间之中，与过去和未来相脱离，在巨大无垠的宇宙面前显得十分渺小。诗人站在时间长河中，面对着过去，所以开头两句直译为："我看不见在我前面的古人，我也看不见在我后面的来者。"陈子昂喜欢写怀古诗，这是一首富有特色的、变化了的怀古诗。有着许多历史联系的幽州，首先成为陈子昂表达怀古主题的场所："前不见古人"。但这一主题的中心迅速地从消失了的辉煌过去转回孤独的现在，并以同样的方式从未来转回现在。所有的人在永恒无限的宇宙和时空面前，都会不由自主地

① 斯蒂芬 • 欧文（Stephen Owen），中文名宇文所安，美国汉学家，哈佛大学教授。著有《初唐诗》《盛唐诗》《晚唐诗》《追忆：中国古典文学中的往事再现》《迷楼：诗与欲望的迷宫》等，并主编《剑桥中国文学史》（上卷）。本文节选自斯蒂芬 · 欧文《初唐诗》，广西人民出版社 1987 年版。

感到自己的渺小、短暂、微不足道。传统的“流泪反应”由于感情深厚，语言朴素，用在这里恰到好处。

这首诗所具有的自然朴素的美和忧伤，主要基于楚辞《远游》中的一段：

惟天地之无穷兮，哀人生之长勤。
往者余弗及兮，来者吾不闻。

这位远游的诗人（陈子昂相信是屈原）通过遨游太空，达到超然物外的境界，解决了人生短暂的悲哀。陈子昂将自己安排在孤独而慷慨下涕的境界，这一境界由于《远游》的背景而增加了感伤的分量。不过，他舍弃了遨游太空的现成反应。

尽管陈子昂这四句诗中有三句出自《远游》，诗的价值并未因此降低。与《远游》相比，这首诗已发生了质的变化，四句诗独立成篇，未采用现成的反应，又加上个人经历和历史场合的背景。这就好比一位画家以一幅大型作品的细节为基础，形成了另一幅作品的风格。前面已经指出，新的诗歌正是通过返回传统，运用和改造传统而产生的。

孟浩然

孟浩然（689—740），襄州襄阳（今湖北省襄阳市）人。曾隐居鹿门山。年四十，赴长安应进士举，失意而归。张九龄镇荆州时，被张招致幕府，后病疽死。

他一方面自居隐逸，另一方面又不无盛世沉沦之感。其诗多写山水闲情和羁旅愁思。用清微淡远的笔意，表现狷介郁抑的情怀。佳处在于伫兴造思，出入幽微，不落凡近，略无雕琢藻绘的痕迹，故能在盛唐诗坛上独树一帜，与王维并称。

有《孟浩然集》，共诗二百余首，绝大部分都是五言短篇。

春　晓

春眠不觉晓，处处闻啼鸟。

夜来风雨声，花落知多少。

释孟浩然《春晓》[①]

周振甫

唐朝著名诗人孟浩然的《春晓》，是唐诗中传诵的诗篇之一。这首诗，《唐诗三百首》里选了。蘅塘退士孙洙讲他选《唐诗三百首》的标准说：“专就唐诗中脍炙人口之作，择其尤要者。”那么在孙洙选诗时，这首诗就已经成为脍炙人口之作了。

这首诗写诗人在春天破晓时，还迷糊睡着，没有感觉到天已发亮。但在迷糊中听见到处的鸟叫声，醒来想到夜里的风雨声，不知道花落掉多少。从这里，可以体会到诗人夜里听到风雨声，为花担心，睡不着觉。后来风雨声停了，诗人才朦胧睡去，所以天破晓时还在迷糊睡着。但在迷糊中还在关心花事，所以能够听到到处的鸟叫声，知道天已放晴。这是从诗里可以体会到的。

《文心雕龙·知音》里说：“夫缀文者情动而辞发；观文者披文以入情。沿波讨源，虽幽必显。世远莫见其面，觇文辄见其心。”诗人写这首诗，是情动而辞发；我们读这首诗，是披文以入情。那要“沿波讨源”，这里还有“世远”的时间距离，要缩短这种时间距

---

① 周振甫（1911—2000），学者、古典文学专家、资深编辑家。著有《诗词例话》《文心雕龙注释》《中国修辞学史》等。经他审阅编辑的书稿有《管锥编》《管锥编增订》《李太白全集》《乐府诗集》《历代诗话》《历代诗话续编》《楚辞补注》《酉阳杂俎》等。本文选自周振甫《诗文浅释》，见《周振甫文集》第九卷，中国青年出版社1999年版。标题为编者所加。

离，才能够“辄见其心”，了解诗人的情意。

先就“世远”讲，怎讲缩短时间距离呢？光从《春晓》一首诗里去了解诗人的心情，可能有困难，那可以用诗人别的诗来印证，或从诗人同时代人的诗里去印证，了解诗人同当时人看到花落时的心情。早于孟浩然的刘希夷《代悲白头翁》：“今年花落颜色改，明年花开复谁在。”“年年岁岁花相似，岁岁年年人不同。”陈子昂的《感遇》诗：“但恨红芳歇，凋伤感所思。”诗人对“花落知多少”的关心，是不是也有像刘希夷、陈子昂那种看到花落引起青春易逝的感叹呢？诗人在《晚春卧病寄张八》里说：“狭径花将尽，闲庭竹扫净。翠羽戏兰苕，赤鳞动荷柄。念我平生好，江乡远从政。”他把花落同竹净和翠羽赤鳞连起来写，即把花落同美好景物连起来写的，并没有因“花将尽”而引起春光易逝的感叹。他的感叹是从怀念“平生好”里引出来的。再从别的诗里，也找不到他看到花落而引起春光易逝的感叹。那么要从《春晓》里探索诗人的心情，从诗人的诗集里找不到刘希夷、陈子昂那样借花落来抒怀的诗，那就不能用花落抒怀那样的写法来探索诗人写《春晓》时的心情，得结合诗人别的诗来探索诗人的心情了。

王士源序孟浩然诗称：“每有制作，伫兴而就。”什么叫“伫兴”呢？王士禛《带经堂诗话·伫兴类》称：“萧子显云：‘登高极目，临水送归；早雁初莺，花开叶落。有来斯应，每不能已；须其自来，不以力构。’”也就是情以物兴，有所感触。王士禛又在《真诀类》称这种感触为兴会，比作“镜中之像，水中之月，相中之色，羚羊挂角，无迹可求，此兴会也”。上面想从《春晓》诗里探索它的用意，有没有青春易逝的感慨，这就是求迹象，可是这种伫兴之作是无迹可求的，所以上面的想法就没有抓住孟浩然这首伫兴诗的特点。胡震亨《唐音癸签 · 评汇》称“萧悫有‘芙蓉露下落，杨柳月中疏’，孟则有‘微云淡河汉，疏雨滴梧桐’；谢朓有‘露湿寒塘草，月映清淮流’，孟则有‘荷风送香气，竹露滴清响’；与古人争胜毫厘”。芙蓉一联，《唐才子传》称他与诸名士集秘书省联句所作，为众所钦服。这些诗，描绘景物，写出一种境界，即王国维《人间词话》中所说的“无我之境”。无我之境并不是完全无我，如王国维讲陶渊明诗“采菊东篱下，悠然见南山”为无我之境，但在“悠然”和“采菊”里就有我在。不过在这里，陶渊明没有在诗里着上强烈的感情色彩。那么《春晓》诗的好处，就在于伫兴而作，写出一种无我之境来，它不以命意取胜，是以写出一种境界来，表达了诗人的兴会。这种兴会，正像花开叶落，有来斯应，有这种感兴，却说不上有什么寄托。

诗人听见处处鸟叫，引起关心，喜欢天气放晴，这是伫兴。诗人听见风雨声，引起关心，关心花落，这是伫兴。这种兴会，即从接触外界的晴或风雨来的。他没有从中引出更多的思想来，像刘希夷、陈子昂那样。他的情意就停留在情以物兴上，并不从关心花转到关心人，从花落感叹身世飘零，那样成了感怀，借花落来写人，主要在写人的身世飘零，不在写花落，那就不是伫兴了。伫兴是情停留在物上，如绘画，画出风雨落花图，究竟画家面对这幅画有什么含义，没有说，就让人去欣赏这一幅画面。由于没有从花落引出身世飘零来，只写花落，所以是无我之境。

这种伫兴之作，以画面取胜，从画面中写出一种境界来。诗情就表现在画意里，诗人的心情在画意中透露出来。《唐音癸签》里又称引：“襄阳气象清远，心悰孤寂，故其出语洒落，洗脱凡近，读之浑然省净，真彩自复内映。”这几句说明孟浩然诗的特点，《春晓》诗也是这样。气象清远，出语洒落，洗脱凡近，它不同于一般的写风雨落花诗，确实做到浑然省净，语极简练干净，浑然天成。他只描绘自己感觉，没有多余的话，不写什么意义或感受。它的另一特点，是不依靠辞藻，是“真彩自复内映”。它的彩色是真彩，不是靠涂饰加上的，是自然形成的；是内映，是从内部映发出来的。从《春晓》看，不用辞藻，语言是朴素的。但在朴素的语言中自然具有一种真彩。这种真彩，只要把全诗构成意境展现在我们眼前，就可想象到一种画面，有风雨落花，有处处鸟鸣的晴晓，这里就给人一种彩色的感觉，这就是这首诗所具有的真彩。

这样看来，《春晓》的好处，像上面指出的，诗人关心花而高兴天晴，关心花落而夜不成寐，这些是言外之意，没有说出，可以从说出的话中体会的。这是一。《春晓》写无我之境，有画意，是伫兴之作。诗人的诗情就从画意中透露出来，写出一种境界。这是二。《春晓》出语洒脱，不用刻画，浑然天成，语言自然省净。这是三。《春晓》不用词藻典故，从画意的含蕴中，自然含有色彩，是真彩内映。这是四。这首诗是不是含有这四种好处，具有诗人伫兴之作的特色。这样看，是不是做到了“沿波讨源，虽幽必显”“觇文辄见其心”呢？这些，是不是使这首诗成为传诵之作呢？

过故人庄

故人具鸡黍[1]，邀我至田家。
绿树村边合，青山郭外斜。
开轩面场圃[2]，把酒话桑麻。
待到重阳日，还来就菊花[3]。

【注释】

[1]具：备办。鸡黍：《论语·微子》：荷蓧丈人“止子路宿，杀鸡为黍而食之”。黍，黄米。具鸡黍：款待之意。

[2]轩：窗。场：打谷场。圃：菜园。

[3]就菊花：赏菊的意思。就，近。

谈孟浩然《过故人庄》[①]

林　庚

这是孟浩然的名作。特别是前四句给人印象最深，这四句并曾以一首绝句的形式，误入王维集中，也可见这首诗与王维的作品很相近。王、孟并称，相沿已久，这是由于后人特别强调王维隐逸诗的缘故。其实即使就隐逸诗来说，王维的风格也显然与孟浩然有别，前者比较自然朗爽，后者比较深远清峭。至于王维其他的方面，如一些边塞的主题，七古的长篇，七言的绝句，就是五律中像《观猎》《送赵都督赴代州》等，都与孟浩然相去颇远。孟浩然大部分诗作都集中在隐逸一类的主题与五律的体裁上，一种谨严洗炼的风格，往往给人以更深的孤独感。他的冷峭之中有时甚至于是激切的，像他的名作《宿桐庐江寄广陵旧游》：

山暝听猿愁，沧江急夜流。风鸣两岸叶，月照一孤舟。
建德非吾土，维扬忆旧游。还将数行泪，遥寄海西头。

这里的形象也是王维诗中所少见的。而孟浩然的风格正是在表面的幽静中注入了深深的不平，这是和他一生的遭遇与性格分不开的。当然孟浩然也偶然会有一些天真忘怀之作，这首《过故人庄》就是其中的

① 选自林庚《唐诗综论》，人民文学出版社 1987 年版。

代表。

要说明这首诗的天真忘怀，最好是举孟浩然的另外一首诗《秋登兰山寄张五》来对照一下：

> 北山白云里，隐者自怡悦。相望始登高，心随雁飞灭。愁因薄暮起，兴是清秋发。时见归村人，平沙渡头歇。天边树若荠，江畔舟如月。何当载酒来，共醉重阳节。

这也是名作。可是这首诗中，诗人是孤独的。他虽然“时见归村人”，却只能“隐者自怡悦”。他在山顶上望见了那么美丽的人间，而自己却只能在白云之中。正像《招隐士》中所说的：

> 桂树丛生兮山之幽，……王孙兮归来，山中兮不可以久留。[①]

山中尽管高洁，诗人却不能不感到一些清冷。所以这首诗与《过故人庄》虽然最后都归结于希望在重阳节的时候与友人共饮，可是一个是在寂寞的山中，一个是在人间的农庄；一个是以清峭的心情在期待着温暖，一个却忘怀于友情与大自然之中。孟浩然大部分的作品其实正是属于前者。这首《过故人庄》因此表现了一个寂寞的诗人到了人间所能获得的喜悦，而这个人间只有在素朴的农庄中是存在的，也只有这个素朴的农庄才真正能够接待我们不幸的诗人。

陶渊明有一首脍炙人口的《归去来辞》，写诗人把官一丢而跑

---

① 《文选》卷三十三。

回农村去，那时充满了多么喜悦的心情。我们在这里也就不难理解，为什么《过故人庄》中，孟浩然是那么充满了喜悦的。正是这个喜悦让孟浩然歌唱出一个和平生活的美丽的农村，这美丽，也只有那素朴的心才会真正地深深感受到。这样一个普通的村庄，既没有引人注目的名胜，也没有任何出奇之处，眼前不过是一片场圃，一片桑麻，一些村人来往的道路。谁真正爱这个天地呢？而孟浩然确是写出了这个淳朴的天地。这里与陶渊明的《桃花源记》有异曲同工之处。一个诗人，写出一个天地是不容易的事。这里要真正全心全意地歌唱它，要诗人的世界观与农村淳朴的生活有高度的统一，于是通过诗人的内心世界再现一个典型的和平的农村、一个理想的天地。这里孟浩然并没作任何更多的表白，它的艺术形象真实地告诉了我们。

要进一步地理解这首诗，就还要更具体地通过诗句的分析。

这首诗的第一二句似乎很平淡，它的素朴的语言与素朴的田家款待，所谓：

故人具鸡黍，邀我至田家。

让全诗在一个平民生活的气氛中展开，这对于全诗是一个良好的开始。通过鸡黍这样具体细微的事物的描写，唤起了整个田家的形象。这里是谐和的，真实的，而又是开展的。于是出现了那千载流传的名句：

绿树村边合，青山郭外斜。

这是全诗的灵魂，思想情感与艺术形象交融的顶峰。要知道这两句诗真正的好处，我们这里引一首马致远《双调夜行船》中的几句：

红尘不向门前惹，绿树偏宜屋角遮，青山正补墙头缺，竹篱茅舍。

这也是散曲中的绝唱。如果分开来看，马致远的诗句可能更容易引人入胜，因为这里刻画得更新鲜。可是一对照起来，我们就会觉得孟浩然的诗句更浑厚些，它丝毫没有露出怎样加工的痕迹，然而整个农庄历历在目，这里表现了更深的工夫。这当然也由于马致远是从一个茅舍的角落来写的，这是一个隐者小小的天地，然而这小小的天地却与大自然一脉相通，这正是那可喜之处。而孟浩然所写的却是整个农村，在这里孟浩然的诗有更多的人间味，在更为普遍的天地里有更多的生活气息，这也就是所以更为深厚的缘故。

“绿树村边合，青山郭外斜”，不但写出了层次分明的近景和远景，而且这围绕着村落的绿树与斜倚在绿树之外的青山，正是相映成趣地表现为一种谐和而单纯的美。这里我们无妨说它们是在心心相印着，所谓“相看两不厌，只有敬亭山”。那绿树像母亲的温柔，怀抱着这个村落；而那青山像一个岗哨，远远地也注视着这个村落。它们的心全在这个村落上，因而那城郭也就被冷落地丢在一边了。这里我们才明白，既然说“绿树村边合”，已经是在城郭之外了，为什么还要说“青山郭外斜”呢？这诗句正在于陪衬出那城郭的不重要来；青山、绿树、村落，那么水乳交融地打成一片，那城郭就只好若有若无地默默靠站在一边，这真是再亲切也没有的一幅图画。而与这同时，通过那青山的顾盼，通过那绿树的环抱，对于这个村落，我们将感到多么亲热啊，仿佛我们早就该认识它们了。于是我们感受到每一块草地的绿色，每一片庄稼的成长，每一条小路上的泥土气息。这些，诗中都并没有写，它却存在于青山的一瞥与绿树的拥抱之中。而我们不幸的诗人，像一个贫困的孩子，忽然到了真正心爱的乐园，他要东看西看，东问西问。于是：

开轩面场圃，把酒话桑麻。

这里他不知有多少话在说呢。他忘怀于这个面前展开的天地之中了。于是：

待到重阳日，还来就菊花。

他说他下次还要再来。他当然是要再来的，这难道不是最诚恳最动人的语言吗？凡是稍有童心的人都会知道，一个孩子在要离开玩了一整天的心爱的地方的时候，那天真的心将要说出什么。“绿树村边合，青山郭外斜”，这一片天地将永远生活在诗人的心里，这首诗因而也就永远活在我们的心中。

（原载《语文学习》1957 年第 2 期）

与诸子登岘山[1]

人事有代谢，往来成古今。
江山留胜迹，我辈复登临[2]。
水落鱼梁浅，天寒梦泽深[3]。
羊公碑尚在，读罢泪沾襟。

【注释】

[1]诸子：指同游的几位朋友。岘（xiàn）山：在湖北省。

[2]“人事”四句：人事，指人的活动、事业，等等。代谢，新陈交替。往来，旧的去新的来。胜迹，著名的古迹。

[3]“水落”二句：写深秋眺望所见。“天寒”句意谓天寒水清，始觉湖泽之深。梦泽，即云梦泽，古泽薮名，在今湖北省境内，其范围各说不一。

回忆者与被回忆者[①]

斯蒂芬·欧文

每一个时代都念念不忘在它以前的、已经成为过去的时代，纵然是后起的时代，也渴望它的后代能记住它，给它以公正的评价，这是文化史上一种常见的现象。如果后起的时代同时又牵涉在对更早时代的回忆中——面向遗物故迹，两者同条共贯，那么，就会出现有趣的叠影。正在对来自过去的典籍和遗物进行反思的、后起时代的回忆者，会在其中发现自己的影子，发现过去的某些人也正在对更远的过去作反思。这里有一条回忆的链索，把此时的过去向彼时的、更遥远的过去连接在一起，有时链条也向臆想的将来伸展，那时将有回忆者记起我们此时正在回忆过去。当我们发现和纪念生活在过去的回忆者时，不难得出这样的结论：通过回忆我们自己也成了回忆的对象，成了值得为后人记起的对象。

回忆的这种衔接构成了一部贯穿古今的文明史。孔子要我们"述而不作"（《论语·述而》），要"作"的是生活在远古的圣人，他们是文明的创始人。"述"则是后来的最出色的人，也就是贤人的任务。在声称他只述而不作时，孔子也在无声地教导我们要以他为榜样，而在这个教导中又潜藏着另一重真理：如果孔夫子只作而不述，后来时代的人就会追随这种榜样，大家都会去"作"，而不屑于回忆

---

① 节选自斯蒂芬·欧文《追忆》，上海古籍出版社 1999 年版。标题为编者所加。

和传递已经做过的事（而且佯装不记得他们所要记起和效仿的、有影响的“作”的榜样）。通过把“作”和“述”的概念对立起来，孔子提醒我们，已经做成的事仍然是脆弱的，如果不是经常主动关心它，它还是会被抹掉的。只有得到不断传递下去的许诺，人类的行为才有希望超越有限的现在而继续生存。

有一些场景可以使得回忆的行为以及对前人回忆行为的回忆凝聚下来，让后世的人借此来回忆我们。在这类场景中，最引人注目的大概要数岘山上的“堕泪碑”了，这块碑是襄阳的老百姓在公元三世纪中叶为父母官羊祜立的。《晋书 · 羊祜传》告诉我们：

> 祜乐山水。每风景，必造岘山，置酒言咏，终日不倦。尝慨然叹息，顾谓从事中郎邹湛等曰：“自有宇宙，便有此山。由来贤达胜士，登此远望，如我与卿者多矣。皆湮灭无闻，使人悲伤。如百岁后有知，魂魄犹应登此也。”湛曰：“公德冠四海；道嗣前哲。令闻令望，必与此山俱传。至若湛辈，乃当如公言耳。”……（羊祜去世后）襄阳百姓于岘山祜平生游憩之所建碑立庙，岁时飨祭焉。望其碑者莫不流涕，杜预因名为“堕泪碑”。

这块地方不仅仅是积聚回忆的场所；它变得同羊祜本人在公元三世纪中叶回忆前人的行动分不开了。从表面上看，人们回忆羊祜是由于他的德政，但是，同这块纪念碑联系在一起的，还有这块特定的地方和它作为“堕泪碑”的名声，它们把它同发生上述那件逸事的特定场合连到一块儿。羊祜为了无名的先人而感慨，后人则为了羊祜这个名字而流泪，在这个名字里，人们回忆起羊祜的德政和他的那次著名的回忆先人的行动。如果我们想要为了某个具体的，而不是无名的先人挥泪感慨，那么，就必须有这么一块刻有碑文的石碑，一块起中介作用的、给这个名字和山上这处具体地点染上特殊色彩的断片。

羊祜所以没有被人们忘掉，不光是因为他为了让别人记住他而做了某些事；不朽的声名是其他人出于各自的原因而赠与他的。最初纪念他的是襄阳的百姓，因为他担任地方官时与民为善，深得人心。不过，最终来自中国四面八方的访问者来到这座碑前流泪，则是回忆起了他对无名先人的回忆。他具体体现了回忆前人者将为后人所回忆这样一份“合同”，这样的“合同”给后世的人带来了希望，使他们相信他们有可能同羊祜一样，被他们身后的人记住。如果得不到这份“合同”的担保，你就同无名的先人们一样，不但人死了，名声也消失得无影无踪，没有人知道你曾经存在过。

从表面看，羊祜留在后人的记忆里，靠的是“三不朽”中的“立德”；是别人把碑文刻在石碑上。而后人通过回忆羊祜，只需“立言”，就能把自己的名字刻到回忆的链条上。在回忆羊祜方面，孟浩然可以称得上是位了不起的回忆者，他的《与诸子登岘山》写道：

> 人事有代谢，往来成古今。江山留胜迹，我辈复登临。
> 水落鱼梁浅，天寒梦泽深。羊公碑尚在，读罢泪沾襟。

“代谢”就是某一事物取代另一正在枯谢的事物。这种循环代谢的过程正是谷物生长的过程、季节更替的过程、羊祜所感慨的先人更迭登场又相继湮灭的过程，甚至也包括国都化为黍地的沧海桑田的朝代更替过程。在与人有关的事物中，留存下来的只有“名”，或许还有“铭”——至少目前仍然存在（“尚在”）。

孟浩然的诗使我们恍如置身于一场追溯既往的典礼中：所有在我们之前读到“堕泪碑”的人都哭过了，现在，轮到我们来读，轮到我们来哭了。行礼如仪，每一种典礼仪式，都是一种固定的行事方式，按照《周礼》所说的，这种固定的行事方式，是源自人类共有情感的合乎自然的规范方式。一定的典礼仪式总是与一定的特殊场合有关——婚嫁、伤丧、迎新除旧——而且，在举行典礼的过程中，参预其事的人只是适应这种场合的一个角色，按照这种场合的要求而承担某种功能，他在其中不是一个有个性的人。在举行典礼的过程中，所有东西的个性都被淹没了，在那种适应这样特殊场合的、人类集体的、合乎规范的反应里，任何有个性的东西都变得暗淡无色。正因为有个性的东西消失不见了，同样的事情才有可能反复进行；正因为有可能反复进行，典礼仪式才有可能存在。

孟浩然这首诗的题名叫做《与诸子登岘山》。他在这里所代表的确实不仅是他自己，他说的是“我们”的事，而不是“我”的事。不过，这首诗在很大程度上系念于人的声名，系念于同个人有关的东西，系念于它们是否尚存。在仪式的诸环节中，羊祜的名字是关键的一环：昔日羊祜结伴来到这个地方，为被人遗忘的先人而感慨，今天，我们像他身后所有其他来过这个地方的人一样，如同羊祜当年那样，结伴来到这里，为他而掩泣。“人事有代谢”；我们为一个人的名字所引导而开始我们追溯既往的典礼，这个名字为一则铭文所记载，它不会被人遗忘。这个名字是联结无名无姓的过去和有名有姓的未来的纽带：我们记住了记忆者。

山上和山下四周的风景都使人联想到一些名字，给人带来若干具体的回忆：“鱼梁”使人想起汉末居住在岘山之南的隐士庞德公，“梦泽”让我们想到诗人屈原——放眼望去，触目都是胜迹。由于这些往事在我们记忆中留下的痕迹，我们欣赏风物景致时就有了成见，处处要以眼中已有的框子来取景；我们站在岘山，举目四顾，展现在我们眼前的不可能再是抱朴守真的自然景色，历史已经在它身上打下了烙印。在人们的相互往来中，有人已经使得他们自己的某些东西同永恒的自然联结在一起，留下了孟浩然诗中所说的这种“胜迹”。

诗人的目光掠过鱼梁梦泽，在回忆中激起阵阵火花，不过，只有当他的目光从四处环视中收回来、转向石碑时，我们才遇到这首诗所提到的唯一的一个人名：羊祜。羊祜也同我们一样放眼四望，也看了鱼梁梦泽；在前六句诗里，我们做他做过的事，感受他感受过的情感。此时与彼时的区别在于这座石碑，在于刻在上面的名字和隐藏在它背后的、《晋书》告诉我们的那段逸事。区别在于：羊祜登高、眺望，然后流泪；我们阅读、登高、眺望、读碑文，然后流泪。这里，是“名”和“铭”把我们的经验联成一体。直到“读罢”，我们才流下眼泪。我们站在山上，大声读着在我们之前许多人读过的关于羊祜的事迹，脚下正是以前许多人站过的地方。正是在这种朗读的过程中，伴随着这种自发的、重复了多次的、大家共同的仪式性的举动，出现了有个性特征的名字，以及这个名字所代表的那个有自己身份和特征的人。

在朗读碑文时，人们回忆起了回忆者。孟浩然告诉我们，他是怎样回忆起回忆者的，而他自己又把自己回忆的行为铭刻在他的诗里，对我们读诗者来说，他又成了回忆者。这首诗是孟浩然最著名的诗之一，是使后人回忆起他的诗之一。在他以后的唐代诗人，当他们游览岘山时，所回忆起的就不会只是羊祜了，他们会常常忍不住想同孟浩然唱和，或是因袭他的作法。

孟浩然想要在这片风景中占有一席之地，让他的身影重叠在羊祜的身影之上。但是，对后来的人来讲，这片风景所承担的名字太多了；在它之中挤满了多得举不胜举的来访者，其中不乏高风亮节的士子、情溢言表的墨客，有人如愿以偿，留下了自己的痕迹；有人写上又被涂掉，一无所得。已经没有后来人的插足之地，可以让他们写上自己的名字。大自然变成了百衲衣，联缀在一起的每一块碎片，都是古人为了让后人回忆自己而划去的地盘。

人们热衷于把最初的杰出的回忆者们的名字铭刻下来，既刻在石碑或者其他纪念物上，也刻在自然风景上，当然，后者只是一种比喻的说法。自然场景同典籍书本一样，对于回忆来说是必不可少的：时间是不会倒流的，只有依靠它们，才有可能重温故事、重游旧地、重睹故人。场景和典籍是回忆得以藏身和施展身手的地方，它们是有一定疆界的空间，人的历史充仞其间，人性在其中错综交织，构成一个复杂的混合体，人的阅历由此而得到集中体现。它们是看得见的表面，是青葱的黍田，在它们下面，我们找得到盘错纠缠的根节。然而，在地面上它们是主人，它们排挤那些后生的、不如它们强壮的、想要插足于此地的生长物。

贺知章

贺知章（659—744），字季真，会稽（今浙江省绍兴市）人。武则天证圣元年（695年）进士。官至太子宾客、秘书监。天宝初，请度为道士，后卒于家。

他性情放诞，自号“四明狂客”。好饮酒，善诗歌及草隶书。在长安时，和李白一见为忘年之交。

《全唐诗》编存其诗一卷。

回乡偶书

少小离家老大回，乡音无改鬓毛衰。

儿童相见不相识，笑问客从何处来？

释贺知章《回乡偶书》[1]

沈祖棻

在古代封建社会里，一般读书人或为功名所牵绊，或为生活所逼迫，往往不得不离乡背井，在外作客。加上交通不便，就更少回乡的机会。经年累月，寄旅异地，甚至在很年轻的时候离家，到很老才回去。因此，怀乡就成为许多人一种亲切而深沉的感情，回乡则是他们心中强烈的愿望。当这种愿望实现的时候，喜悦的心情就显得非常突出了。在久客不归的漫长岁月中，和自己本身发生了变化一样，故乡的人事也必然有着很多变化。这些，又不可避免地会引起还乡人的一些感慨。贺知章这首诗所以长远传诵人口，正因为它生动自然地表达了这种生活真实和思想感情。

诗篇一开始就点明了是回乡之作，而且不是一般的回乡，而是在少小的时候离开，一直到老了才回来。这就给这次回乡加上了不平常的意义。作客如此之久，一旦踏上家乡的土地，自然倍觉亲切；而在一切接触到的事物之中，最觉亲切的，乃是自己多年在外还没有忘记而又很少听别人说的乡音。此句所说“乡音无改”虽指自己，以

---

① 沈祖棻（1909—1977），诗人、古典文学研究学者，曾任教于华南多所高等学府中文系，在古典文学研究和旧体诗词创作上造诣极高，著有《涉江词》《宋词赏析》《唐人七绝浅释》等。沈祖棻与著名学者程千帆伉俪被誉为“当代李赵”（李清照和赵明诚）。本文选自沈祖棻《唐人七绝诗浅释》，河北教育出版社1998年版。标题为编者所加。

和“鬓毛衰”对衬，但却是回乡之初，所听到的都是乡音而引起的感触。正如清叶燮《客发苕溪》中所写的：

客心如水水如愁，容易归帆趁疾流。
忽讶船窗送吴语，故山月已挂船头。

这种情景，是久客初归的人所常常感到的。听到乡音，遇到熟人，就很自然地讲起家乡话来。在自己的感觉和别人的反应中，意识到自己尽管离乡多年而乡音无改，当然值得欢慰，而另外一方面也不能不想到，改变了的东西总是有的，首先就是无情的岁月，催老了客子的容颜。诗的后两句，正是根据这点，选择了一件小小的但具体的事实，将衰老之感加以深化。

人们每每称许李益《喜见外弟又言别》中“问姓惊初见，称名忆旧容”一联为善于言久别乍逢之情；这首诗后两句也与李诗有异曲同工之妙。由于“少小离家老大回”的关系，家里没有见过面的孩子们竟将自己当成了远方的来客，有礼貌而又透着高兴地加以问讯。诗人在微微地感到惊讶之后，也许不觉有些好笑，但立刻又会认为这也很自然，从而发生许多感慨。这些感情上的微妙的起伏，是隐蔽的，诗句也只是捕捉住了这个有趣的镜头，拍了下来，并没有作更多的抒发，但我们仔细加以体会，仍然可以察觉他久客伤老之情。《回乡偶书》一共两首。第二首云：

离别家乡岁月多，近来人事半消磨。
惟有门前镜湖水，春风不改旧时波。

如果将两首合起来看，用意就比较明显了。然而正因为第二首写得过于“直致”，缺乏含蓄和机趣，因而就不如第一首之为人推重。

诗人从小离家，到八十多岁才回到故乡会稽（今浙江省绍兴市）。他一生在仕途上都很顺利，告老还乡时，玄宗皇帝亲自作诗送行，将镜湖一曲赐给他居住，太子和百官也都为他饯别，可以算得是“衣锦荣归”。因而此诗虽对人事变迁不无感慨，却绝非宋三问在《渡汉江》中所写的“近乡情更怯，不敢问来人”那种心情。其值得称说的地方则是他虽然“富贵而归故乡”，但并没有庸俗地将那些为世俗所欣羡的情态写入诗中。他所反映的只是一个久客回乡的普通人的真情实感。这正是史籍上记载了的贺知章旷达豪迈、不慕荣利的具体表现。基于这种性格，他在诗中就以诙谐的语气着重地表现了那富有情趣的一刹那，从而冲淡了他内心里的迟暮之悲。这首诗的语言非常朴素，但却巧妙地表达了许多人所具有而往往不能恰如其分地加以表达的心情，给读者留下了深刻的印象。

宋苏轼《子由将赴南都，与余会宿于逍遥堂，作两绝句，读之殆不可为怀，因和其诗以自解。余观子由自少旷达，天资近道，又得至人养生长年之诀，而余亦窃闻其一二，以为今者宦游相别之日浅，而异时退休相从之日长，既以自解，且以慰子由》二首之一云：

别期渐近不堪闻，风雨萧萧已断魂。
犹胜相逢不相识，形容变尽语音存。

这首安慰相逢又别的爱弟的诗，一览可知，是反用了贺诗之意，貌为旷达，实极悲凉，反映他们兄弟在政治道路上经历了艰难险阻之后的抑郁情绪。而其另一首《纵笔》，却又与贺诗同一机杼：

寂寂东坡一病翁，白须萧散满霜风。
儿童误喜朱颜在，一笑那知是酒红。

这首诗是诗人被放逐到南方以后的作品，它也是以幽默的笔调，淡淡地写出了自己的宦途失意，老病侵寻之感。前两句微露感慨，后两句则选择了一件富有情趣的生活小事加以点染，在不知不觉之中摆脱了由于前面的感慨而可能进一步产生的沉重气氛，和《回乡偶书》第一首的手法十分接近。

这两位“异代不同时”的诗人，由于其所具有的开朗胸襟、豪迈气概与乐观精神有共同之处，因而不约而同地写出了这两篇意境和机杼颇为近似的作品。这种例子说明了：我们在探索作家们的传承关系时，性格这一因素不应当放在考虑范围之外。

王昌龄

王昌龄（698—757？），字少伯，京兆（今陕西省西安市）人，一说晋阳（今山西省太原市）人。开元十五年（727年）进士，授汜水尉。二十二年（734年）又中博学宏词科，官校书郎，出为江宁令。晚年贬龙标尉。安史乱起，弃官居江夏，路经亳州时为刺史闾丘晓所杀。后世称王昌龄为王江宁或王龙标。

他擅长五言古诗和五七言绝句，其中以七言绝句成就为最高。现存诗近二百首，《全唐诗》编为四卷，其中绝句约占二分之一。

出塞

秦时明月汉时关，万里长征人未还[1]。
但使龙城飞将在[2]，不教胡马度阴山[3]。

【注释】

［1］“秦时”二句：意谓自秦、汉以来，边疆一直在无休止地进行战争。关塞荒凉，征人辛苦。秦和汉，明月和关，错举见义。长征，唐代戍边部队叫“长征健儿”。

［2］龙城飞将：指抗击敌寇、扬威边地的名将。《汉书·武

帝纪》：“元光五年（前130年），匈奴入上谷，杀略吏民。遣车骑将军（卫）青出上谷。……青至龙城，获首虏七百级。”又李广为右北平太守，匈奴称其为“汉之飞将军”（见《史记·李将军列传》）。这里说“飞将”而冠以“龙城”，是把两个典故化合用在一起。

［3］阴山：西起河套，绵亘于内蒙古自治区，与内兴安岭相接。汉时，匈奴常自此出动，侵犯汉朝边疆。

秦时明月汉时关[①]

林　庚

唐人七绝或以这首为第一，而主要正在于头一句好，开门见山，我们乃惊觉于它气象的非凡，便简直是不暇细味其他了。韦应物诗：“春风偏送柳，夜景欲沉山。”这是夜之安息的美，恰好可以与此成为一个对照。一个是连绵的山都要消失了，一个是月色画出一个突兀的关来。前者是优美，后者是壮美。春风吹拂软绵绵的使你沉迷，月影当头黑沉沉的使你惊醒。“秦时明月汉时关”是那样的坚定，那样的久远，一切在空间上、时间上都成为不可消失的印象。它给我们短暂的生命带来了永恒的对立的认识。月色的柔和本来不宜于这坚定的表现，然而诗人的成功就在这里才显得重要。李益诗“边霜昨夜坠关榆，吹角当城片月孤”[②]，这形象也正得力于那憧憧的黑影，所谓“月黑雁飞高”“北斗七星高”，一种刚强高昂的边塞感，正是“秦时明月汉时关”的最好解释。

关的坚定不容分说，在月影之下关的突兀更可想见。然而“吹角当城片月孤”，那月又是何等单薄，“月黑雁飞高”的月更是黑得几乎要不存在了。而“秦时明月汉时关”之月却照得那么分明，那么壮观。仿佛是要从秦汉直照到唐代，这才有了“万里长征人未还”这一

---

① 选自林庚《唐诗综论》，人民文学出版社 1987 年版。

② 《全唐诗》作：“边霜昨夜堕关榆，吹角当域汉月孤。”

句一泄千里的气势，那长征之长，也简直是长到要飞跃汉唐之间。这是历史的画面，又是历史的感情，前者如雕塑般地屹立于千古，后者乃流水般地迸出旋律，那力量全在这开门见山的第一句。

唐代的边塞诗是盛世之音，离开了盛唐时代边塞诗也就成了尾声，这便是为什么"秦时明月汉时关"如此地富有艺术魅力，如此地具有代表性。它是秦汉统一的形成所带来的诗歌主题，直到唐代的诗歌高潮中才被歌唱出来。我们在这里乃不难理解那雄浑奔放的歌声所蕴藏的深远浑厚的力量。

七绝三首

采莲曲

一

荷叶罗裙一色裁，芙蓉向脸两边开[1]。
乱入池中看不见，闻歌始觉有人来。

二

吴姬越艳楚王妃[2]，争弄莲舟水湿衣。
来时蒲口花迎入，采罢江头月送归。

【注释】

［1］“荷叶”二句：萧绎《采莲赋》：“莲花乱脸色，荷叶杂衣香”。首句谓罗裙和荷叶一个颜色，仿佛就是用荷叶裁制的；次句谓莲花向着采莲女的脸边盛开，似与其亲昵。

［2］“吴姬”句：古时吴、越、楚三国盛采莲之戏。这里是用吴、越、楚三国的美人来比拟采莲女。

闺 怨

闺中少妇不知愁[1]，春日凝妆上翠楼[2]。
忽见陌头杨柳色[3]，悔教夫婿觅封侯[4]。

【注释】

［1］不知愁：一作“不曾愁”。

［2］凝妆：犹言严妆，意指十分注意地打扮起来。

［3］“忽见”句：春天杨柳发青，正是欢乐的季节，看见柳色，就会意识到生活的孤单，触动离别之愁。古代风俗，折柳赠别，因柳谐“留”音，寓有留恋之意。陌头，犹言大路上。

［4］觅封侯：指从军。古人多从边疆立下军功，以取得封侯的爵赏。

说王昌龄七绝三首①

吴小如

作为近体诗，成熟的五言绝句和五言律诗几乎是同时出现的。但七言绝句却远比七言律诗成熟得早。以盛唐大家李白、杜甫为例。李白几乎没有几首七律流传下来，而且都不合律；但他写的五律却有一定数量，其中还有不少好诗。而李白的七绝却是脍炙人口的。杜甫诗中的五律也比他写的七律多得多。七律的真正成熟应该归功于杜甫，但杜甫生活的时代主要在安史乱后，他逝世时已是中唐的大历初年。而七言绝句，则在盛唐时已经名作如林了。

七言绝句所以成熟较早，我以为，主要是受前代乐府诗的影响，而唐代前期以诗入乐，也以七绝为多。如《阳关三叠》是根据王维的七绝《送元二使安西》谱曲的，李白为唐玄宗写的三章《清平调》，写成后随即配乐歌唱，实际上他写的正是三首七绝。唐人小说中，薛用弱的《集异记》所载“旗亭赌酒”的故事，写王昌龄、高适、王之涣三人在旗亭饮酒，听梨园歌妓唱诗，所唱除高适一首是五绝外，其余三首唱的都是七绝，而王昌龄的作品就占两首。这个故事的可靠性极小，但说明七绝同音乐的关系比其他诗体要密切得多。而且初、盛唐诗人写七言绝句，多用乐府旧题，也足以证明七绝这种新诗体确是在乐府民歌传统的基础上发展起来的。而它之所以能比较迅速地成

① 选自吴小如《古典诗词札丛》，天津古籍出版社 2002 年版。

熟，当然也同这方面的关系是分不开的了。

在盛唐时代，在众多擅长写七言绝句的诗人中，根据当时和后世的评价，李白和王昌龄的七绝是比较突出的。王昌龄字少伯，他在诗坛所享的声誉，无论在当时和后世，都不及李白。他的诗流传至今的也不过一百多首。但他的七言绝句却经常受到后人称赞，并且往往同李白相提并论。如明人王世贞的《艺苑卮言》卷四里就有“七言绝句，王江宁（王昌龄做过江宁县丞）与太白争胜毫厘，俱是神品”的话。从历代的唐诗选本来看，王昌龄的七绝名篇入选者特别多。这说明历代诗人和学者对王昌龄七绝的看法基本上是一致的。

在王昌龄现存的近一百八十首诗中，五古占多数，其次是七绝。从题材说，他写的边塞诗有二十多首，占全诗总数的百分之十三左右，多数为七绝；再有就是他用七言绝句写的宫怨诗了，这一类题材的作品约占全诗的百分之十。过去多数研究者大都认为，文人每每借古代失宠的后宫妃嫔来比喻自己，用宫怨诗来抒发个人的怀才不遇、遭受冷眼的不平和怨愤。当然王昌龄也不例外。就拿王昌龄的边塞诗和宫怨诗来说，它们受乐府民歌的影响无疑是很明显的。特别是宫怨一体，应该说是对梁陈以来流行于上层贵族中的“宫体诗”的一种变相抵制和对抗，不仅像闻一多先生说的是为了替宫体诗赎罪并加以净化而已。因为梁陈贵族写宫体诗，其基调是建筑在把妇女当玩物这一剥削阶级思想之上的；而从初唐到盛唐，则无论是写宫怨还是写其他题材的爱情诗，其基调大都是为诗中抒情女主人公鸣不平的，力图把炽热的同情心付与那些受冷落甚至被抛弃的女性，从而体现了诗人世界观中带有民主性的和人道主义色彩的进步妇女观。这种对南朝宫体诗进行抵制和对抗的思想倾向，从初唐四杰开始，经张若虚、崔国辅一直到王昌龄、李白，可以说是一脉相承，后来居上的。因此我认为，初盛唐诗人所写的一批宫怨诗，其思想艺术价值并不只局限于借题发挥，为个人的怀才不遇抱不平，而是对整个妇女命运的关心和同情。其思想深度简直可以同文艺复兴以后的欧洲资产阶级进步作家对妇女问题的看法相媲美。

由于篇幅所限，我不准备介绍王昌龄的属于宫怨题材的组诗，虽然其中不乏诗人的七绝名篇。这里介绍的是王昌龄另外三首与宫怨诗有关的七言绝句。因为我认为，这三首绝句乃是作者所以能写出那样精彩的宫怨诗的思想基础。《采莲曲》二首，充满了诗人对劳动女性天真美丽的形象的无邪歌颂；而《闺怨》一首，竟细致深刻地挖掘出青年妇女埋藏在内心深处的刚刚觉醒了的灵魂。这三首诗说明作者对当时一般普普通通的青年女性，从外貌到内心，都有了一定程度的观察和了解。

我们先看《采莲曲》：

荷叶罗裙一色裁，芙蓉向脸两边开。
乱入池中看不见，闻歌始觉有人来。

吴姬越艳楚王妃，争弄莲舟水湿衣。
来时蒲口花迎入，采罢江头月送归。

《采莲曲》本乐府旧题，为《江南弄》七曲之一，原属南方民歌。汉代“相和歌辞”中就有一首反映采莲生活的极其朴素的乐府诗：

江南可采莲，莲叶何田田！鱼戏莲叶间。鱼戏莲叶东，鱼戏莲叶西，鱼戏莲叶南，鱼戏莲叶北。

到了南朝，梁代乐府长诗《西洲曲》里有一节专门描写江村少女弄舟采莲的场面：

开门郎不至，出门采红莲。采莲南塘秋，莲花过人头。低头弄莲子，莲子青如水。置莲怀袖中，莲心彻底红。忆郎郎不至，仰首望飞鸿。……

可见这类民歌的内容最初只是反映劳动妇女现实生活的。但作为民间谣讴，总不免要夹杂着一些爱情生活的描写。《西洲曲》的主题就是写相思离别的，自不必说，就是“江南可采莲”一首，据闻一多先生的解释，连“鱼戏莲叶间”的描写也隐喻男女双方在追逐调情的意思。因此，到了梁陈时代贵族诗人手里，采莲的生活竟然也成为宫体诗的素材。梁元帝萧绎的《采莲赋》便是典型的例子。他不但在赋中加上了“妖童媛女，荡舟心许”的描写，而且还以六句五言的歌辞作结：

碧玉小家女，来嫁汝南王。莲花乱脸色，荷叶杂衣香。因持荐君子，愿袭芙蓉裳。

乐府有《情人碧玉歌》，相传她是汝南王妾。萧绎这里虽近于用典，但为什么采莲贫家姑娘一定要嫁给贵族做妾呢？出淤泥而不染的莲花为什么一定要拿来“荐君子”呢？这就是轻佻的贵族王孙在写宫体诗时想入非非的特点了。

到了王昌龄手中，他这第一首《采莲曲》显然化用了萧绎歌词的句意，开头两句正是从“莲花乱脸色”两句变化而来的。可是他的诗却把萧绎歌词的内容给净化了，扬弃了不健康的东西，把精美的联想和欢乐的情调给筛选了出来。正如清人王夫之在《姜斋诗话》卷二中所指出的：“如‘荷叶罗裙一色裁’，……皆艳极而有所止。”这个“止”，是从终止的字义引申而来的，指有节制、有限度。诗人形容一群少女在池中采莲，她们个个美好娇艳，使得人和莲花荷叶都分辨不出来了，这可以说是“艳极”了，然而除了艳丽的描写外却没有庸俗色情的东西。第一句说，罗裙呈翠绿色，仿佛就是用荷叶裁成的。这是暗用屈原《离骚》句意：“制芰荷以为衣兮，集芙蓉以为裳。”却把它给活用了。这句诗既含有少女的罗裙是用荷叶裁成的这一层意思，也含有池中的荷叶并不是天然生长出来的，而是用漂亮的丝织品裁剪出来的另一层意思。这与贺知章的《咏柳》“不知细叶谁裁出”是同一机杼，都把大自然的创造万物和人力的巧夺天工合而为一，也就是朱自清先生说的，人为的东西艳丽得“逼真”，而天然的产物却鲜明得“如画”，分不出谁是造物者了。第二句本来只是要写少女们的双颊漂亮得跟出水芙蓉一样，可是诗人却把层次倒了过来，写芙蓉仿佛多情，有意识地对少女们表示亲昵，“向”着她们“两边”的脸颊贴近，并且一朵朵地盛开了。罗裙跟荷叶一色，脸颊与花朵相同，人与花已融为一体，所以当姑娘们“乱入”花丛时，就再也分不清人在哪里，花在何处了。不过花是不会唱的，当歌声传到岸边，尽管人与花仍不易分辨，可是人们肯定察觉，采莲的姑娘们已经向这边靠近了。“来”有自远而近之意，用在这儿作韵脚，显得是那么自然恰当。三、四两句，诗人连用三个动词："看""闻""觉"，正如明人钟惺在《唐诗归》中所说："从……耳目心三处参领说出情来；若直作衣服容貌相夸示，则失之远矣。"说明他是领会到诗人的匠心的。

第一首，作者是从旁观者的角度来描写的，所谓"看""闻""觉"，主语都是旁观者，纯粹是客观描写。而第二首，则从采莲少女们本身来写，是诗中抒情主人公们主观的口吻了。第一句"吴姬越艳楚王妃"很难讲。旧注说："古时吴越楚三国盛尚采莲之戏，故云。"难道作者真的认为这一群女孩子都是贵族么？照我个人的体会，想借用苏轼的《於潜女》诗中最末两句："逢郎樵归相媚妩，不信姬姜有齐鲁"来说明。其意思说："当一位山村的劳动妇女在迎着她丈夫打柴归来时，两人同样有着夫妇间彼此互相爱悦的欢乐，他们根本不信只有齐姜鲁姬那些贵妇人的生活才是幸福的!"王昌龄在这两首诗中所写的，明明都是江南水乡一些从事劳动的女孩子；然而她们才是真正的美女，她们的艳丽姿容绝对不比吴姬、越艳和楚国的王妃差（"楚"是"王妃"的定语）；而她们现在的采莲生涯同样有欢乐有情趣，她们的幸福也一点不比那些只知追求物质享受的吴、越、楚等国的贵族妇女差，因此这些天真无邪高高兴兴的女孩子俨然就是"吴姬越艳楚王妃"了。第二句只写动作，并没有刻画声音，但细玩诗意，则一群活泼可爱的少女正在嬉笑喧闹地边玩笑边劳动的场面，已从字里行间涌现出来，这正是诗人手段高明之处。三、四两句写花迎月送，好像花和月都是姑娘们的良朋美伴，把无情之物写得脉脉含情，依依留恋，其实这仍是烘云托月的写法，主要还在着意形容这些女孩子的天真烂漫，无虑无愁。而且这种通过画面作为背景来写人物的手法，就格外显示了诗人创意造境的才华。把三、四两句来同晏几道的《鹧鸪天》词“来时浦口云随棹，采罢江边月满楼”相比，就会感到小晏终不免略有矫揉造作，远不及此诗的自然亲切了。

从表面看，这两首《采莲曲》无非是一般描写，思想性并不强，看不出对妇女有同情和歌颂的倾向。可是我以为，作者把这一乐府旧题的内容给净化了，洗汰了表面的铅华，体现了女性的心灵美。只有在这个基础上，作者才能写出为那些失宠的、遭冷遇的、被遗忘的，以及被剥夺了人的尊严和爱的权利的女性鸣不平，并对她们的不幸命运表示同情和关注的宫怨体组诗。

最后，我们来读王昌龄的《闺怨》：

闺中少妇不曾愁，春日凝妆上翠楼。
忽见陌头杨柳色，悔教夫婿觅封侯。

从字面看，好像并不难讲，仔细研究，却有好几处值得分析商榷。首先，第一句通行本作“不知愁”，《全唐诗》作“不曾愁”，是“知”字好还是“曾”字好？其次，这位“闺中少妇”是什么身份？她的丈夫“觅封侯”去了，那么她夫家的社会地位究竟有多高呢？还有，春天来临，陌头的杨柳又从鹅黄嫩绿转而为翠叶成阴了，不少注本都牵合汉代折柳送别的典故，认为少妇想到去年同丈夫分手的情景，从而“悔教夫婿觅封侯”。如果当初真有折柳送别的场面，那么这位少妇已多少尝到夫妻分别的忧伤了，怎么还连“愁”都没有体会呢？这样讲是否合适呢？

其实，第一、第二两个问题是有联系的。乍一看，“不曾愁”和“不知愁”似乎差不多。但“不知愁”指在本人思想意识中并没有

“愁”的概念，不体会“愁”为何物，是从主观方面说的；而“不曾愁”则指这位少妇在她短短的人生历程中从来就没有愁事，未嫁时过着平安宁静的少女生活，已嫁后又有舒适的物质享受，精神并不觉得空虚，思想上也从未产生过一丝涟漪。其实，作者已从客观方面描写了这位少妇的身世环境，看来至少是个小康之家，她对婚前嫁后的光阴都是满意的。这“不曾愁”三字，说明了我们的女主人公的思想情绪几乎是浑浑噩噩，心田俨如未被凿开的混沌世界。因此，所谓“觅封侯”，就算是用了东汉班超从军报国的典故，恐怕也不是平民百姓的被征入伍，而是上层社会中一个有地位的人想从立军功的渠道爬向更高的地位。杜甫在他的《前出塞》和《后出塞》这两组名篇中，就分别刻画了平民和贵族两种不同的军旅生活。而王昌龄这首诗中“觅封侯”的“夫婿”，我以为也应该是后者，所以，如果我们认为“不曾愁”用得更好一些，那么第二个问题也就自然解决了。至于“杨柳色”，我认为作者是化用《古诗十九首》中的“青青河畔草”而把主题的内涵给深化了。那首诗写得很明确：

> 青青河畔草，郁郁园中柳。盈盈楼上女，皎皎当窗牖。娥娥红粉妆，纤纤出素手。昔为娼家女，今为荡子妇；荡子行不归，空床难独守。

很明显，正如古诗的前两句一样，“杨柳色”不过是“春日”到来的具体表现。古诗的抒情主人公出身于“娼家”，所以春天给她带来的苦闷是直截了当的，于是诗人也是毫不隐讳、毫不含蓄地在结尾处直说出来。而王昌龄笔下的“少妇”，思想意识却是朦胧的。譬如室外阳光虽好，室内因有窗帘遮蔽，一切还是平静而昏暗的。因此这位少妇在“忽见”柳色之后，宛如窗帘骤然拉开，阳光直射到身上，久闭的心扉一下子豁然被打开了。她思想意识上的觉醒是那么突然，立即感到让“夫婿”去“觅封侯”真是一件蠢事，其悔恨之心乃油然而生，再也控制不住了。诗人先用“不曾愁”埋一伏笔，又用“春日凝妆上翠楼”一句七言诗把古诗中“盈盈楼上女”四句二十个字给大大浓缩（“凝妆”是“严妆”“浓妆”的意思），接着用一个“忽”和一个“悔”，把少妇心理上的急剧变化写得洞若观火，入木三分。从客观效果来看，作者确是深刻体察到主人公的心灵奥秘，并给予她以无限同情，而在这背后，却透露出作者主观上对当时社会现实的看法：如果想“觅封侯”，就会失去青年男女应该享有的正当的爱情生活，从而体现了诗人对功名富贵的轻蔑鄙薄。明人胡应麟在《诗薮》中评此诗“风骨内含，精芒外隐”，真是搔着了作品的痒处。

王之涣

王之涣（688—742），字季凌，原籍晋阳（今山西省太原市），后迁居绛郡（今山西省新绛县）。开元年间，做过冀州衡水县主簿，被人诬陷，去官。他过了十五年的漫游生活，足迹遍及黄河南北。后因家贫，补文安县尉，卒于任。

他是盛唐时代的重要诗人之一，与高适、王昌龄等人相唱和，传说中有“旗亭画壁”的故事。靳能说他“歌《从军》，吟《出塞》，……传乎乐章，布在人口”，可见诗名之盛。惜作品多已散佚，《全唐诗》仅录存六首。

凉州词

黄河远上白云间[1]，一片孤城万仞山。
羌笛何须怨杨柳？春风不度玉门关[2]。

【注释】

［1］黄河远上：一作“黄沙直上”。

［2］“羌笛”二句：写边地景物的荒寒。李白《塞下曲》：“五月天山雪，无花只有寒。笛中闻折柳，春色未曾看。”与此同

意。乐府《横吹曲》有《折杨柳》。怨杨柳，语意双关，说曲调哀怨，兼指杨柳尚未发青。又张敬忠《边词》：“五原春色旧来迟，二月垂杨未挂丝。”此云“春风不度”说得更为斩钉截铁，诗意也就更怨。又杨慎《升庵诗话》卷二认为“春风不度玉门关”，是说“君恩不及于边塞”。此可备一说。玉门关，在今甘肃省敦煌市。

王之涣的《凉州词》[1]

林　庚

黄河远上白云间，一片孤城万仞山；羌笛何须怨杨柳，春风不度玉门关。

这是一首有名的绝句，王之涣仅仅只是保存下几首诗来，便成为唐代令人难忘的诗人，其中这首诗是起着重要影响的。有人也许怀疑这首诗第一句的“上”字有些费解，因为河水只应该向下流，不应向上去，这当然符合于物理学的原理，可是诗人也许只是从远处眺望这条大河，未必就注意到水流的情形，何况“横笛能令孤客愁，绿波淡淡如不流”[2]呢？这时就主要不是物理学的问题而是绘图学的问题，我们画一幅山水画，远处的水总要画得高些，何况黄河的斜度本来较大，说“黄河之水天上来”或“黄河远上白云间”，不过一个是从远说到近，一个是从近说到远，但却有着动静的不同，“黄河之水天上来”是结合着水势说的，是动态，“黄河远上白云间”是作为一个画面来写的，是静态，“黄河之水天上来”因此带有强烈的奔流的感情，而“黄河远上白云间”却近于一个明净的写生。

也许就是由于引起了怀疑的缘故，这第一句又作“黄沙直上白云

① 选自林庚《唐诗综论》，人民文学出版社 1987 年版。

② 刘长卿：《听笛歌》。

间”，“黄沙”当然是可以“直上”的，但《国秀集》明翻宋刻本这句则又作“黄河直上白云间”，这样“黄河”就变本加厉的不但可以“上”而且简直可以“直上”了。出现三种不同的句子，这里当然有版本问题，本文不想作版本上的考证，只是看起来，赞成“黄河”的还是比赞成“黄沙”的多些，读者是有眼力的，大多数选择了“黄河远上白云间”，这究竟是什么缘故呢?从形象上说，“黄沙直上白云间”确是不太理想，因为“黄沙”如果到了“直上白云间”的程度，白云势必就早变成了黄云，所谓“黄云断春色，画角起边愁”①，乃是边塞的典型景色，而这里也还没有到黄沙蔽天的程度，若真是“大漠风尘日色昏”②了，怎么还能有白云的联想呢？“黄沙”“白云”在形象上是不统一的不完整的。至于“黄河直上白云间”，当然也不好，简单的说就是有点太像瀑布，而不太像河流。那么“黄河远上白云间”就那么好吗？本文就想说说这个。

要说明这首诗以至于这一句究竟好在哪里，首先得讲清楚诗中的最后两句。可是这后两句到底说的什么呢？是说玉门关一带十分荒凉呢？还是说那里是一个美好的地方？这就仿佛有点讲不清楚。

诗中用了北朝《折杨柳歌辞》里的意思：“上马不捉鞭，反折杨柳枝；下马吹长笛，愁杀行客儿。”这原是表达行客离情的歌曲，而且曲子是用胡笛吹的，自然更是带着浓厚的异乡情调。唐人诗中常常写到这个曲子的如何动人，李白《春夜洛城闻笛》说：“谁家玉笛暗飞声，散入春风满洛城；此夜曲中闻折柳，何人不起故园情”，刘长卿《听笛歌》也说：“又吹杨柳激繁音，千里春色伤人心；随风飘

① 王维：《送平淡然判官》。

② 王昌龄：《从军行》。

向何处去，唯见曲尽平湖深。明发与君离别后，马上一声堪白首”。诗中的“折柳”“杨柳”就都是指的这支曲子。同时更值得注意的是这支曲子又总是与春风紧密联系着的，李白诗中如此，刘长卿诗中也如此。王之涣又有一首《送别》诗说：“杨柳东风树，青青夹御河；近来攀折苦，应为别离多”。“杨柳”既是“东风树”，当然与春风就密不可分。青春是快乐，离别是苦事，杨柳却兼而有之，这就成了一种复杂心情的交织，王维有名的《渭城曲》[①]说：“渭城朝雨浥轻尘，客舍青青柳色新”；一方面是“客舍”是“离情”，一方面是“柳色”是“青春”；也是利用了这个矛盾，写出了丰富的思想感情。而《折杨柳》这支曲子又多了一段历史关系。它的另一首歌词里说“遥望孟津河，杨柳郁婆娑；我是虏家儿，不解汉儿歌”[②]。孟津河在今河南，那里古代原是中原地带，本土所习见的杨柳当然很多，歌曲就是由此而产生的。可是杨柳虽是本土习见的，歌曲却是胡曲。从“昔我往矣，杨柳依依”到“青青河畔草，郁郁园中柳”，“荣荣窗下兰，密密堂前柳”[③]，这个带有浓厚民族感情的杨柳，如今却出现在一支动人的“不解汉儿歌”的典型胡曲之中，这就又多了一层复杂的情调，而历史是发展的，南北朝结束后，胡汉边界已经不在中原，而是远远的在玉门关一带，那么还有那么多习见的杨柳吗？那里的春天既然很少，作为“东风树”的杨柳想来也是难得的，那么胡笛的曲子里为什么还要吹起杨柳的哀怨呢？这就是诗人天真的发问。诗写的是凉州，但还没有到玉门关，却已是胡汉杂居的地方，所谓

① 《渭城曲》又名《送元二使安西》。

② “遥望”当作“遥看”。

③ 以上诗句分别出自《小雅·采薇》，《古诗十九首》之二，陶渊明《拟古》。

“氈裘牧马胡雏小，日暮蕃歌三两声”[①]。实际上，边塞的情调已很浓厚，从这里再想象玉门关，就愈觉得离开祖国远了，也就愈多了乡土的怀念，这是一种愈稀少愈珍惜的感情，而到了连杨柳都没有的时候，笛中的杨柳也就成了美丽的怀念，因此诗人的发问仿佛是责备这个曲子，其实正是想听到这个曲子，我们无妨把这两句话的逻辑翻过来想想，那就是说：既然羌笛还在怨杨柳（这是客观事实，耳朵听到的），春风岂不是已到了玉门关吗？这就出现了语言上的奇迹，说“春风不度玉门关”，而悄悄里玉门关却透露了春的消息，然而诗中究竟说的是“不度”，这就又约制了尽情度过，仿佛春风在“关”上欲度未度的当儿。这乃是一个边塞之春，而边塞的春天愈少，一点的春意就更觉得令人向往，正像严冬之后，冰河初解，原野明净，出现在初春的转折点上的景象，别有一番新鲜迷人的地方，在这样的情景下，究竟是“黄河远上白云间”好呢？还是“黄沙直上白云间”好呢？岂非十分明白的事吗？正是诗中这一点清新明晰之感，迢遥的向往之情，构成了边塞之春的图像，它才为“春风不度玉门关”做好了翻案文章，于是玉门关不再是荒凉的而是美丽的，正如“玉”所给人们的印象一样，恰恰符合于它的名字。

（原载《诗刊》1961年第4期）

① 耿沣：《凉州词》。氈（zhān），同“毡”。

王 维

王维（约699—761），字摩诘，原籍太原祁州（今山西省祁县），后寄籍蒲州（今山西省永济市）。开元九年（721年）进士，为太乐丞。因伶人舞黄狮子受累，贬济州司仓参军。张九龄为相，擢为右拾遗，转监察御史，迁给事中。安史之乱，两京陷落，唐玄宗奔蜀。他随从不及，为叛军所俘，被迫署伪职。长安收复后，以陷贼官论罪，降太子中允。官终尚书右丞。世称王右丞。

王维在诗歌艺术上的独特造诣，主要在描绘自然景物方面。他是杰出的画家，又擅长音乐，能以绘画、音乐之理通之于诗。善于运用自然而又精炼、准确，富于特征性的语言，着墨无多，而能塑造出完美鲜明的形象，有写意传神之妙，把晋、宋以后发展起来的山水诗的艺术向前推进了一步。殷璠称其“词秀调雅，意新理惬，在泉为珠，着壁成绘”（《河岳英灵集》）。苏轼说：“味摩诘之画，画中有诗；观摩诘之诗，诗中有画。”（《题蓝田烟雨图》）这正指出了其诗情画意相结合的特点。

王维在诗歌史上影响极大。中唐前期大历十才子主宰诗坛，就是王维诗风的直接延续与发展。唐代宗誉其为“天下文宗”正是这一情况的最好说明。其后，贾岛、姚合……直至清代王士禛，均受其重大影响，形成诗史上一个以清淡雅秀为特点的绵延千年之久的诗歌流派。

有《王右丞集》传世。

五言律诗三首

汉江临泛

楚塞三湘接，荆门九派通[1]。
江流天地外，山色有无中[2]。
郡邑浮前浦[3]，波澜动远空。
襄阳好风日，留醉与山翁[4]。

【注释】

［1］“楚塞”二句：是“三湘接楚塞，九派通荆门”的倒文，言三湘之水到楚塞与汉水相连，九派之水在荆门与汉水相通。塞，险要之地曰塞。楚塞，犹言楚地。三湘，湘水的总称（湘水合沅水称沅湘，合潇水称潇湘，合蒸水称蒸湘）。一说，三湘指湘潭、湘乡、湘源。荆门，长江南岸山名，在今湖北省宜都市西北。九派，指长江。古代传说，大禹治水，凿荆门，通九派。

［2］“江流”二句：江流望不到尽头，故曰“天地外”；山色若隐若现，故曰“有无中”。

［3］“郡邑”句：言波澜远与天连，郡邑好像浮在水面上。浦，水边之地。

［4］“襄阳”二句：意谓愿和山翁一样，留醉在襄阳风景佳

处。山翁，指晋朝的山简。他性好饮酒，为征南将军镇守襄阳时，常在习氏园池（襄阳名胜之地）游赏，每置酒尽醉，名其池为高阳池。襄阳，在汉水北岸，即今湖北省襄阳市。与，共。

山居秋暝

空山新雨后，天气晚来秋。

明月松间照，清泉石上流。

竹喧归浣女[1]，莲动下渔舟[2]。

随意春芳歇，王孙自可留[3]。

【注释】

［1］“竹喧”句：谓竹林中传出一阵欢呼，知是浣衣女子归来。

［2］“莲动”句：谓溪水荷花动荡，知有渔舟沿水下行。

［3］“随意”二句：《楚辞》淮南小山《招隐士》：“王孙兮归来，山中兮不可以久留。”这里反用其意。是说春天的芳华虽歇，秋景也佳，王孙自可留在山中。《楚辞·九章·悲回风》：“芳已歇而不比。”歇，消散。

终南别业[1]

中岁颇好道，晚家南山陲。

兴来每独往，胜事空自知[2]。

行到水穷处，坐看云起时。

偶然值林叟[3]，谈笑无还期。

【注释】

[1]终南别业：作者在终南山的别墅。

[2]胜事：高兴的事。

[3]值：遇。

析王维五言律诗三首[①]

施蛰存

唐玄宗李隆基统治的四十三年（713—756年，开元共二十九年，天宝共十四年）[②]，是唐代国家形势的全盛时期。在这时期中，涌现了许多优秀诗人，在诗的内容和形式方面，显示了百花齐放的新兴气象，留下了大量传诵千古的诗篇。最著名的有李白、杜甫（简称李杜），其次是王维、孟浩然（简称王孟），还有高适和岑参（简称高岑）。杜甫得名最迟，他的著名诗篇都是在天宝末年安史叛乱时期写的。李白是在天宝年间应诏入宫，供奉翰林，暴得大名的。在较早一些的开元年间，最著名的诗人却是王维。

王维，字摩诘，太原人。他深于佛学，熟悉佛教经典。有一部《维摩诘经》，是佛教中智者维摩诘和弟子们讲学的书，王维钦佩维摩诘的辩才，故拆开了他的名字，给自己命名为维，而字曰摩诘。开

---

① 施蛰存（1905—2003），现代文学家、翻译家、教育家。二十世纪二三十年代运用心理分析的手法创作小说《鸠摩罗什》和《将军底头》，由此成为“新感觉派”主要作家和中国现代小说奠基人之一。在文学创作、古典文学研究、碑帖研究、外国文学翻译方面均有成就。著有短篇小说集《上元灯》《将军底头》等，学术著作《唐诗百话》《北山谈艺录》等。本文选自施蛰存《唐诗百话》，上海古籍出版社 1987 年版。原题《王维：五言律诗三首》。

② 作者所言是唐玄宗的实际统治时间。玄宗即位是在 712 年，即先天元年。先天年间，因太平公主专权，玄宗并未真正掌握实权。天宝十五载（756 年）七月甲子，唐肃宗即位于灵武，同时改元至德。

元九年，王维以状元及第，官右拾遗，后迁给事中。天宝末，安禄山攻占长安，王维不及逃出，为安禄山所得，将他拘禁于洛阳普施寺，被迫做了伪官。当他听说安禄山在凝碧池上召集梨园子弟奏乐开宴的消息，写了一首诗：

万户伤心生野烟，百官何日再朝天。
秋槐叶落空宫里，凝碧池头奏管弦。

（《菩提寺禁裴迪来相看说逆贼等凝碧池上作音乐供奉人等举声便一时泪下私成口号诵示裴迪》）

这首诗总算表明了不附逆的心迹。当肃宗李亨重建政权之后，把附逆的官吏分三等定罪，对王维特予赦免。但是，如果他的胞弟王缙不是宰相①，恐怕也不能得到如此宽大的处分。此后，王维继续任职，他的最后一任是尚书右丞，故后世称王右丞。

王维在文学艺术上有多方面的才能，诗文、书、画都著名，又深于音乐，善弹琴，弹琵琶。唐人小说记一个故事：他的状元及第，是因为九公主欣赏他的诗和琵琶，关照主试官录取的。他的第一任官职是太乐丞，大概就因为他懂得音乐。他的诗与画，同样以清淡见长，描绘山水、田野风景，充分表现出大自然的静穆闲适。苏东坡曾说："味摩诘之诗，诗中有画；观摩诘之画，画中有诗。"这两句话，至今成为王维的定评。

① 据《旧唐书·文苑下》，王缙为王维求情时，是在肃宗朝担任刑部侍郎；王缙成为宰相，是在代宗朝。

王维的诗，有两种风格。一种还比较绮靡秾丽，是沈（佺期）、宋（之问）余波，大约其中多早年作品；另一种淳朴清淡，其中写田园生活的，继承了陶渊明的诗境；描写山水风景的，便有鲍照和谢灵运的余韵。这种风格的诗，已有一百多年不流行了。王维重新走这条晋宋诗人的道路，对初唐诗人的宫体遗风来说，既是复古，也是创新。不过陶、谢的田园山水诗中，常常反映当时文人的道家思想，而王维的思想基础，却是佛家。淳朴清淡，是王维五言诗的本色，而五言诗又是初、盛唐诗的主体，因此，我讲王维诗，只选他的五言律诗。

律诗的结构，主要是中间二联，应当是对偶工稳的警句。前面有一联好的开端，后面有一联好的结尾。这三部分的互相照应和配搭，大有变化，大有高低，被决定于诗人的才情和技巧。

中间二联是律诗的主体，但这是艺术创作上的主体，而不是思想内容的主要部分。一首律诗的第一联和第四联连接起来，就可以表达出全诗的思想内容，加上中间二联，也不会给思想内容增加什么。因此，我们可以说，律诗的中间二联，只是思想内容的修饰部分，而不是叙述部分。

正因为这二联是艺术创作上的主体，就要求对得精工。首先是要避免死对，这是初学作诗的人最容易犯的。所谓死对，也很难说死。例如，“青山”对“绿水”，有时可以说是对得好的，有时却反而成为死对。这要看作者如何运用，必须联系全篇来看。词性对偶之外，还要讲究句法，动词、名词、状词之间的安排，往往与散文不同，有倒装句，有节略句，有问答句，也是千变万化的。总之，盛唐诗人，在律诗的章法、句法，乃至字法，各方面都有新颖的创造，我们先在这里略略一提，以后遇到具体例子，随时讲解。

这里所选的第一首诗《汉江临泛》，是作者在汉水上泛舟的印象。“临”字是登临的意思。登山望远，称为“临眺”，水上泛舟，称为“临泛”，冲锋上阵，称为“临阵”，都是同样的用法。

第一联就用对句概括了汉水的形势。“接”与“通”两个动词用倒装法。本该是“楚塞接三湘，荆门通九派”。“楚塞”和“荆门”，是同义词，因为楚国古时称荆国。楚国的边塞，荆国的门户，所指的是同一地区。湘潭、湘乡、湘源，合称“三湘”，代表汉代长沙王国的领域。“九派”二字初见于刘向《说苑》：“（禹）凿江，通于九派。”郭璞《江赋》也说：“流九派乎浔阳。”本意是说长江东流到浔阳，一路吸收了许多川流。“九”字表示多数。这两句诗只是说：汉水流出楚境，注入长江，可以通到许多地方。“荆门”也不是指湖北的荆门县（今荆门市）。这些都是用古代地理名词而已。明清以来，有人死讲这两句。唐汝询注曰：“汉与湘合而分为九道。”简直是不明地理。汉水何曾与湘水合流，更何从分为九道？近来有人注解说“汉水流过荆门县，分为九派”，也是沿袭了前人的错误。其实，“九派”两个字在诗词中往往泛指长江，是长江的代用词，无须研究长江有哪九个支派。

接下去二联，就是描写在汉水上泛舟时所见的风景了。江水好像流到天涯地角之外。这是说江水浩渺，一望无尽。唐汝询把“天地外”讲作“殆非人世”，未免想得太远了。山色在若有若无之间，这是形容晴朗日子里的远山。再看前面江边的城市，好像浮在水面上，而江上的波澜，又似乎使遥远的天空也在浮动。

律诗的第二联，称为颔联，因为第一联既然称为首联，就用人体来作比，第二联的地位恰似人的下颔。于是第三联便是头颈，故称为颈联。第四联是全诗结束处，称为尾联。如果是排律，则颈联以下，尾联以上，也有称为腹联的，但这些名词都是宋元以后人定出来的。

晚唐诗人作律诗，最忌颔联与颈联平列。他们主张要一联写景，一联抒情。或者先写景，后抒情，或者先抒情，后写景。这个窍门，也很有道理，但在盛唐诗人中，还没有意识到，所以王维这两联，同样都是写景。

尾联二句，用了一个典故。晋朝的山简，做襄阳太守，常常到山水园林中去游玩，醉倒才回家。王维用这个故事，说襄阳这么好的天气，应当留给山老先生饮酒游玩。山翁是比喻自己。这一句的语法是“留与山翁醉”的倒装。

《山居秋暝》这首诗的组织和《汉江临泛》一样。第一联就点明题目。这种手法，在诗家就称为“点题”。宋代以后，在八股文，试帖诗的规格上，也要求第一联或第一、二句必须贴到题目，称为“破题”。这个“破”字，含有分析的意味，把题目分析开来用一二句诗或文概括一下。破题显然是起源于诗家的点题。

这首诗的中间二联，也是平列的写景句。文字浅显，不用解释。“归”与“下”两个动词，就是倒装的。听见竹林中笑语喧哗，知道是洗衣的姑娘回家了。看到荷叶摇动，知道有渔船下来了。尾联二句，暗用《楚辞》的修辞。淮南小山《招隐士》句云：“王孙游兮不归，春草生兮萋萋。”意思是说：在春草丛生的时候，外出远游的王孙为什么还不归来。王孙就是士，也就是知识分子。古代的知识分子，都是王侯的子孙，故称王孙。王维在此处反用原句，他说：尽管现在已是秋天，春草已经凋零，王孙还是可以居留的。这个“王孙”，是指他自己。魏晋以来的诗人，经常用“春草王孙”这二句来作种种不同的比喻。这不是用古事，所以不是用典故，一般称为“出处”。

“随意春芳歇”，这“随意”二字向来无人注解，大家都忽略了。其实这个语词的意义和现代用法不同。它是唐宋人的口语，相等于现代口语的“尽管”。王昌龄有一首《重别李评事》诗云：

莫道秋江离别难，舟船明日是长安。
吴姬缓舞留君醉，随意青枫白露寒。

这首诗的结句也用“随意”。二句的意思是：尽管在青枫白露的秋天，吴姬还在歌舞留客。明代的顾璘在《唐音》里批道：“随意二字难解。”可见明代人已不懂得这个语词了。谭友夏[①] 在《唐诗归》里批道：“随意字只可如此用，入律诗用不得。”这个批语可以说是莫名其妙。为什么这两个字只能用在绝句，而不能用在律诗呢？他如果看到王维已经在律诗里用过，只好哑口无言了。其实谭友夏也像顾璘一样的不懂，却故意卖弄玄虚，批了这样一句，使读者以为他懂得而没有说出来。唐汝询在《唐诗解》里讲王维此句云：“春芳虽歇。”这是很含糊的讲法，大概他也不知道“随意”的正确意义。

第三首《终南别业》，八句全是叙述，没有一个描写句。别业，即别墅。终南别业就是辋川别业，王维的庄园。全诗说：过了中年，很喜欢修道养性，因此在晚年时就迁居到终南山脚下。兴致来时，常常独自出游。这种乐趣，也只有自己知道。胜事，即乐事。是什么乐趣呢？例如：沿着溪流散步，一直到泉水尽处，坐在石上看山中云起。或

① 谭友夏即谭元春，他与钟惺合编了《唐诗归》。谭、钟二人为明末竟陵派的创始者。

者偶然在树林中遇到一二老年人，在一起谈谈笑笑，忘记了回家。

“谈笑无还期”，这个“无”字是平声字，在这里是失黏的。《国秀集》中选录此诗，作“谈笑滞归期”，平仄就粘缀了。但恐怕这已不是王维的原作。因为这首诗与前二首不同，前二首的声韵都符合律诗规格，是五律正体，而这首诗的第一、二联，已经不合律诗规格，试看：

中岁颇好道　平仄仄仄仄

晚家南山陲　仄平平平平

兴来每独往　仄平仄仄仄

胜事空自知　仄仄平仄平

这四句根本不是律诗，即使把末句的“无”字改为“滞”字，仍然无济于事。我以为王维作此诗，并不要它成为律诗。这是一种古诗与律诗杂糅的诗体，也是从古诗发展到律诗时期所特有的现象。在孟浩然的诗集里，这种五言诗有好几首。高棅编的《唐诗品汇》里，把这一类诗都编在古诗卷中，这是对的。

《唐律消夏录》的著者顾小谢[①] 对此诗有一段评释：“行坐谈笑，句句不说在别业，却句句是别业。‘好道’二字，先生既云‘空自知’矣，予又安能强下注解。”这两个观点，都使人不解。“句句是别业”，这句解释，似深实浅。既然诗题是“别业”，全诗所写当然是别业中生活。但是，和王维同时的殷璠所编的《河岳英灵集》里，这首诗的题目却是《入山寄城中故人》。我以为这是王维的原题，不知从什么时候起，被人妄改了。因此，也可知顾小谢的解释是

① 顾小谢即清代学者顾安。

胡说。“空自知”明明是指“胜事”，就是指下面二句所叙的山居生活，与“好道”毫无关系。

“行到水穷处，坐看云起时”，是王维的名句。对偶工稳，两句一贯而下，是高超的流水对。作这一联，好像极其自然，并不费力，但当时恐怕也曾苦思冥想了好久，才能得此佳句。

王维这三首诗，都是正面描写，并无比兴，没有什么寓意，也并不歌颂什么。在诗的创作方法中，这种作法纯然是赋，因此，我们可以一读就了解，无须从字里行间去寻求隐藏的诗意。王维诗的风格大多如此，正和他的画一样，用的是白描手法。

1978年4月10日

辋川闲居赠裴秀才迪[1]

寒山转苍翠[2]，秋水日潺湲[3]。
倚杖柴门外，临风听暮蝉[4]。
渡头余落日，墟里上孤烟[5]。
复值接舆醉[6]，狂歌五柳前[7]。

【注释】

［1］辋川：水名。在今陕西省蓝田县终南山下。宋之问在这里建有蓝田别墅，该别墅后为王维所得。王维在此基础上建成辋川别业。

［2］寒山：指秋山，秋天气候转凉，故称。苍翠：青绿色。

［3］潺湲（chányuán）：流水声。

［4］暮蝉：指寒蝉，蝉的一种，据说可以叫到深秋。《礼记·月令》：“孟秋之月……寒蝉鸣。”

［5］“渡头”二句：渡头，渡口。墟里，一作“圩里”，村落。陶渊明《归田园居五首》之一：“暧暧远人村，依依墟里烟。”这里将陶诗二句紧缩成一句，与“渡头余落日”相对，构图更为鲜明。二句又与前录《使至塞上》“大漠孤烟直，长河落日圆”构图形式相类，而格调迥异，可见王维写景之善于变化。

［6］接舆：春秋时楚国隐士陆通，字接舆，佯狂避世，这里

借指裴迪。

［7］五柳：指陶渊明。陶渊明《五柳先生传》：“先生不知何许人也，亦不详其姓字。宅边有五柳树，因以为号焉。”这里王维借以自指。

“暗传”的技巧[①]

——析王维《辋川闲居赠裴秀才迪》

刘逸生

王维是著名的山水诗人，许多人都欣赏他的“诗中有画”；可是，这首诗注意的人还不多，便是注意到了，也多数草草读过了事。其实这首诗颇有值得一谈的技巧。

它是把眼前景色加以铺张描写，而在这些景色的背后隐藏了一件事实。这个事实没有明说，要待细心的读者仔细寻味才能发现。这在技巧上可以称之为“暗传”。

这位盛唐大家，在蓝田县南的辋川有一所别墅，占地颇广，有华子冈、斤竹岭、鹿柴、辛夷坞等名胜。诗人隐居别墅，同友人裴迪时相往还，唱酬甚多。这首诗是他住在别墅的时候赠给裴迪的。

诗的内容本来简单，先是描写辋川的景色，再表达自己的闲适心情；最后把裴迪称赞一番，比作楚国的隐士接舆，又把自己比作东晋的隐士陶潜。我们泛泛一读，不过如此而已。

诗人描写的是什么时候的景色？一看就知道是秋天的晚景。因

---

① 刘逸生（1917—2001），古代文学学者、著名报人，广东中华诗词学会名誉会长、中华诗词学会理事。著有《唐诗小札》《唐诗选讲》《宋词小札》《龚自珍己亥杂诗注》《龚自珍编年诗注》《唐人咏物诗评注》等。本文选自《古典诗词名篇鉴赏集》，中华书局 1984 年版。

为“寒山”“秋水”点明是在秋天；“暮蝉”“落日”也指出是黄昏时节。这都不用多加诠释。

可是且慢，请你再仔细看看：

“寒山转苍翠”——请注意句中这个“转”字。

“秋水日潺湲”——请注意句中的“潺湲”。

秋天的山，自然可以说是“寒山”。因为秋风一来，天气骤变，山上树木逐渐枯黄憔悴，显出一片萧瑟的神气，所以说“寒”，可是，为什么又说“转苍翠”？

秋天已是进入枯水季节，按照常理，“潦水尽而寒潭清”（王勃《滕王阁序》），“风霜高洁，水落而石出”（欧阳修《醉翁亭记》），这才是秋天的典型景色，为什么诗人却说“秋水日潺湲”？

再看三四两句：时正日暮，诗人拖着手杖，站在柴门之外，倾耳听着越叫越欢的蝉声。这似乎很平常；细看，却也颇似含有另外的内容，并不像字面说的那么简单。

五六两句，一句用“余”字烘托渡头的“落日”，一句用“上”字描绘圩里的“孤烟”，这又是什么意思？

这些都值得我们细想。

细想之下，终于恍然了。原来诗人描写的不是一般的秋天晚景，而是一番久雨（或几场大雨）之后忽然放晴的景色。在一系列的景色铺写之中，巧妙地隐藏着“久雨乍晴”这层用意。

因为久雨乍晴，本已萧瑟枯冷的山色突然变得翠绿盎然了。所以他才下了个“转”字。

也是久雨乍晴，本来减弱了的流水忽又满涨起来，于是他整天听到“潺湲”的声响。

正由于连日下雨，一旦放晴，他就走出大门，到院子外面欣赏这可喜的景色了。

“临风听暮蝉”，看来简单，实在也仍是藏着“乍晴”的特有气氛。有什么证据呢？唐诗人杜牧的《题扬州禅智寺》诗说：“雨过一蝉噪，飘萧松桂秋。”宋词人王沂孙《齐天乐·蝉》说：“西窗过雨，怪瑶珮流空，玉筝调柱。”写的都是雨过的蝉声。还有元诗人周权的《村居》诗说：“山风吹断檐前雨，高树蝉声正夕阳。”蝉声在雨过以后，听起来特别响亮，所以这句也正好贴切雨后。

不消说，“渡头余落日”写的也是晚晴所见，只是用“余”字点出渡头的冷落；至于“圩里上孤烟”，如果对照诗人的《使至塞上》诗“大漠孤烟直”，也不难知道，那正是雨晴以后，炊烟直上，同“积雨空林烟火迟”（王维《积雨辋川庄作》）的气象恰好相反。

上面六句，就是我说的“暗传”。

大抵是由于下雨，两位朋友几天都不曾见面，等到天色转晴，彼此都渴欲一见了。所以诗人的“倚杖柴门外”，一面是欣赏新晴的景色，一面也是看看朋友是否光临。果然，就在黄昏时分，那位喝得有点醉意的裴迪，一边唱着歌，一边步履蹒跚地走来了。

接舆是春秋时代楚国的隐士，《论语·微子》有：“楚狂接舆歌而过孔子”的话；《庄子·人间世》也有“孔子适楚，楚狂接舆游其门”的话。王维是借接舆来称赞裴迪的。“五柳”的典故出自陶潜的《五柳先生传》：“先生不知何许人也，亦不详其姓字。宅边有五柳树，因以为号焉。”在这里，王维又借“五柳”自比，说明自己也是个隐居不出的人。

整首诗洋溢着对久雨新晴的喜悦，可是诗中既没有点出雨后，也没有点出新晴，连题目也藏过这一层意思；它只是铺陈眼前的景物，而这些景物又分明显出了久雨新晴的特色，以及诗人面对这些景色内心涌起的喜悦。这就是“暗传”，是一种巧妙的借景叙事和抒情的手法。

我们欣赏古人的诗，就要深入到这些地方。

崔颢

崔颢（？—754），汴州（今河南省开封市）人。开元十一年（723年）进士。天宝中，官尚书司勋员外郎。

他以才名著称，早年好饮酒赌博，行为轻薄，为诗情致浮艳，为时论所不满。后游览山川，从军东北边塞，风格转为雄浑豪宕。殷璠说他“晚节忽变常体，风骨凛然”（《河岳英灵集》）。

《全唐诗》录存其诗一卷。

黄鹤楼[1]

昔人已乘黄鹤去[2]，此地空余黄鹤楼。
黄鹤一去不复返，白云千载空悠悠。
晴川历历汉阳树，春草萋萋鹦鹉洲[3]。
日暮乡关何处是？烟波江上使人愁。

【注释】

［1］黄鹤楼：在今湖北省武昌市西黄鹄矶（一称黄鹄山或黄鹤山）上，下临江汉，为游览胜地。

［2］已乘黄鹤去：一作“已乘白云去”。高步瀛曰：“起句

云‘乘鹤’，故下云‘空余’，若作‘白云’，则突如其来，不见文字安顿之妙矣。”（《唐宋诗举要》卷五）

［3］“晴川”二句：汉阳在武昌之西，距黄鹤楼甚近。由于天色晴明，故汉阳树影，历历在望。鹦鹉洲在汉阳西南长江之中，极目远眺，但见洲上的萋萋春草。《楚辞·招隐士》：“王孙游兮不归，春草生兮萋萋。”下句即景生情，化用成语，兴起下文“日暮乡关”之感。水边地曰川。春草，一作“芳草”。

释崔颢《黄鹤楼》[1]

周振甫

唐代诗人崔颢的《黄鹤楼》诗，很著名。《唐才子传》卷一说：“崔颢游武昌，登黄鹤楼，感慨赋诗。及李白来，曰：‘眼前有景道不得，崔颢题诗在上头。’无作而去，为哲匠敛手云。”这首诗因为受到李白的赞赏，极著名。李白还模仿这首诗写了《鹦鹉洲》：“鹦鹉来过吴江水，江上洲传鹦鹉名。鹦鹉西飞陇山去，芳洲之树何青青。烟开兰叶香风暖，岸夹桃花锦浪生。迁客此时徒极目，长洲孤月向谁明？”李白的赞赏，可能跟他不喜欢写格律诗有关。这首诗前四句打破了格律诗的束缚，像第一第三句打破了平仄限制，三四句打破了对偶限制，因此李白要模仿这种写法。

崔颢这首诗前四句是怀古。黄鹤楼在武昌蛇山黄鹄矶上，下临大江，为游览胜地。相传古代有个名叫子安的仙人曾经骑黄鹤飞过这里，因此得名。崔颢登上黄鹤楼，想到这个传说，写了开头四句。他在怀念那个骑黄鹤飞过这里的仙人，说仙人已去，这里徒然留下一个黄鹤楼。黄鹤去了不再来，只有白云徒然在飘荡。这里用了两个“空”字：“空余”“空悠悠”，从中反映出作者的感情。这种感情，在作者《行经华阴》里点明：“借问路旁名利客，何如此处学长

① 选自周振甫《诗文浅释》，见《周振甫文集》第九卷，中国青年出版社1999年版。标题为编者所加。

生？”想求仙。因为仙人去而不来，所以用了两个“空”字。这种求仙的思想，是唐朝的一种风气，李白也有求仙思想，不过这种思想是较消极的。

后四句从写景归结到思乡。在黄鹤楼上望出去，隔江相望的汉阳树，在晴天看去历历分明。川，就是平川，江边平地，长着树，这是远景。近看，有长着茂密芳草的鹦鹉洲。三国时代江夏太守黄祖的儿子黄射在这一带大会宾客，有献鹦鹉的，黄射请祢衡作了《鹦鹉赋》，洲因此得名。后来祢衡为黄祖所杀，就葬在这里。祢衡是被曹操流放到荆州，荆州刺史刘表又把他送到黄祖那里的。作者可能从鹦鹉洲想到祢衡的被流放，被杀害，因而引起对自己飘流在外的感慨，从历历汉阳树望过去，就想到作者的家乡汴州（在开封附近），引起了思乡之念，只看到江上烟波，看不到自己的家乡。这首诗，从求仙到思乡写得比较含蓄。思乡的感情从“乡关何处是”里点出，用“日暮”和“烟波江上”来衬托，是写出了感情的。还有“芳草萋萋”的写法，会使人联想到《楚辞 · 招隐士》的“王孙游兮不归，春草生兮萋萋”。从芳草萋萋里使人想到游子的思归，跟怀乡相应。求仙的念头没有点出，只在两个“空”字里有些透露。这种求仙和思乡的感情，在当时的士子中间很流行，李白也写了不少求仙和思乡的诗。这首诗又写得含蓄而有技巧，容易引起当时诗人的同情，加上李白的称赞，所以得到很大的推崇。

把这首诗同李白的《鹦鹉洲》相比，李诗却有胜过崔诗的地方。崔诗有怀念仙人的消极面，李诗同仙人无关，没有这个消极面。李诗也有迁客的感怀，但这是结合李白的流放而说的，那意义就比怀乡更深刻些。李白的这首诗虽有这些优点，但究竟是模仿，所以影响不如这一首。可见文学作品的创造性是极重要的。高步瀛《唐宋诗举要》："此诗格律出自沈云卿（佺期）《龙池篇》，前四句曰：'龙池跃龙龙已飞，龙德先天天不违。池开天汉分黄道，龙向天门入紫微。'"那这首诗也是模仿。不过这首诗跟《龙池篇》还有不同，《龙池篇》从"龙池"两字做文章，四句都围绕着"龙池"来说。这首诗从仙人骑黄鹤着眼。"昔人"指仙人，"空余"指仙人去后说，"不复返"指仙人不返，"空悠悠"也就仙人去而不返说。诗虽写了黄鹤，实际上在想念仙人，这就跟"龙池"的开头四句不一样了，是有创新的，所以成为名篇。沈德潜《唐诗别裁》批："意得象先，神行语外。纵笔写去，遂擅千古之奇。"意指怀念仙人，这个意在黄鹤的形象之前；神即指精神，即怀念仙人的精神，在讲黄鹤的话以外，所以能不顾格律，放手写去，成为这诗在艺术上的特色了。即这诗虽然用了三个黄鹤，但他的精神意念不在黄鹤上。

李 白

李白（701—762），字太白，号青莲居士，被后人誉为“诗仙”。祖籍陇西成纪（今甘肃省天水市），先世隋时因罪徙西域，至其父始迁居绵州彰明县（今四川省江油市）之青莲乡。李白自青年时即漫游全国各地。天宝初，因道士吴筠及贺知章推荐，曾一度至长安，供奉翰林，但不久即遭谗去职。安史乱起，因参加永王李璘幕府，被牵累，长流夜郎，途中遇赦。晚年漂泊东南一带，依当涂令李阳冰。世称李青莲或李翰林。

李白性格豪迈，其诗风格奔放自然，色调瑰玮绚丽，想象丰富，与杜甫并称“李杜”。皮日休曾说：“言出天地外，思出鬼神表，读之则神驰八极，测之则心怀四溟，磊磊落落，真非世间语者，则有李太白。”

有《李太白集》，传诗九百余首，有清人王琦及今人瞿蜕园、朱金城等注本。

古风（第一首）

大雅久不作[1]，吾衰竟谁陈[2]？
王风委蔓草[3]，战国多荆榛[4]。
龙虎相啖食，兵戈逮狂秦。
正声何微茫，哀怨起骚人[5]；
扬马激颓波[6]，开流荡无垠。
废兴虽万变，宪章亦已沦[7]。
自从建安来，绮丽不足珍[8]。
圣代复元古，垂衣贵清真[9]。
群才属休明，乘运共跃鳞[10]。
文质相炳焕[11]，众星罗秋旻[12]。
我志在删述[13]，垂辉映千春。
希圣如有立，绝笔于获麟[14]。

【注释】

［1］大雅：《诗经》的一部分。

［2］吾衰：孔丘曾说过“甚矣吾衰也”的话。陈：展示、陈述的意思。

［3］王风：《诗经》《国风》的一部分。委蔓草：委弃于蔓草。

［4］荆榛：丛杂的树木。

［5］“正声”二句：正声，指《诗经》的传统。骚人，指屈原、宋玉。屈原最重要的作品是《离骚》，后世因称楚辞体的作品为骚体，作者为骚人。两句意思是“正声”若存若亡时，以哀怨著称的楚骚兴起。

［6］扬马：指扬雄与司马相如，汉代辞赋的代表作家。

［7］宪章：指诗的法度。沦：沉沦、沉没的意思。

［8］“自从”二句：建安，东汉献帝的年号（196—220）。当时曹操、曹丕、曹植和建安七子所作的诗，风格刚健质朴，叫建安体。建安以后两晋南北朝的诗歌，追求对偶、音律和辞藻，风格渐趋绮丽。

［9］“圣代”二句：圣代，指唐朝。复元古，就是改变六朝文学淫靡风气而归向淳朴的意思。垂衣，《周易·系辞下》：“黄帝、尧、舜，垂衣裳（韩康伯注：“垂衣裳以辨贵贱”）而天下治”，这里用来称颂唐朝皇帝的政绩。清真，自然。

［10］“群才”二句：群才，指当时的文人。属，当，恰逢其时的意思。休明，政治清明。运，气数、时运。鳞，龙鳞。跃鳞，比喻创作的活跃。这两句是说，当这政治清明的时候，文人乘时而起，从事文学活动。

［11］文质：指文学作品的形式和内容。

［12］“众星”句：秋旻（mín），秋天。本句意为秋天天高气爽，众星特别明亮。

［13］“我志”句：这句是说，自己的志向像孔丘那样，从事整理、编订当代的诗歌创作的工作。

［14］“希圣”二句：希圣，追随孔丘。希，通“睎”，

企望，仰慕。有立，有成就。绝笔，鲁哀公十四年（公元前481年）时，鲁人打猎打到一只麒麟，孔丘认为麒麟被人猎获，是象征着自己的政治愿望不能实现，就叹气说："吾道穷矣！"他修订的《春秋》即终于是年。事见《史记·孔子世家》。孟轲曾说过"诗亡然后《春秋》作"，把《春秋》和《诗经》联系起来。这里的"希圣"，即上文"志在删述"，实际仍是继承《诗经》传统的意思。

李白《古风》第一首解析[①]

俞平伯

句解

（一）大雅久不作——这句虽只说《大雅》，实际上兼指《雅》《颂》，本篇之三十五曰："大雅思文王，颂声久崩沦。"很显明，这就是"大雅久不作"，不过化一句为两句罢了。再就原典看，出于班固《两都赋序》"王泽竭而诗不作"，但上边还有一句"昔成康没而颂声寝"。注家单引次句，只配合字面，未会诗意。王注[②]并这一条也没有引，尤误。《文选·两都赋》李注："言周道既微，《雅》《颂》并废。"恐太白也正是这个意思。

（二）吾衰竟谁陈——这句包含两点，一是"吾衰"，一是"陈"。"吾衰"出《论语》"甚矣吾衰也"，故旧注以为指孔子；王琦主张太白自谓，因此连这条手面上的注也不引了。这是不客观的做法。其实太白即使自谓，借用《论语》也未尝不可。上文表过，太

① 俞平伯（1900—1990），中国白话诗创作的先驱者之一，现代散文家、红学家、文史学者。先后任教于清华大学、北京大学，讲授清词、戏曲、小说及中国诗歌等课目，对古典文学研究造诣极高。代表作有诗集《冬夜》，散文集《燕知草》《杂拌儿》《杂拌儿之二》，以及《红楼梦辨》《唐宋词选释》等。有《俞平伯全集》（花山文艺出版社）十卷行世。本文选自《俞平伯全集》第三卷，花山文艺出版社 1997 年版。原载 1959 年 12 月《文学遗产增刊》第七辑。略有删节。

② 王注：清代学者王琦著有《李太白诗集注》。下文李注指唐初学者李善为《文选》所作的注。

白那时并不衰老，“吾衰”还依旧说指孔子为妥。如用新式标点，“吾衰”二字可用引号表示。

至于“陈”字，王作“陈诗”解，亦误。据《礼记·王制》“命太师陈诗以观民风”，所陈的诗是当时的民歌民谣，如十五《国风》之类是。《雅》《颂》当不在太师所陈的范围内。今如把“陈”作“陈诗”讲，去读“大雅久不作，吾衰竟谁陈”两句，就好像所陈即是《大雅》，已觉不合。若照王注，太白拟自献所作于王家，更违反采风原意。太白是否有“陈”他的诗于当时封建皇朝的意图，这点与太白诗格的评价关系亦大。义当详下。

若把“吾衰”指孔子，“陈”字显然不应作陈诗解。因孔子只是删诗，史上并不曾说，他曾贡献民歌若干篇或他自己的诗若干首（假如孔子做过诗）于周室王朝也，因此我认为这句诗跟《礼记》之文无关，“陈”训布，展布之意，宜读如“陈力就列”的陈。吾衰谁陈，只是说孔子老了，吾道不行，开首两句平列，一句一意，上句指文王，下句指孔子，引起下边的“王风”“战国”两句。

（三）王风委蔓草，战国多荆榛——“王风”句，杨注以“黍离”释之。这是出于谢瞻诗“王风哀以思，周道荡无章”，而王琦引《诗·大序》“《关雎》《麟趾》之化，王者之风”未免廓落。这两句紧承上两句而来。一三为上组，二四为下组，上组由宗周降为春秋，下组由春秋降为战国，所以下文便直说到秦始皇。到这里成为一小段，虽亦说到诗歌文学，主要的还是藉来谈政治。下面才专讲文学。

（四）正声何微茫，哀怨起骚人——以《诗》三百篇论，本自有它的正变，譬如《大雅》是正，而《王风》即是变。但就中国诗歌的整体来看，则《诗》为正，《骚》为变，太白这看法是很明确扼要的，“《黍离》降于《国风》”，对《雅》《颂》说，已发生了变化，但对《离骚》以下的诗体剧变来说，它还在“正声”范围之内的。“哀怨”二字出《史记》“屈平之作《离骚》，盖自怨生也”，两句文词，都很简单，却画出了中国古代诗歌的轮廓。

（五）自从建安来，绮丽不足珍——在表面上，这否定了建安以来的诗歌文学，事实上恐怕不完全那样。如杜甫就以庾、鲍比太白[1]，又说他的佳句像阴铿；那么，太白诗的风格，还有齐、梁的成分在内。但就本篇说，《离骚》尚是变调，扬、马更是末流，推到建安以后，自然只好说“不足珍”了。再说古人行文，抑扬之间，未可以词害意。我曾祖曲园先生[2]《湖楼笔谈》有这么一段话，节引如下：

> 曾子、子游皆圣门高弟也，《檀弓》记子游之知礼；则以曾子为不知礼。子产、子太叔皆郑国贤大夫也，《左传》记子产之敏，则极言子太叔之不敏。文章高下相形，抑扬过甚，古人属辞往往不免。……夫曾元虽不如曾子之大孝，亦不失为贤者，何至吝惜酒肉，欺谩其亲。且既曰“亡矣”，又以复进。其父见诘，何辞以对？虽儿童之见不出于此，而谓贤者为之乎。

从这“高下相形，抑扬过甚”，可以说明两点：其一，有些批评只是相对的，看他对什么而说。如这里的“不足珍”，对《诗》《骚》而言，并不必是真不足珍。其二，“不足珍”的说法，本身也是夸大的。

---

① 庾、鲍：指庾信、鲍照。

② 俞曲园：即俞樾，清代学者。

（六）我志在删述——这里的句法，很明白套用《孝经·序》“吾志在《春秋》”，当然不仅在句法上套用，更重要的是在意思上。这句上文是：

> 圣代复元古，垂衣贵清真。群才属休明，乘运共跃鳞。文质相炳焕，众星罗秋旻。

虽句文在赞美，其实从这里“我志”云云那么一转，便把太白自己跟那些“乘运共跃鳞”的群才给分开了。自不必，也不曾贬刺那些人们，却也并非衷心的赞美。果真赞美那些鼓吹休明的先生们，结尾自叙六句就没啥意义了。

（七）希圣如有立——“如有所立，卓尔”，《论语》家本有二说，一说指孔子；一说颜渊自谓。这一句“希圣”用李康《运命论》“希圣备体而未之至”，与“如有立”连，自属太白自谓。韩愈、李翱《论语笔解》，以为“所立卓尔”，颜回自谓，虽在太白之后，疑唐人本有此一说。

（八）绝笔于获麟——这话也包含两个疑问：（1）本篇中《大雅》、《王风》、楚骚、汉赋、建安文学，说的都是诗歌，太白且是个诗人，为什么结尾他却要学孔子作《春秋》？（2）即使要修《春秋》，为什么偏说“绝笔于获麟”？据历史记载，获麟不是什么好事，所谓“吾道穷矣，反袂拭面，涕沾袍袖”，这岂不跟“圣代复元古”六句云云自语矛盾？

关于第一点下面再谈，这里先说第二点，获麟原典固非美事，但在太史公书里已把它的意义给改变了。太史公自序原很奇怪，既说：

“继《春秋》……意在斯乎，意在斯乎!”又说：“而君比之于《春秋》，谬矣。”既说《春秋》是“贬天子，退诸侯，讨大夫。”又说：“褒周室，非独刺讥而已也。”这样自相矛盾，当非得已。在那里也有一大段颂扬当世的话：

> 汉兴以来，至明天子，获符瑞，（建）封禅，改正朔，易服色，受命于穆清，泽流罔极。海外殊俗，重译款塞，请来献见者，不可胜道，臣下百官力诵圣德，犹不能宣尽其意。

这就很像本篇所谓“圣代复元古，垂衣贵清真。群才属休明，乘运共跃鳞”云云。太史公自序结尾说：“于是卒述陶唐以来至于麟止。”《史记集解》引张晏曰：

> 武帝获麟，迁以为述事之端，上包黄帝，下至麟止，犹《春秋》止于获麟也。

同样的获麟，在鲁哀公时虽是衰世之事，而到了汉武帝时便愣说它是祥瑞。司马迁已这样说过，李白就承用了。骨子里，太史公不曾恭维汉武帝，所以人说《史记》是谤书；李太白也未必当真颂扬唐明皇，而在表面上总必须有一套说法，才能够交代得过去。

大意

太白这首诗叙他自己的怀抱志趣，主要的虽说文学、诗歌，却不限于文学、诗歌。居《古风》之首只因它比较重要，也并非五十九首的总纲。实践这宣言，不必都在太白的诗歌里。

这样的了解是必要的，不然有些问题便不好解释。太白在这里，复古的倾向很显明，似乎他以为《三百篇》的《变风》《变雅》不如《正风》《正雅》和《颂》，（所以首提《大雅》，不言《小雅》。）《离骚》不如《诗经》，汉赋不如楚骚，而建安以降的文学更"不足珍"了。终于归结到"圣代复元古"云云。这岂不很明白么？但仔细想来，便有许多不可解的地方。

太白理想中的诗歌写法究竟怎样？是否赞成亦步亦趋地摹仿《雅》《颂》的作品？大家知道，唐诗不是那样，李、杜的诗尤其不那样。然而依照本篇上半段的叙述，机械地推演下去，会得到这样的结论。前人也见到此点，他这样说：

> 太白有云：将复古道，非我而谁。（按此语见孟棨《本事诗》："梁、陈以来，艳薄斯极，沈休文又尚之以声律，将复古道，非我而谁。"）古道必何如而复也？《三百》[1]后有"补亡"，《离骚》后有"广骚""反骚"，苏李《赠答》、《古诗十九首》、乐府后有《杂拟》，非复古也，剿说雷同也。《三百》后有《离骚》，《离骚》后有苏李《赠答》《古诗十九首》，苏李《赠答》《古诗十九首》外有乐府，后有建安体，有阮嗣宗《咏怀诗》，有陶诗，陶诗后有李、杜，乃复古也，拟议以成其变化也。（宋大樽《茗香诗论》）

① 《三百》指《诗经》。

所谓“复古”，有时事实上在创新，这原是很明白的。

这诗的主题是借了文学的变迁来说出作者对政治批判的企图。从本诗的后半节可以看出，他所提的方案，非但不是制造一批假古董，而且意义要比创作文学更大一些。所以说：“我志在删述，垂辉映千春。希圣如有立，绝笔于获麟。”他既想学孔子修《春秋》，何尝以文学诗歌自限呢。因之，局限于文学的变迁，讨论他的复古，是不易诠明本篇大意的。

这里却生出一个问题：下半段所说既比上半段更为广远，是否变成两橛？我觉得可以用一个传统的说法来解答——即《诗》和《春秋》的关系。本篇大意，只是《孟子》上的两句话：

> 王者之迹熄而《诗》亡，《诗》亡然后《春秋》作。（《离娄》下）

上句绾上节，下句绾下节，扣得很紧。《诗》有美刺，《春秋》有褒贬，都针对着当时的社会政治的现实，有所反映批判。据说孔子有过这个意图，司马迁的《史记》当然是这个意思，李太白在本诗所表示的也正是这个意思。至于太白在他实践中能否做到，做到多少，原是另一个问题，但他果真有过这样的志愿，我想，对他的生平和作品的理解会有帮助的。

试再回顾“吾衰竟谁陈”，“陈”字的解释。王琦注虽引证古典，言之凿凿，其实是错误的。李白有他的政治上的怀抱，但他的最大成就毕竟在诗歌方面。这伟大的诗人，一生的作品，如说他本想陈献给李氏皇家，却自叹年力的衰迈，惜其不能，这样说法对李白是歪曲，跟事实也显然不合。

太白这诗虽说了许多志在复古的话，本意殆别有所在。先看文学方面，他以为西周迄建安一直走着下坡路，但太白是否真想走回头路呢？看他说：

扬马激颓波，开流荡无垠。废兴虽万变，宪章亦已沦。

虽有惋惜之意，而逝者如斯，不舍昼夜，时间如流水，绝无倒流之理，文风的变革是必然的趋势，太白原很明白的。

再从政治和文学的关系方面说，文学主要功能之一是批判。《诗》有美刺，《春秋》有褒贬，而春秋家的褒贬实比诗人的美刺更进了一步。诗人多微婉其词，春秋家则词严义正。《春秋》的本身虽离文学为远，但继承《春秋》的《史记》，实是古代最高的散文，司马迁曾明说，《春秋》的批判性比诗人更加严肃切实，他在自序引孔子的话：

我欲载之空言，不如见之于行事之深切著明也。

李白既不曾真学孔子修《春秋》，也不曾学司马迁作《史记》，这是事实；他的诗里批判现实的成分有多少，亦待研究；而他的这个说法，这样想法，总归是很有意义的。仅仅从复古这个词来衡量长时期封建社会里的作家和作品，怕没有多大的用处。因为复古在那时是一种官样文章，照例的说法，谁都会这样说，标签虽同，内容却有进出，我们须按照他们的具体情况分别论之。若看见了“复古”二字，便一概抹杀；那么古籍虽多，所剩下的恐就寥寥无几了。拿这样虚无的态度对待我国丰富的文学遗产，显然是不正确的。

蜀道难[1]

噫吁戏[2]！危乎高哉！
蜀道之难难于上青天。(韵一)
蚕丛及鱼凫[3]，开国何茫然[4]。
尔来四万八千岁[5]，不与秦塞通人烟[6]。
西当太白有鸟道，可以横绝峨眉巅。
地崩山摧壮士死，然后天梯石栈相钩连[7]。

上有六龙回日之高标[8]，
下有冲波逆折之回川[9]。(韵二)
黄鹤之飞尚不得过，猿猱欲度愁攀援[10]。
青泥何盘盘[11]，百步九折萦岩峦[12]。
扪参历井仰胁息[13]，以手抚膺坐长叹[14]。
问君西游何时还，畏途巉岩不可攀[15]。
但见悲鸟号古木，雄飞雌从绕林间。
又闻子规啼[16]，夜月愁空山。
蜀道之难难于上青天，使人听此凋朱颜[17]。
连峰去天不盈尺，（韵三）
枯松倒挂倚绝壁。

飞湍瀑流争喧豗[18]，（韵四）

砯崖转石万壑雷[19]。
其险也如此，嗟尔远道之人胡为乎来哉[20]！
剑阁峥嵘而崔嵬[21]，
一夫当关，万夫莫开。
所守或非亲，化为狼与豺[22]。

朝避猛虎，夕避长蛇。(韵五)
磨牙吮血，杀人如麻[23]。
锦城虽云乐[24]，不如早还家。
蜀道之难难于上青天，侧身西望长咨嗟[25]！

【注释】

[1] 蜀道难：古乐府《相和歌·瑟调曲》名。

[2] 噫吁戏（yīxūxī）：惊叹声。

[3] 蚕丛、鱼凫：蜀神话传说中开国的先王。

[4] 茫然：渺茫难详。

[5] 尔来：此来，指开国以来。

[6] 秦塞：秦的关塞。

[7] “西当”四句：秦、蜀两地被太白山隔断，本来是不通的，传说秦惠王想征服蜀国，用了一个美人计，才有五丁开出一条险路。太白，山名，在秦都咸阳西南。鸟道，人迹兽迹都不能到的路，只有鸟才能从那里飞过。横绝，横渡。峨眉，山名，在今四川省峨眉山市。地崩山摧壮士死，秦惠王给蜀王五个美女，要蜀王派人来迎接。蜀王派了五个壮士去。回来的路上看见一条大蛇钻到山洞里，五

壮士上去，用力拉蛇的尾巴，忽然间山崩地裂，把五个壮士全都埋在底下，山中裂开一条崎岖的路，秦因此打通了蜀地。天梯，非常陡的山路。石栈，山石险绝处架木筑成的栈道。

［8］六龙：古代神话，说日神的赶车人羲和，每天驾着六条龙的车子，载着太阳在天空行驶。回日：太阳车到此要迂回而过。标：原指树尖，这里指峰巅。

［9］逆折：往回倒流。回川：大旋涡。

［10］猱（náo）：一种猴子，体小而轻捷。

［11］青泥：岭名，在今陕西省略阳县西北。盘盘：曲折的样子。

［12］萦岩峦：绕着山峰转。

［13］参、井：星宿名。古人认为，春秋各国与天上十二星宿的分区相应，叫作“分野”。蜀地属于参星的分野，秦地属于井星的分野。扪：摸。历：越过的意思。胁息：屏住气。

［14］膺：胸。

［15］“问君”二句：意思是说，这么难走的路，去了什么时候才能回来？君，指入蜀的友人。巉岩，高峻的山岩。

［16］子规：即杜鹃鸟，蜀地最多。

［17］凋朱颜：容颜失色。

［18］湍：急流。瀑流：瀑布。喧豗（huī）：喧闹声。

［19］砯（pēng）：水击岩石声。

［20］胡为乎：为什么。

［21］剑阁：大剑山与小剑山之间，一条三十里长的奇险栈道，在今四川省剑阁县北。峥嵘：挺拔高峻。崔嵬：险陡崎岖。

[22]“一夫”四句：西晋张载《剑阁铭》：“一人荷戟，万夫趑趄，形胜之地，匪亲弗居。”这里是引用《剑阁铭》的话形容剑阁的险要。或非亲，如果不是可信赖的人。

[23]“朝避”四句：是形容蜀道的艰险。吮（shǔn），吸。

[24]锦城：即成都，蜀国的都城。

[25]咨嗟（zījiē）：感叹声。

析李白《蜀道难》①

施蛰存

李白的作品，以乐府和歌行最为著名，他的豪迈狂放的风格，在这些作品中表现得特别淋漓痛快。乐府和歌行，在诗的形式上，原无分别，如果以乐府曲调为题目，就属于乐府诗，如果自己制造题目，不谱入任何曲调，就属于歌行体诗。《蜀道难》是魏晋时代早就有的歌曲，它属于相和歌辞中的瑟调曲。这个歌曲的内容就是歌咏蜀道的艰难，行旅之辛苦。李白此诗，以《蜀道难》为题，所描写也是蜀道的艰险，所以它属于乐府诗。

李白此诗极力渲染“蜀道之难，难于上青天”。他为什么忽然想到这个题材，为什么做这首诗，对于这一疑问，历来就有好几种解说。

唐人王定保的《唐摭言》首先记录了这首诗的故事。李白初到长安，去拜访贺知章。贺知章是玄宗皇帝器重的诗人，他读了李白这首诗，十分赞赏，夸奖李白有“谪仙之才”。接着，孟棨所著《本事诗》也说：李白从蜀郡到京师，住在旅馆里。贺知章闻其名，首先去拜访他。看到他的状貌姿态，大以为奇。又请他拿出著作来看，李白就把《蜀道难》取出来请教。贺知章读后，赞不绝口，称他为“谪仙”。这两段都是晚唐人的记录，大同小异，可知当时人以为李白作此诗是描写他从蜀郡出来漫游时的行旅艰苦，又可知李白作此诗的时候相当早。李

① 选自施蛰存《唐诗百话》，上海古籍出版社1987年版。原题《李白：蜀道难》。

白到长安，在开元、天宝年间，此诗大约作于开元末年。

《新唐书·严武传》说：严武在蜀中，任剑南节度使兼成都尹，骄恣放肆。其时房琯在他部下任刺史。房琯做宰相时，曾推荐严武。后来房琯因得罪降官，做了严武的下属，可是严武对他却极为倨傲。其时杜甫在严武幕府中，任节度参谋，因为误犯了严武的父亲挺之的讳字，严武几乎要杀他。李白得知此事，遂作《蜀道难》，为房、杜二人耽忧。《新唐书》这一段记载是从唐人范摅所著《云溪友议》中采录的，可知唐代人对《蜀道难》的写作背景，还有这样一种说法。宋祁、欧阳修把这个故事写入了官方正史，就肯定了它的正确性。但严武任剑南节度使，是在肃宗末年。请杜甫任节度参谋，是在肃宗的最后一年，即宝应元年（762年）。这年的十一月，李白便故世了。当时李白远在江东，似乎来不及知道房琯、杜甫在严武部下的情况。而且从杜甫写赠严武的诗来看，他们二人间的关系未必坏到如此。因此，如果说《蜀道难》是为房琯、杜甫二人的安危而作，在时间与史实上都有矛盾。

李白诗集有元人萧士赟的笺注本，他对《蜀道难》提出了新的解释。他以为这首诗是作于安禄山叛军攻占长安，明皇仓皇幸蜀的时候，即天宝十五载（756年）六七月间。当时李白在江南，听到这个消息，以为皇上幸蜀不是上策，“欲言则不在其位，不言则爱君忧国之情，不能自已，故作此诗以达意。”

明代的胡震亨，在其《唐音癸签》中，也谈到过这首诗。他以为上文所引三家的解说都是“傅会不足据”。他认为“《蜀道难》自是古曲，梁陈作者，止言其险，而不及其他。李白此诗，兼采张载《剑阁铭》‘一人荷戟，万夫趑趄，形胜之地，匪亲弗居’等语用之，为恃险割据与羁留佐逆者著戒。惟其海说事理，故包括大，而有合乐府讽世立教本旨。若但取一人一事实之，反失之细而不足味矣。”

以上是历代诗评家对《蜀道难》主题思想的探讨。把这些意见和原诗参研之下，萧士赟的讲法似乎最合情理，而且使这首诗含有高度的比兴意义。由此，明清两代讲唐诗的人，大多采用他的讲法，例如唐汝询、陈沆、沈德潜等，都肯定《蜀道难》是为明皇幸蜀而作，分析得很详细。

但是，有一件事，他们都没有注意。丹阳进士殷璠编选的《河岳英灵集》，选录了与他同时代的二十四位诗人的作品，共二百三十四首。他在自序中说明这些诗起于甲寅，即开元二年（714年）；终于癸巳，即天宝十三载（754年）。他选了李白的诗十三首，其中就有《蜀道难》。这是一个无可推翻的证据，证明《蜀道难》作于安史之乱以前。那么，它显然不是讽谕明皇幸蜀的诗了。如果《唐摭言》《本事诗》的记载可信，则此诗的创作年代还可以提早到开元末年。为此，我们不取以上那些讲法，而把此诗定为李白赠入蜀友人的诗。

初唐以来，乐府歌行的形式，一般都是七言古体诗，但李白却创造了新的形式。他善于把三言、四言、五言、七言各种句法混合运用，成为一种不同于魏晋的新型的杂言体。甚至，他有时还大胆地在诗里运用散文句法。这是远远地继承着楚辞和汉代乐府歌辞的传统，而加以推陈出新的。就像这首《蜀道难》，七言句不到一半，其余大半是不拘一格的杂言句。读他的诗，要跟着作者的豪放的感情和参差的句法，一气贯注，而以它的韵脚为段落。长篇的诗，不论歌行或排律，换韵的地方一般总是思想内容分段的地方。读诗的人应当懂得这个窍门。这一点，我在上文已经谈到过，现在再提一提。这首诗，我就用依韵分段，以一韵为一句的方法来写定。

第一段以“天”字起韵，连押五韵。“噫吁戏！危乎高哉！蜀道之难，难于上青天”，虽然分二行写，实在只是一句。全诗一开头就用三字惊叹词“噫吁戏”。屈原用过“已矣哉！”汉乐府歌辞有“妃呼豨”“伊那何”，都是三字惊叹词。此后也许在民间歌曲里一向存在着，但在魏、晋、南北朝诗人的作品中却不再出现。不过“噫吁戏”是“噫”字下再加一个“吁戏”。所以不能说是三字惊叹词，应当标点作“噫！吁戏！”“吁戏”就是“於戏”，而“於戏”是“呜呼”的古代写法。《宋景文公笔记》[①]云：“蜀人见物惊异，辄曰噫嘻。李太白作《蜀道难》，因用之。”可知“噫吁戏“是“噫嘻”的衍声词。胡元任又引苏东坡的文章来作证。东坡《后赤壁赋》云：“呜呼噫嘻，我知之矣。”又《洞庭春色赋》云：“呜呼噫嘻，我言夸矣。”也就是李白的“噫吁戏”。李白把“噫嘻”衍为三字，苏东坡更衍为四字，都用了蜀郡方言。

诗的创作方法，完全用赋体。全诗都是夸张地描绘蜀道的危险，行旅的艰苦。第一句先提纲总述：由于山路既高且危，所以蜀道之难比上登青天还难。以下四句，从蜀国古代史讲起。据扬雄所作《蜀王本纪》：上古时蜀国之王有蚕丛、柏濩、鱼凫、蒲泽、开明等，其时人民椎髻哤（máng 语言杂乱——编者注）言，没有文化。从蚕丛到开明，共三万四千年。李白节取了两位蜀王的名字，说蜀国的开国史多么悠远。“茫然”是悠久不可知的意思，和现在的用法稍有不同。扬雄说蜀国古史三万四千年，已经是夸大了；李白又加上一万四千年，说是四万八千年以来，一直没有和三秦人行旅往来。太白山，或

① 宋祁，字子京，被誉为“红杏尚书”，谥景文，为《宋景文公笔记》的作者。

称太乙峰，是秦岭的主峰，峨眉是蜀中大山。这两句说：从太白到峨眉，只有一条狭窄而危险的小路。因此，秦蜀之间一向无人来往。

《蜀王本纪》又记载了一个关于蜀道的神话。据说秦惠王的时候，蜀王部下有五个大力士，称为“五丁力士”。他们力能移山。秦惠王送给蜀王五个美女，蜀王就命五丁力士移山开路，迎娶美女。有一天，看见有一条大蛇进入山洞，五丁力士一齐去拉蛇。忽然山岭崩塌，压死了五丁力士。秦国的五个美女都奔上山去，化为石人。这个神话，反映着古代有许多劳动人民，凿山开路，牺牲了不少人，终于打开了秦蜀通道。李白运用这个神话的母题[①]，写了第五韵二句。“地崩山摧壮士死”，也可以说是指五丁力士，也可以说是指成千累万为开山辟路而牺牲的劳动人民。他们死了，然后从秦入蜀才有山路和栈道连接起来。第一段诗到此为止，用四韵八句叙述了蜀道的起源。

第二段共用九个韵，描写天梯石栈的蜀道。“六龙回日”也是一个神话故事，据说太阳之神羲和驾着六条龙每天早晨从扶桑西驰，直到若木。左思《蜀都赋》有两句描写蜀中的高山：“羲和假道于峻坂，阳乌回翼乎高标。”羲和和阳乌都是太阳的代词。文意是说：太阳也得向高山借路，而最高的山还使太阳回飞避开。“上有六龙回日之高标”，这一句就是说：上面有连太阳都过不去的高峰。“高标”是高举、高耸之意，但作名词用，因而可以解作高峰。萧士赟注引《图经》云：高标是山名。这是后代人误读李白诗，或有意附会，硬把一座山名为高标。原诗以“高标”和“回川”对举，可知决不是专名。

这两句诗有一个不同的文本。《河岳英灵集》《极玄集》这

① 母题，是英语 Motif 的译名。用在文学上，即是主题；用在民俗学上，指神话、传说的本意。

两个唐人的选本、敦煌石室中发现的唐人写本，还有北宋初的《唐文粹》，这两句却不是“上有六龙回日之高标，下有冲波逆折之回川”，而是“上有横河断海之浮云，下有逆折冲波之流川”。从对偶来看，后者较为工整，若论句子的气魄，则前者更为壮健。可能后者是当时流传的初稿，而前者是作者的最后改定本。故当时的选本作“横河断海”，而李阳冰编定的集本作“六龙回日”。现在我们根据集本抄录。

以下一大段又形容蜀山之高且险。黄鹤都飞不过，猿猴也怕攀援之苦。青泥岭，在陕西略阳县，是由秦入蜀的必经之路。这条山路百步九曲，在山岩上纡回盘绕，行旅极为艰苦。参和井都是二十八宿之一。蜀地属于参宿的分野，秦地属于井宿的分野。在高险的山路上，从秦入蜀，就好似仰面朝天，屏住呼吸，摸着星辰前进。在这样艰难困苦的旅程中，行人都手按着胸膛，为此而长叹。这个“坐”字，不是坐立的坐，应该讲作“因此”。

以上是第二段的前半，四韵八句，一气贯注，渲染了蜀道之难。下面忽然接一句“问君西游何当还”，这就透露了赠行的主题。作者不像作一般送行诗那样，讲些临别的话，而在描写蜀道艰难中间，插入一句“你什么时候才能回来呀？”由此反映了来去都不容易。这一句本身也成为蜀道难的描写部分了。

“畏途巉岩”以下四韵七句，仍然紧接着上文四韵写下去，不过改变了描写的对象。现在不写山高路险，而写山中的禽鸟了。诗人说：这许多不可攀登的峥嵘的山岩，真是旅人怕走的道路（畏途）。在这一路上，你能见到的只是古树上悲鸣的鸟，雌的跟着雄的在幽林中飞绕。还有蜀地著名的子规鸟，常在月下悲鸣。据说古代有一个蜀王，名叫杜宇，号为望帝。他因亡国而死，死后化为子规鸟，每天夜里在山中悲鸣，好像哭泣一样。这一句诗的读法，一向有不同的意见。近年来出版的选注本，都断句为“又闻子规啼夜月，愁空山”。成为七字一句，三字一句。我以为这样读法是错的，应该是两个五字句。古书没有标点，也不断句，很难知道古人把这句诗如何读法。但吴昌祺的《删订唐诗解》、钱良择的《唐音审体》，都是清初刻本，都是圈断了句子的。他们把这一句定为“又闻子规啼，夜月愁空山”。我以为这样断句较为适当。它是两个五言句，不是七、三句法。理由是：“愁空山”三字不成句。歌行中的三字句，常常是两句连用，很少单独用的。这在李白诗中可以找到不少例证。只因为“子规啼月”“蟪蛄啼月”在唐诗中往往可见，所以许多人不敢把“夜月”二字和“啼”字分开，于是读成了上七下三的句法。至于“夜月愁空山”这一句的意思是：在空山之中，明月之下，使行人为之忧愁。李白有一首《闻王昌龄左迁龙标遥有此寄》的绝句也用同样的意境：

杨花落尽子规啼，闻道龙标过五溪。
我寄愁心与明月，随风直过夜郎西。

以这首诗的第一句和第三句为证据，可知李白写的是两个五言句，而不是上七下三的句法。作《而庵说唐诗》的徐增把此句十字连为一句读，而解释道：“又闻子规啼夜月愁空山，并无有人迹。空山古木间，日之所见者，但是悲鸟雌雄成群而飞；夜之所闻，但是子规月下啼血最苦。”历来讲唐诗者，这段讲解最为突出。他躲躲闪闪地讲了一通，我们竟看不出他怎样分析这个十字句法。

以下还有一韵二句，是第二段的结束语。先重复一句“蜀道之难难于上青天”，接着说“使人听了这些情况，会惊骇得变了脸色”。“凋朱颜”在这里只能讲作因惊骇而“色变”的意思，虽然在别处应当讲作“衰老”。

第二段以下，韵法与章法似乎有点参差。现在我依韵法来写，分为三段。但如果从思想内容的结构来看，实在只能说是两段。从“连峰去天不盈尺”到“胡为乎来哉”是一段，即全诗的第三段。从“剑阁峥嵘而崔嵬”到末句是又一段，即全诗的第四段，第三段前四句仍是描写蜀道山水之险，但作者分用两个韵。“尺”“壁”一韵，只有二句，接下去立刻就换韵，使读者到此，有气氛短促之感。在长篇歌行中忽然插入这样的短韵句法，一般都认为是缺点。尽管李白才气大，自由用韵，不受拘束，但这两句韵既急促，思想又不成段落，在讲究诗法的人看来，终不是可取的。

这一段前二句形容高山绝壁上有倒挂的枯松，下二句形容山泉奔瀑，冲击崖石的猛势，如万壑雷声。最后结束一句“其险也如此”。这个“如此”，并不单指上面二句，而是总结“上有六龙回日之高标”以下的一切描写。在山水形势方面的蜀道之险，到此结束。此下就又接一个问句：你这个远路客人为什么到这里来呢？这又是出人意外的句子。如果从蜀中人的立场来讲，就是说：我们这地方，路不好走，你何必来呢？如果站在送行人的立场来讲，就是说：如此危险的旅途，你有什么必要到那里去呢？

接下去转入第四段，忽然讲到蜀地的军事形势。“一夫当关，万夫莫开”，易于固守，难于攻入。像这样的地方，如果没有亲信可靠的人去镇守，就非常危险了。这几句诗完全用晋代张载的《剑阁铭》中四句："一人荷戟，万夫趑趄，形胜之地，匪亲弗居。"李白描写蜀道之难行，联系到蜀地形势所具有的政治意义，事实上已越出了乐府旧题"蜀道难"的范围。巴蜀物产富饶，对三秦的经济供应，甚为重要。所以王勃《送杜少府之任蜀州》诗第一句就说蜀地"城阙辅三秦"，也是指出了这一点。李白作乐府诗，虽然都用旧题，却常常注入有现实意义的新意。这一段诗反映了初唐以来，蜀地因所守非亲，屡次引起吐蕃、南蛮的入侵，导致生灵涂炭的战争，使三秦震动。

这一段诗，在李白是顺便提到，作为描写蜀道难的一部分。但却使后世读者误认为全诗的主题所在。有人以为此诗讽刺章仇兼琼，有人以为讽刺严武，有人以为讽刺一般恃险割据的官吏，都是为这一段诗所迷惑，而得出这些结论。但是，这几句诗，确是破坏了全诗的统一性，写在赠友人入蜀的诗中，实在使人有主题两歧之感。明代的李于鳞[①]，曾评李白的歌行诗云："太白纵横，往往强弩之末，间以长语，英雄欺人耳。"（《艺苑卮言》卷四引）对于这一段诗，我也认为是"强弩之末"的"长语"（多余的话）。

现在我们把全诗的骨干句子集中起来：

蜀道之难，难于上青天，
问君西游何时还？
蜀道之难，难于上青天，
嗟尔远道之人胡为乎来哉？
锦城虽云乐，不如早还家。

① 李于鳞：明代文学家李攀龙，字于鳞。

蜀道之难，难于上青天，

侧身西望长咨嗟！

这就是《蜀道难》的全部思想内容。其他许多句子，尽管写得光怪陆离，神豪气壮，其实都是这些骨干句子的装饰品。读李白这一派豪放的乐府歌行，不可为一大堆描写的句子所迷乱，应当先找出全诗的骨架子。这个读法，我称之为剥皮抽筋法。

李白的乐府诗，其句法、章法都是直接继承楚辞和汉乐府的。他用的都是乐府旧题，诗的内容也大多依照传统的题意。从这三方面看，他的乐府诗，对齐梁以来的乐府诗来说，确是复古。但是，他有针对现实的主题，他的辞藻表现着充沛的时代精神，诗的形式也大胆地摆脱了一切古典的束缚。从这三方面看，他的乐府诗是新创的唐诗。他给古老的乐府诗注入了新的生命，影响了以后许多诗人，使乐府诗也成为唐诗的一个重要传统。

历来对李白乐府诗的评论，我以为胡震亨的一段话讲得最好，现在抄录在这里，以代结语：

太白于乐府最深，古题无一弗拟。或用其本意，或翻案另出新意。合而若离，离而实合，曲尽拟古之妙。尝谓读太白乐府者有三难：不先明古题辞义源委，不知夺换所自。不参按白身世遭遇之概，不知其因事傅题，借题抒情之本旨。不读尽古人书，精熟《离骚》、选赋及历代诸家诗集，无由得其所伐之材与巧铸灵运之迹。今人但谓李白天才，不知其留意乐府，自有如许功力在，非草草任笔性悬合者，不可不

为拈出。(《唐音癸签》卷九)

1978年7月20日

【增记】

近日又阅唐写本诗选残卷，李白《蜀道难》诗写本文句与今世传本大有异同，有可以校正今本之误者，亦有抄写者的笔误，不可信从的。惟“子规”一句，唐写本作“又闻子规啼月愁空山”，乃是二、七句法，与上文“然后天梯石栈相钩连”句式相同。“然后”“又闻”都是衬字，下面各带一个七言句，我以为这个句式比较好，它与上下句和谐，读起来流畅。但是，这一句在《河岳英灵集》中已作“又闻子规啼夜月愁空山”，还在敦煌写本以前，亦不可能定为后人删去“夜”字。因此，李白此句原本如何，已无从考定，我只能依今本字句，读作五言二句。

又，唐人写本没有“锦城虽云乐，不如早还家”二句。我也以为较好。因为上文没有描写锦城之乐，这里就不应该忽然提到锦城之乐。这二句如果用作全诗的结语，倒也还可以，但下面明明还有一句重复的“蜀道之难，难于上青天”。全诗以这一句领起，底下两大段，都以这一句作结束。可知李白作此诗，章法很整齐。唯有这“锦城”一句，又是多余话中的多余话。

1984年10月5日

将进酒[1]

君不见黄河之水天上来，（韵一）
奔流到海不复回。
君不见高堂明镜悲白发，（韵二）
朝如青丝暮成雪。
人生得意须尽欢，
莫使金樽空对月。

天生我材必有用，
千金散尽还复来。（韵三）
烹羊宰牛且为乐，
会须一饮三百杯[2]。

岑夫子，丹邱生[3]，（韵四）
将进酒，君莫停。
与君歌一曲，
请君为我侧耳听。
钟鼎玉帛岂足贵，
但愿长醉不愿醒。
古来圣贤皆寂寞[4]，
惟有饮者留其名。

陈王昔时宴平乐，（韵五）
斗酒十千恣欢谑[5]。
主人何为言少钱，
径须沽取对君酌。

五花马[6]，千金裘，（韵六）
呼儿将出换美酒[7]，
与尔同销万古愁。

【注释】

［1］将进酒：汉乐府《鼓吹铙歌》十八曲之一。将，请。

［2］会：当。

［3］岑夫子：岑勋。丹邱生：元丹邱，隐者。

［4］寂寞：默默无闻。

［5］“陈王”二句：陈王，陈思王曹植。曹植《名都篇》：“归来宴平乐，美酒斗十千。”恣，纵情。谑，戏。

［6］五花马：指名贵的马，马鬣修剪成五瓣。

［7］将：拿。

析李白《将进酒》[①]

施蛰存

现在再讲一篇李白的古题乐府诗《将进酒》，也是汉代短箫铙歌之一。汉代乐府歌辞原文，因为声辞杂写，故不能了解其意义。只有第一句是“将进酒”，后世文人拟作，都是吟咏饮酒之事。李白此诗，也沿袭旧传统，以饮酒为题材。

这首诗用三言、五言、七言句法错杂结构而成，一气奔注，音节极其急促，表现了作者牢骚愤慨的情绪。文字通俗明白，没有晦涩费解的句子，这是李白最自然流畅的作品。

全诗转换了六个韵。第一、二韵六句合为一段。此后每韵自成一个思想段落。开头四句用两个“君不见”引起你注意两种现象：“黄河之水天上来，奔流到海不复回”是比喻光阴一去不会重回，“高堂明镜悲白发，朝如青丝暮成雪”是说人生很快便会衰老。青春既不会回来，反而很容易马上进入老年，所以人生在得意的时候，应当尽量饮酒作乐，不要使酒杯空对明月。这是第一段的内容，它也像《蜀道难》一样，一开头就从题目正面落笔。“君不见”是汉代乐府里已经出现的表现方法，意思是“你没有看见吗？”跟我们现在新诗里用“看啊”“你瞧”一样，是为了加强下文的语气。李白诗中常用“君不见”，这三个字不是诗的正文，读的时候应当快些。我们如果把两个“君不见”都

① 选自施蛰存《唐诗百话》，上海古籍出版社 1987 年版。原题《李白：将进酒》。

删掉，也没有关系，诗意并无残缺。而且删掉之后，这一段就是整整齐齐的六个七言句，更可以看出这两个“君不见”是附加成分。在七言歌行中，这一类的附加成分，我们借用一个南北曲的名词，称之为“衬词”，因为它们只起陪衬的作用，不是歌曲的正文，唱起来也不占节拍。但是，如果“君不见”三字不在七言句之外，那就不能算是衬词。李白另一首诗云：“君不见梁王池上月，昔照梁王樽酒中。”（《携妓登梁王栖霞山孟氏桃园中》）这又是一种用法。如果把这个“君不见”也作为衬词，则第一句只有五字，而全诗却都是七言句。如果把“君不见”认为诗的正文，则这一句有八言了。在这种情况下，我们只能说：全句仍是七言，多出来的一个字是衬字。“君不见”三字只抵二字用，应当读得快，让它们只占两个字的音节。南北曲和弹词里，这种衬词很多，因此产生了这个名词。唐代虽然还没有这个名词，但像“君不见”之类的附加成分，实在已是曲子里用衬词的萌芽。此外，李白还有一首《答王十二寒夜独酌有怀》，中有：

君不见，李北海，
英风豪气今何在？
君不见，裴尚书，
土坟三尺蒿藜居。

这是构成了两个三字句，也不能说是衬词了。

第二段四句，大意说：天既生我这个人材，一定会有用处。千金用完，也不必担忧，总会再有的。眼前不妨暂且烹羊宰牛，快乐一下。应该放量饮酒，一饮就是三百杯。这一段诗，表面上非常豪放，其实反映着作者的牢骚与悲愤。言外之意是像我这样的人材，不被重用，以致穷困得在江湖上流浪。

第三段再对两个酒友发泄自己的牢骚。岑夫子是岑勋，年龄较长，故称为夫子。丹邱生是一个讲究炼丹的道士元丹邱，李白跟他学道求仙，做了许多诗送他。这里，诗人劝他们尽管开怀畅饮，不要停下酒杯。我唱个饮酒歌给你们两位听：钟鼎玉帛，这种富贵排场的享乐，我以为不值得重视，我只愿意永远醉着不醒。自古以来，一切圣人、贤人都已经寂寞无名，谁也不知道他们。只有喝酒的人，像刘伶、陶渊明这些人，倒是千古留名的。从前陈思王曹植有两句诗道："归来宴平乐，美酒斗十千。"（《名都篇》）是说他打猎回来，在平乐观里宴请朋友和从臣，饮万钱一斗的美酒，大家尽情欢乐谈笑，现在我们的主人为什么说没有钱，舍不得打酒呢？应该立刻就去打取美酒，来请大家喝个痛快。这一段四韵八句就是"请君为我侧耳听"的一曲歌，是诗中的歌。"钟鼎"是"钟鸣鼎食"的简用，"玉帛"是富贵人的服御。这四个字就代表富贵人的奢侈享受。诗人说，这些都不足贵重，只要有酒就成了。"主人"是讽刺他自己，也可以说是自嘲。上文说过"千金散尽还复来"，可见现在正是"少钱"的时候。钱少，也不要紧，酒总得要喝，于是引出了最后一段三句：好吧，现在手头虽然没有钱，家里还有一匹五花骏马，还有一件价值千金的狐裘，立刻叫儿子拿出去换取美酒，和你们喝个痛快，把千秋万古以来的愁绪一起消解掉。

李白的诗，以饮酒、游仙、美女为题材的最多，后代的文学批评家常以此为李白的缺点。例如王安石就说："李白诗词，迅快无疏脱处，然其识污下，十句九言妇人与酒耳。"所谓其识污下，就是世界观庸俗。这种批评，虽则也有人为李白辩护，但在李白的诗歌里，高尚、深刻的世界观确是没有表现。他只是一个才气过人的诗人，能摆脱传统创作流利奔放的诗篇。至于对人生的态度，他和当时一般文人并没有多大不同。早期的生活，就是饮酒作诗，到处旅游。后来跑到长安，认识了贺知章。贺知章极欣赏他的诗，把他推荐给玄宗。于是玄宗留他在宫里做一名翰林供奉。“翰林供奉”是所谓“文学侍从之臣”，当明皇和杨贵妃赏花饮酒作乐的时候，找他来做几首新诗谱入歌曲。这就是翰林供奉的职务。它并不是一个官。然而李白做了翰林供奉却骄傲得很。他有好些诗自画他当时的得意情况：“归来入咸阳，谈笑皆王公。”（《东武吟》）又云：“王公大人借颜色，金章紫绶来相趋。”（《驾去温泉后赠杨山人》）这是说王公宰相都来和他交朋友了。“昔在长安醉花柳，五侯七贵同杯酒”（《流夜郎赠辛判官》）是说当时和他饮宴的都是王公贵人。“当时笑我微贱者，却来请谒为交欢”（《赠从弟南平太守之遥二首》）是说从前瞧不起我的人，现在都来巴结我了。此外，他还有不少诗句，夸耀他的得意时候。大约正是这种骄傲自大态度，得罪了不少人，使玄宗左右那些李林甫、杨国忠之流对他不能容忍，在玄宗面前挑拨了几句，他就被放逐出宫廷。他自己说当时是“骑虎不敢下，攀龙忽堕天”，可见他自己也早就觉察到已经处于骑虎之势，正在无法脱身，而被龙尾巴一掉，便从天上摔下来了。此后，他又恢复了饮酒浪漫的生活，把自己装成一个飘飘然有仙风道骨的高人逸士，不时在诗里讽刺一下政治，好像朝廷不重用他，就失去了天下大治的机会。《盐铁论》里有一段大夫讥笑文学的话：“文学褒衣博带①，窃周公之服；鞠躬踧踖，窃

① 褒衣博带：宽衣大带。亦作裒衣博带。

仲尼之容；议论传诵，窃商赐之辞；刺讥言治，过管晏之才；心卑卿相，志小万乘。及授之政，昏乱不治。”这些话都切中文人之弊。他们平时高谈阔论，目空一切，“心卑卿相”人人自以为是伊、吕、管、晏[①]。及至给他一个官做，也未见得能尽其职守。唐代进士初入仕途，往往从县尉做起，可是诗人中也没有出类拔萃的好县尉，而他们常在诗中发牢骚，嫌位卑官小，屈辱了他这样的人才。这种孤芳自赏的高傲情绪，从屈原以来，早就在我国文学中形成一个传统，而李白的表现，特别发扬了这个传统。我以为我们学习古典文学，对历代作家这一种世界观的过度的表现，可以不必重视，更不宜依据他们的自我表扬，而肯定他们真是一个被压制的人才。李白的诗，是第一流的浪漫主义作品，他在盛唐时期诗坛上的情况，正和雨果在法国，拜伦在英国一样。游仙、饮酒、美人，是他的浪漫主义形式；嵚崎、历落[②]、狂妄、傲岸，是他的浪漫主义精神。但是他对政治社会的认识，还是消极因素多于积极因素。因此，我以为李白的诗，还不能说是一种积极的浪漫主义。就以饮酒为例，李白的饮酒和陶渊明的饮酒，显然不同。陶渊明的饮酒是作为一个农民，在劳作之后，饮几杯酒，以养性全神。他的饮酒的态度是：“汎此忘忧物，远我遗世情。”（《饮酒》之八）李白的态度是“人生得意须尽欢。”陶渊明说人家“有酒不肯饮”是因为“但顾世间名”（《饮酒》之四），而李白却说：“惟有饮者留其名。”陶渊明为逃名而自隐于酒，李白则为争名而“一饮三百杯”。由此可知，陶渊明的饮酒，对人世社会好

① 伊，伊尹，曾协助商汤灭夏；吕，吕尚，即助周武王伐纣的姜太公；管，管仲，助齐桓公称霸；晏，晏婴，襄助齐国国政 50 余年。

② 李白自己说：“仆嵚崎历落可笑人也。”见其《上安州李长史书》。（历落，犹言磊落。——编者注）

像是消极的，但他的人格却是积极的。李白则相反，他对人世社会好像还积极，而其人格却是消极的。我觉得李白的饮酒诗，只能比之为古代波斯诗人莪玛·哈耶谟和哈菲兹[①]，而不能和陶渊明相提并论。

“古来圣贤皆寂寞，惟有饮者留其名。”这两句诗曾引起过一些封建卫道者的批评，以为李白过于狂妄，难道连先圣先贤如孔子、孟子者，都是默默无闻，只有酒鬼留名于后世吗？编《唐文粹》的姚铉就把“圣贤”改为“贤达”，代李白纠正了失言。这种批评，其实是多余的，读文艺作品不能如此认真，如此老实。这两句诗，仅是艺术上的夸张手法，不必看成思想的真实。宋代人讲究诗的各种炼句方法，把这种格式的诗句称为“尊题格”。在一个对比中，为了强调甲方而大大地压低乙方，这叫作“强此弱彼”的句法。也就是“尊题”的意思。李白为了夸大饮者，而贬低了圣贤的后世之名。白居易的《琵琶行》云：“岂无山歌与村笛，呕哑嘲哳难为听。今夜闻君琵琶语，如听仙乐耳暂明。”为了夸张商妇弹琵琶的美妙，就说得江州地方没有中听的声乐，有的只是很难听的山歌与村笛。韩愈的《石鼓歌》云：“陋儒编诗不收入，二雅褊迫无委蛇。”为了夸大石鼓诗的典雅，甚至责怪孔子编《诗经》为什么不把这首诗收进去。还说，《诗经》中的大雅小雅两部分的诗都是很“褊迫”而无曲折的。甚至还说孔子是一个“陋儒”。又为了夸大石鼓文的书法，而贬低王羲之的书法是庸俗的：“羲之俗书逞姿媚，数纸尚可博白鹅。”以上二例，也都是尊题手法，在唐诗中是常见的。

1978年8月2日

---

① 莪玛·哈耶谟的《鲁拜集》，有郭沫若译等多种译本。

梦游天姥吟留别[1]

海客谈瀛洲[2]，烟涛微茫信难求[3]。
越人语天姥，云霞明灭或可睹。
天姥连天向天横，势拔五岳掩赤城[4]。
天台四万八千丈[5]，对此欲倒东南倾[6]。
我欲因之梦吴越[7]，一夜飞度镜湖月[8]。

湖月照我影，送我至剡溪[9]。
谢公宿处今尚在[10]，渌水荡漾清猿啼。
脚著谢公屐[11]，身登青云梯[12]。
半壁见海日[13]，空中闻天鸡[14]。
千岩万转路不定，迷花倚石忽已暝[15]。
熊咆龙吟殷岩泉，慄深林兮惊层巅[16]。
云青青兮欲雨，水澹澹兮生烟[17]。
列缺霹雳，邱峦崩摧[18]。
洞天石扉[19]，訇然中开[20]。
青冥浩荡不见底[21]，日月照耀金银台[22]。

霓为衣兮风为马[23]，云之君兮纷纷而来下。
虎鼓瑟兮鸾回车，仙之人兮列如麻。
忽魂悸以魄动，怳惊起而长嗟。

惟觉时之枕席，失向来之烟霞[24]。

世间行乐亦如此，古来万事东流水。

别君去兮何时还，

且放白鹿青崖间，

须行即骑访名山。

安能摧眉折腰事权贵[25]，使我不得开心颜。

【注释】

[1] 题一作《梦游天姥山别东鲁诸公》。天姥，山名，在今浙江省嵊州市东。

[2] 瀛洲：东海中神山名。

[3] 微茫：隐约，迷离。信：实在。求：访求。

[4] 拔：超出。赤城：山名，在今浙江省天台县北。

[5] 天台：山名，在今浙江省天台县北，天姥山东南。

[6] 倾：倾斜，倾倒。

[7] 因：因此，由此。之：指前面越人的话。

[8] 镜湖：在今浙江省绍兴市南。

[9] 剡（shàn）溪：水名，在今浙江省嵊州市南。南朝诗人谢灵运曾在这一带游历，有“暝投剡中宿，明登天姥岭”的诗句。

[10] 谢公：即指谢灵运。

[11] 谢公屐（jī）：谢灵运游山时特制的一种木屐，这种屐下面有齿，上山时可去掉前齿，下山时可去掉后齿，走起山路来不感到倾斜。

［12］青云梯：指高入云霄的山路。

［13］半壁：半山腰。

［14］天鸡：传说大地东南有桃都山，山上有树名桃都，树枝之间隔三千里住着一只天鸡，太阳从东方海中升起，一照到树上，天鸡就先打鸣，于是天下的鸡都跟着叫起来。

［15］暝：天色幽暗，指天黑了。

［16］“熊咆”二句：是说熊咆龙吟之声震惊层岩林泉。殷，盛，古代并用它来形容雷声。这里是充满、震荡的意思。慄，战栗。

［17］澹澹：水波荡漾的样子。

［18］“列缺”二句：列缺，闪电。霹雳，雷。邱峦，一作“丘峦”。

［19］洞天：神仙所在的洞府。扉：门扇。

［20］訇（hōng）：大声。

［21］青冥：远空。

［22］“日月”句：是写洞中别有天地胜景。

［23］霓：副虹。

［24］“忽魂悸”四句：写从梦境中醒来。悸，惊。怳，同“恍”，恍惚。嗟，叹息。觉，醒来。向来，原来。烟霞，指仙境。

［25］摧：本作“折”解，这里的“摧眉”，即低眉，与“扬眉”相对。

说李白《梦游天姥吟留别》[①]

吴小如

一

《梦游天姥吟留别》一本题作《别东鲁诸公》，另有一种唐人选本作《梦游天姥山别东鲁诸公》，是李白最有代表性的名篇之一。

公元七四二至七四四年（唐玄宗天宝元年至三载），李白在长安为唐玄宗翰林供奉。由于政治上失意，李白终于离开了帝都。在漫游梁宋齐鲁之后，于公元七四五年（天宝四载）李白又离开东鲁南下吴越，这首诗当即此时所作。

这首诗的思想内容是相当复杂的。李白从离开长安后，政治上受到打击，其失意的情怀和精神的苦闷可想而知。在现实社会中既找不到出路，只有向虚幻的神仙世界和远离尘俗的山林中去寻求解脱。这种遁世思想看似消沉，却不能一笔抹杀。无庸讳言，李白在离开长安后，对当时的社会现实确比未入长安时有了较清醒的认识，对唐王朝统治阶级腐朽的实质也有了更深刻的体会，因之他对建功立业的雄图壮志固然有无从实现的苦恼，而同时对富贵利达这一类世俗的追求也不再抱有过多的幻想，并对高高在上的贵族权豪表示了高度蔑视。从而他有所憬悟，在精神上一定程度摆脱了尘俗的桎梏，这才导致他产

① 选自吴小如《古典诗词札丛》，天津古籍出版社 2002 年版。

生“安能摧眉折腰事权贵，使我不得开心颜”的结论。这种坚决不妥协的精神和强烈的反抗情绪正是这首诗的基调，是必须充分肯定的。

然而，由于作者未能跻身于政治舞台，理想抱负在很大程度上遭到打击而破灭，他又感到人生如梦，人事无常，因此在这首诗中，也同时流露出饱含虚无主义的消极成分。诗人写梦中仙境，其神奇瑰丽的场面固然具有浓烈的浪漫主义色彩，但同时又使作者感到魂悸魄动，仿佛在这神奇瑰丽的背后还有着若隐若现的恐怖的阴影，这就是诗人在现实社会中因四处碰壁而使精神上受到压抑的一种反映。于是他慨叹“古来万事东流水”，即使及时行乐也排遣不了自己所负荷的沉重的思想包袱。这就是诗人消极情绪情不自禁的流露，也是这首诗思想性方面的主要局限。我个人认为，在李白全部的诗作中，这两者一直是相互依存，而又彼此矛盾着的。这正是李白世界观中不可分割的两个侧面。

二

值得注意的还是此诗的艺术特点。有些人每有一种误解，以为杜甫写诗是讲求艺术技巧和表现手法的，而李白只是以磅礴气势和豪言壮语来抒发情志，不大注意字句的推敲和意境的缔造。其实不然，在神采飞扬和昂头天外的豪迈诗篇里，李白同样是注重修辞炼句和章法结构的。这首《梦游天姥吟留别》便足以说明这方面的特点。

这是一首乐府歌行体的杂言古诗。而古诗的传统特征，是以韵脚的转换来体现诗义的转折和诗境的转移的。因此，我们读这首诗就根据其韵脚的变换来划分它的层次和章节：

海客谈瀛洲，烟涛微茫信难求；

越人语天姥，云霞明灭或可睹。

天姥连天向天横，势拔五岳掩赤城；

天台一（一本作“四”）万八千丈，对此欲倒东南倾。

我欲因之梦吴越，一夜飞度镜湖月。

湖月照我影，送我至剡溪；谢公宿处今尚在，渌水荡漾清猿啼。脚著谢公屐，身登青云梯，半壁见海日，空中闻天鸡。

千岩万转路不定，迷花倚石忽已暝。

熊咆龙吟殷岩泉，慄深林兮惊层巅。云青青兮欲雨，水澹澹兮生烟。

列缺霹雳，丘峦崩摧；洞天石扇，訇然中开：青冥浩荡不见底，日月照耀金银台。

霓为衣兮风为马，云之君兮纷纷而来下！

虎鼓瑟兮鸾回车，仙之人兮列如麻。忽魂悸以魄动，怳惊起而长嗟。惟觉时之枕席，失向来之烟霞。

世间行乐亦如此，古来万事东流水。

别君去兮何时还？且放白鹿青崖间，须行即骑访名山。安能摧眉折腰事权贵，使我不得开心颜！

全诗分为三个段落。开头是引子，末段是结语，中间是梦游正文。结构很完整，纯系散文格局。有人认为“以文为诗”是杜甫发其轫，韩愈扬其波，至宋代而大兴于世。其实“以文为诗”乃是诗歌发展到一定阶段的必然趋势，李白也有以文为诗的篇什，只不过不及杜、韩那样突出，那样有意为之罢了。

三

现在我们从第一段谈起。第一段凡三换韵脚，实即有三层转折。诗中明言行将离开东鲁，南下吴越，从旅程看，游天姥山不过是个因由；但全诗重点，却放在“梦游”上。至于梦游之境是否真的天姥，那倒无关紧要。东鲁濒海，故以海上仙山起兴。第一、二两句与三、四两句看似对举平起，而一、二句实为陪笔。盖人在现实社会中遭际每坎坷不平，李白本人亦不例外，于是乃追求神仙世界。这虽属理想，却只是幻想。神仙世界在现实中并不存在，李白并非不了解；倒是名山大川风景胜地可供遁世隐居者游赏，这还是比较现实的。所以作者认为“海客”侈谈神山（蓬莱、方丈、瀛洲为海上三神山，见《史记·封禅书》），实际却未必能真莅其境；而越人所说的天姥山，尽管高入重霄，因云霞明灭而时隐时现，却是实有其地，只要到了那里，便能骑鹿遨游，也仿佛得成仙之趣了。进入第三层，便撇开瀛洲，专写天姥。评论者谓之“双提”而“单承”。但前四句作者所用技巧尚不止此。这四句是五、七言相间错的，平韵二句在前、仄韵二句在后，这自然是古诗作法。我所要提请读者注意的，乃是这四句已为有了近体诗以后的古诗，它已吸取了近体诗的特点。倘将“越人”二句提前，“海客”二句移后，读者试再读之，岂非一副上五下七的对仗工整的长联乎？此可悟古近体诗相互为用之法。杜甫早期有《望岳》一首，五言八句，中四句对仗工整，人皆以古诗为目之，其实是一首仄韵五律。李白这一首的前四句亦属同工异曲，似有意似无意，仿佛也从近体变化而来。惟七言对称的两句平仄与近体格律不尽相合，故终是古诗而非近体，否则便近于白居易《长恨歌》的格调了。

第三层“天姥连天”四句，第一句不仅写其高，兼亦状其远阔雄峻。“向天横”三字真是奇崛之至。盖写山势之高易，状山形之伟难，作者乃以“向天横”三字形容之，仿佛连天姥山的恣睢狂肆的个性也写出来了，诚为神来之笔。但这还不够，为了使读者感受得更深切一些，于是又连写“五岳”“赤城”和“天台山”。“五岳”是海内名山，然距天姥较远，故云“势拔”。意思是说以五岳同天姥相比，天姥或将有超拔之势，此一层近虚；而赤城山本天台山门户，距天姥较近，故用“掩”字，有压倒之意，此一层稍实。但作者认为写得还不够气派，更加上“天台”两句与天姥山相映衬。道教传说，天台山有一万八千丈（见陶弘景《真诰》），可谓高矣，但以之与天姥相比，仍将甘拜下风，比天姥还矮着一截，俨然要倾倒在它的东南脚下了。此推崇揄扬天姥山可谓不遗余力矣；可是天姥山究竟有何特色，诗人并未加以具体描写。此盖从越人口中听到，自己并不曾亲身经历，故只从虚处落笔，着意烘托而已。然从中亦可悟写诗三昧。夫虚活则易造声势，滞实反失之琐碎。两汉大赋之所以不及诗词有吸引力，非其体物之不工，而正由于体物太质实，反嫌空灵不足，无一气呵成之妙也。

四

第二段是全诗主干，以全力大写梦境。昔金圣叹评诗文，每好用“笔酣墨饱”和“笔歌墨舞”八字。此诗写梦境实兼而有之。“酣饱”极言其足与畅，“歌舞”极言其活与变。从诗的韵脚看，第二段凡七换韵，换韵多即转折变化多，此不待言矣；但还须注意这七次换韵中，短则两句一韵，长则六句或八句一韵。韵脚换得频，一是为了文字剪裁洗炼，二是为了体现瞬息万变。如“我欲因之梦吴越”两句为一韵，写入梦只一笔带过，诗人从东鲁转眼即到了越中，不但文字简洁凝炼，而且给人以一跃而行千里之感。而“千岩万转”二句为一韵，则状其倏忽间变化万千，迅疾异常；稍费笔墨，便觉冗赘。而六句或八句始一换韵者，则诗人意在把楚骚、汉赋、骈四俪六融为一体，从较长的篇幅中来体现铺排之功力。这样错综组合，疾徐相间，使读者耳目俱不暇给，而诗境亦因之迷离惝悦，一似无端倪可寻，无踪迹可察。这正是李白戛戛独造之境，不惟盛唐独步，抑且千古绝唱，其所以被尊为“诗仙”者，正在此等处也。

韵七换而诗亦有七层转折。第一层写入梦即到剡中。第二层写夜行之景，宛然梦境。诗人循当年谢灵运的游踪所至而达于天姥山。这一层八句为一韵，目见湖中之月影，耳闻水畔之猿啼，沿前人登山之径，直至半壁悬空之处，所见为海日（之光），所闻为天鸡（之鸣），似已见到光明而仍在梦中暧昧之境。这一节描写虽移步换形却并无转折，故一韵到底，长达八句之多。中间有两个七言句，使文势略有变化，不致平衍无丝毫起伏。这是梦境中最恬静安适的一段描写，再经过第三层的两句一韵以写其所见之变化迅疾，下面便转入千奇百怪的神仙境地了。

第四层用楚骚句法，只第一句写听到熊咆龙吟，使岩谷殷若雷鸣，从而感到身居高危之地，不免惊。但这还是从远处传来的声音，而举目所见，依然一片宁静。紧接着第五层便写到震耳欲聋的霹雳声，山崩地裂声，然后仿佛《天方夜谭》中的石穴洞开一样，一幅奇异而璀璨的景象呈现在眼前，由晦暗突然转为光芒万丈，一方面是深不见底，一方面却又珍奇毕现。古人说山中别有洞天，李白在诗中有意识地把它形象化了。

第五层所写乃物象，毕竟是静态；故第六层写了两句仙人纷至沓来的动态，情景俱变。作者久久所憧憬的与神仙遨游的幻想居然在刹那间实现了，这该是一个多么使人欢畅而快慰的梦境啊！

然而好景无常。第七层随即写由梦境而惊醒，又回到了现实的人间。有人曾质问我："你强调古风因诗意转换而换韵，这里'虎鼓瑟兮'两句本与上文为一气，从'忽魂悸以魄动'以下才写诗人从梦中醒来。何以把这两层混为一韵？"我说，此诗好就好在这里。上一层写仙人纷纷到来，这一层前二句一面接着上文嬗联写下来，一面却与自己若离若即。尽管列仙如麻；自己却已魂悸魄动，在他们还未从眼前消逝时自己已惊醒了。一说，"虎鼓瑟"二句乃醒后眼前依稀恍惚之景象，而以倒装之笔出之。说亦可通。总之，这七层似乎飘忽无定，实则层次井然，有本有末，耳闻目睹，历历如画。吟诵时如大气包裹，几无喘息余地；玩味时又结构谨严，一一严丝合缝。非李白之天才无以纷呈此奇幻之景，非李白之胆识无以控驭此神来之笔。此真李诗中上上乘之作也。

五

最后一段结语只有两层。第一层是诗人阅世既深总结出来的道理："古来万事东流水。"你说这消极么，然此乃是现实给他的教训。第二层则为述志。正缘权贵在朝，才使得万事全非，自己又岂能依附豪门，摧眉折腰以辱身降志呢？"摧眉"与"扬眉"为对文，用字精当之至。而诗体又回到七古正格，与开头入梦前写法相一致（中有一单句"须行即骑访名山"，表示语气坚决；"安能"句为九言，更显得理直气壮）。这样，中间的梦境因用笔造语之不同而使读者感到诗境之奇幻绝亦有所不同，此即思想与艺术较大程度的统一也。

说此诗毕，仍拟再强调一下个人的不成熟的点滴体会。此诗从艺术上看，可谓极创新之能事。但如经过仔细分析，则其特色不过熔《诗》、《骚》、汉赋、骈文、古乐府及近体诗于一炉，新则新矣，却无一笔无来历。所以我始终认为，只有对自己的民族文化遗产吸收得越多、寖馈得越久、钻研得越深、积累得越厚，才能越使自己作品的精神面貌给人以耳目一新、与众不同的感觉。锐意求新者必先"博观""厚积"，并蓄兼收，有极高之修养才会出现惊人之奇迹。如果只靠"横向引进"，什么东西时髦就掠它一点皮毛作为点缀，虽取悦一时，终难持久而不朽。最终还不免贻旁观者或后世人以数典忘祖之讥。故有志于从事文化艺术事业者，不可不慎也。

宣州谢朓楼饯别校书叔云[1]

弃我去者，昨日之日不可留；
乱我心者，今日之日多烦忧。
长风万里送秋雁，对此可以酣高楼[2]。
蓬莱文章建安骨，中间小谢又清发[3]。
俱怀逸兴壮思飞[4]，欲上青天览明月[5]。
抽刀断水水更流，举杯消愁愁更愁。
人生在世不称意，明朝散发弄扁舟[6]。

【注释】

［1］宣州：今安徽省宣城市。谢朓楼：南齐诗人谢朓为宣城太守时所建。校书：秘书省校书郎的简称。云：即李云，此人当是作者族叔。题一作《陪侍御叔华登楼歌》。

［2］酣：酒喝得很畅快。酣高楼：酣饮于高楼。

［3］“蓬莱”二句：蓬莱，海上神山，相传仙府秘书皆藏于此。建安骨，建安（汉献帝年号，196—220）时代曹操等人的诗歌风格沉雄刚劲，称为“建安风骨”。小谢，指谢朓（南朝宋代诗人谢灵运称“大谢”）。

［4］逸兴：超脱的兴致。

［5］览：一作“揽”。

［6］“明朝”句：意谓即将浪迹江湖，隐遁世外。散发，披散头发。

释李白《宣州谢朓楼饯别校书叔云》[1]

周振甫

唐玄宗天宝十四载（755年），李白在宣城。这首诗当是那时所作。宣州谢朓楼，在安徽宣城县（今宣城市），是南北朝时南齐诗人谢朓所建，又称谢公楼或北楼。校书，唐朝秘书省校书郎的简称。叔云，是李白叔李云。李白在谢朓楼上设宴饯送叔李云时写了这首诗。

这首诗，一开头就反映了李白当时的心情。“弃我去者昨日之日不可留，乱我心者今日之日多烦忧。”这个“昨日”是指过去的日子，“今日”指现在的日子，正像陶渊明《归去来兮辞》里说的“觉今是而昨非”，即现在对而过去错了。“今是”的“今”，指陶渊明四十一岁时弃官归隐；“昨非”的“昨”，指陶渊明从二十九岁做江州祭酒到四十一岁做彭泽令十多年的时间。这里“昨日之日”指什么日子呢？李白在天宝元年（742年）应唐玄宗的招聘，到了京城长安。玄宗在金銮殿召见他，论当世事务，得玄宗嘉奖，命他供奉翰林。李白在《走笔赠独孤驸马》诗里说：“是时仆在金门里，待诏公车谒天子。长揖蒙垂国士恩，壮心剖出酬知己。”他认为唐玄宗把他看作无双的国士，他要替玄宗做出一番事业，来感恩图报。这就是过去得意的日子。但这样得意的日子早已过去，无法挽留。这正像

① 选自周振甫《诗文浅释》，见《周振甫文集》第九卷，中国青年出版社1999年版。标题为编者所加。

陶渊明讲的“昨非”，指他过去做官的日子说的。对“昨日之日不可留”，为什么说“弃我去”呢？李白在朝廷想做一番事业，受到朝臣的排挤，玄宗不能用他，天宝三载（744年）赐金放还，是他为玄宗所弃。过去得意的日子弃我去了，这里含有玄宗抛弃他的意味。

再就“今日之日”说，即现在的日子。李白在宣城，有《赠宣城宇文太守兼呈崔侍御》诗，称：“昔攀六龙飞，今作百炼铅。”“蹉跎复来归，忧恨坐相煎。”昔日的雄心壮志，今已化作百炼铅的柔软。只剩蹉跎岁月，忧恨煎迫了。在这忧恨里当然还有对国事的忧煎。所以说“乱我心者”的“烦忧”了。

在这样的时候，送别校书叔李云，在一般的情况下，往往会发出愁苦的声音。可是李白不这样，还是即景抒情，写得意气豪迈，显出李白诗的特点来。“长风万里送秋雁，对此可以酣高楼。”他不写黯然销魂的别情，写长风万里，秋雁高飞，还是意气飞扬的。这又和饯别相应，校书叔李云要到朝廷去任职，不正像万里飞腾吗？这种飞腾的意气，又同下文结合着。“蓬莱文章建安骨，中间小谢又清发。俱怀逸兴壮思飞，欲上青天览明月。”蓬莱是仙山，相传仙家图书都藏在那里，汉人因称宫中藏书处为蓬莱，见《后汉书·窦章传》。李云是唐朝宫中藏书处秘书省的郎官，因称他的文章为蓬莱文章。说李云的文章有建安的风骨。建安是汉献帝年号，当时曹操掌权，曹操、曹丕、曹植父子，加上孔融、王粲、陈琳、徐干、刘桢、应场、阮瑀的诗文写得有骨力，称为建安风骨。“中间小谢又清发”，这句是说，我李白的诗是清新发越的。小谢指南齐的诗人谢朓，别于谢灵运（即大谢），称小谢。从汉到唐，小谢处于中间，他的诗写得清新发越，借来自比。他认为李云和他的诗都是有逸兴壮志要飞腾的，要飞上青天去抓住明月的。“览明月”即“揽明月”。这样的豪情壮概，自然同“长风万里送秋雁”结合了。这是从创作说的。

离开创作，再就当前的心情说，“乱我心”的“烦忧”，是排解不了的。这里举了一个创造性的奇特比喻，“抽刀断水水更流，举杯消愁愁更愁。”这个比喻新鲜贴切，极为难得。它不光用“抽刀断水”来比“举杯消愁”，还用“水更流”来比“愁更愁”，这就更难能可贵了。结尾再呼应开头：“人生在世不称意，明朝散发弄扁舟。”既然壮志难酬，在世不能如意有所作为，将来还不如归隐江湖。散发即披散头发，无拘无束，坐小船在江湖上流荡。

这首诗真实地反映了李白当时的心情。他说“明朝散发弄扁舟”，他真的到庐山去隐居了。但他又说“人生在世不称意”才隐居，可见他还有用世的壮志；所以他在庐山隐居时，永王在江陵起兵东下，路过庐山，请他参加幕府，他就去了。写了《永王东巡歌》：“但用东山谢安石，为君谈笑静胡沙。”还想替永王做一番事业，虽然不了解当时的政治局势，也反映了他用世的心情。

这首诗突出了李白诗的艺术成就和他的艺术观点，成为诗中的精彩部分，是值得注意的。就艺术成就说，他指出“建安骨”，即具有建安风骨。又说“清发”，即清新激越。又说“逸兴壮思飞”，即意兴高超，壮志飞扬。这些都和风骨密切结合着。刘勰在《文心雕龙·风骨》里讲：“是以怊怅述情，必始乎风，沉吟铺辞，莫先于骨。”“结言端直，则文骨成焉；意气骏爽，则文风清焉。”李白这首诗的风骨，正表现在抒情的深切，语言的端直，具有意气骏爽的特色。刘勰又称：“翰飞戾天，骨劲而气猛也。”这同“壮思飞”到“欲上青天”一致，“戾天”即飞到天上，这些都说明这首诗的具有风骨。再就建安风骨说，刘勰在《文心雕龙·明诗》里说：“慷慨以任气，磊落以使才；造怀指事，不求纤密之巧，驱辞逐貌，唯取昭晰之能。”这首诗也是这样。像“长风万里送秋雁”，像“俱怀逸兴壮思飞，欲上青天览明月”。这些句子都表达了慷慨任气、磊落使才的特色。这首诗里所表达的感情，从“乱我心”的“烦忧”，到“举杯消愁愁更愁”，到“不称意”的“散发弄扁舟”，是极为鲜明强烈的，所谓“昭晰之能”。但“乱我心”的是什么事、“举杯消愁”的是什么愁、“不称意”的具体内容是什么都没有说。这就是“造怀指事，不求纤密之巧”。所以这首诗，确实符合建安风骨的要求。在这里，显示了这首诗在艺术上的成就。

不仅这样，在艺术上，这首诗具有超过建安风骨的杰出成就。建安风骨主要是指五言诗，虽然曹丕的《燕歌行》是七言，但那首诗表达了思妇的柔情，风格是婉转的，同建安风骨的慷慨任气不同。李白这首诗是七言，它的清新激越不同于五言。它的开头“弃我去者昨日之日不可留，乱我心者今日之日多烦忧”，两句是十一言，气势更为昂扬，情绪更为激越。在烦忧中忽然来一个“长风万里送秋雁”，情绪又转入高昂，这种写法，显示了李白诗的特色，已非建安诗所能比拟了。加上丰富奇特的想象，像“欲上青天览明月”；贴切生动的比喻，像“抽刀断水水更流”。这一切构成李白的诗，已经超越建安风骨，成为李白诗的名篇了。

再就这首诗中所表达的李白的艺术观点看，也值得注意。“蓬莱文章建安骨”，是对建安风格的肯定。但李白《古风》之一称：“自从建安来，绮丽不足珍。圣代复元古，垂衣贵清真。”他认为建安以来的诗是“绮丽不足珍”的，那自然包括建安文学在内。一方面肯定建安风骨，一方面又认为建安文学不足珍贵，不是自相矛盾吗？《本事诗》称李白："论诗云：'梁陈以来，艳薄斯极，沈休文又尚以声律，将复古道，非我而谁欤？'"李白要复的古道，是元古清真，因此认为建安文学的绮丽，不符合元古清真的要求。他对建安文学是一分为二的，即肯定建安风骨，不满意建安文学的绮丽。这样看，同刘勰讲"风骨"是一致的。《风骨》里称："鹰隼乏采，而翰飞戾天，骨劲而气猛也。"鹰隼的高飞到天，比风骨，但没有文采。因此肯定建安风骨，不满意建安文学绮丽是可以的。因为建安文学的绮丽，造成梁陈的艳薄，所以李白对它表示不满。不过这首诗里称"中间小谢又清发"，称小谢"壮思飞，欲上青天"，同反对"梁陈以来，艳薄斯极"不又有矛盾吗？因为齐梁是并称的，小谢指谢朓，是南齐作家，李白既反对梁陈艳薄，自然也反对南齐文学，为什么又赞美南齐的谢朓呢？原来李白从六朝文学的总的倾向看，从建安的绮丽落到梁陈的艳薄，他是不满意的。但他对建安文学是一分为二的，肯定建安风骨；对六朝总的文学倾向，他是反对的，但对六朝中的具体作家说，像谢朓的诗，没有艳薄的毛病，他是极为推重的。这说明李白的文艺观点，既看到六朝文学总的倾向的艳薄，又看到六朝中具体作家的成就，这样的观点也是值得推许的。这同李白诗在艺术上的成就有关，一方面纠正了六朝诗艳薄的缺点，一方面吸收六朝诗人像谢朓诗的成就，这样才能发展成为李白的诗。

长干行[1]

妾发初覆额[2]，折花门前剧[3]。
郎骑竹马来，绕床弄青梅[4]。
同居长干里，两小无嫌猜。
十四为君妇，羞颜未尝开。
低头向暗壁，千唤不一回。
十五始展眉，愿同尘与灰[5]。
常存抱柱信，岂上望夫台[6]。
十六君远行，瞿塘滟滪堆[7]。
五月不可触[8]，猿声天上哀[9]。
门前迟行迹[10]，一一生绿苔。
苔深不能扫，落叶秋风早。
八月胡蝶黄，双飞西园草。
感此伤妾心，坐愁红颜老[11]。
早晚下三巴[12]，预将书报家。
相迎不道远[13]，直至长风沙[14]。

【注释】

［1］长干行：乐府《杂曲歌辞》旧题。李白集中本题收二篇，另一篇亦作李益诗。长干，古金陵里巷名，故址在今南京市南。

［2］妾：谦辞，古时女人自称。

［3］剧：游戏。

［4］“郎骑”二句：写两人儿时在一起游戏的情形。竹马，拿竹竿当马。弄，戏弄。弄青梅，古有用双手快速连续抛接若干圆球的杂耍，叫“跳丸”，这可能是儿童学“跳丸”而把青梅抛来抛去做游戏。

［5］“愿同”句：意思是说，愿与丈夫永远在一起，到死也像尘与灰一样合而不分。

［6］“常存”二句：抱柱信，尾生与女子相约在桥下相会，女子未到，忽涨大水，尾生怕失信，抱柱不走，被水淹死（见《庄子·盗跖》）。望夫台，在忠州（今重庆市忠县）南。传说，古代有人久出不归，其妻天天在此眺望，故名。这两句大意是说，丈夫一向很忠实，没想到会分离。

［7］瞿塘：长江三峡之一，在重庆奉节县东。滟滪（yànyù）堆：瞿塘峡口的巨大礁石。

［8］“五月”句：用《淫豫歌》“滟滪大如袱（头巾），瞿塘不可触”语意。阴历五月，江水暴涨，滟滪堆淹没水中，仅露小块，行船最易触礁。

［9］“猿声”句：参看南朝民歌《巴东三峡歌》：“巴东三峡巫峡长，猿鸣三声泪沾裳。”

［10］迟行迹：迟，等待。一作“旧行迹”。

［11］坐愁：深愁。坐，深。

［12］三巴：指巴郡、巴东、巴西三地，包含今重庆市全境及四川省东部。下三巴：从四川省顺流而下，返回家园。

［13］不道远：不说远，不怕远。

［14］长风沙：在今安徽省安庆市东长江边。旧说长风沙离金陵七百里，极言其远。

缠绵的相思　真实的形象[①]

——李白《长干行》赏析

王运熙　杨　明

诗人李白写过许多反映妇女生活的作品，《长干行》就是其中杰出的一篇。

长干是地名，在今江苏南京。乐府旧题有《长干曲》，郭茂倩《乐府诗集》卷七二载有古辞一首，五言四句，写一位少女驾舟采菱、途中遇潮的情景。与李白同时的崔颢有《长干曲》，崔国辅有《小长干曲》，也都是五言四句的小乐府体，所描绘的都是长江中下游一带男女青年的生活场景。这些诗歌内容都较简单。李白《长干行》的篇幅加长了，内容也比较丰富。它以一位居住在长干里的商妇自述的口气，叙述了她的爱情生活，倾吐了对于远方丈夫的殷切思念。它塑造了一个具有丰富深挚的情感的少妇形象，具有动人的艺术力量。

我们知道，李白青年时代出三峡之后，曾有相当长时期漫游于汉水流域和长江中下游一带。这些地区自六朝以来，就是商业发达、城市繁荣、商人们来往频繁之处。六朝乐府中的“吴声”“西曲”即产生于这一地区，其中不少篇章就是表现商妇与丈夫离别的悲思的。李白是一位非常重视学习优秀文学遗产的作家，对于“吴声”“西曲”

① 选自《唐诗鉴赏集》，人民文学出版社 1981 年版。

非常熟悉；他的生活经历又使他对商妇们的思想感情有相当的了解：这些正是他写作《长干行》的基础。

《长干行》从女子的童年写起。“妾发初覆额，折花门前剧。郎骑竹马来，绕床弄青梅。同居长干里，两小无嫌猜。”古代小孩不束发，“妾发初覆额”表明年纪还很小。“剧”是玩耍的意思。这几句是说商妇和她的丈夫在童年时代就有着亲密无间的友谊。以下从“十四为君妇”到“十六君远行”，用年龄序数法写女子婚后的生活历程。“十四为君妇，羞颜未尝开。低头向暗壁，千唤不一回。”虽然是竹马之交，但从一起游戏的伙伴而结为夫妻，新婚期内毕竟也还是使她羞答答地难为情。诗人以真实而细腻的笔法，为我们描画出一个羞涩、天真的少妇形象。“十五始展眉，愿同尘与灰。”即使化为灰烬，也生生死死，永不离分！这里是化用《吴声歌曲·欢闻变歌》中“没命成灰土，终不罢相怜”的意思。我们仿佛听到了少男少女海誓山盟的赤诚心声。这位女子的热情、坚贞的性格，开始展现在我们眼前。“抱柱信”“望夫台”，都是古代的传说。“抱柱信”是说一位名叫尾生的男子，与他的爱人约定在桥下见面；尾生先到，忽然河水暴涨，他不肯失信，便紧抱桥柱，结果淹死。关于望夫台、望夫山、望夫石的传说很多，都是说妻子如何望眼欲穿地盼着丈夫的归来。两句意思说：丈夫像尾生那样忠诚地爱着她，而她又哪里会登上望夫台，去尝受离别的痛苦呢？这四句诗让我们体会到一对少年夫妇沉浸在热烈、坚贞、专一的爱情中的幸福。然而好景不长，他们不久就尝到了离别的痛苦。而诗情也就在这里顿起波澜，产生了明显的转折。“十六君远行，瞿塘滟滪堆。五月不可触，猿声天上哀。”瞿塘峡是长江三峡之一，在今重庆奉节县东。峡口有巨大的礁石，名滟滪堆。农历五月夏水涨时，滟滪堆淹没水中，仅露出顶部一小块，舟船来往，极易触礁遇祸。所以舟人谚曰：“滟滪大如袱，瞿塘不可触。”古代三峡山上多猿，它们的叫声凄厉，常常牵动旅人的乡愁。歌谣唱道：“巴东三峡猿鸣悲，猿鸣三声泪沾衣。”诗人巧妙地把这两首谣谚熔铸为精炼的诗句。我们读到这里，好像听到了咆哮的江声和哀切的猿鸣，也感到了商妇对丈夫安危的深切关怀。

从“五月不可触”到“八月胡蝶黄”一段，描写节序变换，烘托出女子对丈夫深长的思念。“门前迟行迹，一一生绿苔。”“迟”字一作“旧”，有的本子又作“送”。“迟”是等待之意。这两句大约是说，在门前等待（或送别）行人所留下的足迹，也已都生长了青苔。“苔深不能扫，落叶秋风早。”夏天过去了，初秋来临了，她还在默默地盼望、等待。“八月胡蝶黄，双飞西园草。”已经到了仲秋时节，她依然在不断地盼望、等待。看着双飞双舞的胡蝶，心中翻动着孤栖的苦味；想到时光在不停地流逝，又悄悄地为青春逝去而忧伤。我们不难想象她是如何地在刻骨的相思中忍受着煎熬。“早晚下三巴，预将书报家。相迎不道远，直至长风沙。”“早晚”是“何时”之意。“三巴”即巴郡、巴东、巴西，都在今四川东部[①]。长风沙在今安徽安庆市东长江边上，离开今天的南京已有数百里之遥。商妇实际上不可能真到那么远去迎接丈夫，但这样的夸张对于表现她此时此刻的心情是十分有力的。诗人写出了女子对于会面的渴望，对于丈夫热烈的爱，写出了蕴蓄在她心底的奔放的热情。全诗到这儿结束了，而这位满怀热烈而深沉的爱情的妇女形象，却久久地留在我们心上。

李白的这首《长干行》在艺术上是非常成功的。它对商妇的各

① 三巴地区覆盖今重庆市全境及四川省东部。

个生活阶段，通过生动具体的生活侧面的描绘，在我们面前展开了一幅幅鲜明动人的画面。它的不少细节描写是很突出而富于艺术效果的。如“妾发初覆额”以下几句，写男女儿童天真无邪的游戏动作，活泼可爱。“青梅竹马”成为至今仍在使用的成语。又如“低头向暗壁，千唤不一回”，写女子初结婚时的羞怯，非常细腻真切。诗人注意到表现女子不同阶段心理状态的变化，而没有作简单化的处理。再如“门前迟行迹，一一生绿苔”“八月胡蝶黄，双飞西园草”，通过具体的景物描写，展示了思妇内心世界深邃的感情活动，深刻动人。这里不妨拿李白另一首也是写思妇之情的《江夏行》来作一比较。《江夏行》也是佳篇，但其中除了“眼看帆去远，心逐江水流”这样的句子写得较动人外，大多是直接的一般的感情抒发，缺乏鲜明的生活场景和生动的细节描绘。如“令人却愁苦”“使妾肠欲断，恨君情悠悠”“独自多悲凄”“对镜便垂泪，逢人只欲啼”，等等，显得比较发露，给人的感觉比较率直平淡，感情的深度挖掘得不够，难以使人反复咀嚼体会。第三段“悔作商人妇，青春长别离。如今正好同欢乐，君去容华谁得知?”也显得议论气息过重，比较概念化，不如“八月胡蝶黄，双飞西园草。感此伤妾心，坐愁红颜老”用比兴手法描写，显得含蓄而耐人寻味。而且那种“悔作商人妇”的情绪在唐诗中也显得一般，远不如《长干行》中那种炽热而专一的感情来得真切。

《长干行》的风格缠绵婉转，具有柔和深沉的美。商妇的爱情有热烈奔放的特点，同时又是那样地坚贞、持久、专一、深沉。她的丈夫是外出经商，并非奔赴疆场，吉凶难卜；因此，她虽也为丈夫的安危担心，但并不是摧塌心肺的悲恸。她的相思之情正如春蚕吐丝，绵绵不绝。这些内在的因素，决定了作品风格的深沉柔婉。我们拿作者的《北风行》来比较一下就更清楚了。《北风行》具有急风暴雨般的格调，因为它表现的是幽州思妇悼念战死丈夫的极度的悲戚。《长干行》刻画人物的心理活动却细致入微，语言含蓄精炼。“门前迟行迹，一一生绿苔。苔深不能扫，落叶秋风早。八月胡蝶黄，双飞西园草。”这些诗句包孕着缠绵悱恻的相思之情，又具有柔和流丽的音乐美。朗读时自然能感受到一种声情摇曳的艺术力量，体会到那种柔婉的艺术风格。

《长干行》还很好地运用了夸张的手法。比如写新婚的羞怯，便说“千唤不一回”；写爱情的坚贞，便说“愿同尘与灰”；写离别的长久，便说“苔深不能扫”；写盼望的殷切，便说“直至长风沙”。这些语句有力地表现了思妇热烈而深沉的感情，给人深刻的印象。全诗都用女子自述的口吻，这些夸张语句都符合她的感情和性格。例如“相迎不道远，直至长风沙”，既充分表现了思妇此时此刻的急切心情，也与她商人妇的身份相合；如果这话出于一个从来足不出户的妇女之口，就会显得不够真实了。

《长干行》在艺术上明显地受到古乐府诗歌的影响。前面按年龄序数写少妇的生活历程，使人想起《孔雀东南飞》开头“十三能织素，十四学裁衣，十五弹箜篌，十六诵诗书，十七为君妇，心中常苦悲”一段。但《孔雀东南飞》一句写一岁的事，只是作为全篇一个比较简略的引子；《长干行》却是有具体的生活场景，有血有肉，构成了全篇的重要组成部分。后面通过描写节序变换来刻画女子怀人的深长愁思，则是学习南朝乐府《西洲曲》。在风格的柔婉、音节的流美方面，《长干行》后半篇与《西洲曲》很相像。我们录《西洲曲》的一节于下，以资比较：

采莲南塘秋，莲花过人头。低头弄莲子，莲子清如水。置莲怀袖中，莲心彻底红。忆郎郎不至，仰首望飞鸿。鸿飞满西洲，望郎上青楼。楼高望不见，尽日栏杆头。

然而《长干行》并不是机械地模仿。它描绘的生活图景是崭新的；商妇的情感写得较为丰富而有变化，也不同于《西洲曲》的单纯。它们各擅胜场，都是我国古典诗歌中的艺术珍品。

我国古典诗歌，从《诗经》以来，一向有反映妇女生活的传统。在漫长的封建社会中，妇女们受着沉重的压迫。在爱情和婚姻方面，她们往往遭到被玩弄、被欺凌的痛苦。因此，她们特别强烈地企求着纯真专一的爱。汉乐府古辞《白头吟》中“愿得一心人，白头不相离”的感叹，《孔雀东南飞》和南朝乐府《华山畿》中青年男女在死后终于结合的浪漫主义描写，都体现了这种理想和追求。封建社会中男子常因服役、宦游、经商等缘故离乡背井，妻子只得独守空闺，受着离别之苦，这也是较普遍的社会现象。因此在反映妇女生活的诗篇中，表现思妇之情的相当地多。封建社会的诗人们，若能在自己的作品中把深切的同情给予被欺凌、被卑视的妇女，反映她们的正当的善良的愿望，那就该得到应有的肯定。李白诗歌中有关妇女的篇什，大多数都表现了这种进步的倾向。《长干行》塑造了具有美好情操的青年妇女形象，体现了妇女们对于纯真爱情的追求和渴望，艺术上又很完美，是比较突出的一篇，它无疑地也应该受到我们的珍视。

1980年10月于复旦大学

乌栖曲[1]

姑苏台上乌栖时[2]，吴王宫里醉西施[3]。
吴歌楚舞欢未毕，青山欲衔半边日。
银箭金壶漏水多，起看素月坠江波[4]。
东方渐高奈晓何[5]！

【注释】

[1] 乌栖曲：《清商曲·西曲歌》旧题。

[2] “姑苏”句：故苏台，故址在今江苏省苏州市，春秋时吴王夫差所建。苏州是吴国的都城。据说吴王建此台耗了大量的人力物力，三年始成，横亘五里，上别立春宵宫，与西施为长夜之饮（见《述异记》）。乌栖时，傍晚的时候。古人认为乌是不祥之鸟。乌栖台上，兼写环境气氛，暗示正当吴国国运没落的时候。梁元帝《咏晚栖乌诗》“日暮连翩翼，俱向上林栖。”

[3] 西施：越国美女，吴王夫差的宠妃。初，越国败于吴国，越王勾践把西施献给吴王夫差，希望以此来腐蚀吴王的意志。后来，越国终于灭掉吴国。

[4] “银箭”二句：意谓时光在不停地流逝着。壶和箭是古代计时的工具。素月，一作“秋月”。

[5] “东方”句：代吴王作言，谓长夜之饮犹未尽兴，奈何却天明了。高是“皜”的假借字，“皜”同“皓”，白、明亮的意思。“晓”，一作“乐”。

一首能够哭鬼神的诗[1]

斯蒂芬·欧文

贺知章对《乌栖曲》的赞美代表了与都城诗人不同的文学标准，而这首诗本身也不同于王维的严谨简朴。

乌栖曲

姑苏台上乌栖时，吴王宫里醉西施。
吴歌楚舞欢未毕，青山欲衔半边日。
银箭金壶漏水多，起看秋月坠江波。
东方渐高奈乐何！

同时代的每一位读者都知道这一传说，知道当吴王正耽溺于其美丽的妃子西施时，他的王国已即将被越国军队消灭。

在740年代[2]初的读者看来，这首诗有许多新颖奇异的特征。首先，李白具有一种才赋——想象虚构，在这方面此前的中国诗人很少有人达到较高的程度。同时代诗歌中，王昌龄和储光羲的描述绝句最

---

① 节选自斯蒂芬·欧文《盛唐诗》，黑龙江人民出版社 1992 年版。标题为编者所加。

② 740 年代即 740—749 年。

接近于《乌栖曲》，但可能作于其后。740年代前的大多数诗人在处理历史主题时，总是转向怀古诗，在游览古迹时进行思索。怀古诗可能确实包含一些推测的诗句，设想古迹过去曾经有的风貌，但诗歌中心不可避免地是诗人的存在：他所看到的，所感受到的，以及（将想象行为降低至思考过程）所想象到的。

在七世纪，诗人要写虚构的诗，就必须运用传统乐府题的程式化成分。从七世纪最后十年开始，对于虚构想象的兴趣日益增加，诗人运用虚构想象的方式也日益自由。陈子昂《感遇》诗中的某些形象寓言，八世纪初的七言歌行中，都出现了想象虚构。后来又出现于王维的少作《桃源行》和音乐诗中。但《乌栖曲》的梦幻般片断超过了李白的所有先驱者。王维对西施传说的处理提供了鲜明的对照：

艳色天下重，西施宁久微。
朝为越溪女，暮作吴宫妃。
贱日岂殊众，贵来方悟稀。

西施传说的典范、类型意义，在李白诗中未起作用，在王维的处理中却占主要地位。王维的阐述十分讲求修辞：主题（“艳色……”）；特定实例（“西施……”）；详述实例，将被赏识前后的处境进行对比（后四句）。而李白所描绘的只是一夜之间的场景片断，与王诗差别悬殊。

其次，在西施传说的简单艳情表面和复杂悲剧意义之间，存在着一种张力，这第二种新特征也可能导致了《乌栖曲》的魅力和流行。吴王夫妇对即将降临灾难的漠不在意，表现为诗歌表面类似的漠不在意。是我们这些读者将悲剧带给诗篇。李白没有解决诗中的张力；他没有走向说教，甚至顶住诱惑，没有描绘他们的堕落后果。相反，他只通过暗示，抽空了吴王夫妇单纯作乐的根基，这些暗示读者能够理解。时间消逝，各种事物正在走向结束：水漏即将滴尽，太阳即将被山峰吞没，季节已是秋天，月亮即将沉入江中，而冉冉上升的朝阳将给他们带来所料不及的未来。

观众知道所述情节的重要成分，其主人公却一无所知，这种手段基本上是戏剧的；它有力地唤起对于幻想和真实之间差异的注意。在王昌龄和储光羲绝句的动人风姿中，这一手段未起作用，但在李白诗的每一句中，它都占了统治地位。如果它完整地出现在较早的中国诗中，就会极端珍贵，将对同时代读者产生巨大的影响。它的感染力十分巨大，以致不适合于从诗歌的技巧规则或情调方面进行评价。这是一首能够“哭鬼神”的诗。

李白诗三首

经下邳圯桥怀张子房[1]

子房未虎啸[2]，破产不为家。
沧海得壮士，椎秦博浪沙。
报韩虽不成[3]，天地皆振动。
潜匿游下邳，岂曰非智勇？
我来圯桥上，怀古钦英风[4]。
唯见碧流水，曾无黄石公。
叹息此人去，萧条徐泗空[5]。

【注释】

［1］下邳（pī）：今江苏省邳州市。圯（yí）桥：在下邳沂水上面。张子房：张良，字子房，战国时韩国的贵族。韩为秦所灭，良用全部家财求刺客为韩报仇。后来，他通过仓海君，找到一个大力士，在博浪沙（今河南省原阳县）用铁椎狙击秦始皇，误中副车。秦始皇大怒，极力搜索指使的人。张良改了名姓，逃到下邳躲避。据说，他就在圯桥上碰到了老人黄石公，黄石公传给他兵法。后来，张良帮助汉高祖刘邦统一中国。事见《史记·留侯世家》。

［2］虎啸：虎叫称为啸，此处用来比喻施展才能。

［3］报韩：报答韩国。

［4］钦：钦佩。

［5］徐泗：徐州和泗州。

闻王昌龄左迁龙标遥有此寄[1]

杨花落尽子规啼[2]，闻道龙标过五溪[3]。
我寄愁心与明月，随君直到夜郎西[4]。

【注释】

［1］天宝年间，王昌龄被贬为龙标（今属湖南省怀化市）尉，李白作了这首诗寄给他，表示同情。左迁，谓贬官，古人贵右贱左。

［2］子规：即杜鹃。

［3］五溪：即雄溪、满溪、酉溪、沅溪、辰溪，在今湖南省西部（据《水经注》）。一说，五溪为雄溪、满溪、辰溪、酉辰、武溪（据《南史》）。

［4］“我寄”二句：意谓将相思情意托同照两地的明月带给对方。与，给。夜郎，汉西南少数民族国名，在今贵州省境内。龙标与之邻近，故借指其地。

黄鹤楼送孟浩然之广陵[1]

故人西辞黄鹤楼[2]，烟花三月下扬州[3]。

孤帆远影碧空尽，唯见长江天际流。

【注释】

[1] 黄鹤楼：在今湖北省武昌市。之：往。广陵：即扬州。

[2] 西辞：因为下扬州是往东走，所以说向西告别。

[3] 烟花：形容柳如烟、花似锦的明媚春光。

谈李白诗三首[①]

朱光潜

一谈《经下邳圯桥怀张子房》

要了解这首诗，先要了解我国过去历史上长期在人民群众中流行的两种人生理想，就是“游侠”和“神仙”的理想。这两种理想在现在看来都是落后的，但是在过去，它们是对当时社会制度的反抗和不满，有积极的意义。游侠就是一般所说的英雄好汉。这种人的理想是要讲义气，讲交情，劫富救贫，打抱不平，特别是在强权淫威之下表示不屈服，如果受到一点耻辱和冤屈，就誓必报仇雪恨，要仇人的命，报仇不成，就是牺牲性命也在所不惜。这种人往往练得一手好武艺，有万夫不当之勇，有时还足智多谋。他们不但要替自己报仇，还要替看重自己的知心朋友报仇，而且替旁人报仇比替自己报仇还更奋不顾身，因为正义感之外又加上对朋友要守信义的动机。这种游侠理想从哪里产生呢？如果社会是符合人民理想的，没有什么仇，就没有什么报仇的人；没有什么不平，就没有什么打抱不平的人。纵然有

① 朱光潜（1897—1986），文艺理论家、教育家、翻译家。1946 年后在北京大学讲授美学与西方文学。著有《悲剧心理学》《文艺心理学》《西方美学史》《谈美》《给青年的十二封信》等。译著有黑格尔的《美学》、柏拉图的《文艺对话集》、莱辛的《拉奥孔》及《歌德谈话录》等。有《朱光潜全集》行世。本文选自《朱光潜全集》第十卷，安徽教育出版社 1993 年版。

冤屈不平，如果国家法律能够保障私人的权利，那也就无劳私人去施行惩罚。游侠的存在表明了两个事实：第一，社会上有冤屈不平；其次，国家法律不能消除冤屈不平，甚至它本身就是冤屈不平的根源。在这种情形之下，游侠的理想是正义感的表现，也是人的尊严感的表现，使强权淫威不得不对它稍存戒心而有所忌惮。所以它是有积极意义的。

神仙的理想比起游侠的理想来是较为消极的。游侠要置身“法外”，神仙却要置身“世外”；游侠要凭自己的力量去达到理想，神仙却要凭超自然的力量去达到理想；游侠要抵抗，神仙却常与隐逸结合，只是无抵抗，不合作。这两种理想的性质不同，但是它们的历史根源是一致的。如果社会是符合人民理想的，它本身就是一个极乐世界。它不是一个极乐世界，甚至是一个极苦世界，人们才幻想在它以外能找到一个极乐世界。在科学还没发达的社会里，幻想往往比事实还有更大的说服力和诱惑力，所以像神仙之类的宗教迷信有极广泛的市场。好神仙的人有两面性。就他们逃避现世，迷信有神通广大的力量能创造奇迹来说，是消极的，落后的；就他们厌恨恶浊，不肯同流合污，至少是幻想要有一个合理的社会来说，也未尝丝毫没有积极的一面。游侠和神仙既然都是落后社会的产物，而且对落后社会都表示极端不满，所以在我国过去历史上这两种人常常结合在一起，讲游侠的也往往讲神仙。

李白经下邳桥所怀想的汉朝张良，正是这样一种游侠兼神仙的人物。诗中所说的那壮士是个游侠，黄石公是个神仙，而张良自己为着要替韩报仇，请教这位壮士，但没成功，请教黄石公这位神仙，终得佐汉灭秦，最后却又“学辟谷导引轻身”“从赤松子游”，又回到神仙。所以张良的一生只是在侠客、谋士和神仙三种行径里兜圈子；而他的所以为谋士，是因为他有侠客的气概，志在灭秦报韩；他的所以终于回到神仙，也并不是像他自己所说的于愿已足，而是因为看到鸟尽弓藏，兔死狗烹，不免有些灰心。这首诗的本事，读者可以翻《史记·留侯世家》（即张良的传记）看一下，这里不必复述。

李白的这首诗是属于怀古和咏史类的。怀古咏史在我国许多诗人的诗集里都占很重要的一部分。古有什么可怀，史有什么可咏呢？这首诗里“岂曰非智勇”“怀古钦英风”两句给了答案。古人和史事可以引起诗人歌咏的，一定是诗人所同情的，体现了诗人的人生理想的；或是诗人所不同情的，诗人在讽刺之中也表现了他自己的人生态度。这首诗是属于前一种情况的。伟大的诗人都必有人民性，所谓人民性，是说他的人生理想和人生态度与广大人民的是一致的。他在诗里表现了他自己的人生理想和人生态度，也就同时表现了广大人民的人生理想和人生态度。从周秦以后，在相当长的时期中，广大人民的人生理想和人生态度有一大部分表现在上文所说的游侠和神仙，只消把我国民间小说和戏剧的题材统计一下就可以知道。这方面的典型形象，是一般民众头脑里的诸葛亮。诸葛亮在历史上（可看陈寿的《三国志》）并不像在小说和戏剧里那样的神通广大。小说和戏剧都起自民间，一般人民是按照他们自己的理想和愿望来铸成像在小说和戏剧里那样的诸葛亮的形象。而这种形象也正近似司马迁在《史记》里所铸成的张良的形象。这两人都有一面是游侠，有一面是神仙，尽管在程度上略有不同，诸葛亮的游侠的成分较少。诸葛亮的形象有很大的人民性，这是每一个看《三国演义》和看旧戏的人都能体会到的。张良的形象也是这样，他成为许多诗人歌咏的对象，也是因为他有很大的人民性。

张良之所以成为李白歌咏的对象，还有一个特殊的原因。我们一般人想到“盛唐”，总以为那时社会怎样安定，国家怎样富庶繁荣，人民怎样安乐，其实这是幻象。当时封建主聚天下的财富于长安，穷奢极欲，人民生活还是很痛苦的。杨家贵戚的骄横叫在朝在野的人都侧目而视。安禄山乱起，唐朝马上就现出土崩瓦解的局面。当时人民对社会秩序的态度可以从当时流行的小说中看出来。唐人小说表面上大半是些爱情故事，实际上游侠和神仙的思想都非常浓厚，至少是从那些故事里面，可以看出当时尚任侠，讲神仙的风气很盛。游侠和神仙的存在，就足以说明当时社会中不平的事和不合理的事是很多的。否则我们也就很难说明李白自己的性格。李白平生爱学道，号称“诗仙”，但是他的游侠的一面往往被人忘记。魏颢说他“眸子炯然，哆（腮）如饿虎，少任侠，手刃数人”。他的最知己的朋友杜甫有一首七绝《赠李白》，替他下了这样的评语：

秋来相顾尚飘蓬，未就丹砂愧葛洪。
痛饮狂歌空度日，飞扬跋扈为谁雄？

这就是讥刺他学仙学侠两无成。不管成不成，他对仙和侠的向往却是无可怀疑的。读李白的诗，也就要体会到他的六分仙风，四分侠骨。所以《经下邳圯桥怀张子房》这首诗，不但表现了当时广大人民的人生理想和人生态度，也表现了诗人自己的人格。

这里有一个问题：游侠和神仙都是过去落后社会的产物，现在社会已经完全不同了，游侠和神仙的理想是否还有意义呢？上文分析过，游侠和神仙都有落后的一面，也都有积极的一面。落后的一面会随时代过去，积极的一面对后世人还会有几分鼓舞的力量。每个人都可以就自己读这首诗时所起的情感分析一下。以我的经验说，我在十几岁时就爱读这首诗，常常高声朗诵。朗诵时心情是振奋的，仿佛满腔热血都沸腾起来了，特别读到最后“唯见碧流水”四句，调子就震颤起来，胸襟也开阔起来，仿佛自己心中也有无限的豪情胜概，大有低徊往复，依依不舍之意。这种振奋的心情是痛快的，也是有益的。是否我因为想当侠客和神仙才爱这首诗呢？我从来没有过这种幻想和奢望，这首诗也并没叫我存这种幻想和奢望。但是想到“破产不为家”，求刺客去杀威震一时的秦始皇那种英雄气概，那种要奋不顾身去伸张正义的坚贞英勇的精神，不由得我不回肠荡气，肃然起敬。我爱这种人，觉得在这种人身上见出人的尊严，我希望多见到这种人，我仿佛觉得这种人如果多有些，世界会更光明些，人生会更有意义些。单就我体会这种人的人格来说，我也仿佛得到一种力量，帮助我更好地做人。我想游侠和神仙在这首诗里毕竟是外壳，这外壳里面包含着一种精神，它是感动李白的，也是感动我的，也是感动任何一个有心肠的人的。这就是它的积极的一面，这积极的一面是不会轻易地随时代消逝的。

最后，略谈一下这首诗的格局。从表面看，它是平铺直叙，一气呵成的。分析一下，就能看出它分三段。头四句一段，直叙张良求刺客杀秦始皇的事迹。中四句一段，补叙失败后潜匿下邳，夹以论断，“报韩虽不成”，而“天地皆振动”，毕竟还是叫敌人惊心丧胆；虽被迫“潜匿”，这也不是“非智勇”的过错，每两句一抑一扬，略见波澜起伏。后六句写诗人怀古的心情，是平铺直叙后的一个大波澜，读者须体会这种心情是丰富复杂的，一方面是“怀古钦英风”，满腔豪情胜概，一方面又“叹息此人去，萧条徐泗空”，大有“前不见古人，后不见来者”那种寂寥的感觉，但是这并不是失望，而是寄深厚的希望于无穷的未来。诗用五古体，古诗可以换韵，换韵往往就同时标出段落（当然也有例外），这首诗就是这样，三段就用三组韵。批评李白诗的人往往嫌他欠剪裁洗炼，这是不正确的。这首诗就表现了高度的剪裁洗炼。张良的一生事迹很多，这里只写到他“潜匿游下邳”为止，至于他后来佐汉灭秦以及晚年学道那一大段经过都一字不谈，虽然首句“虎啸”二字也约略给了一点暗示。如果全写，就不但见不出剪裁洗炼，还会破坏这首诗触景生情的效果。

二谈《黄鹤楼送孟浩然之广陵》和《闻王昌龄左迁龙标遥有此寄》

这两首诗在体裁上都是七言绝句，在题材上都是送行惜别，合在一起谈，比较方便。

送孟浩然诗比较容易懂。孟是由武昌黄鹤楼坐船到扬州（即广陵），李白在黄鹤楼送他。时节是三月，花开正盛，望起来像烟一般。送行的人依依不舍，直望到孤帆远影渐渐在碧空中消失了，只见长江在遥远的天际流着，他才回过头来。诗人先写出别地别时别景，然后写出自己那种眷恋惆怅的情感。

寄王昌龄诗的格局大致和送孟浩然诗相同，但是比较难懂一点。难在两个问题上。第一是异文的问题。头一句一本作“杨花落尽子规啼”，一本作“扬州花落子规啼”。如果是“杨花落尽”，与“子规啼”较一致。子规即杜鹃，鸣声凄厉，易动旅客归思；杨花落在旧诗中常象征离散，所以苏轼《水龙吟》咏杨花词有“细看来不是杨花，点点是离人泪”之句。如果是扬州，那就很可能李白自己那时在扬州，这就和下文的“明月”有关，相传扬州的月亮特别亮（“天下明月三分，扬州得其二分”）。这两种异文都说得通，很难断定哪一种比较确实。如果“夜郎西”可照下文的解释，“扬州花落”的可能性就较大。其次是地理的问题。王昌龄老家在江宁（南京），他贬龙标尉以前在长安（西安）做校书郎。龙标是个县名，即今湖南西部的黔阳县，五溪（辰溪、酉溪、巫溪、武溪、沅溪）也在湖南西部[①]。夜郎属西南夷，在今贵州西北桐梓县。这里应该注意的是“龙标过五溪”的“龙标”即指王昌龄，古人常以地方的名称称呼那地方的人或是在那地方做官的人。这里的问题在于夜郎在贵州西北，而龙标在湖南西部，两地相去很远，而且龙标在夜郎东，不在西。王昌龄到龙标就任，无论是从长安出发，还是从江宁出发，都走不到夜郎。因此，我疑心这首诗写作时期很晚。李白曾因参永王的军事，军败后被朝廷流放到夜郎，后来遇赦才回到金陵（南京）、当涂（在安徽东部）一带，不久就死了。这首诗当作于从流放获赦去金陵之后。如此才可以解释“随君直到夜郎西”一句，那就是因王昌龄被贬而想到自己过去被流放。在唐朝，做官的人贬谪到湖南、贵州一带，是个很大的惩罚。李白身受过这种痛苦，于今又听说他的诗友也要去受这种痛苦，所以一方面既寄深厚的同情于好友，一方面也暗伤自己过去的遭遇。这样解释，诗的情致也就比较深刻。

---

① 龙标即今湖南省洪江市。本文中“五溪”的说法出自元代马端临的《文献通考》。

这两首诗的题材和格局虽大致相同，而情致却悬殊。情致往往要借景物气氛烘托出来。论时节，送孟在暮春三月，送王在“杨花落尽子规啼”的时候，也只在晚春初夏。可是“烟花三月”寥寥四句写出一片多么绚烂繁荣的气象，而“杨花落尽子规啼”就显得凄凉寂寞，不堪为怀了。这两首诗开始所描绘的色彩气氛好比一个乐曲的基调，暗示出全篇情感的性质和深度。同时我们也要注意孟、王两人不同的情境。孟到的是扬州，扬州在唐朝是著名的繁华城市，好比现在的上海；王到的是龙标，西南边陲的瘴疠之地，去那里就等于“充军”。孟可能只是游历或就任，王是贬谪。情境不同，感触自异。王的遭遇本身已可悲，何况这个遭遇和诗人本身的遭遇又有些类似？“愁心”二字不是随便下的。送孟诗虽是惜别，却没有多深的伤感。“烟花三月”句还略有欣羡的意思，最后两句写远眺景致，写出一种高远无穷的气象，与其说暗含惜别，还不如说带有“手挥五弦，目送飞鸿”的闲适意味。如果拿这两首诗朗诵几遍，就能感觉到音调的分别很明显。送孟诗平声字较多，字音都很响亮，大半是能提高又能拖长的，所以读起来可以悠扬而豪放。送王诗头二句音节还很平顺，只是诗的意义决定了它的音调须低沉凄婉，后二句仄声字安排得有些拗，我们很难用读“孤帆远影”两句的调子来读它，它天然地有些抑郁感伤的意味。在这种朗诵的比较里，我们可以体会到诗的情感与声音的关系是非常密切的。

1958年

（载《语文学习》第二期，1958年2月）

清平调词

其一

云想衣裳花想容，春风拂槛露华浓[1]。

若非群玉山头见，会向瑶台月下逢[2]。

【注释】

［1］“春风”句：槛，栏杆。露华浓，形容牡丹花带露时颜色的鲜艳。

［2］“若非”二句：群玉，山名，神话传说中女神西王母所居的地方。会，当、应。瑶台，西王母的宫殿。见《穆天子传》。两句是说，杨妃之美只能在神仙世界看见。

其二

一枝红艳露凝香[1]，云雨巫山枉断肠[2]。

借问汉宫谁得似？可怜飞燕倚新妆[3]。

【注释】

［1］“一枝”句：写牡丹花。以花比杨妃之美。

［2］“云雨”句：云雨巫山，用宋玉《高唐赋》所述楚王梦见

巫山神女的典故。枉，徒然。这句是说，楚王与神女神人交会，神女朝云暮雨，来往飘忽，徒然令楚王惆怅而已。

［3］“可怜”句：可怜，可爱。飞燕，赵飞燕，西汉成帝的皇后，以美貌著名。倚新妆，形容美女穿华丽服妆时的神情姿态。

其三

名花倾国两相欢[1]，长得君王带笑看。
解释春风无限恨[2]，沉香亭北倚阑干[3]。

【注释】

［1］“名花”句：名花，指牡丹花。当时，牡丹花特别贵重。倾国，指杨妃。汉朝李延年《佳人歌》歌辞有云：“一顾倾人城，再顾倾人国。”后人乃以倾国作美女的代称。

［2］“解释”句：解释，消除。这句是说，面对名花与美人，纵然有无限春愁春恨，都可以消除了。

［3］沉香亭：用沉香木建造的亭子，在唐兴庆宫龙池东面。阑干：即栏杆。

李白《清平调》三章的解释[①] （节选）

俞平伯

……这么看来，《清平调》三章虽很有名，却依然沉埋着。大家都说他做得好，但究竟好在哪里？怎样好法？似乎也很少有人谈到。像萧士赟注这样的深文曲解，果然不能成立，其实即使成立了，对本诗的本身评价上，好处也不多。谁都知道诗题是沉香亭赏牡丹，自然得咏牡丹花；又有太真陪从，自然得恭维杨贵妃；所以名花、美人，双管齐下，二者之中，尤以美人为主，名花为辅，自是文家一定的格局，太白虽英才天纵，恐不能出亦不应出此范围。不然，便不合应制赋物的体格了。然而从这熟中套熟的窠臼里，诗人依然能够发挥他的特有的灵感，这里却看出他的本领来。

立意方面不必深求。深求转会引起迷惑。我们只就浅近的篇章句法入手。这三章蝉联而下，仿佛一篇。第一章是想象中的美人，第二章是比喻中或历史上的美人，第三章是当前的事实上的美人。第三首近乎“六义”的赋体。第一二首多用比、兴写法，归束到结末一首上去，简单地看它的结构不过如此。

我想先随文约略解释，然后再说些别的。

“云想衣裳花想容”——以花来比美人，不以美人比花，第一

① 选自《俞平伯全集》第三卷，花山文艺出版社 1997 年版。原载 1957 年 2 月 24 日《光明日报》。

句已将“以美人为主”这个题旨给抓住了。《唐诗三百首》夹评曰：“此言妃之美，花似之。”分析起来，他不说“云似衣裳花似容”，却说“云想衣裳花想容”。美人当前，却先说想象，似乎费解。王[1]引吴舒凫“化实为虚”之说虽然不错，仍不很清楚。不仅仅化实为虚，“似”之于“想”，有意义上的区别。试看，若不下两“想”字，如何接得上“若非群玉山头见，会向瑶台月下逢”呢？至于“云想”“叶想”的问题（“云想”一本作“叶想”——编者注），王注原说得很对：“改云作叶，便同嚼蜡，索然无味矣。”何以“索然无味”，他却也不曾说。太白心中自有六朝佳句，如梁简文帝“莲花乱脸色，荷叶杂衣香”之类，不过问题不在此。若作“叶想”，还是上面那句老话：“如何接得上‘若非群玉山头见，会向瑶台月下逢’呢?”即以一句而论，“云”的下文当是“月”，“花”的上文当是“叶”，但这样连串下去，便很呆板了。“云想”跟“花想”错综见意，正妙在不沾滞上。

“春风拂槛露华浓”——实咏牡丹花，一般的写法。

“若非群玉山头见，会向瑶台月下逢”——“玉山”“瑶台”当是两个典故，如王注所引。“若非……会向”，有不这样就那样的意思。不但是仙人，而且是可望不可即，可遇不可求的仙人，拿来比喻形容这沉香亭畔的“名花倾国”，远远说来，透过一层写来，境界最高。也惟其如此，未免引起后人的误会了。

第二首是全篇的转折点。《唐诗三百首》夹评曰：“此言花之奇，妃似之。”第一首扯得太远，总得归到本题，而归束又不宜太骤，须得步步引而近之。所以在“一枝红艳露凝香”正写牡丹以后，

① 指清代学者王琦。曾辑注《李太白全集》和《李长吉诗歌汇解》。

便接上一句“云雨巫山枉断肠”。玉山王母，瑶台佚女，均系纯粹仙灵境界；楚山巫峡，神人交会的所在，便是人间了。然而朝云暮雨，来往飘忽，徒使楚王惆怅而已。似近仍远，跟“群玉山头”“瑶台月下”差不多少。所以说“枉断肠”[①]，言外有古人不及今人，古帝王不及今帝王处。于是接着说：“借问汉宫谁得似？可怜飞燕倚新妆。”从巫山神女渡到汉宫飞燕，这才贴近了唐明皇、杨贵妃。然这两句还在虚实之间，比上文已实，比下文还虚。唐人每以汉家来比唐家，如杜甫《秋兴》诗“武帝旌旗在眼中”，白居易《长恨歌》“汉皇重色思倾国”，便是有名的例子。若以汉代唐，这两句便落实。从文字表面上看，汉帝之于唐皇，燕瘦之于环肥，毕竟有些区别。若借汉喻唐么，那便是虚。上文说过，第二首所写是比喻中、历史上的美人，只说她美，并无昭阳祸水之意，文义甚明。

“借问汉宫谁得似”——似谁？似花。以美人比花，与第一章由花想见美人的容貌正相颠倒，互文见义。

“可怜飞燕倚新妆”——三章云：“沉香亭北倚阑干。”阑干可倚，新妆亦可倚么？无怪引起唐仲言的误解。但飞燕必须依靠着新妆才能够美丽，岂不大杀风景？这里用“倚”自妙，却稍费解释。令我想起洪昉思的《长生殿》来。他在《惊变》折〔泣颜回〕曲概括《清平调》说：“新妆谁似？可怜飞燕娇懒。”这“娇懒”二字便是“倚”字的确解。只一“倚”字，而美人、名花，姿态都见，可谓传神之笔。评家都说老杜善炼字，如“无人觉来往”之“觉”字等等，其实李太白又何尝不如此呢。

第一第二两首既文义环错，转换引入，到第三首便水到渠成了，

---

① 《唐诗三百首》章燮注：“楚王妄想朝云暮雨而终不可得，是枉断肠耳。”

即我们也不必多费笔墨。不过第三句“解释春风无限恨”，文义稍晦，似乎又曲了一曲。不但恨，还说无限恨，好像不合应制之体。试再解说一下。

以牡丹花时，春光已晚，唐解谓“春风易歇故足恨”，是春恨仿佛春愁，却不必像他这样重读。“解释春风无限恨”，也就是“纵有无边的春愁春恨，都可以化开了”，作意重在“解释”，不重在“恨”。“无限”，加重语气。越是无边的愁恨都可解释开来，便越是欢乐。上文说：“名花倾国两相欢，长得君王带笑看。”名花以有倾国姿容相伴而不寂寞；名花、美人，又以同得君主的顾盼而愈不寂寞。上下相承，恰到好处。既妙在直中有曲，尤妙在曲而仍不失其直。接下“沉香亭北倚阑干”，便觉得自然之极。

这一章名花、倾国并提，是双管齐下，与前两章，或侧重美人，或侧重在花，交互相应。又说到了“君王”。倚阑干之“倚”专指贵妃可，兼指明皇亦可。《长生殿》曰：“沉香亭同倚阑干。”这“同”字添得也很好。

三首是一个整体，自不能说哪一首特别好，然而也并非没有区别。以境界论，我觉得第一首最好。“云想”一句，实是神来之笔，以读得烂熟，反而不大觉得罢了。设想亦最奇。分明是名花、倾国交欢，君王带笑相看，却写成不知群玉山头或是瑶台月下，这般的惝恍迷离。第二首全篇的枢纽，一说巫山神女，二说汉家飞燕，远古近今，逐步脱换，归到本题。第三首主意所在，反而直直落落，不费多少笔墨。其中第三句原是特出的，曲而能直，已见上说。不过既提春恨尽管解释开了，岂能没有暗示？实有名花畹晚，美人迟暮之感，却轻轻一点就过。虽为应制之作，却非恭维过当。

临了还有一点感想，像这样的短诗，凡我们以为妙处，作者用心处，必引起误解。如王母、佚女、瑶台、玉宇，似非人间世，《唐诗解》便有追悼武惠妃之说。云雨巫山，不过借来说神人遇合之难，便引起萧注的恶札。“倚新妆”的“倚”字，既能表达花和人的神情姿态，与“倚阑干”之“倚”又在同异之间，用得最好。《唐诗解》却说美人靠了新妆才算美。岂非等于说她本来不美么？末章三句，将无边怅惘，借欢笑而化为烟云，《唐诗解》偏说“哀情多”，偏要重读这“恨”字。古今人情，难道真这样悬殊么？

《清平调》三章，篇幅很短，文词不深，又非常出名，而在章句和意义上还这样的沉晦，则《李集》中的其他各篇，可想而知。太白诗名虽煊赫一时，传流千载，其实是非常寂寞的。

高 适

高适（706—765），字达夫，渤海蓨（治所在今河北省景县南）人。二十岁到长安求仕不遇，后来在燕、赵、梁、宋一带漫游。天宝年间曾任县尉，又在河西节度使哥舒翰幕中掌书记。安史乱后升任西川节度使等官，最后任散骑常侍。世称高常侍，有《高常侍集》。

燕歌行[1]

开元二十六年，客有从御史大夫张公出塞而还者，作《燕歌行》以示；适感征戍之事，因而和焉。

汉家烟尘在东北[2]，汉将辞家破残贼。
男儿本自重横行[3]，天子非常赐颜色[4]。
摐金伐鼓下榆关[5]，旌旆逶迤碣石间[6]。
校尉羽书飞瀚海[7]，单于猎火照狼山[8]。
山川萧条极边土[9]，胡骑凭陵杂风雨[10]。
战士军前半死生，美人帐下犹歌舞。
大漠穷秋塞草衰[11]，孤城落日斗兵稀。

身当恩遇恒轻敌[12]，力尽关山未解围。
铁衣远戍辛勤久[13]，玉箸应啼别离后[14]。
少妇城南欲断肠，征人蓟北空回首[15]。
边庭飘飖那可度，绝域苍茫更何有[16]。
杀气三时作阵云，寒声一夜传刁斗[17]。
相看白刃血纷纷，死节从来岂顾勋[18]？
君不见沙场征战苦，至今犹忆李将军[19]。

【注释】

［1］燕歌行：汉乐府曲名。开元二十六年，即公元738年。御史大夫张公：幽州节度使张守珪。和（hè）：依别人诗词的题材或体表代做诗。

［2］汉家：汉代。唐代作家往往借汉来称唐。烟尘：指战争。开元十八年（730年）以后的数年间，唐与东北部的契丹、奚的战争连年不绝。所以，诗中说“烟尘在东北。”

［3］横行：指扫荡敌寇，英勇无阻。

［4］非常：特别。赐颜色：赏识，给面子。

［5］“摐（chuāng）金”句：摐金伐鼓，指行军；军中以金和鼓为进退的信号。摐，撞击。金，指钲、铃一类的铜制乐器。伐,敲打。下，出。榆关，即山海关。

［6］旌旆（pèi）：各种旗帜。旌，用羽毛装饰的旗。旆，边上镶着杂色的旗。逶迤：连绵不断的样子。碣石：山名，在河北省。这里泛指东北滨海地带。

［7］校尉：武官名，位次于将军。羽书：即“羽檄”，军

事文书，插羽毛以示紧急。瀚海：沙漠。

［8］猎火：打猎时燃起的火。古代游牧民族出征前常举行大规模的打猎活动，作为军事演习。狼山：即狼居胥山，在今内蒙古自治区克什克腾旗西北一带。

［9］极：穷尽。

［10］“胡骑”句：意思是，敌人的骑兵趁风雨交加的时候猛冲过来。凭陵，仗势欺凌。杂风雨，风雨交加。

［11］穷秋：深秋。

［12］身当恩遇：身受皇帝的恩德礼遇。当，承受。轻敌：藐视敌人，表示必胜的信心。

［13］铁衣：即铠甲。

［14］玉箸（zhù）：比喻思妇的眼泪。

［15］“少妇”二句：意思是说征人、少妇两地相思。城南，长安住宅区都在城南。蓟北，泛指今河北、东北边地。

［16］“边庭”二句：极言边地的荒凉旷远。边庭，边地，一作“边风”。飘飖，一作“飘飘”。绝域,极远的地方。苍茫，旷远迷茫的样子。

［17］“杀气”二句：上句写白天战场杀气腾腾，战云密布。下句写夜晚军营戒备森严。三时，春、夏、秋三季，统指终年。阵云，战云。一夜，整夜，通宵。刁斗，军中巡更所用的器物。

［18］死节：为国事而奋不顾身的志节。勋：功勋。

［19］李将军：指汉代名将李广。

高适《燕歌行》简析[①]

徐公持

高适是唐代边塞诗派的一员健将，《燕歌行》是他边塞诗中最重要的一篇。它描写了边庭士卒紧张激烈的战斗生活，赞颂了他们的英雄气概和牺牲精神，同时又以同情的态度，写出了他们离家远戍的痛苦。诗篇还揭露了某些将军的腐败无能，以及由此造成的战况恶化的后果。从既写了边地战争，又写了军中官兵矛盾来说，此诗所具有的分量，在整个唐代边塞诗中是鲜有其匹的。我们只须与王维的《老将行》、岑参的许多边塞诗以及高适自己的同类作品作一比照，即可明白此诗内容之深、广。

如“序”所云，此诗是有所感而发的。其所“感”之事，则与“张公”有关。“张公”者，张守珪也，当时担任着辅国大将军兼御史大夫的要职，主持北边对契丹军事；史载他曾隐匿所部将领的败状，而向朝廷妄奏有克捷之功。所以此诗含有讥刺张守珪的意思，具有明确的现实针对性。应当说，诗篇的思想深度，来自勇敢针砭时弊的精神。另外，高适在创作此诗之前不久，曾经怀着豪情壮志，到蓟州（今北京市及河北省北部）一带漫游，寻求报效国家的机会。当

① 徐公持，古代文学学者，中国社会科学院文学所研究员，长于先秦至隋文学研究及学术史研究。著有《魏晋文学史》《建安七子论》《阮籍与嵇康》《魏晋二十四友》《中国古代作家》《中国古典传记》（合编）等。本文选自《唐诗鉴赏集》，人民文学出版社1981年版。

时，那里正是唐朝与契丹对峙的前沿地区，形势紧张，是用人之地。由于当地军政官僚们堵塞贤路，高适的愿望无法实现。但他对边塞地区的现实状况，是了解得更加具体、更加透彻了。这种切身的经验，也为《燕歌行》的写作提供了坚实的生活和思想基础。

《燕歌行》在艺术上很有特色，它主要表现在如下诸方面。

首先，诗篇很善于描写塞外风物景观和渲染边地生活气氛。塞外自然环境最显著的特点就是辽远、开阔和荒凉，“山川萧条极边土”“边风飘飖那可度，绝域苍茫更何有”，这些描写，把遥远和荒晦的意象，形容得臻于极致了。又诗中“大漠穷秋”“孤城落日”八字，更以极简炼的笔墨，勾勒出了一幅广漠、苍凉中透出壮美的景物画。与高适同时代的王维有一联名句：“大漠孤烟直，长河落日圆”（《使至塞上》），二者意境虽不尽相同，在描绘塞外风光上却有异曲同工之妙。至于边地生活，诗篇主要是着力写了紧张而激烈的战争。从起句“汉家烟尘在东北”，到末句“至今犹忆李将军”，全篇都是围绕着战争这一中心写的，这给予读者以战斗方兴未艾、漫无止时的实感。诗篇还大力描写战争的剧烈与残酷，“杀气三时作阵云，寒声一夜传刁斗”，这是说，一年之中春、夏、秋三个农事季节里都战云密布，而每天又不分日夜地在戍卫警戒。待到两军交战时，则羽书飞驰、火照狼山，白刃染血、塞草裹尸，士兵战死者多而生还者稀……，这些，都使读者如临其境地领略到特定的边塞气氛，而怵惕警觉，而耳目一新。

其次，在有关时、空描写方面，诗篇深得虚实相间、开合自如之妙。从时间上说，此诗开始是泛写，中间一段实写秋季，其后又一转而入“三时”，再次泛写开去。时序上的虚实转换，既扩展了诗篇的容量，又使作品显得挥洒活泼而不拘泥于形迹。从空间上说，此诗首二句写“汉将”辞家出征，这当然是在内地；次二句写受到天子恩遇，自是在京城了；再二句已是“榆关”“碣石”，地点马上转移到边塞；又二句却是“瀚海”“狼山”，这是延伸向战场的纵深处去了。从家到长安，从榆关再到瀚海、狼山，接连四个远距离跳跃，空间的幅度拉开了，它既为表现“男儿重横行”的主题提供了广阔的舞台，也使诗篇具备了大开大合的豪壮气势。

第三，与内容上的丰富性相配合，此诗在结构上使用了同一主题下的双线写法。诗篇从开头直到“力尽关山未解围”句，写了将士离家出征、向边塞进军、双方战备情状，以及两军对垒，这是一条主线贯穿起来的步步承接、层层发展的结构。但是，再往下六句，却不再续写战事，而是掉过头来描写征夫与思妇之相互怀念。于是前述主线至此暂止，而转入另一线索。这条新的线索是一条起配合呼应作用的副线；它在情绪气氛上，使诗篇由扬变为抑，由起转入伏。以下从“杀气三时作阵云”句直到篇末，则再次接写战事，前面的主线又得以延伸，并继续发展，而情绪也由抑而再扬、由伏而再起。主线所强调的壮烈气氛同副线所渲染的悲戚情调，二者汇合起来，最后到“君不见”二句就形成了高潮。这种有主有次、相互协调配合的双线结构，增强了作品的深度和节奏感，避免了单调和枯燥。

第四，在具体描写中，诗篇多用对比手法。写双方紧张的军事活动是“校尉羽书飞瀚海，单于猎火照狼山”；写官兵间的悬殊表现是“战士军前半死生，美人帐下犹歌舞”。这后二句尤为精警，一方面是拼死作战、流血牺牲，一方面却是美人歌舞、纵情声色，它尖锐地揭露了军中的苦乐不均，批判了身居要职的将军们的腐败作风。

可是我们细察句中并无一个褒贬性的字眼，它只是把两件截然相反的事实摆在一起，让读者从事实中自己得出结论：由这样的将军来指挥战事，奈士卒性命何！又奈国家命运何！清代文章家吴汝纶评论说："二句最为沈至"，的确，就其尖锐性与鲜明性言，堪称全篇的点睛之笔。此外，如"铁衣远戍辛勤久，玉箸应啼别离后。少妇城南欲断肠，征人蓟北空回首"，也是用对比来突出征夫思妇双方的痛苦。这里一、四句写征夫，二、三句写思妇，先夫妇、后妇夫，对比中错落有致，而无呆板生硬之迹。值得注意的是，以上所举诸句，不但意义上相对，而且文字、声调平仄都是对仗的。本篇原为古体诗，不必严格讲求格律，但诗中却安排了这些对仗工整的句子，此诚如清代沈德潜所指出："七言古中时带整句"。诗人在艺术上如此处理，表明他是有意识地借助于近体诗的对偶格律，来加强对比的效果。

除了上述八句明显的对句外，篇末所写"君不见沙场征战苦，至今犹忆李将军"，也可以理解为是以古代的名将来隐比现实中的将军，是一种古今之比。"李将军"即汉代李广，他勇猛善战，作风朴实，能善待部伍，与士卒同甘苦，士卒亦乐为之用，从而博得了广泛的敬重，连匈奴都称他"汉之飞将军"。同这位李将军相比，那只知寻欢作乐、不思报效国家的当时的将军，就愈显出其面目之可鄙了。诗篇就是通过这种对比描写，使意念更加深化，形象更显鲜明。

从上面所说诸方面来看，本篇艺术上所具有的魅力，是诗人成功地运用各种描写技巧的结果，是锐意经营、发挥艺术独创性的结果。

说到独创性，还须指出一点，本篇在突破传统上也是值得称道的。"燕歌行"，原为乐府古题，从曹丕最初写出那首著名的七言诗以来，曹叡、陆机、谢灵运、谢惠连、萧绎、萧子显、王褒、庾信等，都曾沿用此题。不过他们大多承袭曹丕开创的传统，诗中多取材于征夫思妇的一般哀情离恨，而少及更深刻广泛的社会内容。惟有庾信结合着自己的身世，在诗中寄托了一定的故国之思，但这方面的内容还没有成为主题。高适这一篇，在融汇前人征夫思妇内容的同时，另铸新意，把主题移到边塞军事上，这就大大加重了其社会意义，取得了突破性的成就。高适在这方面的成功，是有相当影响的，后来的一些诗人如贾至、陶翰等写《燕歌行》，就基本上循着他的路子。

1980年10月于北京

岑参

岑参（715—770），江陵（今湖北省荆州市荆州区）人，先世居南阳。天宝年间，在安西节度使高仙芝幕掌书记，还做过安西北庭节度使封常清的判官。晚年为嘉州刺史。世称岑嘉州。

他是唐代著名的边塞诗人，尤以七言歌行和七绝见长。有《岑嘉州诗集》。

岑参诗三首

白雪歌送武判官归京[1]

北风卷地白草折[2]，胡天八月即飞雪。
忽如一夜春风来，千树万树梨花开。
散入珠帘湿罗幕，狐裘不暖锦衾薄[3]。
将军角弓不得控[4]，都护铁衣冷难着[5]。
瀚海阑干百丈冰[6]，愁云惨淡万里凝[7]。
中军置酒饮归客[8]，胡琴琵琶与羌笛[9]。
纷纷暮雪下辕门[10]，风掣红旗冻不翻[11]。
轮台东门送君去，去时雪满天山路。

山回路转不见君，雪上空留马行处。

【注释】

［1］这首诗是岑参任安西北庭节度判官在轮台（安西北庭节度府所在地，在今新疆维吾尔自治区乌鲁木齐市西北）时写的。判官：官职名。唐代节度使等朝廷派出的持节大员，可委任幕僚协助判处公事，故称判官。武判官：未详。

［2］白草：西北边境的草名，秋天变白。

［3］锦衾：锦缎被子。

［4］控：引，拉开。

［5］都护：唐代官职名，职责为监护西域诸国，官位在节度使之上。但唐代往往尊称节度使为“都护”“都使”。这里即以此尊称封常清。着：穿。

［6］“瀚海”句：大沙漠上铺满了厚厚的冰层。阑干，纵横。百丈冰，指很厚很厚的冰层。

［7］“愁云”句：万里长空，阴云密布。凝，聚。

［8］中军：主帅自己率领的军队，这里指主帅的营幕。归客：指武判官。

［9］羌笛：原是西北羌人吹的笛子。胡琴：古代西北兄弟民族的弹拨乐器。

［10］辕门：军营门。古代驻军，用两车的辕木相向，交叉作为营门。

［11］“风掣”句：是说雪大天寒，旗上结了冰，风吹不动。掣，牵。翻，飘动。

走马川行奉送出师西征[1]

君不见走马川行雪海边[2]，平沙莽莽黄入天。
轮台九月风夜吼，一川碎石大如斗，
随风满地石乱走。
匈奴草黄马正肥，金山西见烟尘飞[3]。
汉家大将西出师，将军金甲夜不脱。
半夜行军戈相拨，风头如刀面如割。
马毛带雪汗气蒸，五花连钱旋作冰[4]，
幕中草檄砚水凝[5]。
虏骑闻之应胆慑[6]，料知短兵不敢接[7]，
车师西门伫献捷[8]。

【注释】

[1]天宝十三载（754年），岑参任安西北庭节度判官，军府驻轮台。是年冬，北庭都护封常清西征播仙，岑参作此诗送别。走马川：即左末河，距播仙城（左末城）五百里。解作“在平川走马”亦通。

[2]雪海：在今新疆维吾尔自治区境内。

[3]金山：即阿尔泰山，在新疆维吾尔自治区西南部。

[4]五花：即五花马。连钱：良马名。旋作冰：马身上的汗和雪转眼凝结成冰。

[5]草檄：起草声讨敌人的文告。

[6]虏骑：指敌军。慑：害怕。

［7］短兵：指刀、矛一类兵器，与长射程的弓箭相对而言。不敢接：不敢迎战。

［8］车师：安西都护府所在地，在今新疆维吾尔自治区吐鲁番市附近。伫：等候。献捷：报捷。

武威送刘判官赴碛西行军[1]

火山五月行人少[2]，看君马去疾如鸟。

都护行营太白西，角声一动胡天晓[3]。

【注释】

［1］这是天宝十载（751年）在武威（今甘肃省武威市）所作。当时作者在安西节度使高仙芝幕中。这年四月，大食（古阿拉伯帝国）入侵；五月，高仙芝出征。刘判官：不详。碛（qì）西：沙漠之西，这里指安西都护府。

［2］火山：即今新疆维吾尔自治区吐鲁番市的火焰山。

［3］“都护”二句：是作者的祝捷之词，意思是说，刘判官远赴碛西的都护行营，太白星出现在西方，战争的征兆吉利；待刘赶到那里，军号一响，战争胜利，驱走黑夜，胡天破晓。太白，太白星，即金星。古人以太白星观察战争吉凶：在西方出现，是吉象，不利于夷狄；在东方出现，是凶象，与夷狄作战要失败。这里说“太白西”，兼有形容行营很远和战象主吉双重意思。角，军号。

谈岑参的边塞诗[①]

陈贻焮

岑参的诗歌，题材很广泛，而以边塞诗写得最出色。杜确的《岑嘉州诗集序》说："（其诗）每一篇绝笔，则人人传写，……莫不讽诵吟习焉。"可见他的作品在当时就流传得很广，不仅雅俗共赏，而且还为各族人民所喜爱。这当然主要取决于他诗歌中所洋溢的积极浪漫主义精神和他高超的艺术造诣，但是，和他的不少作品丰富多彩、别开生面地描绘出祖国边疆的壮丽景色，反映了英勇豪迈的边塞生活，也是有一些关系的。

从贞观到开元的这一时期，唐王朝国力强盛，政治也较开明。当时一般有雄心壮志的知识分子，由于感到前面的出路较广阔，大都意气风发，十分活跃。他们不仅想通过科举而步入仕途，以施展自己的政治抱负，还向往边塞军旅生活，希望有所作为。杨炯说："烽火照西京，心中自不平。……宁为百夫长，胜作一书生。"（《从军行》）王维也说："岂学书生辈，窗间老一经。"（《送赵都督赴代州得青字》）这些诗句，可说是这种心情的真实反映。

① 陈贻焮（1924—2000），古代文学学者，北京大学中文系教授，长于魏晋南北朝隋唐五代文学史研究和教学。编著有《王维诗选》《唐诗论丛》《孟浩然诗选》《杜甫评传》《论诗杂著》，以及《魏晋南北朝文学史参考资料》《中国历代诗歌选》《中国小说史》《历代诗歌选》《增订注释全唐诗》等。本文选自陈贻焮《唐诗论丛》，湖南人民出版社 1980 年版。

这一时期内，尤其在其后天宝年间杨国忠执政时，唐朝统治者虽然也曾发动过一些不义的战争，但是当时大多数发生在边境上的战争却是防御性的、正义的。因此他们这种要求建立边功的愿望和理想有利于国家统一。正因为如此，所以他们那些表现这种理想，描写边防将士英勇豪迈的战斗生活的诗篇，至今仍能激励人心，鼓舞士气。

岑参曾经在新疆工作过两次：一次在天宝八载（749年），为安西四镇节度使高仙芝表为右威卫录事参军，充节度使幕掌书记，来到安西（今新疆维吾尔自治区库车县）；一次在天宝十三载（754年），为北庭都护、伊西节度、瀚海军使封常清表为大理评事，摄监察御史，充安西北庭节度判官，来到北庭（今新疆维吾尔自治区乌鲁木齐市），后在轮台（今新疆维吾尔自治区轮台县）。后一次在安史之乱前夕，前一次也距此不久。这时唐王朝的政治已很腐败，矛盾重重，只是因为还没有十分表面化，而且当时西北边境上的驻军的士气还很高，加上诗人对自己的雄心壮志又满怀信心，所以他的心情仍极乐观开朗，于是就写出了不少热情洋溢、笔力雄健而富于英雄气概的边塞诗来。而在这些诗篇中，又以《走马川行奉送出师西征》《白雪歌送武判官归京》和《武威送刘判官赴碛西行军》等写得最成功。《走马川行奉送出师西征》：

君不见走马川行雪海边，平沙莽莽黄入天。轮台九月风夜吼，一川碎石大如斗，随风满地石乱走。匈奴草黄马正肥，金山西见烟尘飞，汉家大将西出师。将军金甲夜不脱，半夜军行戈相拨，风头如刀面如割。马毛带雪汗气蒸，五花连钱旋作冰，幕中草檄砚水凝。虏骑闻之应胆慑，料知短兵不敢接，车师西门伫献捷。

据他的《献封大夫破播仙凯歌六章》，知封常清曾出师征播仙（史传未载此事）。一说播仙城即左末城，又名沮沫或且末。距播仙城五百里有且末河，又名左末河，即今车尔成河[1]，是封常清征播仙时必经之地。这诗当为送封常清出征播仙而作，所以叫《走马川行》。

这诗写将军率兵出击等情事，末后表达了诗人对己方必然胜利的信心。开头五句写塞上黄沙莽莽，大风夜吼，飞沙走石的情景，烘托出大军压境，一场激烈的战斗即将展开时的紧张气氛，加强了诗歌的艺术感染力。这“吼”字用得很有力，真是一“字”千钧，使我们马上联想到这狂风，犹如千万头发怒的猛兽，在横冲直闯，在奔腾追逐，在呼号咆哮，在发着惊天动地的声响。“一川碎石大如斗，随风满地石乱走。”这当然是夸张手法，却符合艺术的真实。因为只有这样写才能更好地表现当地独特的奇异风光，并借以暗示出这里正酝酿着一场猛烈的战争风暴。

在诗人笔下，对方也是不弱的。“匈奴草黄马正肥，金山西见烟尘飞。”只写马肥，却显出其剽悍强劲。只说望见远处烟尘飞扬，却显出匈奴进犯时情况的紧急。这样的描写非常精炼、形象而又余味无穷，是值得学习的。这两句紧接在前面那段气势磅礴的景物描写之后，因此就更为有力地渲染了战斗的声势。可是当笔锋一转，写出“汉家大将西出师”这一句时，诗人便巧妙地借对方的强大反衬出己方的更加强大。这句诗写得多么朴素多么有力！面临强敌，这“汉家大将”又显得多么果敢、镇静而富有必胜信心！

---

① 现作车尔臣河。

诗歌接着就着重写己方将士冒着严寒连夜开赴前线途中的情事。“将军金甲夜不脱”，足见军情的紧急。“半夜军行戈相拨”，则不仅见军情的紧急，更见军纪的森严。要不是听见那不时发出的轻微的兵戈相碰击的铿锵声，谁又知道就在这严寒漆黑的夜晚，竟有一支英勇的队伍在急行军呢？在这样漆黑的夜晚，当然看不见这支行军的队伍，诗人也就不费力去描写它是如何逶迤、浩荡。然而光凭“戈相拨”这一细节，便令人真切地感觉到这支号令严明、士气高涨的大军的存在而不禁肃然起敬。这真是诗人艺术高超之处。

“马毛带雪汗气蒸，五花连钱旋作冰，幕中草檄砚水凝”三句，和其上“风头如刀面如割”句一样，皆极言塞上寒夜行军的辛苦，主要是为了衬托将士不避艰险、勇往直前的战斗意志和英雄气概。因此，当这样极力描写了己方军力的强大和将士的英勇之后，紧接着以“料知短兵不敢接，车师西门伫献捷”二句作结，肯定己方必胜，这才显得是水到渠成，事出必然，把握十足，而并非一般空泛的祝福。

总的看来，这首诗气足神完，一气呵成，热情奔放，音调沉雄，既夸张又真实，能充分表现出将士们英勇艰苦的战斗生活和他们积极昂扬的精神面貌，是岑参边塞诗中思想性艺术性高度相结合的代表作。

他的另一名篇是《白雪歌送武判官归京》：

北风卷地白草折，胡天八月即飞雪。忽如一夜春风来，千树万树梨花开。散入珠帘湿罗幕，狐裘不暖锦衾薄。将军角弓不得控，都护铁衣冷难着。瀚海阑干百丈冰，愁云惨淡万里凝。中军置酒饮归客，胡琴琵琶与羌笛。纷纷暮雪下辕门，风掣红旗冻不翻。轮台东门送君去，去时雪满天山路。山回

路转不见君，雪上空留马行处。

这诗也从风雪写起。写的虽是“北风卷地白草折，胡天八月即飞雪”的萧瑟景物，可是经过诗人的想象和他的生花妙笔的描绘，却呈现出一派气象万千的青春美景：“忽如一夜春风来，千树万树梨花开。”多么美妙的比喻！它不仅描状出雪下得大而急遽，还给萧条寒冷的边塞平添了无限温暖和希望。东方虬的《春雪》说：“春雪满空来，触处似花开。不知园里树，若个是真梅？”同样是将花拟雪，虽也新颖可喜，但和这几句诗比较起来，就显得精巧有余而豪情不足了。可见即使有了巧妙的比喻，如果没有深切的生活体验、开阔的胸襟和乐观的情绪，还是很难得到像这样神奇的艺术效果的。

“散入”六句写营中苦寒情状和塞上冰天雪地景象，点明饯行时、地，渲染惜别情绪。“中军”二句写营中设酒乐饯别情事。“胡琴、琵琶与羌笛”，列举各种乐器的名字，似极笨拙，而意味深长。这都是些异方之乐。见人归京，已动乡情；现又听到这些音乐，就不免更要想家了。他的《胡笳歌送颜真卿赴河陇》说：“边城夜夜多愁梦，向月胡笳谁喜闻。”又《酒泉太守席上醉后作》说：“胡笳一曲断人肠，座上相看泪如雨。琵琶长笛曲相和，羌儿胡雏齐唱歌。……三更醉后军中寝，无奈秦山归梦何！”意思也差不多，只是说得更明显些罢了。

“纷纷”六句写饮宴后于日暮大雪中送人离去和自己依依不舍之情。这诗起得精彩，收得也很出色。汉代有这样一首《古诗》：“步出城东门，遥望江南路。前日风雪中，故人从此去。我欲渡河水，河水深无梁。愿为双黄鹄，高飞还故乡。”这诗末尾“轮台东门送君去，去时雪满天山路。山回路转不见君，雪上空留马行处”四句，虽难肯定即脱胎于这首《古诗》，但二者的情意是十分相近的。《老子》说：“千里之行，始于足下。”今尚近在咫尺，明即相隔千里。虽隔千里，而两地之间却有行人走过的一道踪迹相连。今见雪地上明显地留下了归客远去的踪迹，便不觉随着这道踪迹而神驰故乡了。写惜别，也是写思乡，二者交织在一起，更是一往情深了。写惜别思乡，难免伤神，而岑诗写得竟如此苍凉悲壮，真不失英雄本色。

他的《武威送刘判官赴碛西行军》是一首七言绝句。这诗篇幅虽小，却同样能成功地描绘出祖国辽阔壮丽的边塞风光和出塞健儿英俊的风貌：

火山五月行人少，看君马去疾如鸟。都护行营太白西，角声一动胡天晓。

“武威”，今甘肃武威县，当时安西四镇节度使的行营曾设在这里。“碛西”，安西（今新疆维吾尔自治区库车县）的别称。“火山”在今新疆吐鲁番县（今吐鲁番市）境。“太白”，山名，在今陕西郿县（今眉县）南。大概当时作者在武威安西四镇节度使行营工作，有一位刘判官到安西去，就写了这首诗送别。

这诗头两句写刘判官不畏火山炎热，敢在五月里跃马赴安西。末两句补叙刘判官清晨从武威出发，点明送行题旨。串讲大意倒也简单，若是细细欣赏、咀嚼起来，含义却异常丰富。

“火山五月行人少，看君马去疾如鸟。”是说常人怕热，五月不敢经过火山，刘判官不惟不怕热，而且跃马如飞，可见他是多么矫健、不凡！——这是深入一层的意思。这层意思固然好，但最好、最吸引人的还是这两句诗中所呈现出来的那壮丽的图景：在烈日当空、天气燥热、黄沙莽莽、人烟稀少的原野上，骑者策马急驰而去；转瞬间便去远了，只见那逐渐变小的身影，像飞鸟似的在苍茫的野色中掠过。

“都护行营太白西”，不过是指明方位，说行营在武威，武威又在太白山的西边而已。但这样写来，却显得很威风很有精神。这主要是因为其中“都护行营”和“太白”（也指西方太白星）二辞能唤起读者森严、雄壮的感觉所致。从这里，可参悟遣辞设色的奥妙。“角声一动胡天晓”，则更是不可多得的警句。实际上是天晓或欲晓时军中吹角。但在天真的诗人看来，却是一声号角，便把胡天惊晓了。若论构思的神奇，笔力的雄健，这句诗真可与杜甫《望岳》中的名句“造化钟神秀，阴阳割昏晓”相媲美。虽然一个写晓角，一个写山，却都能展现出自然界雄伟的境地，透露出诗人们有“回旋天地，燮理阴阳”的凌云壮志。

此外，他还有不少反映边塞生活的名篇佳句。如《北庭贻宗学士道别》：“忽来轮台下，相见披心胸。饮酒对春草，弹棋闻夜钟。今且还龟兹，臂上悬角弓。平沙向旅馆，匹马随飞鸿”，写塞外知交相遇的欢乐和匹马孤征的快意；《热海行送崔侍御还京》：“侧闻阴山胡儿语，西头热海水如煮。海上众鸟不敢飞，中有鲤鱼长且肥。岸旁青草常不歇，空中白雪遥旋灭”和《火山云歌送别》：“火山突兀赤亭口，火山五月火云厚。火云满山凝未开，飞鸟千里不敢来。平明乍逐胡风断，薄暮浑随塞雨回”，写热海、火山的壮观奇景；等等。这些诗，都富于乐观精神、浪漫情调和艺术魅力，都有一定意义和审美价值。

殷璠说：“参诗语奇体峻，意亦造奇。”（《河岳英灵集》）指出他的诗歌不仅语言奇特，意思也很奇特，这是很有见地的。杜甫曾说过：“岑参兄弟皆好奇”（《渼陂行》）。可见语奇意奇又与他的性格“好奇”有关。“好奇”却不能理解为猎奇。爱好新奇事物，向往新的天地，不避艰险，乐意过战斗生活，这才是他“好奇”性格中最本质也最珍贵的因素。因此我们读他的诗歌，不仅要善于学习他的艺术，也要善于学习他的这种精神。

1962年2月28日脱稿于镜春园

（原载《解放军文艺》1962年4月1日第四期）

杜 甫

杜甫（712—770），字子美，原籍襄阳（今湖北省襄阳市），寄居巩县（今河南省巩义市）。祖父杜审言，为唐代著名诗人。杜甫曾应进士举，不第。天宝中，客长安近十年，郁郁不得意。安史乱起，流离兵燹中。肃宗朝，官左拾遗，因直言极谏，改华州司功参军。不久，弃官而去，避乱入蜀，筑草堂于成都城外浣花溪畔。又曾流寓梓州（今四川省三台县）一带。严武再任西川节度使时，表为节度参谋，检校工部员外郎。后携家由夔州（今重庆市奉节县）出峡，病死江湘途中。后世称其为杜工部。又因其客长安时，曾住杜陵附近的少陵，称杜少陵。

杜甫出生于“奉儒守官”的封建士大夫家庭，处在唐朝由兴盛走向衰落的时代，他怀抱着忠君爱国、积极用世的心情，但因仕途失意，遭遇坎坷，又历经兵乱，身受深重的时代苦难，从自己的饥寒，体念到人民的疾苦，情感逐渐转向于人民。其诗抒写个人情怀，往往紧密结合时事，思想深厚，境界广阔，有强烈的正义感和鲜明的倾向性，忠实地反映了这个时代，后世称为“诗史”。他是我国古代伟大的现实主义诗人，在诗歌艺术上善于吸取和总结前人的成就，融合众长，兼备诸体，形成沉郁顿挫的风格。元稹评其诗云：“上薄风、骚，下该沈、宋，古傍苏、李，气夺曹、刘，掩颜、谢之孤高，杂徐、庾之流丽，尽得古今之体势，而兼诗人之所独专矣。”（见《唐故检校工部员外郎杜君墓志铭》）中唐以后，诗人莫不在某种程度或某种意义上受到他的影响。

有《杜少陵集》二十五卷，内存诗一千四百余首。

望　岳

岱宗夫如何[1]？齐鲁青未了[2]。
造化钟神秀[3]，阴阳割昏晓[4]。
荡胸生曾云[5]，决眦入归鸟[6]。
会当凌绝顶[7]，一览众山小[8]。

【注释】

[1] 岱宗：指泰山。《风俗通·山泽篇》：“泰山，山之尊者，一曰岱宗。岱，始也；宗，长也。万物之始，阴阳交代，故为五岳之长。”夫：古文中常用的发语词，此用以入诗，造成语气的舒宕，传神地表达了诗人面对泰山的惊诧之感。

[2] “齐鲁”句：意谓泰山横跨齐鲁，青苍的峰峦，连绵不断。泰山在今山东省泰安市，山北古为齐国地，山南古为鲁国地。

[3] “造化”句：意谓大自然把神奇和秀美都赋予了泰山，泰山是天地间神秀之气的集中表现。造化，天地万物的主宰者。钟，聚集。孙绰《游天台山赋》：“天台山者，盖山岳之神秀者也。”

［4］“阴阳”句：意谓高峰耸入云际，遮蔽了阳光，在同一山区之内，而光线的明暗不同。阴，山北。阳，山南。割，划分的意思。

［5］“荡胸”句：意谓山壑广大深邃，吞吐烟云，望去使人精神爽朗，与大自然合为一体，仿佛层云生于心胸，有开阖动荡的感觉。曾，同“层”。

［6］“决眦”句：谓凝神远望，目送山中的飞鸟归林。决眦（zì），形容极度使用目力。决，裂开，这里指全神贯注，长时间极目远望。眦，眼眶。入，犹言没。

［7］会当：犹言终当、定当。

［8］“一览”句：语本《孟子·尽心上》：“孔子登东山而小鲁，登泰山而小天下。”

杜甫《望岳》赏析[1]

马茂元

小时候读苏轼的诗，记得他曾用“笔所未到气已吞”[2]这话来评论吴道子的画。“笔所未到气已吞”，在艺术上究竟是怎样一个境界呢？心里总是模模糊糊的，不甚了然。后来读了杜甫这首《望岳》，和这话一印证，才有一点领会，认识似乎是逐渐明确了。

这诗的题目是《望岳》，“岳”指东岳泰山；泰山在人们印象中是多么崔巍嵯峨的一座大山啊！在这首诗里，既没有写“飞流洒绝巘”的壮观，也没有写“平明登日观”[3]的奇景。原来诗人的游踪并没有来到山中，他的笔并未实际接触到泰山的实景，只是写遥远瞻望中的一种感受而已。可是在这短短的篇幅里，它所表现出来的雄伟而磅礴的气魄，使人真实地感到诗人的胸中确有一座泰山在。吴道子的画我没有欣赏过，但我觉得借用“笔所未到气已吞”这话来评这诗，倒是颇能说明问题的。

这诗是现存杜甫作品中最早的一首。杜甫于开元二十四年（736

---

① 马茂元（1918—1989），文艺理论家，上海师范大学教授，专于古典文学研究，是我国唐诗、楚辞研究名家。著有《古诗十九首初探》《晚照楼论文集》《马茂元说唐诗》《楚辞选》《唐诗选》等。本文节选自马茂元《唐诗三首赏析》，见毋庚才、刘瑞玲编《名家析名篇》，北京出版社 1984 年版。标题为编者所加。

② 王维《吴道子画》诗中的句子。

③ 这两句都是李白《游泰山》六首诗中的句子。

年，杜甫年二十四岁）第一次漫游齐、赵，大概就是这时写的。从这首诗里，我们看到了伟大的诗人一出笔便不同凡响，真如元稹所说的“言夺苏、李，气吞曹、刘”。[①]

令人意想不到的是：诗的一开始，诗人就以雄健奇矫的笔力，平空地掀起了浩瀚波澜，把一座苍苍莽莽的泰山形象地显现在笔底，在纸上，在读者的面前。我想：人们读了“岱宗夫如何？齐鲁青未了”二句之后，谁都会有同感吧，它之所以造成这样的艺术效果，和它之为问答的句式，而且是自问自答分不开来的。正因为诗人是从泰山的下面望泰山，是从遥远的地方望泰山；泰山的一切对他来说，真是“虽不能至，而心向往之”，于是他就很自然地提出了“岱宗夫如何”这样一个诘问。可是这问题又有谁来回答呢？回答的仍然是诗人自己。“齐”在泰山之北，“鲁”在泰山之南，绵亘高耸的泰山矗立在齐鲁大平原上，一眼望去，青苍的山色，简直是没有尽头的啊，“青未了”三字十分简括地写出了泰山之大。

这样的自问自答，在表现手法上是突兀而奇特的，但作者并不是刻意求奇，故作惊人之笔；这乃是他当时具体的心理活动过程的反映，在广阔视野里一接触到泰山时那种喜悦和惊叹的实感，所以读起来，浑然无迹。

“望岳”的“望”是通篇的“诗眼”，它像一根无形的线贯串着全篇，支配着全篇的发展。

当“青未了”的山色吸引了诗人以后，他的视线自然就会更集中于这座泰山。视线是有尽的，而况从山下望山上；可是诗人的想象是

---

① 见《唐故检校工部员外郎杜君墓铭》。“苏”指苏武，“李”指李陵，苏、李有赠别诗流传，其实是伪托。“曹”指曹植，“刘”指刘祯，是建安时代的代表诗人。

无穷的，他那颗热爱大自然的心；由于视线的牵引，却已由山外飞进山中。中间四句，完全从空际着笔，用虚实相参的写法，表现了他所望到的泰山的景象以及由于这种景象而产生的意念和感觉，从语言结构来看，三、四和五、六都是倒装句。

泰山里重重叠叠的高峰是数不清的。一眼望去，这个轮廓显现得非常突出。由于峰峰相连，隐天蔽日，山阴自然得不到一点阳光，像《九歌 · 山鬼》里所说的“窈冥冥兮羌昼晦”了。“割”是分割。“阴阳割昏晓”的意思是说：山阳（向日的一面）是明朗的白天，山阴（背日的一面）却像昏黑的夜晚。这句从同一时间不同光景的特征写出了泰山千岩万壑的高峻与幽深。山的范围是如此的大，景象又是如此的幽深，真乃是宇宙间神奇和秀丽的集结，是造化者艺术结构的匠心；“造化钟神秀”，诗人就不得不归美于自然界的伟大了。

望着，望着，向更遥远的地方望着，诗人站在那里，望得出神（“决眦”，张裂着眼角，是目不转睛，极目远视的形象），空中的飞鸟像一个个的黑点，消失在山影之中（鸟向山飞，目随鸟尽，所以说“入归鸟”），此外还能看到什么呢？可是这博大深厚的泰山，给予诗人一种精神上的启示和开拓却是不可估量的。他仿佛置身在这烟云弥漫的山岳中，胸臆间吐纳着层出不穷的云气。“荡胸生层云”，这是一个多么雄奇伟丽的意境！诗人简直成了大自然的化身。

最后，诗人空阔无碍的想象一直飞上了山的最高峰，说出了“会当凌绝顶，一览众山小”这样的豪情壮语。它的妙处，可以从下面两点去体会：

第一，首句“岱宗夫如何”，深深透露出远望中的向往心情；“会当凌绝顶”，正是这种思想发展的必然结果。如此结尾，不但脉络分明，结构严密紧凑，而且使得通篇气韵飞动，有力地表现了诗人洒落的胸怀和坚毅的气魄，它和那巍然屹立的泰山的形象，是完全相一致的。说“会当”，不说“何当”“何时”；说“凌绝顶”，不说“登绝顶”，这语气之间的选择，是值得我们深长思之的。

第二，“一览众山小”，是从《论语》里“登泰山而小天下”这句话脱化而来的。可是经过诗人的加工运用，不但把散文的句子改造为诗的句子，完全变成了自己的语言；而且比原句显得更加矫健劲拔，提高了它的表现功能和感染力。谁说成语不可以化用呢？问题是在于自己有没有真实的生活感受，能不能够驱遣运用这些成语来表现自己的真实感受，这就是一个值得我们学习的范例。杜甫的“读书破万卷，下笔如有神”，[①] 应该从这些地方去理解。

通首看来，在短短的篇幅中，纵横排奡[②]，变化无穷；而它的一字一句都好像是用钢铁铸成的。洪亮吉曾说：“李青莲之诗，佳处在不著纸；杜浣花之诗，佳处在力透纸背。”[③] 是的，假如我们把“阴阳割昏晓”和“人烟寒橘柚”比较一下，不正有这样的感觉吗？

---

① 杜甫《奉赠韦左丞丈二十二韵》诗中的句子。——马茂元原注。

② 排奡（ào），矫健，刚劲。

③ 见《北江诗话》。李白小时候住在绵州彰明县的青莲乡，所以称之为“李青莲”。杜甫避乱成都时，曾在浣花溪边筑草堂居住，所以称之为“杜浣花”。——马茂元原注

月　夜

今夜鄜州月，闺中只独看[1]。
遥怜小儿女，未解忆长安[2]。
香雾云鬟湿，清辉玉臂寒。
何时倚虚幌，双照泪痕干[3]。

【注释】

［1］“今夜”二句：鄜（fū）州，今陕西省富县，古称鄜州。闺中，闺中人，指妻。看，读平声。

［2］“遥怜”二句：纪昀曰：“言儿女未解忆，正言闺人相忆耳。故下文直接‘香雾’‘云鬟’一联。”忆长安，想念在长安的父亲。

［3］“虚幌”二句：遥想后日相逢。虚幌，轻薄透明的帷幕。

释杜诗《月夜》[①]

俞平伯

作诗纪笔要超脱。何谓超脱？如题曰《月夜》，老杜时在长安，应说“今夜长安月”才是。不说长安月，却说他太太所在地鄜州的月，便化实为虚，即所谓超脱。

那夜，月光当然好极了，却起句已在想象中，表面看似乎跑野马，骨子里偏是正文。何则，虽以月夜为题，但所以要做这首诗的原故却不在这月上，怀人才是真正的题目哩。第一句把题目抢住，以后便有破竹之势。

三、四流水句法，首至四清空一气，却自然分出层次来，犹如作画，一笔而浓淡俱到。说到小儿女不懂得想他爸爸的可怜，那么懂得忆长安的又有谁呢？君忆我，唯我知君之忆我。用笔直透纸背，干净利落，不待言矣。

以下直接结尾。看月，怀人，堕泪。既两地之所同，然而你不见我，我亦不见你；虽不相见而相知，虽相知而终于暂不相见，逼出“何时依虚幌，双照泪痕干”来。这两句在这诗里似乎不见得怎样出色讨俏，而其实最难写的便是它。所谓大匠苦心，一篇之警策，沉郁处正在此。

不由得想到《牛渚西江夜》这诗来：三四五六句全不对，在律诗

① 选自《俞平伯全集》第三卷，花山文艺出版社 1997 年版。

为变格。纯粹的清空，此所以为李太白；清空而更沉郁，此所以为杜少陵欤。

说了半天，拉下五、六两句没讲。这两句问题很多，我常对学生说。虽然风华旖旎，在文理章法上看，只算插笔。从前人以为，杜太太这么漂亮，怕未必然；杜先生这么赞美她，恐更未必然。这似乎又不大得体，我说“似乎”，因为没什么证据，只是个人的看法。读诗者或能意会乎。

这两句为什么要如此写？不要忘却，那晚的月色一定真好。这与古诗《明月何皎皎》情形差不多，忧愁虽为主，但无皎皎之明月，则无引起之缘也。月光正好到极点，但因作者伉俪情重，所以开首便由景跳到情上去。唯景既是实，决不可以不写的。——却有一层，在这诗五、六句的位置上，写景之句已无法安插，插下去必致横断，故变为明月美人双管齐下的写法。《琵琶记·赏秋》折，有这么一句，正用此诗：“香雾云鬟，清辉玉臂，广寒仙子也堪并。”后例虽不足以明前，但我想，高则诚[1] 的看法是对的，他说广寒仙子堪并，要比指杜夫人说，高明得多。

雾有香吗？我在另文中谈过这点。古人把“香”字用得极广泛，极无理而有情。如仇兆鳌注曰：

> 雾本无香，香从鬟中膏沐生耳。

似勉强作唯理的说法，而实更缠夹。生发水，生发油的香，霭雾使亦香，这种说法的不合理，实较于不香的雾上，硬安上香字为尤甚。仇氏虽

① 高则诚：元末明初戏曲家高明，字则诚，《琵琶记》作者。

引证广博，而见解每低。在读者之善自抉择耳。

依我看，非有香靄迷离幻觉的意味，不能充分地发现在那晚月光究竟好到什么程度。宋周邦彦有《解语花》词咏元宵的月：

> 桂华流瓦，纤云散，耿耿素娥欲下。

正是同一的写法。但“桂华”以典故作代语，王静安先生却不以为然。王说虽亦未谛，但周之“桂华”未免纤巧，总不如老杜耳。

临了只剩得一点。这首固然神妙，实在从《文选》一句老话脱化，即“隔千里兮共明月”是也。所以他教他儿子道，“熟读文选理”。

1936年元旦试笔

（原载1947年1月19日天津《大公报》）

春　望

国破山河在[1]，城春草木深。

感时花溅泪，恨别鸟惊心[2]。

烽火连三月，家书抵万金。

白头搔更短，浑欲不胜簪[3]。

【注释】

[1] 国：首都。

[2] “感时”二句：文义互见，意谓由于感时恨别，而对花溅泪，听鸟惊心。

[3] “白头”二句：短，短少。浑，简直。不胜簪，插不住簪子。

析《春望》[①]

颜元叔

杜甫的《春望》：

国破山河在，城春草木深。
感时花溅泪，恨别鸟惊心。
烽火连三月，家书抵万金。
白头搔更短，浑欲不胜簪。

这首诗十分感人，我想用“新批评”的方法，探究一下那些感人的因素。第一句“国破山河在”，“破”与“在”之间，立即形成矛盾局面——诗为矛盾语，见布鲁克斯（Cleanth Brooks）批评理论——国家已“破”，山河依旧“存在”；已破的是一个国家的组织，社稷的结构，这些都是人为的成果；这个人为的成果已遭摧毁。“山河”在这里显然指自然景物；然则，自然景物，大好河山，却不因国家社稷之覆卵而有所改变，所以“山河在”。杜甫的悲哀起于“国破”，若“国破”而山河亦破，悲哀亦许是压倒性的，但不会有目前这种无可奈何的况味：国

① 颜元叔（1933—2012），作家、学者、英语教育家，台湾大学外文系教授，著有评论集《文学的玄想》《颜元叔自选集》，散文集《人间烟火》，译有《西洋文学批评史》等。本文选自《中华文学评论百年精华》，人民文学出版社2002年版。

虽“破”而山河无动于衷，依旧楚楚可怜，自个儿碧绿着。山河无情，莫此之甚！故“国破”是情感语，“山河在”是无情语。第二句正好加强了“山河无情”的表征：“城春草木深。”国破之后，应该是一幅肃杀情景，而春天降临城池，草木欣欣向荣。中国古典诗人之中，杜甫的炼字功夫最深。“草木深”之“深”字，即是一例。盖“深”字在此有多义。一义是说草木长得茂盛——已如前述；另一义是影射草木长得零乱芜秽；而此一义极佳，因为国家已破，一切事物风光，无人照料，人工所能给予自然的秩序条理，都不存在；一切任其滋长，任其蔓延；“深”字把这种茂盛而零乱的情况，正好给点明出来。从第一句到第二句，人事之凋谢与自然之昌旺，各自发展；第一句只说一“破”一“在”，而第二句说那“在”的自然，更是欣欣向荣。是以，人事与自然的两相离脱；这是此处矛盾语的基本架构。

次联“感时花溅泪，恨别鸟惊心”，显示诗人要将上面两行人事自然两相离脱的情况，给它扭转过来：诗人把自然拉进他的情感漩涡，重建人与自然的结合。于是，诗人“感时”，“花”亦随之“溅泪”；诗人“恨别”，“鸟”亦随之“惊心”。实际上，当然花不会溅泪，鸟亦不会惊心，无论人间有多大的苦痛！但是，移情作用是人的本能之一；人喜欢把自己的情感，投射到他事他物之上，于是，月色含悲，海波呜咽。这种情感的投射，被19世纪的罗斯金（John Ruskin）称之为“伤感谬误”（Pathetic Fallacy）。过分的“伤感谬误”，会造成过度的主观色彩，漠视了客观的情况；然而，含蓄而合理的情感投射，正是主观与客观沟通的桥梁，结合的契机。于是，杜甫以“感时花溅泪，恨别鸟惊心”，把人事之情渲染到自然之物，以个人的情感抓住了自然，使人与自然结合为一。就这种观点来看，第一联与第二联是两相矛盾，因为第一联点明的是人事与自然的离脱，而第二联则点明人事与自然之结合，两相冲突，正好也应验了诗为矛盾语的说法。

从第一联到第二联，同时标示一个过程，即是诗人在第一联中，显示他对草木无情之充分了解，这是认识客观真相。在第二联，他似乎故意把自然牵涉到情感中来；以客观认识为基础，用主观攫取客观，把客观人性化与人情化。中国古典诗行常常省掉主词，结果构成了十分奥妙的情况。“感时花溅泪，恨别鸟惊心”，是诗人“感时”，是诗人“恨别”；因此主词是诗人。可是，主词既然省却，就打开了第二义解说的可能；也就是说，“花”“鸟”各别为主词，于是花感时而溅泪，鸟恨别而心惊了。假设说第二义可以成立，则第三义也可成立，即花“感时”而诗人因之“溅泪”，鸟“恨别”而诗人因之“惊心”。也许，我们是在玩弄句构上的“把戏”，但是这种“把戏”是有益的。因为，如上所示的多义解说，正足以说明物我合一的境界，人与花鸟在感时恨别之中，已经分不开来了。这可说是一种“化境”。

有人总是喜欢牵强附会，说杜甫在《春望》中如何忧国忧民，但是诗里面没有任何证明，可以支持这种说法。就事论事，就诗论诗，是“新批评”另一个特色。杜甫固然自“国破”开始他的吟哦，重心却不是忧国，而是“想家”！“烽火连三月，家书抵万金”，这不是想家又是什么？！忧国只能从“国破”与“感时花溅泪”，约莫看出一点影子；而“烽火连三月，家书抵万金”，却是直道念家之情——这不是说杜甫不忧国忧民，只是在这首诗不是就是了。杜甫炼字之巧，在“烽火连三月”的“连”字里又显示出来。“连”字在句构上处于“烽火”与“三月”之间，而恰好这两个片语，在字义上都可接受“连”字的附着。“连”在字面上固然是说：“烽火”连绵或持续有“三月”之久，也就是说三个月的相互“连”接；可是，“连”字反过头来，也可影射烽火台连绵不绝地烧着，予人一种千百个烽火台相继举火的意象。故“连”字用于“三月”，有时间感；“连”字用于“烽火”，则有空间感。一般而言，“三月”当为“三个月”的意思，但是“三月”若解释为“暮春三月；莺飞草长”之三月，亦有可能。《杜诗镜铨》与《杜诗详注》中，各注有“谓乱两逢三月”（即经年之意），与“物色连三月”（王勃诗句），可见三月为暮春三月，甚有可能。果若如此，“城春草木深”在节令上有呼应矣。三月若为暮春，正是万物生发的好时光，而战争的象征——“烽火”却“连”接在“三月”之上，好像说“烽火”烧入了暮春的景色，摧残了自然的生命，予人一片破败荒凉之感。（我以为“城春草木深”，意味着城市已无战争，故自然景物十分昌盛，而“烽火连三月”则意味疆场之上，烽火不已，因此，切断了交通。故这两行诗在自然景物上没有形成冲突。）

在这种情况下，家书当然可以抵万金。万金不可得，家书亦不可得。我以为“家书抵万金”是一句虚拟语气的反话：他根本没有收到任何家书，正如他无有万金一般。“抵”固然是“值”的意思，但是抵达之意亦油然而生，如此则使“万金”，本为万两黄金之意，产生一种地名感，而令“家书抵万金”构成空间感。这容许是“错觉”，却是有益于多义的一种可喜的“错觉”。“抵”原可用“值”来取代，平仄上无问题；但是，杜工部宁可用“抵”，而不用“值”，也许不仅因为“抵”的音量洪大，也可能他在字面意义之外，有意玩弄一点空间感，以与“烽火连三月”相呼应，也未可知。

最后一联：“白头搔更短，浑欲不胜簪”，有人说有些幽默自嘲的况味（见William Hung的《杜甫诗传》[①]）。我以为幽默自嘲，完全不能配合全诗的严肃悲伤的气氛。杜甫那个时候容许头尚未白，却为了诗的需要非得一头白发，才能符合凄苍之味。然而，我以为不论如何，最后两句是全诗的败笔。“白头搔更短”，似乎无法承受“烽火连三月”与“家书抵万金”的浓烈情感，当然更无法承接前面的两联：怎么国破家亡，光是搔首踟蹰就算了。太麻木！太琐碎！最后的“浑欲不胜簪”，更加强了这种趋势。白发越搔越少，终于簪子都插不稳。起于“国破山河在”，终于一根发针，真有鼠尾之感。“不胜”二字似乎有抢救这行诗的企图，因为“不胜”有不胜其悲愁的况味，这正是全诗所需要的结果或结论。可是，“不胜”两字终究被“白头”在前“簪”在后，限制了它的含义，它只能解释为：头发越搔越少，几乎连簪子都插不稳。多琐碎的关怀与纤弱的举动！如要牵强附会，这两行字当然可以说成好诗，可以与全诗吻合。不过，我所强调的是：就全诗而言，这两行够不够好，它们能不能够与同篇其他诗行，等量齐观？前面的六行是如此“浓重”而“直接”，这两行却是如此“稀薄”而“间接”！

一头的白发，搔首的行动，稀疏的白毛，插不稳的簪子，无法充分显示出深重的愁苦，而这分愁苦是前面六行塑造出来的。所以，就全诗而言，《春望》有好的起头，有好的中腰，却无好的结尾。个人每读《春望》，总为前面六行感动良深，读至最后两行，则有冷漠感。

---

① William Hung 即学者洪业。杜甫诗歌是洪业大半生的学问。他1952年在哈佛大学出版社出版了英文著作 *TuFu: China's Greatest Poet*. 现译为《杜甫：中国最伟大的诗人》。洪业的中文译著中并未有《杜甫诗传》，疑为前面英文著作某一时期的译名。

自京窜至凤翔喜达行在所三首[1]

西忆岐阳信，无人遂却回[2]。
眼穿当落日[3]，心死著寒灰。
茂树行相引，连山望忽开[4]。
所亲惊老瘦，辛苦贼中来[5]。

愁思胡笳夕，凄凉汉苑春[6]。
生还今日事，间道暂时人[7]。
司隶章初观，南阳气已新[8]。
喜心翻倒极，呜咽泪沾巾！

死去凭谁报？归来始自怜。
犹瞻太白雪，喜遇武功天[9]。
影静千官里[10]，心苏七校前[11]。
今朝汉社稷，新数中兴年。

【注释】

［1］至德二载（757年）二月，唐肃宗从彭原进至凤翔（即原扶风郡，今陕西省凤翔县）。杜甫在四月中从长安出金光门，冒着极大的危险，从小路走到凤翔。其时，郭子仪与安守忠在长安西对垒。官军溃，子仪退保武功。行在所：皇帝临时驻在之地。

［2］“西忆”二句：说西望凤翔，无消息。岐阳，即凤翔，因在岐山之南，故称岐阳。遂却回，于是决意逃回。却回，唐人习用语，“却”有加重语气的作用。

［3］当落日：望着西方。

［4］“茂树”二句：杜甫几乎绝望以后，又决心西行。这二句描写他身在道中。

［5］“所亲”二句：描写到达凤翔以后，见到熟人。

［6］“愁思”二句：到达凤翔后，回想长安情况。汉苑，指长安的禁苑。

［7］间道：穿行间隙小路。暂时人：形容随时有生命危险。

［8］“司隶”二句：说到凤翔后看见有中兴希望的气象，以东汉光武帝刘秀来比拟唐肃宗。司隶，更始帝刘玄以刘秀为司隶校尉。刘秀入洛阳，使官属制度，恢复汉朝规章。章，成事、成文曰章。洛阳人说：“不图今日复见汉官威仪。”南阳，刘秀，南阳人，起兵舂陵。有望气术士苏伯阿，受王莽的派遣，到南阳，遥望见舂陵，曰：“气佳哉！郁郁葱葱然。”事见《后汉书·光武帝纪》。

［9］武功：今陕西省武功县。太白山在武功南。

［10］千官：“古者，天子千官，诸侯百官。”（见《荀子·正论》），此指文武百官。

［11］心苏：心里宁静喜悦。七校：汉武帝增设七校，有中垒、屯骑、步兵、越骑、长水、胡骑、射声、虎贲，凡八校尉，胡骑不常置，故言七校。

《自京窜至凤翔喜达行在所》讲解[1]

废　名

这三首诗应该说是五言律诗最大的成功，就是就老杜说也应说是“一鸣惊人”，在这三首以前他还没有过这样的成功了。他自己也一定自觉着，他本着他今天的生活，他本着他今天的感情，他今天要写惊人的诗了，写出来就是这三首律诗。这三首律诗震动了古今读诗的人。他自己后来说“语不惊人死不休”，像这三首诗真是拼命写的，乃写得那么好，把他的生活，把他的感情，把他的思想，同着人民的愿望，都写出来了。古来读诗的人爱读这三首诗，就是到我们今天它还不减它的吸引力量，这就说明什么叫做“美”。美是从真实的生活来的，美是生活的最好的典型。诗的典型性又借助于语言的规律。

我们还要赞叹一句，把律诗这样表现生活，换句话说生活这样像杜甫的律诗，不但是杜甫的可爱，也确乎是汉语的可爱。“眼穿当落日，心死著寒灰”，把一个提心吊胆、时刻有性命危险、而又满怀希望的心的人，走路走到太阳快要落了，自己正是往太阳那个方向走，该写得多么真实，多么生动，同时是真实生动的语言的美，把不要

① 废名（1901—1967），原名冯文炳，现代作家，其小说、散文、诗歌创作皆有独特风格。曾为语丝社成员，师从周作人，在文学史上被视为“京派文学”的鼻祖。代表作有小说集《竹林的故事》《莫须有先生传》《桥》《谈新诗》等。有《废名集》（北京大学出版社）六卷行世。本文节选自废名《杜诗讲稿》，见《杜甫研究论文集》（二辑），中华书局 1963 年版。标题为编者所加。

的都精简了，要的便集中起来，——这不是汉语的特长吗？“茂树行相引，连山望忽开”，写一路遇不见人（上句有“无人遂却回”），写一个人夏天（杜甫是四月里从长安脱身的）行路，路上有树，远望尽是山，忽然前面的山敞开了，也就是说在望眼欲穿之际展出希望来了，——谁能比杜甫的两句诗，十个字，写得更好？最后两句，“所亲惊老瘦，辛苦贼中来”，也同“连山望忽开”的景色展开得那么快一样，把事情都说清楚了，不只是语言的精炼，精炼的语言乃是表现感情的集中。两句里面的“惊”字，“老瘦”字，“辛苦”字，“贼中”字，“来”字，首先还从上文想不到而突出以“所亲”，这一个“亲”字来得多么神速！在这第一首诗里，一个典故没有，一个生字没有。“无人遂却回”的“却回”是当时口语，杜诗里常用，如《舍弟观归蓝田迎新妇》首二句：“汝去迎妻子，高秋念却回”，又如《热三首》第二首：“闭户人高卧，归林鸟却回”都是。

第二首的首句我们在讲《后出塞》的时候曾提起注意，就是爱国诗人杜甫笔下的“胡笳”，我们千载下的读者容易读过去，在杜甫当时这个声音就代表“国破”。这在杜诗里确乎不是一次的纪录，我们再看《洛阳》一诗里首二句：“清笳去宫阙，翠盖出关山”，便是指胡兵走了，唐玄宗又从四川回长安。这些都看得出杜诗的现实意义。杜甫写唐肃宗中兴，用汉光武中兴的典故，就是“司隶章初睹，南阳气已新”两句，像这样用典故也同用比喻一样，在修辞上（尤其是作旧诗）应该是许可的，否则旧诗的叙事要遭到困难，简直就没有法子写。“喜心翻倒极，呜咽泪沾巾”，这两句把今日生还者的形象都写出来了。杜甫的这个喜极的情形一生有两次，再一次就是后来蜀中《闻官军收河南河北》。

第三首也应完全算是白描。“犹瞻太白雪，喜遇武功天”，当然与“武功太白，去天三百”的成语有联系，但是写实际环境。“影静千官里，心苏七校前”两句，是真正经过危险又真正再有安全感的人说的话，在自己人的行列之中，在自己的武装保卫之下。这时自己对自己的影子乃不致于惊惧了。

蜀 相

丞相祠堂何处寻？锦官城外柏森森[1]。
映阶碧草自春色，隔叶黄鹂空好音[2]。
三顾频烦天下计，两朝开济老臣心[3]。
出师未捷身先死[4]，长使英雄泪满襟！

【注释】

[1] 锦官城：成都的别称。柏森森：武侯祠前有老柏一株，相传为诸葛亮手植。森森，长密貌。潘岳《怀旧赋》：“柏森森以攒植。”

[2] 黄鹂：即黄莺。

[3] “三顾”二句：诸葛亮未出山时，隐居南阳，刘备曾三顾茅庐。诸葛亮替刘备筹划三分天下的大计，创立了蜀汉的基业。刘备死后，诸葛亮当国，撑持危局，前后二十多年。频烦，一再烦劳。两朝，指蜀汉先主刘备和后主刘禅两代。开济，开创基业，匡济艰危。

[4] “出师”句：蜀汉建兴十二年（234年）诸葛亮伐魏，据五丈原（在今陕西岐山），与魏军隔渭水相持，胜负未决。这年八月，他病死军中。

出师未捷身先死　长使英雄泪满襟[1]

——杜甫《蜀相》赏析

萧涤非

《蜀相》是唐代伟大诗人杜甫的一首七言律诗。全诗是：

丞相祠堂何处寻？锦官城外柏森森。
映阶碧草自春色，隔叶黄鹂空好音。
三顾频烦天下计，两朝开济老臣心。
出师未捷身先死，长使英雄泪满襟。

这首诗，不仅是一首凭吊古迹、颂扬诸葛亮的咏史诗，而且是一首富有教育意义、感人至深的抒情诗。千百年来，有不少颂扬诸葛亮的诗篇，但最脍炙人口、激动人心的要算这一篇。

诗的题目叫“蜀相”，“蜀相”就是诸葛亮。公元二二一年，魏、蜀、吴三国鼎立之时，刘备在四川成都立国称帝，历史上称为蜀汉，任命诸葛亮为丞相，所以杜甫称他为“蜀相”。但诗以“蜀相”为题，却

---

① 萧涤非（1906—1991），古典文学专家，尤长于杜甫、乐府、唐诗及文学史研究，执教山东大学近半个世纪。著有《汉魏六朝乐府文学史》《杜甫研究》《杜甫诗选注》《读诗三札记》《解放集》《乐府诗词论书薮》，与游国恩等共同主编四卷本《中国文学史》。本文选自《唐诗鉴赏集》，人民文学出版社 1981 年版。

不是单纯的历史记录，而是寄托了作者对诸葛亮的崇高敬意。

《蜀相》这首诗是唐肃宗上元元年的春天，就是公元七六〇年杜甫初到成都时访诸葛亮庙时所作。这时的情况，从杜甫个人的处境来看，政治上很不得志，“致君尧舜上，再使风俗淳”的理想已经完全落空，生活上的艰难困苦，更不必说。从当时社会现实来看，“安史之乱”持续了五年还没有平定下来，史思明再次攻陷了东都洛阳，自立为大燕皇帝，唐王朝仍在风雨飘摇之中；人民大量死亡，生产遭到大破坏，正如杜甫描写的那样：“六合人烟稀”“园庐但蒿藜”。尤其严重的是唐肃宗的昏庸，信任宦官，猜忌功臣。在这种情况下，杜甫的心情自然是很苦闷的。所以当他来到诸葛亮庙时，缅怀诸葛亮的为人，特别是他那“鞠躬尽瘁，死而后已”的精神，以及他和刘备君臣二人之间那种鱼水相得的关系，不禁百感交集，心潮翻滚，以至泪流满襟，因而写下了这首诗。这也许就是诗人自己说的“情在强诗篇”吧。

很明显，这首诗的主题就是歌颂诸葛亮。杜甫入蜀以后，思想上有一个很突出的变化，那就是他不再“自比稷与契”，而向往于诸葛亮。他写了一系列赞扬诸葛亮的诗，并公然说：“凄其望吕葛，不复梦周孔”。意思就是说，他殷切期望的是吕尚、诸葛亮这类英雄人物，再也不梦想周公和孔子了。这首《蜀相》诗，便正是他“凄其望吕葛”的具体表现。全诗共八句，可分为两段：上四句写丞相祠堂，下四句写丞相本人。但这两段，并不是可以分开的两截。因为在对丞相祠堂的描写中，已暗含丞相其人在内。

开头两句：“丞相祠堂何处寻？锦官城外柏森森”。用自问自答的方式，点明丞相祠堂的所在地。丞相祠堂，就是现在的“武侯祠”，在成都城南约二里，现在已经辟为“南郊公园”。武侯，是武乡侯的简称。公元二二三年，蜀后主刘禅封诸葛亮为武乡侯。值得注意的，是“何处寻”的“寻”字，它饱含着诗人杜甫对诸葛亮无限追慕的心情。因为心思其人，所以才要寻访其庙。“锦官城”是成都的别称。因织锦业发达，汉朝曾设有锦官来管理，所以后来又把成都称为锦官城。有时为了适应诗句的需要，也简称为“锦城”，如杜诗“锦城丝管日纷纷”。“柏森森”三字也值得我们仔细玩味。因为这森森的高大茂密的柏树，不只是识别丞相祠堂的标志，而且是历代人民爱戴诸葛亮的见证。杜甫在夔州时写有一首《古柏行》的诗，专门描写孔明庙前的一棵老柏树。其中有这么两句：“君臣已与时际会，树木犹为人爱惜”。不言而喻，成都的丞相祠堂之所以能出现“柏森森”的景象，同样也是由于“人爱惜”的缘故。联系到古老的《诗经》里那首《甘棠》诗：“蔽芾甘棠，勿剪勿伐，召伯所茇。”诗意是说，老百姓出于对召伯的爱戴，竟然连他曾经休息过的那棵甘棠树，都不忍砍伐，因而长得茂盛。由此，我们也就不难知道：凡是为人民做了好事的人，人民是不会忘记他的。

三四两句，“映阶碧草自春色，隔叶黄鹂空好音”，是进而描写祠堂内的景物。但描写景物的目的，却是为了更深刻地表达对诸葛亮的怀念心情。表面上是写景，骨子里却是抒情。关键在于“自春色”的“自”字，和“空好音”的“空”字。由于自己心目中所景仰的人已经见不到了，所以，尽管映带在台阶两边的碧草并非不悦目，那藏身在森森的柏叶之中的黄莺儿的歌唱，也并非不悦耳，但诗人都无心赏玩。这里的“自”字和“空”字，是互文对举，可以互训。所谓“互训”，也就是说，“自”可解释为“空”，“空”也可以解释为

“自”。如果把这两个字对调一下，说成是“空春色”“自好音”，也完全可以。对诗的原意，毫无影响。唐人李华《春行寄兴》诗说：“芳树无人花自落，春山一路鸟空啼”，其中自、空二字的用法，和杜诗是相同的。

对于这两句的写景，过去有不同的理解，如清朝人仇兆鳌在其所著《杜诗详注》里就说是“写祠庙荒凉”的。近人大多数也采取这一说法。我以为这是一种误解。第一，从“碧草春色”“黄鹂好音”的描写中，我们确实看不出有什么“荒凉”的意境，相反，倒是一幅春意盎然的景象。第二，古人常用草色来渲染春色之美，如江淹《别赋》中有“春草碧色，春水绿波”的句子，就是这一类。杜甫这里说的“碧草”，也正是这个意思。碧草就是碧草，不是蔓草、杂草、野草，更不是衰草，不能一看到“草”字，便和“荒凉”联系起来。而且，这样的理解也违背了诗人的创作意图。因为诗人的意图，正是要把祠堂的春景写得十分美好，然后再用“自”“空”二字将这美好的春景如草色莺声等一齐抹倒，来加倍突出诗人对诸葛亮的敬仰之情。所以，春色越美，鸟音越好，就越有助于表现这种心情。如果理解为“荒凉”，便不能起到这种反衬作用。大好春光，人无不爱，就是杜甫也写过“不是爱花即肯死”的诗句，为什么在这儿他却采取了否定的态度呢?下文回答了这一问题。原来“伤心人别有怀抱”，他一心想念着的是这祠堂的主人——蜀相诸葛亮。这也就由第一段过渡到第二段，由写景过渡到写人。

五六两句，“三顾频烦天下计，两朝开济老臣心”。这两句，从大处着眼，言简意赅，高度地概括和评价了诸葛亮一生的功绩和才德。这两句，都是上四下三的句法，应在第四字读断。上句写诸葛亮的才略，得到刘备的器重，刘备曾三次去拜访他。这在历史上是绝无仅有的，所以诸葛亮在《前出师表》中也有“先帝不以臣卑鄙，猥自枉屈，三顾臣于草庐之中，谘臣以当世之事”的话。“三顾频烦”，就是“频烦三顾”。“天下计”，即天下大计，也就是有名的“隆中对”中所说的：东连孙权，北拒曹操，西取刘璋（益州），南抚夷越等恢复国家统一的策略。这一句，虽然写到刘备，但着重点仍在赞扬诸葛亮的雄才大略。因为刘备之所以不厌其烦地三顾草庐，正是由于诸葛亮胸怀天下大计。下句，从品德和事业方面写诸葛亮的忠贞。所谓“两朝开济”，是说诸葛亮先辅佐先主刘备开创帝业、建立蜀汉，后又辅佐后主刘禅巩固帝业，济美守成，真是“功盖三分国”。然而他毫不居功自傲，这就充分表明了他那老臣谋国的一片忠心。

诸葛亮一生中最感动人的地方，是他的死。诗的最后两句“出师未捷身先死，长使英雄泪满襟”，对诸葛亮的死，诗人表示了无限的哀思，对于他未能实现复兴汉室、统一中国的天下大计，深表痛惜。蜀后主建兴十二年，即公元二三四年春，诸葛亮第六次出兵伐魏，与司马懿的军队在陕西渭南对垒，两军相持百余日。诸葛亮多次挑战，并把巾帼妇人之服送给司马懿来激怒他，但司马懿仍然坚不出战。诸葛亮终因操劳过度，于这年八月，病死在武功五丈原的军营中，死时才五十四岁。这就是“出师未捷身先死”的史实。诸葛亮虽然壮志未酬，但是，他所表现的这种“鞠躬尽瘁，死而后已”的崇高精神所给与后人的积极影响，却是无可估量的。这也是诗人杜甫为之感动得泪流满襟的一个没有说穿的原因。“泪满襟”的英雄，当然就是诗人杜甫自己。但他用了“长使”二字，便大大地扩充了感染的范围，不仅把普天之下的，而且把千百年后所有的有志未遂的英雄人物全都包括在内，使他们产生强烈的震动与共鸣，而不能不为之同声一哭。

历史也正是这样证明着的。这里可以举两个例子：第一个为这两句诗所感动的例子，是唐顺宗时的王叔文。王叔文是当时出现的有著名文学家、思想家柳宗元和刘禹锡等人参加的进步的政治集团的首领，他力图改革弊政，但因遭到宦臣俱文珍等人的反对而终归失败。《旧唐书·王叔文传》是这样记载的："叔文但吟杜甫诸葛祠堂诗末句云'出师未捷身先死，长使英雄泪满襟'，因歈歔泣下。"所谓"歈歔泣下"，也就是"泪满襟"。这是公元八〇五年，也就是杜甫写作这首诗之后不过三十五年的事情。第二个例子，是北宋末年的爱国将领宗泽，他也曾深受感动。当时，宋王朝的两个皇帝徽宗和钦宗父子二人双双被金人俘掳，宋高宗逃跑了，为了抵抗金兵的南侵，已经七十岁高龄的宗泽，亲自带兵镇守尚未沦陷的当时的国都开封，但终因忧愤而成疾，临死时，他也无限感慨地吟诵了这两句诗，并三呼"过河"（意思是渡过黄河，抗击金兵）。这是公元一一二八年，也就是杜甫写作《蜀相》这首诗之后的三百六十八年的事情。仅从以上两个历史事例，我们也就可以看到这两句诗的巨大而深远的感染力量。

作为一个忧国忧民的伟大的现实主义诗人，杜甫这类咏史诗，也有其特点。这就是密切联系现实，密切联系自身。因而，在这类咏史诗中，我们也可以想见当时的社会状况，可以看到诗人自己的形象。即以《蜀相》一诗为例，为什么杜甫能把诸葛亮写得这样有血有肉，有声有色？原因也就在此。他不是为咏史而咏史，为歌颂诸葛亮而歌颂诸葛亮。而是有他的现实的政治目的。那就是他说的"安危须仗出群才""乱世想贤才"，他不但要求自己，也要求他的朋友们"早据要路思捐躯”，像诸葛亮那样国而忘身；同时，他还希望唐肃宗能像刘备那样，能够信任像郭子仪等那样忠心耿耿的老臣。

在诗歌体裁的运用方面，杜甫可以说是写七律的大师。仅流传下来的，他一个人就写了一百五十一首七律，超过现存初唐和盛唐诗人所作七律的总和。作为一首七言律诗，它要求结构紧凑，对仗工整，声调和谐，语言精炼等等，所有这些优点，《蜀相》一诗可以说都具备了。这里不一一细说了。

1980年7月于山东大学

春夜喜雨

好雨知时节，当春乃发生。
随风潜入夜[1]，润物细无声。
野径云俱黑[2]，江船火独明。
晓看红湿处，花重锦官城[3]。

【注释】

［1］“随风”句：春夜的雨，初下时总微细如丝，在人们不知不觉中随着东风俱来，故曰潜。

［2］“野径”句：阴云密布，没有星光，天上地下黑成一片。

［3］“花重”句：花枝经雨润湿，饱含水分，红色分外浓艳，故曰重。

谈杜甫《春夜喜雨》[①]

萧涤非

杜甫写了许多咏雨的诗，其中以“喜雨”为题的就有四篇，新选课文《春夜喜雨》便是这四篇中最有代表性、最脍炙人口的一篇。对于这首诗，有一点我们先须明确，就是不应仅从字面上简单地把它看作是一首写雨的咏物诗，而应进一步从实质上把它理解为爱国爱民的政治抒情诗，因为它正是杜甫“穷年忧黎元”“忧国愿年丰”这种崇高精神的具体表现。伟大的现实主义诗人杜甫，他既认识到“邦以民为本”，也认识到“谷者命之本”，所以他的思想感情总是和广大人民息息相通，喜人民之所喜，忧人民之所忧，这就是他能够写出像《春夜喜雨》这一类好诗的思想基础。

这首诗的写作年代，宋人的看法就很不一致。这是一个涉及写作背景的重要问题，对理解作品也大有关系，我们在这里想作一些探讨。这首诗是杜甫住在成都草堂时的一个春天写的，关于这一点，古今无异议。但是，具体到哪一年的春天，却各行所是了。王洙的《杜工部集》和郭知达的《九家集注杜诗》都编在唐肃宗宝应元年（762年）春，蔡梦弼的《草堂诗笺》编在上元元年（760年）春，黄鹤的《黄氏补千家集注杜工部诗史》则编在上元二年（761年）春，黄鹤还申述了他的理由，说这首诗“梁权道亦编在宝应元年，然是年春

① 本文选自萧涤非《乐府诗词论丛》，齐鲁书社 1985 年版。

旱，当是上元二年作。”他这一说，影响极大，自清人朱鹤龄、仇兆鳌以下直到近人的所有注释，全都从此说，几乎成了定论。其实，这一说法是大有问题的。黄鹤说宝应元年有春旱，是根据杜甫的《说旱》一文，文中有“今蜀自十月不雨，抵建卯”的话，“建卯”即建卯月，指二月，自去冬十月至今春二月一直没有雨，春旱确实相当严重。但值得注意的是“建卯”二字，因为它表明并非整个春季都不雨，丝毫也不排除这首喜雨诗有写于这一年的春天的可能性。黄氏不作具体分析，但云“春旱”，并据以判定这首诗“当作于上元二年”，是不科学的。在这里，有一个问题，或者说有一个沿误已久的错案，我们需要加以纠正。杜甫《说旱》的开头一段是这样写的：“《周礼·司巫》：‘若国大旱，则率巫而舞雩。’《传》曰：‘龙见而雩。’谓建巳之月，苍龙宿之体，昏见东方，万物待雨盛大，故祭天，远为百谷祈膏雨也。”自“谓”字以下，“也”字以上，中间“建巳之月”等句，全是用的杜预《左传》注解释“龙见而雩”的原文，惟“万物待雨盛大”今本作“万物始盛，待雨而大”（见《左传·桓公五年》）。而朱鹤龄一时失于检点，竟将杜预的注看成杜甫的话，并认为《说旱》即写于“建巳之月”。他说：“是年（指宝应元年）建巳月，公上严武《说旱》。”（见所撰《杜工部年谱》）这是很错误的。建巳月，是四月，已经是夏季了，如果夏四月，杜甫还正在大说其“旱”，大伤其脑筋，那还有什么“春夜喜雨”之可言呢？自然他要把这首诗编入上元二年春了。可怪的是，宋人蔡兴宗编的《杜甫年谱》早已指出：“宝应元年春，建卯月，有《说旱》文”，而仇兆鳌和杨伦也都视而不见，先后沿袭朱氏的谬说。今天应予以澄清了。

古话说，“饥者易为食，渴者易为饮。”正是干旱缺雨之时，才会特别感到雨之可贵可喜。杜甫其他三首《喜雨》诗，便全是和旱联系在一起的，如：“春旱天地昏”“南国旱无雨”“汤年旱颇甚，今日醉弦歌”，可见杜甫的喜雨，总是和他的忧旱密切相关的。《春夜喜雨》这首诗中虽没有出现“旱”字，但旱象还是可以通过他的“喜雨”来推知的。因此，我们认为这首诗，正是在宝应元年春，久旱得雨这一特定的背景下写成的。因为缓和了他在《说旱》中说的“冬麦黄枯，春种不入”的旱情和“行路皆菜色，田家其愁痛”的忧虑，所以不胜欣喜，以至形于歌咏，并即以“喜雨”为题写下了这首诗。

这是一首五言律诗。凡律诗，不管是五律，还是七律，照例都只有八句。这八句，又照例分作四联。这里有四个沿用已久的术语，即把第一、二两句叫做“首联”，第三、四两句叫做“颔联”，第五、六两句叫做“颈联”，第七、八两句叫做“尾联”。这是前人在广泛地研究了许许多多特别是唐人的成功作品的基础上，为了表明这四联的不同作用而采取的以人体结构为喻的一种形象化的说法。颔就是下巴，紧托着脑袋，表明这一联得紧跟上一联，所谓“抱而不脱”。颈就是脖子，脖子是能转动的，所以用来表明这一联得有所转变，不能一直捅下去。这一联和尾联的关系较密切，所以多数律诗往往形成上四句为一段，下四句另为一段的格局。现在写律诗的人越来越少了，但能多少懂得一些有关写作方面的情况，对我们理解、欣赏前人的律诗，还是有好处的。现在就应用这些术语来解释这首五律。

首联“好雨知时节，当春乃发生”二句，开口叫好，振笔直书，起得很有气势。“好”字不要轻易读过，在这一评价中，凝结着诗人极大的喜悦和对人民的深厚同情。我们不要太天真，以为“春雨贵如油”，谁人不喜？哪个不爱？不是的。“朱门几处看歌舞，犹恐春阴咽管弦”（唐李约《观祈雨》），在旧社会，像这类不管人民死活、连“春阴”都憎厌的剥削阶级老爷们是大有人在的。从全诗结构来看，这个“好”字，也起着统率全篇的作用，下文便是围绕着这一“好”字作具体描绘的。光是叫好，那还是不行。这雨，究竟好在哪里呢？好就好在它“知时节”。怎见得它知时节呢？下句“当春乃发生”，立即作了回答。当春天人们正需要雨的时候，而这雨竟似了解人们的心愿，及时地发生了，岂不是“知时节”？岂不是“好雨”？又岂不可喜？为了把自然景物写活，写得有情有义，诗人往往以无知为有知，以无情为有情，这也就是所谓“拟人化”。“知时节”便是用的这一表现手法。在杜甫之前，已有不少诗人写过《喜雨》诗，但都写得不出色。一个明显的原因，就是在他们心目中，在他们的笔下，雨只是雨，没有生命，没有意志。或据事直书，如曹植的“时雨中夜降”；或归功上帝，如谢惠连的“上天愍憔悴”，所以写不出雨的精神，缺乏诗味，因而也就不为人们所传诵。清人黄生说：“非‘知时节’三字，则写喜亦不透。”很有道理。其原因即与拟人化有关。如果易“知”字为“应”或其他什么字，就索然寡味了。“当春乃发生”；乃，即“就”的意思。“发生”，历来有两种不同说法：一说以为指“万物”，不指“雨”。如王嗣奭《杜臆》：“好雨知时节，谓当春乃万物发生之时也，若解作雨发生，则陋矣！”另一说恰相反，以为指雨，不指万物。如顾宸《杜律注解》：“应雨而雨，是为好雨。当春而春雨发，故曰发生。旧解万物发生，是为蛇足！”这两种说法，至今仍未能取得一致。我们认为，应以后一说为是。因为指雨发生，才能和上句紧相呼应，一意贯串；如指万物发生，则意思欠完整。光是说雨知道春天正是万物发生之时，是不能称之为“知时节”的。只有雨自身当春发生，才能说是“知时节”的“好雨”。春天是万物发生的季节，这是众所周知，不言而喻的。解作“万物发生”，等于什么都没有解释的多余的话，所以顾氏说是“蛇足”。也许有人以为，雨不可以说“发生”。其实不然。杜诗：“二月六夜春水生”“孤村春水生”，所谓“生”，也就是发生，春水可以说发生，春雨又有何不可？又他的《江雨》诗有“春雨暗暗塞峡中”之句，“塞”字一作“发”，这发，当然也就是“发生”的意思。

颔联“随风潜入夜，润物细无声。”这两句紧承上联而来。“知时节”，只是一个抽象的赞词，“发生”虽属行动，但还不具体，给人的印象不深刻，所以这颔联两句更进一步对好雨在发生过程中的神态作深入细致的刻画。“潜入”就是悄悄地暗暗地来到，视之无形，听之无声，故曰“潜”。这个潜字，确实很工，但和“夜”有关，不能孤立地看。关于这两句，仇注说：“潜入、细润，正状好雨发生。”把这两句理解为对好雨发生的具体描绘，是完全正确的。因为只有作这样的理解，“发生”二字才能在上下两联之间起着桥梁作用，如解作包括农作物在内的植物的发生，上下联便要脱节了。

关于这雨究竟好在哪里的问题，顾宸也有解释。他说：“雨随风，固属恒事，好在‘潜入夜’三字；雨润物，固是常理，好在‘细无声’三字。”情况确是如此。雨随风本是很自然的现象，杜诗中即有“檐雨细随风”“风引更如丝”的描写，但说“潜入夜”，便别有一种情趣：似乎这雨，既不想惊扰人们夜间的休息，也不想妨碍人们白天的耕作；同样，雨润物，也是很平常的事，那首《大雨》诗就有“则知润物功，可以贷不毛”的句子，但说“细无声”，却另有一种意境！似乎这雨懂得春天里万物刚刚萌芽，叶小苗嫩，禁不住暴雨的摧残，因而才这般轻柔细软，倍加小心。然而这一切，又都是在暗中默默无声地进行的，好像这雨虽有润物之功却无意占有润物之名似的。这里，显然融入了诗人自己的高尚人格和审美观点。因为杜甫本人就是这样一个人物。比如，他任左拾遗的谏官时，是“避人焚谏草”的，为什么要这样做，还不是不欲人知吗。有人说杜甫把这写进诗里，就是“自我表扬”，未免过苛。我们倒是有点责怪杜甫太超然了，如果他能像魏徵那样把谏草都留个底，那对于后人的研究工作该有多大帮助啊！又如他写《说旱》一文时，已经是一个既无官守、又无言责的野老，但面对久旱的严重情况，他还是通过他和当时剑南节度使严武的私人友谊献上了这篇论说文（实际上是一封为民请命书），苦口婆心地劝说严武要清理狱囚，消除冤气，以求得“甘雨大降”。这对当时东西两川的广大人民来说，无疑是一件大好事；而对杜甫个人，则是并无名利之可言的。后来，杜甫在《同元使君〈春陵行〉》一诗中，极口称赞元结宁可自己违诏待罪，也要为老百姓免除赋税，却又不图任何名声的高尚行为，也正是和他这一审美观点一致的。总之，这两句诗，不仅写出了春夜好雨的美的形态，而且也刻画了雨的美的灵魂。所以清人黄生说：“三、四是诗人胸襟。”这是很有见地的。

颈联“野径云俱黑，江船火独明”，这两句写雨中所见夜景。从文字表面上看，似乎离开了题目，与好雨无关，与喜雨无关。其实不然。这里有两点值得注意：一是不要孤立地理解“野径云俱黑”，以为只是写黑云，而应当把它和好雨联系起来。我们知道，在“青天无片云”的情况下是不会有雨的，现在是乌云四布，一片漆黑，可见雨意正浓，一时不会停止，而且雨区甚广，这岂不是好雨？这岂不可喜？二是不要把上下二句看成平列的各自独立的句子。这两句的关系是主从关系，上句是主，下句是从属。因为诗人所关心的是和雨密切关联着的黑云，“火独明”只是用来反衬、突出或者说证实“云俱黑”的，是为“云俱黑”服务的。除了一点渔火之外，什么也看不见，则云之俱黑可知。不弄清上下句之间的主从关系，把下句和上句同等看待，那将会对“江船火独明”这句诗的出现感到突然，感到不好理解。关于这两句诗，王嗣奭有一段颇精细的分析，他说：“野径云俱黑，知雨不遽止。盖缘江船火明，径临江上，从火光中见云之黑，皆写眼中实景，故妙。不然，则江船句与喜雨无涉；而黑云安得在野径耶？谭（元春）评江船句云‘以此为雨境，尤妙’，安见其妙也？”可供参考。

尾联：“晓看红湿处，花重锦官城。”这两句结语，写雨后晓景。“春来常早起”（《早起》），似已成了诗人晚年的生活习惯。由于一夜好雨，喜不成寐，他这一天想必起得特别早。杜甫作于唐代宗永泰元年（765年）的《喜雨》说：“晚来声不绝，应得夜深闻！”可见他是以深夜还能听到这种好雨的声音为欣幸的，根本就不想睡。“红”，是以色代指花。杜《春远》诗：“肃肃花絮晚，菲菲红素轻”，红即指花，素即指絮。红花沾雨，故曰“红湿”。所看之花，非一株两株，而是一丛丛，一簇簇，故曰“红湿处”。百花红湿，则百谷之碧绿青葱，自不待言。花经雨湿则重，原是物理之常，这一点，杜甫以前即有人写到，如梁简文帝《赋得入阶雨》诗“渍花枝觉重”，和他同时的诗人张谓也有类似的诗句“柳枝经雨重”（《郡南亭子宴》），但他们都还是把“重”用作形容词，而杜甫这里则已变为外动词了。这是他的新创。“重”字，不要呆看。把一座锦官城妆点得分外妖娇，这也就是“重”。王嗣奭说：“重字妙，他人不能下。”可惜他没有说明妙在何处，但这重字确是值得玩味。锦官城，即成都。不说成都城或其他什么城，而说锦官城，虽与声调有关，但主要是为了适应诗的内容的需要。诗人在这里所要表达的是一种喜悦的感情和优美的境界，所以特地选用了这个有声有色的漂亮的名称，并借以和盛开的红花取得协调一致。锦和花原是老搭档，成语中就有“如花似锦”“花团锦簇”“锦上添花”，等等，用锦官城，正是相得益彰，恰到好处。不妨试一试：如果将这句改为“花重成都城”，虽然意思完全一样，但声调既哑，色调也暗，削弱了诗的感染力。结合杜甫的其他诗句，如“锦城丝管日纷纷”（《赠花卿》），便不用“成都”；而“成都乱罢气萧索”（《相从行》）、“成都猛将有花卿’（《戏作花卿歌》），则又不用“锦城”，可见他在这里也是有所选择的。用心很细。

关于尾联二句的写作时间，向有两种不同说法：一说以为是想象之词，一说则以为是写实。按照前一说，这首诗乃是杜甫当夜写成的，写于雨时；按照后一说，这首诗则是第二天拂晓时写成的，写于雨后。这两说都说得通，但我们认为后一说似更接近创作实际，也不必添字解经，把“晓”解释为“待晓”。要说有想象之词，那也只是最后一句，但仍然是由实感引起的。诗人由眼前所见草堂的带雨花枝，因而联想到整个锦官城也必然是万紫千红湿遍。这两句正是实写好雨的润物之功的。

这首诗，在写作上有不少可供借鉴的，上边已谈到一些，如拟人化等。这里我们补充几点：一是以虚带实，先断后叙，如一上来就肯定这雨是好雨，旗帜鲜明，下文一路写去，便有如顺流而下之舟。前人论文，有所谓“高屋建瓴”，这首诗是一个很典型的例子。二是层次分明。先写雨的发生，次写雨的动态，再写雨中夜景，最后写雨后的大好风光。时间则是由夜到晓。一清二楚。三是语言精炼而自然。律诗既要讲平仄，中间四句还必须作成对子，所以容易流于板实晦涩。杜甫这首五律却写得生动活泼，明白晓畅，中间四句特别是第三、四两句，对仗甚工，但却使人忘其为对仗，这是很难得的。四是寓情于景。亦即寓主观于客观。比如，这首诗的题目，原有“喜雨”字样，但诗中却不见“喜”字，原来，他把喜意都注入对雨的具体描写中了。关于这一特点，清人已多有见及者。查慎行说：“绝不露一笔喜字，无一字不是喜雨，无一笔不是春夜喜雨。”（江浩然《杜诗集说》）浦起龙也说：“喜意都从罅缝里迸透。”（《读杜心解》）是不错的。这一表现手法，在杜甫的叙事诗中尤为突出。这里，我们就不多说了。

（原载《中学语文教学》1982年第10期）

咏怀古迹[1]

其一

支离东北风尘际[2]，漂泊西南天地间[3]。
三峡楼台淹日月[4]，五溪衣服共云山[5]。
羯胡事主终无赖[6]，词客哀时且未还[7]。
庾信平生最萧瑟，暮年诗赋动江关[8]。

其三

群山万壑赴荆门[9]，生长明妃尚有村[10]。
一去紫台连朔漠[11]，独留青冢向黄昏[12]。
画图省识春风面[13]，环佩空归月夜魂[14]。
千载琵琶作胡语[15]，分明怨恨曲中论[16]。

其五

诸葛大名垂宇宙，宗臣遗像肃清高[17]。
三分割据纡筹策[18]，万古云霄一羽毛[19]。
伯仲之间见伊吕[20]，指挥若定失萧曹[21]。
运移汉祚终难复[22]，志决身歼军务劳[23]。

【注释】

［1］古迹：指江陵、归州、夔州的宋玉宅、庾信故居、明妃村、永安宫、先主庙、武侯祠。因古迹而追怀古人，每首分咏。

［2］支离：流荡分散。东北风尘际：指安禄山叛乱时期。

［3］“漂泊”句：说入蜀后居无定处。

［4］淹：久留。

［5］五溪衣服：五溪，在今湖南省西部。古为溪族所居地区。溪人衣服与唐人不同。（“五溪”句）意思说在夔州一带与溪人难处。

［6］羯（jié）胡：指安禄山，兼指反叛梁朝的侯景。

［7］词客：指杜甫自己，兼指庾信。且：尚。

［8］“庾信”二句：庾信自梁使魏，后在北周做官，被留不得回来。晚年常有故国乡关之思，作《哀江南赋》，最有名。江关，这里指荆州江陵。梁元帝都江陵。庾信未入北周时也住在江陵，其所居相传是宋玉的故宅。

［9］荆门：山名。在湖北省宜都市西北。

［10］明妃：即王昭君。昭君村在归州。

［11］紫台：即紫宫，皇帝所居。朔漠：北方沙漠之地。

［12］青冢：王昭君墓，在今呼和浩特市南。传说，塞外草白，独王昭君墓上草色青青，故名“青冢”。

［13］“画图”句：省，即省约、省略的意思。省识，约略地看识。春风面，形容青春美貌。传说汉元帝命画师画宫女容貌，宫女多贿赂画师，王昭君貌美，因为不肯行贿，画师故意把她画丑，因此不得选拔，元帝从来没有见过她。直到她被遣嫁匈

奴时召见，元帝见她容光焕发，美丽为后宫第一，大为惊讶。元帝始知为画师所欺，命斩画师。此句说昭君既远嫁匈奴，元帝只能在画图中约略地看识她的青春美貌。

［14］“环佩”句：环佩，佩玉，女性装饰品，借指昭君。此句说昭君死在匈奴，不得归汉，只有她的魂在月夜归来。

［15］琵琶、胡语：琵琶原是西域胡人乐器。相传汉武帝把公主遣嫁乌孙王，公主悲郁，胡人于马上作琵琶乐来抒解公主悲郁的心情。琵琶配合着胡语歌曲。这段情节在民间传说中也同样点缀于昭君故事上，并且说昭君善于弹琵琶以抒忧郁。

［16］曲中论：传说昭君在匈奴中作有怨思的歌曲。今琵琶曲与琴曲中都有《昭君怨》乐曲。

［17］宗臣：为大众所仰望的大臣、重臣。

［18］纡筹策：曲折规划策略。

［19］云霄一羽毛：好比鸾凤高翔，独步云霄。

［20］伯仲之间：犹言不相上下。伯仲，兄弟。伊吕：伊尹、吕尚。伊尹辅佐商汤，吕尚辅佐周文王、周武王，皆建立王业。

［21］“指挥”句：若定，胸有成算，从容不迫。萧曹，即萧何、曹参，他们是辅佐汉高祖的谋臣。本句是说，诸葛亮的谋略足使萧曹失色，实出萧曹二人之上，而在伊、吕之间。

［22］祚：帝位。

［23］志决身歼：立志坚定，以身殉职。用诸葛亮《前出师表》“鞠躬尽瘁，死而后已”语意。

暮年诗赋动江关[1]
——说杜甫《咏怀古迹》三首

周振甫

其一

支离东北风尘际，漂泊西南天地间。
三峡楼台淹日月，五溪衣服共云山。
羯胡事主终无赖，词客哀时且未还。
庾信平生最萧瑟，暮年诗赋动江关。

《咏怀古迹五首》是借古迹来发抒自己的怀抱，五首咏五个古迹，这里选的三首关涉到三个古迹，即庾信宅、昭君村、武侯祠。这三首有三种不同的写法，它们怎样联系古迹，由古迹联系到古人，又怎样由古人联系到自己，发抒自己的怀抱，它们的不同的表现手法是值得探讨的。

这第一首，是指庾信宅。庾信宅在荆州（今湖北省荆州市）。这五首诗当是杜甫于大历元年（766年）在夔州（今重庆市奉节县）写的。当时他还没有到荆州，没有看到庾信宅，所以这首诗里没有提到庾信

① 选自《唐诗鉴赏集》，人民文学1981年版。并参《周振甫文集》对个别文字作了校正。

宅。作为《咏怀古迹》，他的构思，当是从夔州到江陵到庾信宅，从庾信到自己，成为暗线。把它列在《咏怀古迹》的第一篇，那是因为杜甫在夔州，想到荆州去，就想到庾信宅。诗里虽然没有提到庾信宅，但心目中是想到庾信宅的。因为是咏怀，所以提不提古迹并不重要。

这首诗的写法，不光不提庾信宅，上半首也不提庾信，完全是咏怀，联系自己的身世来写，和后两首的写法不同。开头讲自己在东北遭乱流离。“支离”就是流离失所。“东北”，从他所在地夔州说来，他遭乱流离的地区是在东北方。在安史之乱时，杜甫从长安向西逃，被叛军俘虏到长安。他又从长安逃到凤翔。长安光复后，在长安做官，又被贬官到华州。官不做了，又到秦州，经同谷到四川。“支离东北”概括了他这一段生活。“风尘际”即在战乱中间。第二句讲他在西南的生活，包括他从同谷入四川，定居成都，又流寓梓州、阆州，又回成都，再到云安，从云安到夔州，所以说“漂泊西南”。“天地间”指他漂泊的范围之广。

次联“三峡楼台”写“漂泊西南”的生活。杜甫在夔州有西阁，他在《西阁二首》里说“巫山小摇落”，“层轩俯江壁”，靠近巫山。又说“萧瑟倚朱楼”。“楼台”当指他住的西阁。他从云安到夔州，在《云安九日》里说“山拥更登危”。那末“三峡楼台”当包括从云安到夔州一段。“淹日月”指漂泊留滞的长久。“五溪衣服”，指湖南贵州交界处的五条溪水一带居住的少数民族，穿着五彩的衣裳。“共云山”，指跟他们同住在高山里，说明漂泊地区的广大和偏僻。从三峡楼台的地势高看，联系《秋兴》的“夔府孤城落日斜，每依北斗望京华”，跟“淹日月”联系，似有所想望，不光是望京华，和结句联系，当有乡关的怀念，也可能含有故乡之思。

三联既写自己，兼指庾信。“羯胡”本指匈奴的一支，这里指安禄山，唐玄宗封他为东平郡王，极为尊宠他，他却起兵叛乱，攻进京城长安，所以说他是无赖。这就联系到庾信，庾信在梁朝做官。当时梁武帝封侯景为河南王，侯景起兵反叛，攻入梁朝京城建康，也是无赖。侯景攻入建康时，庾信逃奔江陵。梁元帝在江陵即位，派他出使到西魏。那时西魏派兵打下江陵，庾信被留在北朝。他写了哀悼梁朝覆亡、人民苦难的《哀江南赋》，正像杜甫写了许多伤时之作，所以说“词客哀时”。杜甫还留滞西南没有还乡，庾信一直留在北朝，不能回南，所以说“且未还”。这联是写自己为主，兼指庾信；下联是写庾信为主，兼指自己。庾信被留北朝，有乡关之思，写了《小园赋》《哀江南赋》等来表达他的悲哀，所以说“最萧瑟”，萧瑟就是悲凉的意思。庾信早年在梁朝，写的词赋风格绮丽；到晚年被留北朝，风格变了，杜甫在《戏为六绝句》里称为“庾信文章老更成，凌云健笔意纵横”。所以这里说他“暮年诗赋动江关”。杜甫入川以后，诗歌的风格更为沉郁苍劲，情况也有些相似。

这首诗从作者的用思来说，从庾信宅想到庾信，从庾信的身世想到自己，主要是通过自身的遭遇来咏怀。从“支离”“漂泊”里写出遭遇的不幸，从“淹日月”“且未还”里写出思乡的感情。结合“羯胡事主”一联来感慨时事，归结到诗赋动江关。主要是咏怀，末联才点到庾信，是一种写法。

其三

群山万壑赴荆门，生长明妃尚有村。

一去紫台连朔漠，独留青冢向黄昏。

画图省识春风面，环佩空归月夜魂。

千载琵琶作胡语，分明怨恨曲中论。

上一首咏怀不点明古迹，这首咏怀一开头就写古迹；上一首以咏怀为主，附带提到时事“羯胡事主”，这首当是以感事为主，借古讽今，借昭君来发抒感慨，是又一种写法。

从三峡一带的群山万壑像波涛起伏奔腾而下到达荆门山附近，就是昭君生长的村子。山和壑并提正写山势像波涛起伏。“赴”是奔赴。奔赴有汇聚的意思，正写出山川的灵秀汇聚到这里，所以生出绝代佳人。“明妃”即昭君，西晋时避司马昭讳，改称明君。“紫台”即紫禁城的宫殿，昭君本是汉元帝的宫女，她离开汉宫，到达北方沙漠的地方，指南匈奴。《汉书·匈奴传》称汉元帝竟宁元年（前33年），呼韩邪单于来朝，愿跟汉朝结亲。元帝把宫女王嫱，字昭君的，嫁给单于，称为宁胡阏氏，生一男伊屠智牙师。汉成帝建始二年（前31年），呼韩邪死，子雕陶莫皋立，为复株累若鞮单于，按匈奴风俗娶了昭君，生二女。《后汉书·南匈奴传》称当时昭君上书求归，成帝令从胡俗。“连朔漠”，把昭君离开汉宫同到南匈奴连起来，正说明昭君虽去，而心里还在想念汉宫，像藕断丝连那样。这里含有昭君想回来的意思，同她上书请求回到汉朝相应。“青冢”，昭君坟，在今内蒙古自治区呼和浩特。清代宋荦《筠廊偶笔》说：“墓无草木，远而望之，冥濛作黛色，故云青冢。”黄昏是日落西山的时候，汉朝的京城长安，在青冢的西南，“向黄昏”正写昭君死后还向着汉朝，跟“连朔漠”的意思相应，都透露出她的怨来。

“画图”句本于《西京杂记》，称元帝宫里的宫女多，使画工画宫女的相貌，按照画像来召见。宫人都贿赂画工，昭君自以貌美，不肯行贿，画工把她画丑了，得不到召见。后来匈奴单于入朝，求美人，元帝派昭君去。到去时，召见，容貌为后宫中第一。元帝懊悔，但难于失信，让昭君去了。于是严办画工，画工毛延寿被杀。汉元帝要从画图里察识宫女的容貌，使得昭君遗恨终身，死后在月夜魂归也是枉然。“省识”即察识，讥笑元帝只从画图里去考察。“春风面”，犹青春的美貌。“环佩”，妇女的饰物。指昭君魂归，好像听到环佩的声音。一结归到昭君的怨恨。琵琶是胡中的乐器。“作胡语”即奏胡中的歌，在歌曲里分明表达出昭君的怨恨来。《乐府诗集·琴曲歌辞》有《昭君怨》曲。

这首诗从写昭君村开头，写到昭君的身世遭遇，归结到昭君的怨恨，好像是咏昭君，不像咏怀。那末为什么作咏怀呢？这里大概是感事而带感怀的意思。王嗣奭《杜臆》里引了一种说法：唐肃宗把少女宁国公主下嫁回纥，临别时，公主哭道：“国家事重，死且无恨！”肃宗流泪而还。当时唐朝依靠回纥来平定安史叛军，回纥骄横，唐朝被迫用公主下嫁来结好回纥。那末这诗的写昭君怨，正是借来表达宁国公主的怨恨，这是感事的说法。

大概作品写历史人物，往往有所寄托。像昭君这样的人物，从历史记载看，像上面所称引的，是有怨的一面。因此，借昭君怨来感叹时事，表达宁国公主的怨恨，是符合昭君怨的一面的。历史上的昭君，还有另一面。《后汉书·南匈奴传》称昭君入宫数年，不得召见，积悲怨，乃请掖庭令求行。那是她怨恨元帝，自动请求嫁给呼韩邪。这是另一面。这一面也可写成昭君为了民族团结自动请行。这是写历史题材适应不同时代不同需要的例子。《杜臆》指出这首诗里还有咏怀的一面道："昭（君）有国色，而入宫见妒；公亦国士，而入朝见嫉，正相似也，悲昭（君）以自悲也。"从这首诗看，"画图省识春风面"，这里既有"入宫见妒"的意思，也有元帝昏庸不会识别美恶的意思，尤其是后者，更符合杜甫的遭遇。杜甫正因为忠而进谏，遭到贬斥，在这里可能含有他自己的身世之感。这首诗里，既是感事而暗寓感怀，是另一种写法。

其五

诸葛大名垂宇宙，宗臣遗像肃清高。
三分割据纡筹策，万古云霄一羽毛。
伯仲之间见伊吕，指挥若定失萧曹。
运移汉祚终难复，志决身歼军务劳。

这首的古迹是指武侯庙，它不同于其一的不提古迹，也不同于其三的写昭君村的形胜，而是只简单地提一下遗像。它不同于其一的着重咏怀，也不同于其三的感事而着重咏史，写诸葛亮，另是一种写法。

一开头指出诸葛亮的大名在宇宙里流传，显得它不受时间和空间限制，正面写出杜甫无限钦仰的心情。抱着这种心情来瞻仰武侯庙，看到诸葛亮的遗像肃穆而崇高。"宗臣"是后代尊仰的大臣。接下来又用两句来概括他的一生，就他的功业来说，"三分割据纡筹策"。纡是纡回曲折，筹策是筹谋决策，他的筹策当经过反复考虑，纡回曲折的过程才制定的。这个"纡"字，正写出杜甫对诸葛亮隆中决策的深切体会。诸葛亮在隆中对里，已经替刘备制定了三分割据的策略。后来，三国的鼎立完全按照这个决策来实现。就他的才干和品德说，是“万古云霄一羽毛”。羽毛指鸾凤；云霄是云天，鸾凤在云天高飞。在万古的长期中，他像在高空中飞翔的唯一的鸾凤。下面一联再加申说，他同商朝的伊尹，周朝的吕望，即姜太公，可以比美，在兄弟之间。他同汉朝的开国功臣萧何、曹参比，他的指挥若定，远远超过萧曹。当时有一种看法，认为夏、商、周三代实行王道，虽然也用武力征伐，但更注意民心的归向。秦、汉实行霸道，主要靠武力兵谋来取胜。在秦、汉以后，可以同三代比美的，只有一个诸葛亮，所以说同伊、吕是伯仲，比萧曹就远远超出了。这是对“万古云霄一羽毛”的进一步申说，一即惟一、独一。这种看法，晋朝张辅在《（诸）葛乐（毅）优劣论》里就提出来了，说：“孔明包文武之德，殆将与伊吕争俦，岂徒乐毅为伍。”乐毅是战国时燕昭王的名将。而诗中把比较的对象由乐毅改做萧曹，分量上却重得多了。

末联感叹他的大功不成。既然诸葛亮高出萧曹，与伊吕比美，伊吕帮助商周取得天下，萧曹帮助汉朝统一天下，为什么诸葛大功不成呢?这里指出世运已经转移，汉朝的国运已经衰落，终于难以恢复，他也只能为贯彻其由三分而一统的决心，终归由于军事的辛劳而牺牲了。

这首诗的写法，同前两首又不同，它的特点是用诗来议论。用诗来议论同一般的议论不同，它是议论，又是诗。开头是说明，在“垂宇宙”里提出作者自己的看法，是垂宇宙的大名，这是就功名方面来评价；“万古云霄”句则是从德才方面来评价；“伯仲之间”一联则是从历史人物比拟的角度来评价；最后说明大功不成的理由，所以总的看来都属于一种议论。那末它为什么又是诗呢？因为它在议论或说明中带有强烈的感情色彩，又是用形象比喻。在“垂宇宙”“肃清高”里表达出无限崇敬的心情，在“纡筹策”“一羽毛”里表达出特别推尊的感情，在“见伊吕”“失萧曹”里显得他的高不可及，在汉祚“终难复”“身歼军务劳”里充满着无限惋惜的感情。这就使这首诗具有强烈的感情色彩。这种富有感情色彩的词语，又是高度概括，具有丰富的含义，可以供人体味。像为什么是“垂宇宙”而不同于一时的声名；为什么是“纡筹策”，用“纡”字，不同于一般的筹划；为什么是“见伊吕”“失萧曹”，从什么地方“见”，为什么“失”，都有用意；又怎样“身歼军务”：都是使人体味不尽。它说出的少而不说出的多，含意很深而使人体味不尽，所以是诗的。再像“万古云霄一羽毛”又是很好的形象比喻。“云霄一羽毛”是空间的形象，加上“万古”，使人想象到时间中的一羽毛。在“见伊吕”“失萧曹”里也会唤起人们对许多往古人物的想象来。

这首诗的咏怀同前两首又不同，它不同于其一的明显，也不同于其二的感事咏怀，实际上是咏史，咏诸葛亮，借咏诸葛而咏己怀。杜甫“许身一何愚，窃比稷与契”，他对政治自有看法，这同他对诸葛亮的高度评价，即“见伊吕”而“失萧曹”是一致的，这里有它的怀抱。姑不论这种看法是否正确，但它通过对诸葛亮的高度评价来抒发他的怀抱这点则是确定的。这是以咏史为咏怀。从以上的分析可以看出，同是《咏怀古迹》，却是因不同的对象、不同的感慨、不同的思想感情，而用了各自不同的表现手法来写，在这点上是值得借鉴的。

1980 年 7 月于北京

观公孙大娘弟子舞剑器行并序

大历二年十月十九日[1]，夔州别驾元持宅，见临颍李十二娘舞剑器，壮其蔚跂[2]。问其所师？曰："余，公孙大娘弟子也。"开元五（一作三）载，余尚童稚，记于郾城观公孙氏舞剑器浑脱[3]，浏漓顿挫，独出冠时。自高头宜春梨园二伎坊内人，洎外供奉舞女[4]，晓是舞者，圣文神武皇帝初[5]，公孙一人而已！玉貌锦衣，况余白首[6]！今兹弟子，亦匪盛颜[7]。既辨其由来，知波澜莫二[8]。抚事慷慨，聊为《剑器行》。昔者吴人张旭善草书、书帖，数尝于邺县见公孙大娘舞西河剑器，自此草书长进，豪荡感激，即公孙可知矣[9]！

昔有佳人公孙氏，一舞剑器动四方。
观者如山色沮丧[10]，天地为之久低昂。
㸌如羿射九日落，矫如群帝骖龙翔[11]。
来如雷霆收震怒，罢如江海凝清光。
绛唇珠袖两寂寞[12]，晚有弟子传芬芳。
临颍美人在白帝，妙舞此曲神扬扬。
与余问答既有以[13]，感时抚事增惋伤。
先帝侍女八千人，公孙剑器初第一[14]。
五十年间似反掌，风尘澒洞昏王室[15]！
梨园弟子散如烟，女乐余姿映寒日[16]。

金粟堆南木已拱，瞿唐石城草萧瑟[17]。
玳筵急管曲复终，乐极哀来月东出[18]。
老夫不知其所往，足茧荒山转愁疾[19]！

【注释】

［1］黄生云：“观舞细事尔，序首特纪岁月，盖与开元三年句打照；并与诗中五十年间句针线。无数今昔之悲，盛衰之感，俱于纪年见之。”

［2］蔚跂（qí）：言其光彩蔚然，而有举足凌厉之势。

［3］浑脱（tuó）：舞名。《资治通鉴》卷二百九：“上（唐中宗）数与近臣学士宴集，令各效伎艺以为乐。工部尚书张锡舞《谈容娘》，将作大匠宗晋卿舞《浑脱》……”胡三省注：“长孙无忌（太宗时人）以乌羊毛为浑脱毡帽，人多效之，谓之赵公（无忌封赵国公）浑脱，因演以为舞。”“剑器浑脱”，是剑器与浑脱二舞的综合。

［4］“自高头”二句：伎坊，即教坊。崔令钦《教坊记》：“右教坊在光宅坊，左教坊在延政坊，右多善歌，左多工舞。妓女入宜春院，谓之内人，亦曰前头人，常在上（皇帝）前头也。”浦起龙注：“按高头，疑即前头之谓。”《雍录》：“开元二年，置教坊于蓬莱宫侧，上自教法曲，谓之梨园弟子。”洎（jì），及也。外供奉，指设在宫禁外的左、右教坊，以及其他一些杂应官妓。宜春、梨园设在宫禁内，是内教坊，也可以说是内供奉。

［5］圣文神武皇帝：指玄宗。唐代作兴给统治者上尊号，“圣文神武”便是玄宗在开元二十七年（739年）所加的尊号。

到天宝十二载（753年），这个尊号已长至“开元天地大宝圣文神武孝德证道”十二个字了。黄生云：“特书尊号于声色之事，非微文刺讥，盖欲与上文文势相配耳。”

［6］“玉貌”二句：这两句是说，那时我尚童稚，而公孙大娘已是一个妙龄女郎，现在连我都白了头，公孙大娘就更不用提了。

［7］“今兹”二句：弟子，即李十二娘。这两句是说，连徒弟都不似当年老师的年轻，说明历时之久。

［8］“既辨”二句：这两句是说，既弄清了她的师承渊源，因而也就知道她的舞法和公孙大娘没有什么两样。

［9］“昔者”五句：张旭，唐朝著名书法家，吴人。李肇《唐国史补》：“旭常言始吾见公主担夫争路，而得笔法之意，后见公孙氏舞剑器，而得其神。”西河剑器，大概是剑器舞的一种，西河当指产生的地区。陈寅恪先生云：“西河疑即河西或河湟之异称，乃与西域交通之孔道……明此伎实际出西胡也。”（《元白诗笺证稿》页一四七）旧注：“子美以诗为散文，故意多顿促。此序引张颠（即草圣张旭）草书隐映，颇达情态，非公不闻此妙。”公孙之舞乃能启发“草圣”，那么她的舞也就可知了。即，犹则也。

［10］色沮丧：面为变色。

［11］“爣如”二句：爣（huò），光芒闪灼貌。羿，后羿，古善射者。《淮南子·本经训》：“尧之时，十日并出，焦禾稼，杀草木，尧乃使羿射十日。”矫，夭矫或矫健。夏侯玄赋：“又如东方群帝兮，腾龙驾而翱翔。”（按《全三国文》有玄所作《皇胤赋》佚文，无此二语，此据宋人郭、蔡诸家注。）状其

凌空飞腾。

[12] 绛唇：指人。珠袖：指舞。两寂寞：人与舞俱亡。

[13] 既有以：既有根由。

[14] “公孙”句：初，始也，本也。这句是说自始就推她第一。

[15] “五十”二句：五十年间，自开元五年（717年）至大历二年（767年）凡五十一年。风尘澒（hòng）洞，指禄山之乱。

[16] “梨园”二句：禄山之乱，京师乐工多流落江南，这句是同情李十二娘的话。余姿，即序所谓“亦匪盛颜”。时在十月故曰“寒日”，兼含日暮穷途意。

[17] “金粟”二句：上句伤玄宗，下句自伤。玄宗葬金粟山。玄宗死在宝应元年（762年）四月，至此已五年多，故曰“木已拱”。

[18] “玳筵”二句：二句切别驾元持宅。观舞虽同，而时代身世大异，故不禁乐极哀来。

[19] 茧：足板厚皮。杜甫半生奔走，故足上生茧，不良于行。《入衡州》诗云：“隐忍枳棘刺，迁延胝胼疮。”亦可证。疾：速也，一作“寂”。

《观公孙大娘弟子舞剑器行》简析[①]

钱仲联

《观公孙大娘弟子舞剑器行》这首诗是唐代宗大历二年（767年）杜甫客居夔州时所作。写作背景，详见于本诗的小序中。这是一篇描写舞蹈艺术又是“感时抚事”的作品。唐代前期封建经济的繁荣和社会生活的稳定，形成了艺术上万紫千红的绚烂局面，舞蹈也进到了相当发达的阶段。继隋代之后，唐代在音乐上是汉乐与胡乐融合发展的时期。西域传来了音乐，同时也传来了舞蹈，所以唐代也就盛行着配上西域乐曲的舞蹈。唐舞主要分健舞、软舞二种（见段安节《乐府杂录》），前者的特点是姿势雄健，剑器舞即属于健舞的一种。唐代剑器舞，用女伎雄妆执剑（一云空手）一人独舞。雄妆，谓作男子武舞妆束。乐部唱大曲剑器曲。小序谓“公孙氏舞剑器浑脱”，浑脱是浑脱舞时所用的毡帽，近人岑仲勉《唐史余瀋》以为“当得名于伊兰语”。浑脱既是舞名，也是曲名。剑器浑脱，都是大曲。舞剑器浑脱，即是合两调为一曲，结合剑器舞和浑脱舞为一的新型舞蹈。杜甫这篇歌行，描绘了女伎独舞的实况，表现了壮美的精神，为我们提供了感性的素材。公孙大娘名满天下的舞艺，吸引了成千上万的观众，连一个才六岁的作者（唐玄宗开元五年，杜甫六岁），也从巩县（今巩义市）特地赶到郾城来观赏。诗

① 钱仲联（1908—2003），诗人、词人、古典文学专家，尤长于明清诗文研究，苏州大学终身教授。著有《人境庐诗草笺注》《韩昌黎诗系年集释》《剑南诗稿校注》《鲍参军集注》《近代诗钞》等。本文选自《阅读和欣赏：古典文学部分（五）》，北京出版社 1985 年版。

中“观者”二句是说，人山人海的人集中注意力看剑器舞，看得色沮发愣，连天地也久久地随着公孙大娘低昂起舞。“㸌如”“矫如”，浦起龙《读杜心解》说：“忽然而伏，忽然而起，状其舞态也。”“来如”句写开场。舞前鼓声喧腾，像雷霆的轰怒一样，乐声徐合，舞者登场，所以说：“雷霆收震怒”。凡雷霆震怒，轰鸣之后，余声远驰，赫然有余怒，“收”字传其神。陈旸《乐书》卷一八五：“优伶常舞大曲，唯一工独进，但以手袖为容，蹋足为节，其妙串者虽凤骞鸟旋，不逾其速矣。然大曲前缓叠不舞，至入破则羯鼓襄鼓大鼓与丝竹合作，句拍益急，舞者入场，投节制容，故有催拍、歇拍、姿制俯仰，百态横出。”可以据以理解杜诗这几句所描摹的情景。“罢如”句写收场。舞时像江海的波澜翻复，舞罢，又如涛平气静，场中出现一玉貌女子，像清光凝聚在一身。浦起龙说：“忽然而来，忽然而罢，总始末而形容也。有末句，益显上三句之腾踔。有上三句，尤难末句之安闲。序所谓‘蔚跂’者正如此。”经过五十多年以后，那一场生动的场面，还深深地活跃在脑海之中，女艺人舞艺的神妙，作者感受力的异乎寻常，在这一奇丽宏伟的诗作里，充分得到了印证。在五十多年的时期里，有安史之乱的“风尘澒洞”，连公孙大娘的弟子“亦匪盛颜”，“映寒日”兼切李十二娘的年华和时光。唐玄宗死葬金粟山，到这时已有四年。而作者本人则于唐代宗永泰元年（765年）离开成都，成都大乱。次年大历元年春到夔州。至二年秋，有东游荆湘之意，八月之行未成，期以冬行，又未成，更待之明年（据闻一多《少陵先生年谱会笺》）。这时正当去留未定之际，茫然不知到哪里才好。这是从李十二娘的流浪而引起自己的感慨。最后说现在徒然奔走荒山，越来越感到心境的悲愁寂寞，这里也包含着抚事感时的忧伤。

诗中通过今昔的对照，由乐舞而联系到国事，但并没有揭示唐代统治集团奢侈生活的罪恶本质，只是以此为引线，表示对已死的玄宗的悲悼，感慨“乐极哀来”。复次，唐代的女乐，是专为皇帝和宫廷贵族服务的；女乐本身却是被奴役者，她们以自己的辛勤劳动，创造了我国古代乐舞史上的繁荣时代。她们的生活并没有保障，作为外供奉的公孙大娘在郾城和郏县为民众献技，正是她流落江湖为生活而奔忙的说明。她的“女乐余姿映寒日”的弟子，也是这样。这是读者在对杜甫赞赏她们高超舞艺的描写以外，应该进一步认识到的。

这诗的写作技巧，有值得注意的地方。题目是《观公孙大娘弟子舞剑器》，而诗中却只用三笔虚写。诗序从弟子联想到公孙，诗便从公孙顺拖出弟子，全诗主要写公孙，而弟子只作为叙事的脉络。这是反客为主，虚实互用的写法。“感时抚事”一句，是全诗的关键，作为前半首写舞的结束，过渡到后半首对“先帝”往事的悲慨。正面写舞的神妙，有烘染，有比喻，雄奇腾踔，摆动山岳，写得忽然而来，突然而止。侧面写弟子的舞，只用“神扬扬”三字一点，但是也有万千气象在内，而且还有公孙的影子在内，是诗序所谓“波澜莫二”的形象说明。诗序的“浏漓顿挫”一语，便是这诗艺术风格确切的评语。

诗序是一篇优美的小品，跟全诗有互相印证补充的作用。序末提到张旭观了舞蹈而草书长进的问题。盛唐书法，由瘦变肥，颜真卿的楷书是肥的，张旭的草书，也是肥的（见黄庭坚《跋张长史千字文》），但肥而健壮，不是重浊。张旭同时名画家吴道子曾观裴将军舞剑，“见出没神怪”而“挥毫益进”（见《历代名画记》卷九）。张旭本人草书，又是从观公孙舞蹈而得到启示。这里，可以领会不同艺术的相通之理。

1983年9月于苏州大学

登岳阳楼

昔闻洞庭水，今上岳阳楼[1]。
吴楚东南坼，乾坤日夜浮[2]。
亲朋无一字，老病有孤舟。
戎马关山北[3]，凭轩涕泗流。

【注释】

[1] 岳阳楼：即岳阳城西门城楼，前望君山，下临洞庭湖。

[2] “吴楚”二句：吴楚，指我国东南部，今江苏、浙江、安徽、江西、湖北、湖南等地。坼，分裂。这两句极言洞庭湖气象的阔大。

[3] “戎马”句：言中原尚有战事。这年（大历三年，768年），吐蕃入寇，郭子仪将兵五万屯奉天防备。

《登岳阳楼》讲解[1]

废　名

这首诗是唐代宗大历三年冬杜甫漂流到湖南时作的。过两年诗人就在这漂流之中死了。从来都认为这首诗写得极其阔大、自然、深厚，而且令人有一个整体感，——是的，整体感还是有名的《春望》所缺少的东西，《春望》给读者的印象要散些。《登岳阳楼》应是老杜会写的标准诗。

写登山临水游古迹一类的诗，应该有不可移易的地方。好比登泰山，我们将写些什么，仿佛大家可以有共同的思想感情因而有相似的语言似的，登泰山的诗就决不是登别的山的诗，就是孟夫子“登泰山而小天下”的话也确乎只能是登泰山而说的话了。杜甫最早的时候写了一首《望岳》，我们设想他应如何下笔？他写道：“岱宗夫如何？”仿佛问候千古的泰山似的。确是应该有这样一问，这样问真说出了祖国人对有历史意义的泰山的感情。接着就道：“齐鲁青未了！”这一句又真回答得好，不成问题，今日的泰山仍是齐鲁时的山色了。杜甫是爱国诗人，爱国诗人就处处见祖国之可爱，祖国是有悠久的历史的。可惜的是这一句好诗给许多说诗的人说错了，他们把“齐鲁青未了”不当着时间的青未了，而当着泰山占的地域之大，包

① 选自废名《杜诗讲稿》，见《杜甫研究论文集》（二辑），中华书局1963年版。标题为编者所加。

括齐和鲁。我们连带地讲两句望岳的诗，是为得讲《登岳阳楼》。诗人善于说出我们心之所同然的话。杜甫登岳阳楼本来是第一次登上的，然而洞庭水谁都是听说的，今日一上，正如小说上一句说不清楚两句又显得重复的话：“闻名不如见面，见面胜似闻名！”杜诗则说得很清楚：“昔闻洞庭水，今上岳阳楼。”我们人人都这样说，倘若第一次登岳阳楼。接着两句真是伟大的诗：“吴楚东南坼，乾坤日夜浮。”有人说这像写海，其实写海不能如此，海不能是“浮”，这乃是写洞庭湖，比海要显得动荡些。杜甫的这两句诗又并不是写景，这两句诗象征国家的不安定，杜甫见着洞庭湖乃一口说出“乾坤日夜浮”的形象了。这五个字又很像小孩子说的话，小孩子可能是这样认识大湖的。伟大的诗人每每是以童心说话，我们可以再举一例，好比杜诗里写边地这样写：“弱水应无地，阳关已近天”（《送人从军》），仿佛弱水阳关就到了地近处，天边头，很能给人一个“远”的形象。洞庭湖则给人一个“乾坤日夜浮”的形象。接着四句，《杜臆》解得很好：“三四已尽大观，后来诗人何处措手。下四只写情，是做自己诗，非泛咏岳阳楼也。”不过杜甫“做自己诗”总不属于个人范围。

丹青引赠曹将军霸[1]

将军魏武之子孙，于今为庶为清门[2]。
英雄割据虽已矣，文采风流今尚存。
学书初学卫夫人[3]，但恨无过王右军[4]。
丹青不知老将至，富贵于我如浮云。
开元之中常引见[5]，承恩数上南薰殿[6]。
凌烟功臣少颜色[7]，将军下笔开生面。
良相头上进贤冠[8]，猛将腰间大羽箭[9]。
褒公鄂公毛发动[10]，英姿飒爽来酣战。
先帝御马玉花骢[11]，画工如山貌不同[12]。
是日牵来赤墀下[13]，迥立阊阖生长风[14]。
诏谓将军拂绢素，意匠惨澹经营中[15]。
斯须九重真龙出[16]，一洗万古凡马空。
玉花却在御榻上，榻上庭前屹相向。
至尊含笑催赐金，圉人太仆皆惆怅[17]。
弟子韩干早入室[18]，亦能画马穷殊相[19]。
干惟画肉不画骨，忍使骅骝气凋丧。
将军善画盖有神，偶逢佳士亦写真[20]。
即今飘泊干戈际，屡貌寻常行路人。
途穷反遭俗眼白[21]，世上未有如公贫。
但看古来盛名下，终日坎壈缠其身[22]。

【注释】

［1］丹青：绘画颜料，这里指绘画。引：曲调名。曹霸：魏武帝曹操的后人，当时的知名画家，曾任左武卫将军。

［2］庶：平民。清门：寒门。

［3］卫夫人：名铄，东晋知名书法家。

［4］王右军：名羲之，字逸少，曾任东晋右军将军，著名书法家。

［5］开元：唐玄宗的年号（714—741）。

［6］南薰殿：兴庆宫的内殿。

［7］凌烟功臣：唐太宗贞观十七年（643年），画二十四功臣像于凌烟阁。

［8］进贤冠：文官的礼帽。

［9］大羽箭：唐太宗时所用四羽大竿长箭。

［10］褒公、鄂公：指褒国公段志玄、鄂国公尉迟敬德，二人都是太宗时的骁将。

［11］先帝：指唐玄宗。玉花骢：骏马名。

［12］貌：描摹。不同：不像。

［13］赤墀（chí）：宫中的红台阶。

［14］迥立：昂首卓立。阊阖：宫门。

［15］意匠：构思。惨澹：一作“惨淡”。

［16］斯须：一会儿。一作“须臾”。九重：九重宫门，指宫廷。真龙：马高八尺叫龙。

［17］圉（yǔ）人：养马的人。太仆：掌管宫车宫马的官。

［18］韩干：唐代画家，善画人物和马。

[19] 穷殊相：画尽各种不同的形态。

[20] 写真：画人像。

[21] 俗眼白：俗眼的卑视。

[22] 坎壈（lǎn）：困顿，不得志。

绘形于意　写实于空①

——读杜甫的《丹青引赠曹将军霸》

葛晓音

在杜甫的近二十首咏画诗中，《丹青引》是最负盛名的一篇。它不仅记叙绘事堪称“古今题画第一手”（仇兆鳌《杜诗详注》引申涵光语），而且借画家一生的遭际，照见安史之乱前后世情变化之一斑，寄托了治乱盛衰的深沉感慨。这首诗大约作于唐代宗广德二年（764年）杜甫在成都严武幕中任职期间。这时安史之乱已经平定，但是国家元气大伤，宦官专权横恣，边将外叛内侮，吐蕃屡寇河西、陇右，西北几十州在数年之间相继沦没。杜甫有一首《释闷》诗曾这样描写当时的形势：“四海十年不解兵，犬戎也复临咸京。……豺狼塞路人断绝，烽火照夜尸纵横。天子亦应厌奔走，群公固合思升平。但恐诛求不改辙，闻道嬖孽能全生。江边老翁错料事，眼暗不见风尘清。”对时事的极度失望使诗人越来越怀念开元盛世的太平景象，写于同一年的《忆昔》《怀旧》《丹青引》等诗都倾注着追忆往事的沉痛心情。曹霸擅长画马，成名于开元中。杜甫在另一首《韦讽录事宅观曹将军画马图歌》中也曾称赞过他的画艺。大乱之后，这位名噪一

① 葛晓音，北京大学中文系教授。著有《八代诗史》《汉唐文学的嬗变》《诗国高潮与盛唐文化》《山水田园诗派研究》《唐宋散文》《古诗艺术探微》等。本文选自《古典诗词名篇鉴赏集》，中华书局 1984 年版。

时的画家到处漂泊，后来流落到成都，勾起杜甫的无限感触，便写了这首《丹青引》赠给他。

“将军魏武之子孙，于今为庶为清门。英雄割据虽已矣，文采风流今尚存。”先从曹霸家世的盛衰说起，已寓全篇旨意所在。曹霸是曹操曾孙曹髦的后裔。曹髦擅长书画。自魏至唐，朝代几经更替，当初皇室贵胄的子孙如今早已沦为清门寒素之家。魏武三分天下的英雄业绩虽已成为历史，他的文采风流尚后继有人。首四句起得苍莽浑涵，笔势雄健跌宕，仅用两番大起大落的对比，就从曹氏家族几百年的变迁自然地转入曹霸的书画之事：“学书初学卫夫人，但恨无过王右军。丹青不知老将至，富贵于我如浮云。”这几句概括曹霸的艺术生涯和处世性格，对他的书法与绘画显然有所轩轾，但语意十分委婉。卫夫人是晋朝汝阴太守李矩之妻，右军将军王羲之少时曾向她学习书法。这里说曹霸书法虽学卫、王之体，但恨未能超过王右军的水平，实际上是微妙地暗示曹霸因书法未成名家，故舍书而工画。不过拿他和大书法家比较，即使有不足之憾也无伤大雅了。此诗虽是赠人之作，却也不肯过誉，分寸掌握得恰到好处，才显出下文对曹霸画艺的称赏并非溢美之词。画品决定于人品，诗人首先赞美的是曹霸不慕荣华富贵、终日潜心于艺术创作的高尚品格。“不知老将至”和“富贵于我如浮云”几乎是照搬《论语·述而》的原文。一般来说，多用经语容易产生浑成严重之感，但杜甫用其文而化其意，却妥当贴切，轻巧自如，不露一点痕迹，确是大家手笔。

“开元之中常引见，承恩数上南薰殿。凌烟功臣少颜色，将军下笔开生面。”开元之世，唐玄宗励精图治，士有一技之长，多有机会被引到君前，得以施展才艺。南薰殿在玄宗居住的兴庆宫内，杜甫特意提及此殿，不只为押韵方便，也暗寄着对玄宗的怀念。贞观年间，唐太宗为表彰辅佐之业，图功臣之像于凌烟阁。日久褪色，开元时重加修缮。诗人认为曹霸以一介寒庶之士经常应召入宫画图，这样特殊的恩宠只有在重才求贤的盛世才能遇到。“生面”语出《左传》，“狄人归先轸之元而面如生。”《南史·王琳传》也有“回肠疾首，切犹生之面”的说法。因此“下笔开生面”一句含义双关，即指下笔重摹旧像，有所新创，又赞画之逼真有面色如生之感。接下四句：“良相头上进贤冠，猛将腰间大羽箭。褒公鄂公毛发动，英姿飒爽犹酣战。”凌烟阁功臣二十四图，若一一叙来，必不能讨好。这里只点出良相之冠、猛将之箭两处细节，文武两班功臣的不同气质便划然分明。又在诸家功臣像中只选褒忠壮公段志玄和鄂国公尉迟敬德这两幅最有特色的画像，称其毛发如动，英姿飒爽，望去仿佛仍在拼搏厮杀，其余画像的生动也就不难揣想。这四句大笔写意，如云中之龙，仅见一鳞一爪而首尾俱在。语气粗犷不文，几乎近于白话，但与画上人物的特点极为协调。不但良相猛将的虎虎生气历历在目，曹霸质朴雄健的画风也宛然可见。

最能体现曹霸艺术独创性的还是他画马的绝技，这篇歌行着力描写的重点也在此处。所以诗人先不厌其详地渲染画成之前的气氛：“先帝御马玉花骢，画工如山貌不同。是日牵来赤墀下，迥立阊阖生长风。诏谓将军拂绢素，意匠惨淡经营中。须臾九重真龙出，一洗万古凡马空。”以同一匹玉花御骢为范本，尽管画工多如山积而貌不尽同，想来天马之雄骏确非凡手可得，真马未至，先已造成此马难画的悬念。待牵来之后，只见它卓立墀下，即使处于静态也给人以万里生风之感，又进一步点出画家要捕捉住此马轩举飞动的神采尤为不易。

然后再一气写出曹霸接旨拂绢、惨淡经营、须臾而成的作画过程，抓住画成之时观众还来不及从画家的神速动作中反应过来，就顿觉天下凡马尽皆失色的最初印象，便以“笔所未到气已吞”（见苏轼《王维吴道子画》）的力量烘托出“一洗万古凡马空”的气象，使画马跃然于纸上。

接着，诗人又从画成之后的艺术效果来描写画中之马的神似：“玉花却在御榻上，榻上庭前屹相向。至尊含笑催赐金，圉人太仆皆惆怅。”骢马本不应站在御榻之上，一个“却”字以疑怪的语气造成画马乱真的错觉，榻上庭前两马屹立相对的奇思又使这错觉更为逼真。“屹”字与上文“迥”字照应，便从双马昂然的姿态活画出它们矫健的奇骨。“至尊”和“圉人太仆”虽是陪衬，简略的神态描绘也都切合各自的身份。玄宗虽喜而只是含笑催促赐金，确乎是帝王风度。养马的圉人与掌舆马的太仆在两马相比之下怅然若失，更是马官才有的特殊心理。这就从观者的反应巧妙地点出画马的神骏即使真马也难胜过。写到这里，诗人意犹未足，笔锋忽又一转：“弟子韩干早入室，亦能画马穷殊相。干惟画肉不画骨，忍使骅骝气凋丧。”韩干既是入室弟子，又能穷尽殊相，亦非凡手，然与曹霸相比，尚不能得骅骝之气骨，以宾形主，更见出曹霸画艺之高超连名手亦无人能及。如此层层着色，绘形于意。句句作意，写实于空。极尽形容，不留余巧，方觉墨饱味浓，气完神足。韩干画马形体肥壮，实际是皇帝厩马的真实写照，有其独到之处，也符合唐人普遍以丰腴为美的欣赏标准。所以《历代名画记》的作者张彦远曾批评杜甫“岂知画者”，宋代张耒也说“干宁忍不画骥骨，当时厩马君未知。”（见《柯山集》卷十三《萧朝散惠石本韩干马图马亡后足》）但杜甫此处语带抑扬，一则是为了以韩干画肉反衬曹霸画骨之长，二则也与他偏爱气骨峥嵘、瘦硬通神的艺术趣味有关。盛唐诗画艺术注重以形写神、寓神于形，杜甫要求脱略形似、谢肤泽而敦骨力的主张对于唐代艺术风貌的变化和发展是有重大意义的。

“将军善画盖有神，偶逢佳士亦写真”。这两句承上启下，总结曹霸之画以神似见长的特点，又从写真取材的变化引出画家的落魄：“即今飘泊干戈际，屡貌寻常行路人，途穷反遭俗眼白，世上未有如公贫。”曹霸除了摹像和画马以外，也善作人物写生，绘制肖像，但要偶逢佳士才肯落笔。当初曹画之贵重正如《观曹将军画马图歌》所形容的那样：“贵戚权门得笔迹，始觉屏障生光辉。”如今飘泊于战乱之时，便只能给平常的过路人画像了。空有绝艺在身而如此潦倒困苦，不但无人同情，反遭世俗白眼，这个“不解重骅骝”的“人间”（杜甫《存殁口号二首》其二）是多么冷酷和势利呵！所以诗人不禁为画家大呼不平：“但看古来盛名下，终日坎壈缠其身！”结尾与开头相呼应，把曹霸的荣辱和时世的盛衰相联系，寄人尽其才的希望于升平之治，这是贯穿全诗的一个重要思想。《观曹将军画马图歌》说：“君不见金粟堆前松柏里，龙媒去尽鸟呼风！”喟叹人才随着玄宗的亡故和盛世的消逝而湮没，可与《丹青引》的意思互相发明。但诗人没有局限于一味怀旧，而是由此推及古往今来的才士盛名之下往往困顿失意的普遍规律，就使诗歌的境界升华到了富有现实批判意义的高度。

这首诗借丹青以赞才杰，由人事而及时事，融精辟的艺术见解于传神的咏画技巧之中。无论写人写马，只从神气着墨，不屑穷形尽貌，与曹霸画骨传神的笔意可谓相得益彰。全篇布局铺写，变化多端，纵横开合，首尾振荡，充分体现了杜甫七言歌行淋漓顿挫、夭矫跌宕的独特风格。宋洪迈《五笔》[1] 说读此等诗，可不待见画，“直能使人方寸超然，意气横出”。这种内在的精神气骨正是杜诗千载之下犹能感奋人心的重要原因。

① 洪迈著有《容斋五笔》。

自京赴奉先县咏怀五百字

杜陵有布衣[1]，老大意转拙[2]。
许身一何愚[3]？窃比稷与契[4]。
居然成濩落[5]，白首甘契阔[6]。
盖棺事则已，此志常觊豁[7]。
穷年忧黎元，叹息肠内热。
取笑同学翁，浩歌弥激烈[8]。
非无江海志，潇洒送日月。
生逢尧舜君，不忍便永诀[9]。
当今廊庙具，构厦岂云缺？
葵藿倾太阳，物性固莫夺[10]。
顾惟蝼蚁辈[11]，但自求其穴；
胡为慕大鲸，辄拟偃溟渤[12]？
以兹悟生理，独耻事干谒[13]。
兀兀遂至今[14]，忍为尘埃没[15]。
终愧巢与由，未能易其节[16]。
沉饮聊自遣[17]，放歌破愁绝[18]。
岁暮百草零，疾风高冈裂。
天衢阴峥嵘[19]，客子中夜发[20]。
霜严衣带断，指直不得结。
凌晨过骊山，御榻在嵽嵲[21]。

蚩尤塞寒空[22]，蹴踏崖谷滑。
瑶池气郁律[23]，羽林相摩戛[24]。
君臣留欢娱，乐动殷胶葛[25]。
赐浴皆长缨，与宴非短褐[26]。
彤庭所分帛，本自寒女出。
鞭挞其夫家，聚敛贡城阙[27]。
圣人筐篚恩，实欲邦国活。
臣如忽至理，君岂弃此物[28]？
多士盈朝庭，仁者宜战栗[29]。
况闻内金盘，尽在卫霍室[30]。
中堂舞神仙，烟雾蒙玉质[31]。
暖客貂鼠裘，悲管逐清瑟[32]。
劝客驼蹄羹，霜橙压香橘[33]。
朱门酒肉臭，路有冻死骨。
荣枯咫尺异[34]，惆怅难再述。
北辕就泾渭，官渡又改辙[35]。
群冰从西下，极目高崒兀。
疑是崆峒来，恐触天柱折[36]。
河梁幸未坼，枝撑声窸窣。
行李相攀援，川广不可越[37]。
老妻寄异县[38]，十口隔风雪。
谁能久不顾？庶往共饥渴[39]。
入门闻号咷，幼子饥已卒。
吾宁舍一哀？里巷犹呜咽[40]。

所愧为人父，无食致夭折。

岂知秋禾登，贫窭有仓卒[41]。

生常免租税，名不隶征伐。

抚迹犹酸辛，平人固骚屑[42]。

默思失业徒[43]，因念远戍卒[44]。

忧端齐终南，澒洞不可掇[45]。

【注释】

[1]“杜陵”句：杜陵布衣，杜甫的自称。杜陵在长安东南，秦时为杜县，汉时，因宣帝陵墓在此，故称杜陵。杜陵东南有少陵，是宣帝许后葬地。杜甫的远祖杜预是京兆杜陵人，杜甫在长安时，又曾在杜陵以北、少陵以西住过，故自称为“杜陵布衣”“杜陵野客”或“少陵野老”。布衣，没有官职的人。

[2]“老大”句：意谓年愈老而志愈坚。拙，和下句的“愚”，都是指不肯变更意志来适应环境。

[3]许身：要求自己。

[4]“窃比”句：窃比，私自比拟。稷，周代祖先，舜时为农官，教民播种五谷。契（xiè），商代祖先，舜时为司徒。《孟子·离娄下》：“稷思天下有饥者，犹己饥之也。”《礼记·祭法》：“契为司徒而民成，……此皆有功烈于民者也。”杜甫自比稷、契，取义于此，故下文有“穷年忧黎元”之语。

[5]居然：终然，竟然。濩（huò）落：同瓠落、廓落，大而无当的意思。《庄子·逍遥游》：“剖之以为瓢，则瓠落无所容。非不呺然大也，吾为其无用而掊之。”

［6］契阔：勤苦。

［7］“盖棺”二句：意谓不死就不会放弃自己的志愿。事，志事。即上文自比稷、契的用世之志。觊（jì）豁，指希望能够得到实现。

［8］“穷年”四句：穷年，终年。黎元，众多的人民。

［9］“非无”四句：江海，与市朝相对而言；江海志，指放浪江海、无拘无束的心情。送日月，犹言度日月。尧舜君，指玄宗。永诀，这里是指避世隐居。

［10］“当今”四句：廊庙具，比喻担负朝廷重任的栋梁之臣。葵和藿，都是植物名。葵的花序有向日光倾斜的特性，故称向日葵。（藿并不向日，葵藿是惯用的偏义复词，因葵连类而及藿。）杜甫用以自比。曹植《求通亲表》：“若葵藿之倾叶，太阳虽不为之回光，然终向之者，诚也。”这里化用其意。

［11］蝼蚁：比喻以干谒为事，营求利禄的小人。

［12］“胡为”二句：大鲸，杜甫自比。辄拟，时常打算。溟渤，海的别名。偃溟渤，游息于大海之中，比喻在一个宽阔的天地里施展抱负，即《短歌行赠王郎司直》所云“鲸鱼跋浪沧溟开”的意思。

［13］“以兹”二句：生理，犹言生事、生计。事干谒，指奔走于权贵之门，以请托为事。悟，一作“误”。

［14］兀兀：犹言矻矻（kūkū），劳苦貌。

［15］“忍为”句：犹言为尘俗所困，意指仕途蹭蹬（cèng dèng），遭遇挫折，不得意。

［16］“终愧”二句：巢，指巢父；由，指许由。传说中两

位避世的隐士，在古代认为是和稷、契属于不同类型的典范人物。既自比稷、契，就不可能追踪巢、由，故云“终愧”。

[17] 遣：一作“适”。

[18] 破：一作“颇”。

[19] 天衢（qú）：指天空。四通八达的路叫衢。天空广阔无阻，故称。一说，天衢犹言天街，指长安城里的街道。阴：寒气。峥嵘：本义是高峻貌，这里借以形容寒气的盛大。

[20] 客子：犹言行人，杜甫自指。

[21] “霜严”四句：《资治通鉴》卷二一七，天宝十四载（755年）冬十月庚寅：“上幸华清宫。”十一月甲子，安禄山在范阳起兵叛变，消息传来，“上犹以为恶禄山者诈为之，未之信也”。杜甫此次过骊山时，玄宗正和杨贵妃在华清宫避寒。骊山，在今陕西省西安市临潼区，距长安六十里。山有温泉，华清宫在其上。御榻，皇帝的坐榻，这里借指皇帝。嵽嵲（diéniè），山高峻貌，这里用作高山的代称。以上四句言抵骊山。

[22] 蚩尤：传说中能造雾的人，这里用作雾的代称。一说，蚩尤是天上一种赤气，叫作蚩尤旗。蚩尤出现，预示兵乱将兴。

[23] 瑶池：借指骊山的温泉。郁律：暖气蒸腾貌。

[24] 羽林：指夹立宫前驰道的皇帝的禁卫军。《新唐书·兵志》：“高宗龙朔二年（662年），始取府兵、越骑、步射置左右羽林军，大朝会则执仗以卫阶陛，行幸则夹驰道为内仗。”摩戛：指武器互相击撞。

[25] “乐动”句：意谓乐声响彻云霄。殷，读隐，震动。胶葛，形容旷远的空际。

［26］“赐浴”二句：意谓皇帝在山上寻欢作乐，受到恩赐的只有贵族和大臣们。郑处诲《明皇杂录》卷下：“（玄宗）又尝于（华清）宫中置长汤屋数十间。”陈鸿《长恨歌传》：“时每岁十月，驾幸华清宫，内外命妇，熠耀景从。浴日余波，赐以汤沐。”长缨，贵人的装饰，借指贵人。《韩非子·外储说左上》：“邹君好服长缨，左右皆服长缨。”短褐，劳役者之衣，借指平民。

［27］“彤庭”四句：天宝后期，府库充实，财物堆积如山。杨国忠建议把各地租税一律变成轻货（绢帛），输送京城。玄宗视金帛如粪土，毫无节制地赏赐给贵宠之家（见《资治通鉴》卷二一六天宝八载）。彤庭，即朝廷。彤，朱红色。宫殿楹柱多用朱红涂饰，故称。聚敛，犹言搜刮。城阙，指首都。

［28］“圣人”四句：意谓皇帝之所以赏赐群臣，无非想让他们把国家治理好；假如做臣子的连这个道理都不懂，皇帝岂不是白白地丢掉这些财物。唐时口语，称皇帝为圣人。筐篚（fěi）恩，指赐帛之恩。筐和篚都是盛帛用的竹器。方曰筐，圆曰篚。《诗·小雅·鹿鸣》毛序：“《鹿鸣》宴群臣嘉宾也。既饮食之，又实币帛筐篚，以将其厚意。”至理，指“实欲邦国活”的用意。

［29］“多士”二句：意谓朝廷里这许多官员，其中倘有仁者，对上述现象，应该感到怵目惊心。

［30］“况闻”二句：这里进一步揭露贵戚的骄侈淫佚，故曰“况闻”。古宫廷为大内；内金盘，内府的金盘。卫、霍是汉代的外戚，这里借指杨贵妃的族属。乐史《杨太真外传》：

“（玄宗）又赐虢国（夫人）照夜玑，秦国（夫人）七叶冠，（杨）国忠锁子帐，盖希代之珍。其恩宠如此。”

［31］“中堂”二句：连同下面四句，都是写豪华的宴会场面。这两句写舞蹈，意谓堂上炉香缭绕，烟雾迷离，从其中见到玉质冰肌的少女们翩翩起舞，恍同仙境，故云“舞神仙”。舞，一作“有”。

［32］“悲管”句：写管弦迭奏的热闹情况。悲，形容管声的嘹亮激越，酣畅淋漓。清瑟，指沉滞重浊的瑟调。

［33］“霜橙”句：橙和橘出产南方，在长安是珍贵的果品。压，堆在盘里。

［34］“荣枯”句：荣，指富裕豪华。枯，指困苦饥寒。八寸为咫。咫尺，极言其近。

［35］“北辕”二句：北辕，车辕向北，就是北行的意思。泾水和渭水合流于昭应，称为泾渭。官渡，公家所设立的渡口。改辙，在另一条道路上，意指换了地方。河边津渡，因水势不定，故迁徙无常。

［36］“群冰”四句：写河流挟冰块而下的景象。崒（zú）兀，危险而高峻的样子。崆峒，山名，在今甘肃省平凉市郊。泾、渭二水都从陇西流下，故疑来自崆峒。天柱折，用共工怒触不周山而折天柱的神话，借以形容冰河汹涌，使人有天崩地塌之感。冰，一作“水”。按：作“水”虽亦可通，但下云“触”“坼”，究以作“冰”更为确切。

［37］“河梁”四句：意谓水阔难渡，幸而还有一道未被冰河冲坼的桥梁可以通过行人。枝撑，桥柱交木。窸窣（xīsū），

动摇声。行李，行人。李，一作“旅”。

[38]“老妻”句：杜甫曾一度移家长安，后因生活无法维持，又把妻子送到奉先寄居（当时，奉先县令姓杨，可能是其妻的同族）。异县，指奉先，对故乡而言。

[39]“谁能”二句：意谓过去身在长安，现在家寄奉先，两地隔绝，不能相顾，岂能这样地长久下去？此番回去探望，一家团聚，虽然过着苦日子，也是好的。庶，庶几，希冀之词。共饥渴，犹言共度艰苦生活。

[40]“吾宁”二句：意谓即使我能割舍恩情，忍住哀痛，但里巷邻家看到这情况，也为之呜咽流泪。上句是假设，推开一层，从反面着笔；下句是衬托，转进一层，从侧面着笔，极言幼子饿死的悲惨。

[41]“岂知”二句：意谓秋收之后，原不该饿死人，然贫家仍然不免，这是自己所不能预料的事。禾稻收割叫作登。窭（jù），穷。仓卒，本义是急遽，这里指陡然发生的事故。卒，同“猝”。

[42]“生常”四句：意谓自己是受到朝廷优待的人，尚且遭遇如此的惨事，可以想见一般人民的生活就更加痛苦。唐代实行租庸调法和府兵制，凡官僚都享有免租税和免兵役的特权。名不隶征伐，是说兵役的册上无名。抚，循抚，即反复思量的意思。迹，指生活中所经历的事件。平人，即平民。唐人避太宗李世民讳，多改“民”为“人”。骚屑，本指风声，引申为动荡不安的意思。

[43]失业徒：指失去了土地的农民。业，产业，即田地。

[44]远戍卒：唐制：人民服兵役，依旧例以二年、三年为

限，即远戍西北的士兵，也不得超过四年（见《唐大诏令集》卷一〇七开元五年正月《镇兵以四年为限诏》）。后因战争不息，到期不得更代，边地多有久戍不归的士兵。

［45］“忧端”二句：言自己对时局怀着深长的忧虑。《淮南子·精神训》：“澒蒙鸿洞，莫知其门。”澒（hòng）洞，就是“澒蒙鸿洞”，相连无际貌。掇（duó），收拾。

说杜甫《自京赴奉先县咏怀》诗[①]

俞平伯

这是杜甫中年的作品，时年四十四，在他的五言诗里，是一首代表作，比《北征》尤为精密。诗的大旨从题目上已表示出来，共有三点：（一）记旅行的见闻；（二）家庭的状况；（三）咏自己的怀抱。若把怀抱作为广义的解释，说全首都在咏怀也未尝不可。他动身的时节，在初冬十月十一月之间，其年为唐明皇的天宝十四载（755年）。这个年和月都很值得注意，因为安禄山恰好在那时候造反。地点亦值得注意，因为他从长安到奉先，经过骊山，而唐明皇、杨贵妃恰好在骊山过冬，后来如《长恨歌》“渔阳鼙鼓动地来，惊破霓裳羽衣曲”。虽千古传名，其实不免追想虚拟。这才是真知实感。史称天宝十四载乙未十一月九日安禄山反，十二月陷东京，明年六月入长安，老杜行路做诗的时候，安禄山正在那里举兵，明皇、贵妃却在这里大玩特玩，所以千载以后读了这首诗，诚有“山雨欲来风满楼”之感。诗人是最敏感的、先觉的，他从社会政治动荡的脉搏里，对于治乱兴亡能有明确的诊断。杜甫在这诗里，已充分表示了这个，证明了这个。

原诗五百字，段落相当分明，共分为三：（一）咏怀。（二）所

① 选自《俞平伯全集》第三卷，花山文艺出版社 1997 年版。原载 1951 年《语文教学》第四期。

见骊山光景，夹叙夹议。（三）行路到家，记家中穷困凄惨的实况。联系自己的生活，观测事变，作为总结。现在分三段引本文，再随文解释，除对于旧注略有校正外，不能引录，读者仍须看注。解说不免啰嗦重复，有些话原本不必要的，为着程度不同的广大读者设想，不能不多说了几句，若多说而仍不得要领，这是我表现得不恰当的原故。诗的文字，实非常清明，多读几遍自然可以了解的。

（一）

杜陵有布衣，老大意转拙。许身一何愚，窃比稷与契。居然成濩落，白首甘契阔。盖棺事则已，此志常觊豁。穷年忧黎元，叹息肠内热。取笑同学翁，浩歌弥激烈。非无江海志，潇洒送日月。生逢尧舜君，不忍便永诀。当今廊庙具，构厦岂云缺。葵藿倾太阳，物性固难夺。顾惟蝼蚁辈，但自求其穴。胡为慕大鲸，辄拟偃溟渤。以兹误生理，独耻事干谒。兀兀遂至今，忍为尘埃没。终愧巢与由，未能易其节。沉饮聊自遣，放歌破愁绝。

这一段千回百折，层层如剥蕉心，出语的自然圆转，虽用白话来写很难得超过他。把文言用得像白话一般，把诗做得像散文一般，这种技巧，不但对古诗为“空前”，即在《杜集》[①] 中亦系“仅有”之作。我颇觉得白话、文言都只是工具，而工具的利钝又只是比较的。能否干得了活，最主要的还靠着匠人的心手。

① 《杜集》：即《杜工部集》。

闲话休提。杜甫旧宅在长安城南，所以他每自称少陵野老（《哀江头》），杜陵布衣。“老大意转拙”，犹俗语说“越活越回去了”。怎样笨拙法呢?“窃比稷与契”，您想什么人不好比，偏要去希圣希贤，可不是自己找麻烦？稷教百姓种田，契教以人伦道德；从劳动工作里得到生活，然后懂得做人的道理。这个道德在那时候当然是封建的。所志既如此迂阔，岂有不失败之理。“居然”犹白话的“果然”，濩落即廓落，大而无当，空廓而无用之意，“居然成濩落”，即果然失败了。契阔即辛苦。自己明知定要失败，却甘心辛勤到老。这六句是一层意思，下边更逼进了一步。“白首”虽已老了，却还没死，一口气在，还须努力，故有“盖棺”两句。只要还未盖棺，仍然抱着可以志愿通达的希望，他口气是非常坚强的。

孟子说：“禹思天下有溺者，犹己溺之也，稷思天下有饥者，犹己饥之也，是以若是其急也。”老杜仿佛这般的心情，所以说“穷年忧黎元”，即承上文自比稷契来的。（自比稷、契即自比禹、稷，见另文《杜陵自比稷契说》。）尽我的一生，同万民的哀乐，衷肠热烈如此，自不免为同学老先生们所笑，（翁字表示尊敬，在此语含讽刺。）他却毫不在乎，只是格外的慷慨悲歌。诗到这里可以总为一小段，下文便转了意思。

杜甫为人当然很好。完完全全的像禹稷吗？却也不见得。隐逸几乎成为中国旧文人一般的永久的嗜好。老杜非常真诚，且有自知之明，于是接着说，我难道真这样的傻，不想潇洒山林，度过时光吗？无奈生逢尧、舜之君，不忍走开罢了。他是否真把唐明皇当做尧、舜之君看呢？在此不得详论。我们很不必歪曲事实，杜甫当然忠君；不过从下文证明，明皇之去尧、舜不但事实上远甚，即以杜甫的诗来看，恐亦复甚远（尧、舜究竟怎样好法，是另一问题，所指乃是儒家传统的看法里的尧、舜），所以这句话至少不宜十分认真的。

从这里又转出意思来。既生在尧、舜一般的盛世，当然人才济济，难道少你一人不得吗？构造廊庙都是盘盘大才，原不少我这样一个人，但我却偏要挨上来。为什么这样呢？这说不上什么原故，只是一种脾气性情罢了，好比向日葵老跟着太阳转。藿是豆叶，虽亦喜欢太阳，却并不跟向日葵一样，由葵连到藿，古人自有此词例。忠君爱国发乎天性，这果然很好，不过却也有一层意思必须找补的。读者会不会觉得他过于热衷功名，奔走利禄？故有下边八句。蝼蚁大鲸皆比喻：蝼蚁辈"指琐琐事干谒者"，《杜诗镜铨》说是。为个人利益着想的人，像蚂蚁似的能够经营自己的巢穴；我却偏要向沧海的巨鲸看齐，自然把生计都给耽搁了。"独耻事干谒"，倒装句法。既想用世又羞干谒，这是矛盾的。因怕去仰面求人，所以耽误了生计，直到现在还辛辛苦苦，埋没风尘中。"忍"，甘心忍耐之意。

下面又反接找补。上文说"身逢尧舜君，不忍便永诀"，但即尧、舜之世，何尝没有隐逸避世的，例如许由、巢父。巢、由是高尚的君子，我学他不来，深可惭愧；虽然惭愧却不能改变我的操行。这两句一句一折。说到这里，既不能高攀稷、契，亦不屑俯就利禄，又不忍跳出圈子去逃避现实，做个巢、由，真如俗语所谓"高不成，低不就"，一点办法都没有。只好饮酒赋诗，沉醉或能忘忧，放歌聊可破闷。诗酒流连，好像都很风雅，其实是不得已呵。后来杜甫在蜀，有《可惜》一诗云："宽怀应是酒，遣兴莫过诗。"与此相同，只是情调更恬淡一些。

以上第一段随文解释粗毕，思想方面值得特别提出的有两点：

（一）这段的主句即“穷年忧黎元”，老杜的不可及，跟一般诗人不同，正在这里。他虽忠君爱国，但君之所以须忠，国之所以须爱，正为着人民的原故。若不为万民的忧乐着想，便一切都落空了。我们从杜甫别的诗里亦可以看到这样的心理，在本篇尤为显著突出。怎样去为人民，在那时候固不能有明确的认识，但他的热烈衷肠却非常真实，又表现得这般好，使后之读者都为他的作品所感动，我们不过亿兆人中之一二罢了。

（二）积极精神的表现。“终愧巢与由”，话说得虽很谦卑，实际上不啻已否定了中国传统的高人，为文士所钦佩羡慕的巢父、许由。这是本诗另一个特点，亦可以说是老杜为人的特征，他似乎跟历来的大诗人都不很相同，拿陶渊明来比就很分明。自然，这也跟着上边所说观点来的；正为热爱人民弄得进退两难，不能进为稷、契，不肯退为巢、由。对稷、契是有志未逮，由于才力境遇的限制，巢、由的行径很可羡慕，且又比较的容易学，却又不想去学他，所以年将半百，一事无成，可谓至愚且拙矣。他在这里把生平坚强不屈的精神表现得非常恰当，非常老实，即成为最高的技巧。我们是不能离开这种精神，孤立地来讲技巧的。

（二）

岁暮百草零，疾风高冈裂。天衢阴峥嵘，客子中夜发。霜严衣带断，指直不得结。凌晨过骊山，御榻在嵽嵲。蚩尤塞寒空，蹴踏崖谷滑。瑶池气郁律，羽林相摩戛。君臣留欢娱，乐动殷胶葛。赐浴皆长缨，与宴非短褐。彤庭所分帛，本自寒女出。鞭挞其夫家，聚敛贡城阙。圣人筐篚恩，实欲邦国活。臣如忽至理，君岂弃此物。多士盈朝廷，仁者宜战栗。况闻内金盘，尽在卫霍室。中堂有神仙，烟雾蒙玉质。暖客貂鼠裘，悲管逐清瑟。劝客驼蹄羹，霜橙压香橘。朱门酒肉臭，路有冻死骨。荣枯咫尺异，惆怅难再述。

这一段，记叙描写议论并用，最为分明，无须逐句作解，只就有关系各点，大略说明之。

首六句叙上路情形，在初冬十月十一月之交，半夜动身，清早过骊山，骊山距长安城只有六十里。明皇、贵妃正在华清宫。他们每年于十月到温汤避寒，约岁尽回京，《唐书》上历历记载着[①]，所以说他们在骊山吃荔枝，七夕乞巧，都是后来文士瞎编的。老杜另一诗“东山气鸿濛，宫殿居上头。君来必十月，树羽临九州”云云（题为《汤东灵湫作》），可以参看。

“蚩尤”两句旧注多误，如钱笺仇注并引《皇览》以为山东寿张县蚩尤坟上有一股赤气，叫做蚩尤旗，跟本诗所叙相当辽远，不可信。钱说“借以喻兵象”。仇氏更怪，似乎把蚩尤旗真当作旌旗看，所以说“塞寒空，旌旗蔽天也”。杨氏《镜铨》[②]引《甘泉赋》[③]“蚩尤之伦，带干将，秉玉戚”，下又说“二句言卫士之苦”，是把蚩尤作为卫兵讲，亦误。我以为蚩尤作雾，即用作雾之代语，下云“塞寒空”分明是雾；若是旌旗只可云蔽天或蔽空，不得云塞空。这个

① 《旧唐书》《新唐书》均有玄宗幸温汤的记载。

② 即清代学者杨伦所著《杜诗镜铨》。

③ 《甘泉赋》，西汉扬雄作。《镜铨》引文《文选》作：“蚩尤之伦，带干将而秉玉戚兮”。

“塞”字却另有一个来源，《汉书·成帝纪》所谓“黄雾四塞”，不过他并未明用，不能算做注。是否把王氏五侯同日封这个故事，来影射杨氏呢，不得而知，写实而暗含比兴虽尽有这可能，现在无须深求，作为纯粹的写实看就很好了。

我从前在仇注杜诗上有一眉评：“雾重故地滑。温泉蒸气郁勃，羽林军校往来如织。写骊宫冬晓，气象万千，化工手也。”这话虽很简单，已够说明了，这才是真正的华清宫，觉白氏的《长恨歌》虽佳，犹系文人想象，风华点染之笔。“君臣”两句（殷，盛意；胶葛，广大貌）亦即彼歌所云“骊宫高处入青云，仙乐风飘处处闻”。说“君臣留欢娱”，轻轻点过，却把唐明皇一起拉到浑水里去。然则上文所谓尧、舜之君，真不过说说好听，遮遮世人眼罢了。

“彤庭”四句，沉痛极了。一丝一缕都出于女工之手，用横暴鞭挞的方式把大量的绫罗绸缎征集到京里来，却供皇帝的鉴赏，百官们的无谓浪费。说“圣人筐篚恩，实欲邦国活”。用爱民活国的成语，对明皇有些开脱回护。古代以币帛送礼，都装在竹器中，孟子所谓“实玄黄于篚”。皇帝把这些费了大力聚敛来的五彩斑斓的锦绣分赏群臣，原叫他们好好地为国家为人民服务，谁想他们辜负国恩，却不理会这个，岂不等于白扔了吗。衮衮诸公，莫不如此。百姓已痛苦不堪，而朝廷之上却挤满了这班贪婪庸鄙，毫无心肝的家伙，国事的危险真像千钧一发，仁人之心应该战栗的。不但于心不安，而且警惕恐惧，所以说“战栗”。这一节指斥一般官吏，旧注说“责臣以讽君”，当然不错，不过就表面看，对百官虽正颜厉色，对皇帝还稍为客气些，在封建专制时代，殆是不得已。但请看下文。

“况闻”以下更进了一步。“闻”者虚拟之词，宫禁事秘，不敢说一定。岂但文武百官如此，即“中枢”“大内”的情形又何尝好一些，或者更加厉害吧。听说大内的奇珍异宝都已进了贵戚豪门，指杨国忠之徒。“中堂”两句，写美人如玉，被烟雾般的轻纱笼着，指虢国夫人还是杨玉环呢？这种攻击法，一步逼紧一步，离唐明皇只隔一层薄纸了，实在是很危险的，我们不能不佩服诗人的大胆，甚而至于替他担忧。

似乎不宜再尖锐地说下去，故转入平铺。“暖客”以下四句两联，十字作对，谓之隔句对，或扇面对，调子相当地纡缓。因意味太严重了，不能不借藻色音声的曼妙煊染一番，稍稍冲淡这个，在文情为调和恰当，在事实上正不得已耳。且竭力铺叙豪侈，反激下文，亦未尝没有意义。橙橘皆北地珍品，犹“一骑红尘妃子笑，无人知是荔枝来”。霜橙香橘尚且随便吃，酒肉凡品，自任其臭腐，不须爱惜的了。

文势稍宽平了一点儿，紧接着又大声疾呼，“朱门酒肉臭，路有冻死骨”。老杜真是一句不肯放松，一笔不肯落平的。这是传诵很广的名句，不必多说了。似乎一往高歌，暗地却结上启下，令人不觉，《镜铨》夹评“拍到路上无痕”讲得很对。到这里实在不能再说，非但文情已很酣畅，而且倘若再说下去，或者要杀头哩。如后来的文网森严，他早已够杀头的资格了。骊山宫装点得像仙界一般，而宫门之外即有路倒尸。咫尺之间，荣枯差别如此，那还有什么可说的？是的，不能再说，亦无须再说了。在这儿打住，是很恰当的。

（三）

北辕就泾渭，官渡又改辙。群冰从西下，极目高崒兀。

疑是崆峒来，恐触天柱折。河梁幸未坼，枝撑声窸窣。行李相攀援，川广不可越。老妻寄异县，十口隔风雪。谁能久不顾，庶往共饥渴。入门闻号咷，幼子饿已卒。吾宁舍一哀，里巷亦呜咽。所愧为人父，无食致夭折。岂知秋禾登，贫窭有仓卒。生常免租税，名不隶征伐。抚迹犹酸辛，平人固骚屑。默思失业徒，因念远戍卒。忧端齐终南，澒洞不可掇。

这段以三小节合成：（一）路上情形；（二）到家；（三）总结。第一部分可以独立。（二）（三）密切联络不能分拆的。以“咏怀”名篇，全篇从自己忧念家国说起，即以自己的境遇联系时局作为总结。严格说来，好诗都是整体，本质上拒绝分拆。分段不过为图解说的方便，自然不能看呆了。

第一小节第三句有“群冰”“群水”的异文。仇注“群水或作群冰，非。此时正冬，冰凌未解也。”我觉得此说不妥，曾有眉评，“此诗或作于十月下旬，正不必泥定仲冬。作‘群冰’，诗意自惬。虽冬寒，高水激湍，故冰犹未合耳。观下文‘高崒兀’‘声窸窣’，作冰为胜。”看《老残游记》第十二章，即值严冬，黄河也还在流冰。

这一小段句句写实，只“疑是崆峒来，恐触天柱折”两句，用共工氏怒触不周山的典故，像有点小题大做。王嗣奭《杜臆》以为“隐语，忧国家将覆”，这虽不一定对，但暗示时势的严重亦很有这样的可能。

千辛万苦的走到了家。他老先生一进门，就听见杜太太在那里号咷大哭，这实在非常戏剧化的。诗上说“幼子饿已卒”，“无食致夭折”，我们当然相信这是事实，不过亦可用较广义的解释，因贫困致疾而死，亦可以说饿死。“吾宁舍一哀”用《礼记·檀弓》记孔子的话“遇于一哀而出涕，予恶夫涕之无从也”。“舍”字有割舍放弃的意思，说我能够勉强达观自遣，但邻里且为之呜咽，况做父亲的人让儿子生生的饿死，岂不愧惭。时节过了秋收，粮食原不该缺乏，穷人可还不免有仓皇挨饿的。像自己这样，总算很苦的了。是否顶苦呢？倒也未必。因为他大小总是个官儿，照例可以免租税和兵役的，尚且狼狈得如此，一般平民扰乱不安的情况，（唐讳“民”字，“平人”即平民。）自必远远超过这个。弱者填沟壑，强者想造反，都是一定的。想起世上有多少失业之徒，久役不归的兵士，那些武行脚色已都扎扮好了，只等上场锣响，便要真杀真砍，大乱之来已迫眉睫，自然忧从中来，不可断绝，与终南山齐高，与大海接其混茫了。（澒洞是空气或海水流动之貌。）表面上看来，似乎穷人发痴，痴人说梦，哪知过不了几日，渔阳鼙鼓已揭天来了，方知第一诗人真是先知先觉的啊！

这一段文字仿佛闲叙家常，不很用力，却自然而然地不知不觉中已总结了全诗，极其神妙。结尾最难，必须结束得住，方才是一篇完整的诗。他思想的方式无非“推己及人”，并没有什么神秘。结合小我的生活，推想到大群；从万民的哀乐，定一国之兴衰，自然句句都真，都会应验的。以文而论，固是一代之史诗，即论事，亦千秋之殷鉴矣。

1951年8月18日　北京

钱 起

钱起（722—780？），字仲文，吴兴（今浙江省湖州市吴兴区）人。天宝九载（750年）进士，曾任蓝田尉、司勋郎中、司封郎中等，官终考功郎中。后人因称为钱考功。

钱起为“大历十才子”之一，和郎士元齐名，在诗坛上活动主要是大历时代。他们擅长五言律诗，当时有“前有沈、宋，后有钱、郎”之语。“大历十才子”中，过去对钱起的评价最高。高仲武《中兴间气集》曾列为首选，认为“芟齐、宋之浮游，削陈、梁之靡嫚”，足以接武王维。

钱起在写作态度上比较严肃认真，洗练之中，颇饶韵味；清词丽句，往往为人所传诵。但这些诗多半是流连光景之作，并无充实的内容；同时，过多地注意语言的修饰、音调的和谐，风致虽佳，却缺乏深厚的性情和沉雄的气度。较之盛唐，风格就显得平弱而不振了。

有《钱考功集》。

省试湘灵鼓瑟

善鼓云和瑟[1]，尝闻帝子灵[2]。
冯夷空自舞[3]，楚客不堪听。
苦调凄金石，清音入杳冥[4]。
苍梧来怨慕，白芷动芳馨[5]。
流水传湘浦，悲风过洞庭。
曲终人不见，江上数峰青。

【注释】

［1］云和瑟：云和，古山名。《周礼·春官大司乐》："云和之琴瑟。"

［2］尝：一作"常"。帝子：屈原《九歌》有"帝子降兮北渚。"注者多认为帝子是尧女，即舜妻。

［3］冯（píng）夷：传说中的河神名。见《后汉书·张衡传》注。《山海经》又作"冰夷"。

［4］杳冥：遥远的地方。

［5］白芷：伞形科草本植物，高四尺余，夏日开小白花。

说“曲终人不见，江上数峰青”①

——答夏丏尊先生

朱光潜

记不清在哪一部书里见过一句关于英国诗人Keats（济慈）的话，大意是说谛视一个佳句像谛视一个爱人似的。这句话很有意思，不过一个佳句往往比一个爱人更可以使人留恋。一个爱人的好处总难免有一日使你感到“山穷水尽”，一个佳句的意蕴却永远新鲜，永远带有几分不可捉摸的神秘性。谁不懂得“采菊东篱下，悠然见南山”？但是谁能说，“我看透这两句诗的佳妙了，它在这一点，在那一点，此外便别无所有？”

中国诗中的佳句有好些对于我是若即若离的。风晨雨夕，热闹场，苦恼场，它们常是我的佳侣。我常常嘴里在和人说应酬话，心里还在玩味陶渊明或是李长吉的诗句。它们是那么亲切，但同时又那么辽远！钱起的“曲终人不见，江上数峰青”两句对我也是如此。它在我心里往返起伏也足有廿多年了，许多迷梦都醒了过来，只有它还是那么清新可爱。

这两句诗的佳妙究竟何在呢？我在拙著《谈美》里曾这样说过：

① 本文选自《朱光潜全集》第八卷，安徽教育出版社 1993 年版。

情感是综合的要素，许多本来不相关的意象如果在情感上能调协，便可形成完整的有机体。比如李太白的《长相思》收尾两句“相思黄叶落，白露点青苔”，钱起的《湘灵鼓瑟》收尾两句“曲终人不见，江上数峰青”，温飞卿[①]的《菩萨蛮》前阕“水晶帘里颇黎枕，暖香惹梦鸳鸯锦。江上柳如烟，雁飞残月天”，秦少游[②]的《踏莎行》前阕“雾失楼台，月迷津渡，桃源望断无寻处。可堪孤馆闭春寒，杜鹃声里斜阳暮”，这里加点的字句所传出的意象都是物景，而这些诗词全体原来都是着重人事。我们仔细玩味这些诗词时，并不觉得人事之中猛然插入物景为不伦不类，反而觉得它们天生成地联络在一起，互相烘托，益见其美，这就由于它们在情感上是谐和的。单拿“曲终人不见，江上数峰青”来说，曲终人杳虽然与江上峰青不相干，但是这两个意象都可以传出一种凄清冷静的情感，所以它们可以调和，如果只说“曲终人不见”而无“江上数峰青”，或是说“江上数峰青”而无“曲终人不见”，意味便索然了。

这是三年前的话，前几天接得丏尊先生的信说：“近来颇有志于文章鉴赏法。昨与友人谈起‘曲终人不见，江上数峰青’，这两句大家都觉得好。究竟好在何处？有什么理由可说：苦思一夜，未获解答。”

这封信引起我重新思索，觉得在《谈美》里所说的话尚有不圆满

① 温飞卿：晚唐诗人、词人温庭筠，字飞卿。

② 秦少游：北宋诗人、词人秦观，字少游。

处。我始终相信“欣赏一首诗，就是再造一首诗”，各人各时各地的经验，学问和心性不同，对于某一首诗所见到的也自然不能一致。这就是说，欣赏大半是主观的，创造的。我现在姑且把我在此时此地所见到的写下来就正于丏尊先生，以及一般爱诗者。

我爱这两句诗，多少是因为它对于我启示了一种哲学的意蕴。“曲终人不见”所表现的是消逝，“江上数峰青”所表现的是永恒。可爱的乐声和奏乐者虽然消逝了，而青山却巍然如旧，永远可以让我们把心情寄托在它上面。人到底是怕凄凉的，要求伴侣的。曲终了，人去了，我们一霎时以前所游目骋怀的世界，猛然间好像从脚底倒塌去了。这是人生最难堪的一件事，但是一转眼间我们看到江上青峰，好像又找到另一个可亲的伴侣，另一个可托足的世界，而且它永远是在那里的。“山穷水尽疑无路，柳暗花明又一村”，此种风味似之。不仅如此，人和曲果真消逝了么；这一曲缠绵悱恻的音乐没有惊动山灵？它没有传出江上青峰的妩媚和严肃？它没有深深地印在这妩媚和严肃里面？反正青山和湘灵的瑟声已发生这么一回的因缘，青山永在，瑟声和鼓瑟的人也就永在了。

写到这里，猛然想起英国诗人华兹华斯的《独刈女》。凑巧得很，这首诗的第二节末二行也把音乐和山水凑在一起，

Breaking the silence of the seas
Among the farthest Hebrides.
传到那顶远顶远的希伯里第司
打破那群岛中的海面的沉寂。

华兹华斯在游苏格兰西北高原，听到一个孤独的割麦的女郎在唱歌，就做了这首诗。希伯里第司群岛在苏格兰西北海中，离那位女郎唱歌的地方还有很远的路。华兹华斯要传出那歌声的清脆和曼长，于是描写它在很远很远的海面所引起的回声。这两行诗作一气读，而且里面的字大半是开口的长音，读时一定很慢很清脆，恰好借字音来传出那歌声的曼长清脆的意味。我们读这句诗时，印象和读“曲终人不见，江上数峰青”两句诗很相似，都仿佛见到消逝者到底还是永恒。

玩味一首诗，最要紧的是抓住它的情趣。有些诗的情趣是一见就能了然的，有些诗的情趣却迷茫隐约，不易捉摸。本来是愁苦，我们可以误认为快乐，本来是快乐，我们也可以误认为愁苦；本来是诙谐，我们可以误认为沉痛，本来是沉痛，我们也可以误认为诙谐。我从前读“曲终人不见，江上数峰青”，以为它所表现的是一种凄凉寂寞的情感，所以把它拿来和“相思黄叶落，白露点青苔”“可堪孤馆闭春寒，杜鹃声里斜阳暮”诸例相比。现在我觉得这是大错。如果把这两句诗看成表现凄凉寂寞的情感，那就根本没有见到它的佳妙了。艺术的最高境界都不在热烈。就诗人之所以为人而论，他所感到的欢喜和愁苦也许比常人所感到的更加热烈。就诗人之所以为诗人而论，热烈的欢喜或热烈的愁苦经过诗表现出来以后，都好比黄酒经过长久年代的储藏，失去它的辣性，只剩一味醇朴。我在别的文章里曾经说过这一段话：“懂得这个道理，我们可以明白古希腊人何以把和平静穆看作诗的极境，把诗神阿波罗摆在蔚蓝的山巅，俯瞰众生扰攘，而眉宇间却常如作甜蜜梦，不露一丝被扰动的神色？”这里所谓“静穆”（serenity）自然只是一种最高理想，不是在一般诗里所能找得到的，古希腊——尤其是古希腊的造形艺术——常使我们觉到这种“静穆”的风味。“静穆”是一种豁然大悟，得到归依的心情。它好比低眉默想的观音大士，超一切忧喜，同时你也可说它泯化一切忧喜。这种境界在中国诗里不多见。屈原、阮籍、李白、杜甫都不免有些像金刚怒目，愤愤不平的样子。陶潜浑身是“静穆”，所以他伟大。

如果在“曲终人不见，江上数峰青”两句诗中见出“消逝之中有永恒”的道理，它所表现的情感就决不只是凄凉寂寞，就只有“静穆”两字可形容了。凄凉寂寞的意味固然也还在那里，但是尤其要紧的是那一片得到归依似的愉悦。这两种貌似相反的情趣都沉没在“静穆”的风味里。

江上这几排青山和它们所托根的大地不是一切生灵的慈母么？在人的原始意识中大地和慈母是一样亲切的。“来自灰尘，归于灰尘”也还是一种不朽。到了最后，人散了，曲终了，我们还可以寄怀于江上那几排青山，在它们所显示的永恒生命之流里安息。

十月十四日北平

（载《中学生》第60期，1935年12月）

再论“曲终人不见，江上数峰青”[①]

朱自清

在本志（《中学生》）六十号里见到朱孟实[②] 先生论这两句诗的文字，觉得很有趣味。自己也有点意思，写在这里，请孟实、丏尊二位先生指教。

先抄全诗：

省试湘灵鼓瑟 钱起

善鼓云和瑟，常闻帝子灵。
冯夷空自舞，楚客不堪听。
苦调凄金石，清音入杳冥。
苍梧来怨慕，白芷动芳馨。
流水传湘浦，悲风过洞庭。
曲终人不见，江上数峰青。

---

① 朱自清（1898—1948），“五四”时期代表作家，散文家、诗人、学者。代表作有散文集《背影》《春》《欧游杂记》《匆匆》《伦敦杂记》，以及学术文集《国文教学》《经典常谈》等。有《朱自清全集》（江苏教育出版社）十二卷行世。本文选自《朱自清全集》第八卷，江苏教育出版社 1993 年版。

② 朱孟实：即朱光潜。

这是一首试帖诗。诗题出于《楚辞·远游》篇，云：

使湘灵鼓瑟兮，令海若舞冯夷。

《旧唐书》（卷）一六八记此诗情形云：

起能五言诗。初从乡荐，寄家江湖。常于客舍月夜独吟，遽闻人吟于廷曰："曲终人不见，江上数峰青。"起愕然。摄衣视之，无所见矣。以为鬼怪，而志其一十字。起就试之年，李暐所试《湘灵鼓瑟》诗，题中有"青"字。起即以鬼谣十字为落句。暐深嘉之，称为绝唱，是岁登第。

"绝唱"只说得好，只说得爱好；那个鬼故事当然是后来附会出来的。至于"究竟好在何处？有什么理由可说？"前人评语不外两端：一是切题，二是所谓"远神"。唐汝询《唐诗解》卷五十云：

瑟乃神灵所弹，原无处所，是以曲终而不见其人，徒对江上数峰而惆怅也。

这里只说得上一句：压根儿就不见人，不独曲终时为然。但"江上数峰青"又与题何干呢？"湘灵"王逸无注，洪兴祖补云："上言'二女'，则此'湘灵'乃湘水之神，非湘夫人也。"可见得以前颇有人以为湘灵就是湘夫人，就是帝尧的二女。《楚辞·九歌·湘夫人》有云："九嶷缤兮并迎，灵之来兮如云"，王注云："舜使九嶷之山神缤然来迎二女。”可见得湘夫人虽“死于沅、湘之中”，却可在九嶷山里。又《山海经·中山经》云：“洞庭之山，……帝之二女居之”，这里的“二女”也就是湘夫人。那么，“江上数峰青”只是说人虽不见，却可想象她们在那九嶷山或“洞庭之山”里。钱起远在洪兴祖之前，他大概还将湘灵当作湘夫人的。

可是这么一说，这两句诗不过切题而已，何以“称为绝唱”呢？沈德潜《唐诗别裁集》评云：“远神不尽。”但又云：“落句固好，然亦诗人意中所有；谓得自鬼语，盖谤之耳。”“神”字太麻烦，姑不去解释；说“远”，说“不尽”，究竟是什么呢？既是“诗人意中所有”，该不是怎样玄虚的东西。我们可以想到所谓“远神”大概有两个意思：一是曲终而余音不绝，一是词气不竭，就是不说尽。这两个意思一从诗所咏的东西说，一从诗本身说，实在是一物的两面。

我们都知道“余音绕梁”“响遏行云”两个成语，实在是两个典故，见《列子·汤问》篇，云：

> ……秦青……抚节悲歌，声振林木，响遏行云。
>
> ……昔韩娥东之齐，匮粮，过雍门，鬻歌假食。既去而余音绕梁欐，三日不绝。

前条说声响之高，后条说声响之久；“江上数峰青”也正说的是曲调高远，袅袅于江上青峰之间，久而不绝，该是从《列子》脱化而出。可是意境全然新的，并非抄袭。所以可喜。这是一。

《全唐诗话》卷一云：

> 中宗正月晦日幸昆明池赋诗。群臣应制百余篇。帐殿前结彩楼，命“昭容”选一篇为新翻御制曲。从臣悉集其下。须臾纸落如飞，各认其名而怀之。既退，惟沈（佺期）、宋（之问）二诗不下。移时一纸飞坠，竞取而观，乃沈诗也。及闻其评曰：“二诗工力悉敌。沈诗落句云：‘微臣雕朽质，羞睹豫章才。’盖词气已竭；宋诗云：‘不愁明月尽，自有夜珠来。’犹陡健举。”沈乃伏，不敢复争。

沈说尽，宋不说尽，却留下一个新境界给人想，所以为胜。钱诗是试帖，与沈、宋应制诗体制大致相同，都是五言长律，落句也与宋异曲同工。上官昭容既定下标准在前头，影响该不在小；钱起的试官李暐或有意或无意大约也采取了这种标准，所以深为嘉许。这是二。

还有，据《旧唐书》所记及陈季等同题之作，知道此诗所限之韵中有“青”字。钱押得如此自然，怕也是成为“绝唱”的一个小因子。《唐诗别裁集》评语有云：“神来之候，功力不与”，其实就是说的这个押韵的自然。

诗中他句也有可论，但纪昀差不多都说过了，见《唐人试律说》，在《镜烟堂十种》中。

1936年2月1日

题未定草（七）[①]

鲁　迅

还有一样最能引读者入于迷途的，是“摘句”。它往往是衣裳上撕下来的一块绣花，经摘取者一吹嘘或附会，说是怎样超然物外，与尘浊无干，读者没有见过全体，便也被他弄得迷离惝恍。最显著的便是上文说过的“悠然见南山”的例子，忘记了陶潜的《述酒》和《读山海经》等诗，捏成他单是一个飘飘然，就是这摘句作怪。新近在《中学生》的十二月号上，看见了朱光潜先生的《说“曲终人不见，江上数峰青”》的文章，推这两句为诗美的极致，我觉得也未免有以割裂为美的小疵。他说的好处是：

> 我爱这两句诗，多少是因为它对于我启示了一种哲学的意蕴。“曲终人不见”所表现的是消逝，“江上数峰青”所表现的是永恒。可爱的乐声和奏乐者虽然消逝了，而青山却巍然如旧，永远可以让我们把心情寄托在它上面。人到底是怕凄凉

① 鲁迅（1881—1936），原名周树人，现代文学家、思想家，“五四”新文化运动的重要参与者，中国现代文学奠基人。在文学创作、文学批评、思想研究、文学史研究、翻译、美术理论引进、基础科学介绍和古籍校勘与研究等多个领域均有重大贡献。代表作有小说集《呐喊》《彷徨》，散文集《朝花夕拾》《野草》，以及《中国小说史略》等。本文节选自鲁迅《且介亭杂文二集》，见《鲁迅全集》第六卷，人民文学出版社 1981 年版。

> 的，要求伴侣的。曲终了，人去了，我们一霎时以前所游目骋怀的世界猛然间好像从脚底倒塌去了。这是人生最难堪的一件事，但是一转眼间我们看到江上青峰，好像又找到另一个可亲的伴侣，另一个可托足的世界，而且它永远是在那里的。“山穷水尽疑无路，柳暗花明又一村”，此种风味似之。不仅如此，人和曲果真消逝了么；这一曲缠绵悱恻的音乐没有惊动山灵？它没有传出江上青峰的妩媚和严肃？它没有深深地印在这妩媚和严肃里面？反正青山和湘灵的瑟声已发生这么一回的因缘，青山永在，瑟声和鼓瑟的人也就永在了。

这确已说明了他的所以激赏的原因。但也没有尽。读者是种种不同的，有的爱读《江赋》和《海赋》，有的欣赏《小园》或《枯树》。后者是徘徊于有无生灭之间的文人，对于人生，既惮扰攘，又怕离去，懒于求生，又不乐死，实有太板，寂绝又太空，疲倦得要休息，而休息又太凄凉，所以又必须有一种抚慰。于是“曲终人不见”之外，如“只在此山中，云深不知处”或“笙歌归院落，灯火下楼台”之类，就往往为人所称道。因为眼前不见，而远处却在，如果不在，便悲哀了，这就是道士之所以说“至心归命礼，玉皇大天尊！”也。

抚慰劳人的圣药，在诗，用朱先生的话来说，是“静穆”：

> 艺术的最高境界都不在热烈。就诗人之所以为人而论，他所感到的欢喜和愁苦也许比常人所感到的更加热烈。就诗人之所以为诗人而论，热烈的欢喜或热烈的愁苦经过诗表现出来以后，都好比黄酒经过长久年代的储藏，失去它的辣性，

> 只剩一味醇朴。我在别的文章里曾经说过这一段话："懂得这个道理，我们可以明白古希腊人何以把和平静穆看作诗的极境，把诗神亚波罗摆在蔚蓝的山巅，俯瞰众生扰攘，而眉宇间却常如作甜蜜梦，不露一丝被扰动的神色？"这里所谓"静穆"（Serenity）自然只是一种最高理想，不是在一般诗里所能找得到的。古希腊——尤其是古希腊的造形艺术——常使我们觉到这种"静穆"的风味。"静穆"是一种豁然大悟，得到归依的心情。它好比低眉默想的观音大士，超一切忧喜，同时你也可说它泯化一切忧喜。这种境界在中国诗里不多见。屈原阮籍李白杜甫都不免有些像金刚怒目，愤愤不平的样子。陶潜浑身是"静穆"，所以他伟大。

古希腊人，也许把和平静穆看作诗的极境的罢，这一点我毫无知识。但以现存的希腊诗歌而论，荷马的史诗，是雄大而活泼的，沙孚的恋歌，是明白而热烈的，都不静穆。我想，立"静穆"为诗的极境，而此境不见于诗，也许和立蛋形为人体的最高形式，而此形终不见于人一样。至于亚波罗之在山巅，那可因为他是"神"的缘故，无论古今，凡神像，总是放在较高之处的。这像，我曾见过照相，睁着眼睛，神清气爽，并不像"常如作甜蜜梦"。不过看见实物，是否"使我们觉到这种'静穆'的风味"，在我可就很难断定了，但是，倘使真的觉得，我以为也许有些因为他"古"的缘故。

我也是常常徘徊于雅俗之间的人，此刻的话，很近于大煞风景，但有时却自以为颇"雅"的：间或喜欢看看古董。记得十多年前，在北京认识了一个土财主，不知怎么一来，他也忽然"雅"起来了，买了一个鼎，据说是周鼎，真是土花斑驳，古色古香。而不料过不几天，他竟叫铜匠把它的土花和铜绿擦得一干二净，这才摆在客厅里，闪闪的发着铜光。这样的擦得精光的古铜器，我一生中还没有见过第二个。一切“雅士”，听到的无不大笑，我在当时，也不禁由吃惊而失笑了，但接着就变成肃然，好像得了一种启示。这启示并非“哲学的意蕴”，是觉得这才看见了近于真相的周鼎。鼎在周朝，恰如碗之在现代，我们的碗，无整年不洗之理，所以鼎在当时，一定是干干净净，金光灿烂的，换了术语来说，就是它并不“静穆”，倒有些“热烈”。这一种俗气至今未脱，变化了我衡量古美术的眼光，例如希腊雕刻罢，我总以为它现在之见得“只剩一味醇朴”者，原因之一，是在曾埋土中，或久经风雨，失去了锋棱和光泽的缘故，雕造的当时，一定是崭新，雪白，而且发闪的，所以我们现在所见的希腊之美，其实并不准是当时希腊人之所谓美，我们应该悬想它是一件新东西。

凡论文艺，虚悬了一个“极境”，是要陷入“绝境”的，在艺术，会迷惘于土花，在文学，则被拘迫而“摘句”。但“摘句”又大足以困人，所以朱先生就只能取钱起的两句，而踢开他的全篇，又用这两句来概括作者的全人，又用这两句来打杀了屈原、阮籍、李白、杜甫等辈，以为“都不免有些像金刚怒目，愤愤不平的样子”。其实是他们四位，都因为垫高朱先生的美学说，做了冤屈的牺牲的。

我们现在先来看一看钱起的全篇罢：

省试湘灵鼓瑟

善鼓云和瑟，常闻帝子灵。冯夷空自舞，楚客不堪听。

苦调凄金石，清音入杳冥。苍梧来怨慕，白芷动芳馨。流水传湘浦，悲风过洞庭。曲终人不见，江上数峰青。

要证成“醇朴”或“静穆”，这全篇实在是不宜称引的，因为中间的四联，颇近于所谓“衰飒”。但没有上文，末两句便显得含胡，不过这含胡，却也许又是称引者之所谓超妙。现在一看题目，便明白“曲终”者结“鼓瑟”，“人不见”者点“灵”字，“江上数峰青”者做“湘”字，全篇虽不失为唐人的好试帖，但末两句也并不怎么神奇了。况且题上明说是“省试”，当然不会有“愤愤不平的样子”，假使屈原不和椒兰吵架，却上京求取功名，我想，他大约也不至于在考卷上大发牢骚的，他首先要防落第。

我们于是应该再来看看这《湘灵鼓瑟》的作者的另外的诗了。但我手头也没有他的诗集，只有一部《大历诗略》，也是迂夫子的选本，不过篇数却不少，其中有一首是：

下第题长安客舍

不遂青云望，愁看黄鸟飞。梨花寒食夜，客子未春衣。世事随时变，交情与我违。空余主人柳，相见却依依。

一落第，在客栈的墙壁上题起诗来，他就不免有些愤愤了，可见那一首《湘灵鼓瑟》，实在是因为题目，又因为省试，所以只好如此圆转活脱。他和屈原、阮籍、李白、杜甫四位，有时都不免是怒目金刚，但就全体而论，他长不到丈六。

世间有所谓“就事论事”的办法，现在就诗论诗，或者也可以说是无碍的罢。不过我总以为倘要论文，最好是顾及全篇，并且顾及作者的全人，以及他所处的社会状态，这才较为确凿。要不然，是很容易近乎说梦的。但我也并非反对说梦，我只主张听者心里明白所听的是说梦，这和我劝那些认真的读者不要专凭选本和标点本为法宝来研究文学的意思，大致并无不同。自己放出眼光看过较多的作品，就知道历来的伟大的作者，是没有一个“浑身是‘静穆’”的。陶潜正因为并非“浑身是‘静穆’，所以他伟大”。现在之所以往往被尊为“静穆”，是因为他被选文家和摘句家所缩小，凌迟了。

韩　愈

韩愈（768—824），字退之，河内修武（今河南省修武县）人，“唐宋八大家”之一。韩氏郡望为昌黎，每自称昌黎韩愈，后世称韩昌黎。贞元八年（792年）进士。曾先后任宣武及宁武节度使判官。贞元末，官监察御史，因上书言事，贬阳山令。宪宗时，累官至太子右庶子，随宰相裴度平淮西，迁刑部侍郎。因谏佛骨事，贬潮州刺史，移袁州。穆宗时，召为国子监祭酒，历京兆尹及兵部、吏部侍郎。谥文，又称韩文公。

韩愈是杰出的散文家和诗人。他才高学博，刻意避熟求生；同时，在语言的运用上，又好以散文的字法句法，通之于诗，在盛唐后诗歌盛极而衰之际，开创了一种雄肆奇险的新风尚，然而有时也显得功力有余，韵味不足。其成功与失败处都对后来的宋诗产生重大影响。

有《昌黎先生集》，其中诗三百七十余首。

山　石

山石荦确行径微[1]，黄昏到寺蝙蝠飞。
升堂坐阶新雨足，芭蕉叶大栀子肥[2]。
僧言古壁佛画好，以火来照所见稀。
铺床拂席置羹饭[3]，疏粝亦足饱我饥[4]。
夜深静卧百虫绝，清月出岭光入扉[5]。
天明独去无道路，出入高下穷烟霏[6]。
山红涧碧纷烂漫[7]，时见松枥皆十围[8]。
当流赤足蹋涧石，水声激激风生衣。
人生如此自可乐，岂必局束为人鞿[9]？
嗟哉吾党二三子[10]，安得至老不更归！

【注释】

[1] 荦（luò）确：险峻不平貌。微：窄狭。

[2] “升堂”二句：意谓到寺之后，进入客堂，看阶前风景。阶下的芭蕉和栀子因为得到充足的雨水，长得异常肥大。栀子，茜草科常绿灌木，夏日开花。栀，一作“支”。

[3] 羹饭：泛指菜饭。

[4] 疏粝（lì）：粗糙的食品。粝，糙米。

[5] “清月”句：这是下弦月，所以半夜才出山。光入扉，月光穿过门户，照进室内。

[6] “天明”二句：写清晨独行在烟云迷茫的深山中。无道

路，辨不清道路。出入高下，走出了这个山谷，又进入了那个山谷，一上一下，时高时低。穷，尽。烟霏，流动的烟云。

［7］涧：两山之间的溪流。纷：繁盛。烂漫：光彩照人貌。

［8］枥：同“栎”，植物名，壳斗科落叶乔木。

［9］“岂必”句：在这之前，韩愈都是过着幕僚生活，俯仰随人，故有此感。局束，犹言局促、拘束。为人鞿，为别人所控制，不得自由。鞿，套在马口上的缰绳。

［10］吾党二三子：指和自己志同道合的那些朋友。

释韩愈《山石》[1]

施蛰存

魏晋南北朝，是文学发展倾向于轻浮靡丽的时期，尤其是齐、梁、陈三朝一百年间，诗文都只讲文字之美，而内容空虚，思想庸俗。诗则盛行宫体，文则堆砌骈语。经过初唐的沈佺期、宋之问，盛唐的王维、孟郊、李白、杜甫[2]，诗的风气总算纠正过来了，但文体却还以骈语为主。开元、天宝以后，张说、贾至、李华、独孤及、元结等人，曾有志于改变文风，写作醇朴通畅的新散文，但只是个人的努力，而没有成为风气。到韩愈出来，猛力攻击近体文的陈言滥调，主张写散文要学习“三代两汉之书”，要学习孟子、荀子、司马迁、扬雄的文章。除了他自己的实践以外，他的学生李翱、皇甫湜等人也跟着写作新散文。他们的口号虽是复古，其成就却是在继承先秦、两汉的基础上创造了一种新的文体，扫荡了六朝以来浮靡骈俪的文风。因此，在文学史上，韩愈的地位，首先是一位古文运动的倡导者。

但是，在诗的领域中，韩愈也是一位唐诗的大家。他的作诗，也实践了他对散文的理论：文字要排除陈言滥调，排除隐晦诘曲。思想内容要“言之有物”。就是要求先有情感，然后作诗，不要无病呻吟。这也就是刘勰所谓要“为情造文”，而不是“为文造情”（见

---

① 选自施蛰存《唐诗百话》，上海古籍出版社 1987 年版。原题《韩愈：山石》。

② 孟郊应为孟浩然。孟郊为中唐诗人。

《文心雕龙·情采》）。他把诗的语言和散文的语言统一起来，散文里用的词藻，也可以用在诗里。又把散文的语法结构和诗的语法结构统一起来，诗的句法并不需要改变散文的句法。这样，他的三百八十首诗就呈现了一种新的面目：因为不避免散文词语，他的诗里出现了许多人以为生涩、怪僻的词语；因为引进了散文的句法、篇法，他的诗就像是一篇押韵的散文。守旧的人不承认他的诗是诗，说他是“以文为诗”，但无论如何他给唐诗开创了一个新的流派。

韩愈的诗，影响了一些同时的诗人，如孟郊、贾岛、卢仝、刘叉、李贺等。这些人又各自有发展和变化，创造了各人独特的风格。但是，在韩愈死后不久，他的影响就消失了，晚唐、五代的诗文，都起了回潮。直到宋代，才有穆修、欧阳修等人起来重振古文运动，而以黄庭坚为首的江西诗派，显然也是韩愈诗派的继承者。

宋元以来的诗论家，对韩愈的诗有极不相同的看法。《苕溪渔隐丛话》记沈括和吕惠卿二人谈诗，沈括说：“韩退之诗乃押韵之文耳，虽健美富赡，而格不近诗。”吕惠卿说：“诗正当如是。我朝诗人以来，未有如退之者。”这两人的观点，可以代表历代评价韩诗的两派。苏东坡说：“诗之美者，莫如韩退之；然诗格之变，自退之始。”（《苕溪渔隐丛话前集》卷十七引）这句话，和沈括的观点一样。承认韩愈的诗是好的。但是由于他们对于诗有一个固执的、保守的认识，他们从诗的面目看，终觉得韩愈是“以文为诗”。尽管“押韵”，还是文而不是诗。吕惠卿从诗的精神看，肯定诗正应当这样做，尽管用了散文的表现方法，但表现得成为诗了。

“以文为诗”，用我们今天的话来解释，就是不用或少用形象思维，像散文一样直说的句法较多。诗的装饰成分被剥落了，就直接呈现了它的本质。本质是诗，它还是诗；本质不是诗，它才是“押韵之文”。

韩愈的诗，已经一反他以前诗人的规律，极少用形象思维了。但由于他毕竟是个诗人，他的诗有丰富的诗意，所以他还有许多很好的诗篇。《山石》是韩愈的著名作品，可以代表他的七言古诗的风格，我们现在就选讲此诗。诗题《山石》，是用全篇开始二字为题，并不是赋咏山石。

全诗二十句，一韵到底。描写他在某一天下午游山，在寺里住了一夜，次日早晨出山归家途中的所见所感。这是一首朴素简净的记游诗。开始用二句叙述游山到寺，一路上都是坚硬的山石，行走在若有若无的山路上，到寺时已是蝙蝠乱飞的黄昏时候了。接着又用二句写寺内景物。走上寺院里的客堂，坐在台阶上休息。由于连日雨水饱足，院子里的芭蕉叶都舒展得很大，栀子花也开得很丰肥。以下便写寺中和尚待客人的情况。和尚和客人闲谈，讲起佛殿里有很好的壁画，说着就取灯火来照给客人看，可是客人能见到的画面不多，因为墙壁年代古远，画面大多剥落或黝黑。于是和尚铺床拂席给客人供应晚饭。虽然饭米粗糙，仍然可以解饥。此下二句写夜晚的情况。夜深了，院子里各种昆虫的鸣声已都停止，客人静卧在床上，看见清明的月亮从山岭背后升起，立刻有亮光照进了窗户。接着用四句描写天明后出山回家的情况：这时晓雾还未消散，独自在山里走，出山又入山，上山又下山，随意走去，没有一定的道路。时时看到红的山花，绿的涧水，煞是缤纷烂漫。还有几人合抱的大松树和栎树。如果碰到溪涧，就赤脚踏石而过，这时水声激激，微风吹衣。最后就用四句感慨来结束：像这样的生活，自有乐趣，何必要被人家所拘束，不得自由自在呢？我们这两三个人，怎么能在这里游山玩水，到老不再回去呢？

韩愈在贞元八年（793年）登进士第后，一直没有官职。贞元十一年，三次上书宰相，希望任用，都没有效果。贞元十二年，在汴州，宣武节度使董晋请他去当观察推官。到贞元十五年，董晋卒，军人叛乱，韩愈逃难到徐州。徐州节度使张建封留他当节度推官。十六年夏，辞职回洛阳。这首诗就是贞元十六年秋在洛阳所作。当时他还是初任官职，已经感到处处受人拘束，因而发出了这些牢骚。结句的“归”字是“回去”之意，有人讲作“归隐”，就和“不更”二字矛盾了。

初、盛唐诗人作七言古体，往往喜欢用一些对偶句法。即使在杜甫的大篇七古中，也屡见对句。只有韩愈的七古，绝对不用对句。他只像说话一样，顺次写下去，好像不在语言文字上做雕琢功夫。这就是“以文为诗”的一个特征。但是如果把这篇游记写成散文，字句一定还要繁琐，而韩愈则把他从下午到次日清晨的这一次游览的每一段历程，选取典型事物，用最精简的字句，二句或四句，表现了出来。这就毕竟还不同于散文了。他的叙述，粗看时，好比行云流水，没有细密的组织，但你如果深入玩味，就能发现他是处处有照顾的。“无道路”呼应了上文的“行径微”。“出入高下”呼应了上文的“山石荦确”。“赤足踏涧石”呼应了上文的“新雨足”。在黄昏时看壁画，是“以火来照所见稀”；在清晨的归路上，则看见了山红涧碧和巨大的松栎。前后两个“见”字，形成对比。在一句之中，也有呼应。“蝙蝠飞”是“黄昏”时候，“百虫绝”，所以“静卧”。只有“吾党二三子”和上文的“天明独去”似乎有些矛盾。他这次游山，恐怕是和两三个朋友结伴同行的，要不然，为什么说“嗟哉吾党二三子”呢？但如果有两三人同行，又为什么说“天明独去”呢？看来这个“独”字，不可死讲，不能讲作“独我一人”，而应该讲作“只有我们几个人”。《项羽本纪》叙述沛公兵败成皋时，“独与滕公出成皋北门”。又在鸿门宴上“脱身独去”，其实当时还有从人。这里的独字也是同样用法。

何义门（焯）在《义门读书记》中评这首诗云：“直书即目，无意求工，而文自至。一变谢家模范之迹，如画家之荆关也。”这是赞扬作者的创作方法纯用自然，不刻意做作，而达到极高的境界。宋齐时代，谢灵运、谢惠连、谢朓等一派诗人，创造了描写风景的诗，极力模山范水，在选字造句方面，终有费力的痕迹，而韩愈此诗，却如“荆关画派”的白描山水，不用色采渲染。

字句精简而朴素，思想内容直率地表现，使韩愈的七古有一种刚劲之气。施补华在《岘佣说诗》中评云：“七古盛唐以后，继少陵而霸者，唯有韩公。韩公七古，殊有雄强奇杰之气，微嫌少变化耳。”这也可以说是公论。杜甫以后，韩愈的七古，确实可以独霸诗坛。至于嫌他“少变化”，则是思维方法的问题。韩愈为人直爽，他的诗，也像他的散文一样，不喜婉转曲折，始终是依照思维逻辑进行抒写，因而篇法上就没有多大变化。

元代诗人元好问写过三十首《论诗绝句》，其中有一首是涉及《山石》的：

“有情芍药含春泪，无力蔷薇卧晚枝。”
拈出退之“山石”句，始知渠是女郎诗。

“有情芍药”二句是秦少游《春雨》诗中的句子。元好问以为这样的诗句，如果和韩愈的《山石》诗来比较，就知道秦少游这二句是“娘儿们”的诗。说秦少游诗是“女郎诗”，是形容它柔弱无力，反过来也就烘托出韩愈此诗的“雄强奇杰”，有丈夫气了。美学上有温柔的美和刚健的美，韩愈的七古，属于刚健的美。

1979年4月25日

听颖师弹琴

昵昵儿女语，恩怨相尔汝[1]；
划然变轩昂，勇士赴敌场。
浮云柳絮无根蒂，天地阔远随飞扬。
喧啾百鸟群，忽见孤凤凰[2]。
跻攀分寸不可上，失势一落千丈强[3]。
嗟余有两耳，未省听丝篁[4]。
自闻颖师弹，起坐在一旁。
推手遽止之，湿衣泪滂滂[5]。
颖乎尔诚能[6]，无以冰炭置我肠[7]。

【注释】

［1］“昵昵”二句：意谓琴声之缠绵宛转，有如青年男女谈情说爱似的。昵，“暱”的同音假借字。昵昵，亲近的意思，一作“妮妮”或“呢呢”，义并同。恩，恩爱。尔和汝，都是第二人的昵称。相尔汝，犹言卿卿我我。按：晋武帝问孙皓：“闻南人好作《尔汝歌》，颇能为不？”（《世说新语·排调》）《尔汝歌》是江南一带民间流行的情歌，歌词每句用“尔”或“汝”，以表明彼此关系的亲昵。此取其义。

［2］“喧啾”二句：比喻琴声的高超，不同于俗调。喧啾，百鸟杂碎声。

［3］“跻攀”二句：写声调高低的变化。跻，登。跻攀，意指调子越弹越高。分寸不可上，形容高到不能再高。千丈强，多于千丈，极言其低。

［4］省：懂得。丝篁：即丝竹、弦管，泛指乐器，这里借指音乐。

［5］滂滂：流溢貌。

［6］能：指精于弹琴。

［7］“无以”句：意谓琴声荡人心魂，再弹就禁受不起。冰炭置肠，比喻情感剧烈的波动。《庄子·人间世》郭象注：“喜惧战于胸中，固已结冰炭于五藏（脏）矣。”

颖乎尔诚能　无以冰炭置我肠①

——说韩愈《听颖师弹琴》

陈迩冬

唐代是我国诗歌的时代，音乐的时代……

唐代诗歌中描写音乐之美的作品不少，就以韩愈同时的诗人名篇而论，如白居易的《琵琶行》、李贺的《李凭箜篌引》……。写琴声要数韩愈这篇《听颖师弹琴》：

昵昵儿女语，
恩怨相尔汝。

划然变轩昂，勇士赴敌场。
浮云柳絮无根蒂，天地阔远随飞扬。
喧啾百鸟群；
忽见孤凤凰。
跻攀分寸不可上，

① 陈迩冬（1913—1990），著名学者、诗人、古典文学评论家。二十世纪三四十年代曾从事文学创作，后致力于学术研究和古籍整理。编有《苏轼诗选》《苏轼词选》《苏东坡诗词选》《史记选注》《韩愈诗选》及《宋词纵谈》《它山室诗话》等。本文节选自《唐诗鉴赏集》，人民文学出版社 1981 年版。

失势一落千丈强！

嗟余有两耳，未省听丝篁。

自闻颖师弹，起坐在一旁。

推手遽止之；湿衣泪滂滂。

颖乎尔诚能！

无以冰炭置我肠！

上面我用新诗形式把它录出，是为了鉴赏时（是用眼，不是用耳）稍醒目一点，可以约略体会一下“章法”。第一段两句，其所以与第二段隔行，是为了这首诗中只这两句用“语”“汝”上声（第三声）为韵。自二段始至三段末，就换了韵，一韵到底了。它是开始用轻声，一瞥而过；接着换了重声，以宏亮的音响进入了主题。变幻虽多，而韵脚全用“场”“肠”阳平（第二声）。很可能是作者受了琴声的感染，也影响了他此诗的选韵。

初听琴声，如闻少年男女情话，卿卿我我，恩恩怨怨。“昵昵”一作“妮妮”，就是“亲密地”的叠词。

但下面划然一声骤响，变作了“男高音”，是战士进行曲。一会儿又变作如在寥廓天地的流云飞絮。接着又百鸟争喧鸣；中有孤凤独唱。“忽见孤凤凰”的“见”，是“现”字的古写，不是眼见，是声中出现。最后又作攀登高峰，手足并用，前进竟是步步维艰，分寸难上；忽然失势，一落千丈！琴声戛然便止。似未完，似已完，不待“推手遽止之”而收。

“未省”，谦辞也。作者自叹，从来未听过，琴声忽泛、忽潮忽约、忽涩，忽滑……，听时忽起忽坐，听完了泪湿衣裳。有听琴听得哭的么？这也许是夸张手法，言其琴声感人之深；也许韩愈真的流了泪，因为诗人结合到他那个时代和他半生身世，政潮起伏，宦海浮沉，尤其是由琴声想起他被斥、受贬、远谪，准备死……的过去的日子。

琴曲的主题也许似倾诉了韩愈的心，韩愈的平生？也许是“无标题音乐”，也竟如此感人，使听者觉得琴声中有我？韩愈没有明说，但我们读诗时可以捉摸到他当时颤动的下意识之弦吧！

也许是弹琴者自己“湿衣泪滂滂”，而听琴者“推手遽止之”？这很少可能，颖师是高僧，琴技久精，……自己惯听，声感撼人胜于摇动自己。“止之”者止其不再弹，以免“冰炭置我肠”，忽冷忽热——奇寒、高温，怎么经受得了！听琴诗人如此说，以结束全诗，这样就从具象的感受中，烘托出性灵的共鸣，比说最好的享受一类的话头还要好些。

与韩愈同时，也有李贺的《听颖师弹琴歌》：

别浦云归桂花渚，蜀国弦中双凤语。芙蓉叶落秋鸾离；越王夜起游天姥。暗佩清臣敲水玉；渡海蛾眉牵白鹿。谁看挟剑赴长桥？谁看浸发题春竹？……

姚经三云：

别浦，状其幽忽；双凤，状其和鸣；秋鸾，状其激楚；越王夜游天姥，状其飘渺凌空；清臣鸣佩，状其清肃；渡海蛾眉，状其珊珊欲仙；如周处之斩蛟，状其时而猛烈；如张颠之属草，状其时而纵横。

姚佺云：

首句“言其悠缓”；次句“言其和”；三句“近于萧骚激楚”；四句“其琴声之浩荡”；五句“言其洁而声清”；六句“言其神”；七句“状琴声之勇”；八句“状其从横之势”。（五、六、七三句评，系姚本中丘季贞语）

李贺是韩门诗人，试取两家同题之作参看，可以窥及他们是同样的手法。两家又都陈言务去，新辞自铸，而韩诗则更显得文从字顺。

昔人有云：“诗无定解。”让读者自己鉴赏吧，这里我不多饶舌。

韩愈这首诗是在唐元和十一年（816年）作的，距今将一千二百年了。在他以前有没有听琴的好诗？有的。如李白的《听蜀僧濬弹琴》：

蜀僧抱绿绮，西下峨嵋峰。为我一挥手，如听万壑松。
客心洗流水，余响入霜钟。不觉碧山暮，秋云暗几重。

李白在“为我一挥手”之下，只用三句，三个形象——万壑松涛、流水、霜钟，未直写琴声，下面用久听不觉日暮结束。韩愈则用了十句，七个形象连喻（前六句每两句是一个形象，后四句是每一句一个形象，这种连喻，属于“积极修辞”手法，古已有之，非韩愈所创立，但却是他大开法门，如他的《南山》《石鼓歌》……后来苏轼更发展了这种连喻），再用八句来写听后的感受（所谓“议论”，后来宋诗多继承这种写法，如黄庭坚），似不如李白的“羚羊挂角，无迹可求”。但李白的是律诗，自应如彼。韩愈的是古体，尽可如此。若论两诗诗风，以画来作比方：李诗似水墨写意，境界高超；韩诗如金碧重彩，工笔功底深厚。各有各的佳处，未可轩轾。不过韩诗显得更卖力，我们千载之后的读者不可轻视他的这分力。这分力，后来苏轼掂出了它的分量，认为琴诗中以这首为最好。不过却被欧阳修否定了。

苏词中有一首《水调歌头》，就是按韩愈这首诗改写的。有序云：

> 欧阳文忠公尝问余：“琴诗何者最善？”答以退之听颖师琴诗。公曰：“此诗固奇丽，然非听琴，乃听琵琶诗也。”余深然之。建安章质夫家善琵琶者，乞为歌词，余久不作，特取退之诗稍加隐括，使就声律以遣之云。

那词也改写得好，兹录于下：

> 昵昵儿女语，灯火夜微明。恩怨尔汝来去，弹指泪和声。忽变轩昂勇士，一鼓填然作气，千里不留行。回首暮云远，飞絮搅青冥。众禽里，真彩凤，独不鸣。跻攀寸步千险，一落百寻轻。烦子指问风雨，置我肠中冰炭，起坐不能平。推手从归去，无泪与君倾。

欧阳修说韩愈这诗不是听琴而是听琵琶，苏轼就信了，把这诗谱为琵琶词。欧阳与苏，是座师门生关系，我想恐怕是门生当时不便驳回老师的违心话。后来以《水调歌头》作琵琶词，则是苏轼显示其才气之作。

欧阳修的“非琴诗”说，苏轼不驳，另有人驳。

蔡绦《西清诗话》云：

> “昵昵儿女语，恩怨相尔汝”，言轻柔细屑，真情出见（现）也。“划然变轩昂，勇士赴敌场”，精神愈谨，耸观听也。“浮云柳絮无根蒂，天地阔远随飞扬”，纵横变态，浩乎不失自然也。“喧啾百鸟群，忽见孤凤凰”，又见颖师孤绝，不同流俗下俚声也。“跻攀分寸不可上，失势一落千丈强”起伏抑扬，不主故常也。皆指下丝声妙处，惟琴为然。琵琶格上声，乌能尔耶？退之深得其趣，未易讥评也。

许彦周《彦周诗话》云：

> “浮云柳絮无根蒂，天地阔远随飞扬”，此泛声也，谓轻非丝，重非木也。“喧啾百鸟群，忽见孤凤凰”，此泛声中寄指声也。“跻攀分寸不可上”，吟绎声也。“失势一落千丈强”，顺下声也。善琴者此数声最难工。

蔡、许也都是宋人，上面录存这两家的话，供鉴赏此诗者之一助。韩诗此篇确为听琴，而且听出了，也写出了琴声之妙。难道我还能比他们说得更中肯么？

1980 年 9 月于北京

白居易

白居易（772—846），字乐天，晚号香山居士，原籍太原，后迁居为下邽（今陕西省渭南市）人。贞元十六年（800年）进士，授秘书省校书郎，补盩厔（zhōuzhì）尉。元和时，曾任翰林学士、左拾遗及左赞善大夫。因上书言事，贬江州司马，移忠州刺史。长庆时，由中书舍人出任杭州、苏州刺史。晚年，以太子宾客及太子少傅分司东都。官终刑部尚书。世称白香山。

白居易认为“文章合为时而著，歌诗合为事而作”（《与元九书》），强调继承《诗经》的优良传统和杜甫的创作精神。其早期所作政治讽喻诗如《秦中吟》及《新乐府》等，思想倾向鲜明，对当时社会问题的症结，作了系统的揭发和批判，在“新乐府运动”中显示了最优异的业绩。与元稹齐名，并称元、白。晚年，因政治混乱，不愿卷入朋党斗争的旋涡，退居洛下，以诗酒自娱，并崇奉佛教，有逃避现实的消极思想。其诗善于叙述，语言浅易，相传老妪能解。以《长恨歌》《琵琶行》为代表的长篇叙事诗，也是他成就的一个重要方面。

有《白氏长庆集》。

长恨歌

汉皇重色思倾国[1]，御宇多年求不得[2]。
杨家有女初长成，养在深闺人未识。
天生丽质难自弃，一朝选在君王侧[3]。
回眸一笑百媚生，六宫粉黛无颜色[4]。
春寒赐浴华清池[5]，温泉水滑洗凝脂[6]。
侍儿扶起娇无力[7]，始是新承恩泽时。
云鬓花颜金步摇[8]，芙蓉帐暖度春宵。
春宵苦短日高起，从此君王不早朝。
承欢侍宴无闲暇，春从春游夜专夜。
后宫佳丽三千人，三千宠爱在一身。
金屋妆成娇侍夜[9]，玉楼宴罢醉和春。
姊妹弟兄皆列土，可怜光彩生门户。
遂令天下父母心，不重生男重生女[10]。
骊宫高处入青云[11]，仙乐风飘处处闻。
缓歌慢舞凝丝竹，尽日君王看不足[12]。
渔阳鼙鼓动地来[13]，惊破《霓裳羽衣曲》[14]。
九重城阙烟尘生[15]，千乘万骑西南行。
翠华摇摇行复止[16]，西出都门百余里[17]。
六军不发无奈何，宛转蛾眉马前死[18]。
花钿委地无人收，翠翘金雀玉搔头[19]。

君王掩面救不得，回看血泪相和流。
黄埃散漫风萧索，云栈萦纡登剑阁[20]。
峨嵋山下少人行[21]，旌旗无光日色薄[22]。
蜀江水碧蜀山青，圣主朝朝暮暮情。
行宫见月伤心色[23]，夜雨闻铃肠断声[24]。
天旋日转回龙驭[25]，到此踌躇不能去。
马嵬坡下泥土中，不见玉颜空死处[26]。
君臣相顾尽沾衣，东望都门信马归[27]。
归来池苑皆依旧，太液芙蓉未央柳[28]。
芙蓉如面柳如眉，对此如何不泪垂？
春风桃李花开日[29]，秋雨梧桐叶落时。
西宫南苑多秋草[30]，宫叶满阶红不扫。
梨园弟子白发新[31]，椒房阿监青娥老[32]。
夕殿萤飞思悄然，孤灯挑尽未成眠[33]。
迟迟钟鼓初长夜，耿耿星河欲曙天[34]。
鸳鸯瓦冷霜华重，翡翠衾寒谁与共[35]？
悠悠生死别经年，魂魄不曾来入梦。
临邛道士鸿都客[36]，能以精诚致魂魄。
为感君王展转思，遂教方士殷勤觅。
排空驭气奔如电，升天入地求之遍。
上穷碧落下黄泉，两处茫茫皆不见[37]。
忽闻海上有仙山，山在虚无缥缈间。
楼阁玲珑五云起[38]，其中绰约多仙子[39]。
中有一人字太真[40]，雪肤花貌参差是[41]。

金阙西厢叩玉扃[42]，转教小玉报双成[43]。
闻道汉家天子使，九华帐里梦魂惊[44]。
揽衣推枕起徘徊，珠箔银屏迤逦开[45]。
云鬓半偏新睡觉，花冠不整下堂来。
风吹仙袂飘飖举，犹似霓裳羽衣舞。
玉容寂寞泪阑干[46]，梨花一枝春带雨。
含情凝睇谢君王[47]：一别音容两渺茫。
昭阳殿里恩爱绝[48]，蓬莱宫中日月长[49]。
回头下望人寰处，不见长安见尘雾。
惟将旧物表深情[50]，钿合金钗寄将去[51]。
钗留一股合一扇，钗擘黄金合分钿[52]。
但令心似金钿坚，天上人间会相见。
临别殷勤重寄词，词中有誓两心知。
七月七日长生殿[53]，夜半无人私语时。
在天愿作比翼鸟，在地愿为连理枝[54]。
天长地久有时尽，此恨绵绵无绝期！

【注释】

［1］“汉皇”句：汉皇，汉武帝。汉武帝宠李夫人，这里借以指唐玄宗和杨贵妃之间的关系。《汉书·高帝纪赞》“汉帝本系，出自唐帝”（唐指唐尧），故唐人多以汉代唐。李夫人出身倡家，未入宫前，其兄延年在武帝面前唱的歌辞中有“北方有佳人，绝世而独立。一顾倾人城，再顾倾人国”的话，引起武帝的注意，李夫人因而入宫。事见《汉书·外戚传》。“倾城”“倾国”，本来是夸

张形容美色的迷人，后来一般都用作美女的代称。

［2］御宇：御临宇内，即统治天下的意思。

［3］“杨家”四句：《新唐书·杨贵妃传》载玄宗贵妃杨氏：“幼孤，养叔父家。始为寿王妃。开元二十四年（当作二十五年）武惠妃薨，后廷无当帝意者。或言妃姿质天挺，宜充掖廷。遂召内（纳）禁中，异之，即为自出妃意者，丐籍女冠（请求出家入女道士籍），号太真。更为寿王聘韦昭训女，而太真得幸。”《新唐书·玄宗纪》载天宝四载（745年）八月壬寅，“立太真为贵妃”。陈鸿《长恨歌传》谓：“明年，册为贵妃。”推知杨贵妃入宫的时间，当在天宝三载（744年）秋。赵与时《宾退录》卷九：“白乐天《长恨歌》书太真本末详矣，殊不为君讳。然太真本寿王妃，白云‘杨家有女初长成，养在深闺人未识’，何耶？盖宴昵之私犹可以书，而大恶不容不隐。”

［4］六宫粉黛：指宫内所有妃嫔。无颜色：意谓相形之下，失去了她们的美色。

［5］华清池：在昭应县（今陕西省西安市临潼区）东南骊山北麓。其地有温泉，唐开元中，建温泉宫，天宝时，改名华清宫。玄宗常往避寒，辟浴池十余处。

［6］凝脂：指白嫩而润滑的皮肤。《诗·卫风·硕人》：“肤如凝脂。”

［7］侍儿：宫女。

［8］金步摇：首饰，钗的一种。《新唐书·五行志》：“天宝初，……妇人则簪步摇钗，衿袖窄小。”《释名·释首饰》：“步摇，上有垂珠，步则摇也。”乐史《杨太真外传（上）》：

"是夕（定情之夕），授金钗钿合。上（玄宗）又自执丽水镇库紫磨金琢成步摇至妆阁，亲与插鬓。"

［9］金屋：《汉武故事》："帝为胶东王，数岁，长公主抱置膝上，问曰：'儿欲得妇否？'曰：'欲得。'……指其女阿娇：'好否？'笑对曰：'好，若得阿娇作妇，当作金屋贮之。'"

［10］"姊妹"四句：《新唐书·杨贵妃传》："天宝初，进册贵妃。追赠父玄琰太尉、齐国公，擢叔玄珪光禄卿，宗兄铦鸿胪卿，锜侍御史，尚太华公主。……而钊亦浸显。钊，国忠也。三姊皆美劭，帝呼为姨，封韩、虢、秦三国，为夫人。出入宫掖，恩宠声焰震天下。"《长恨歌传》："故当时谣咏有云：'生女勿悲酸，生男勿喜欢。'又曰：'男不封侯女作妃，看女却为门上楣。'其为人心羡慕如此。"按：秦代民谣云"生男慎勿举，生女哺用脯"，三国时陈琳采以入其乐府诗《饮马长城窟行》。白居易则采唐代民谣入歌行。秦谣谓徭役繁重，生男不如生女安定；唐谣则言主上好色，生女反更可富贵，其意更深一层。

［11］骊宫：即华清宫，因为在骊山之上，故称。

［12］看不足：看不厌。

［13］"渔阳"句：指安禄山反叛。《旧唐书·安禄山传》："天宝十四载（755年）十一月，反于范阳。"渔阳，秦郡名。唐渔阳郡是范阳节度使所辖八郡（范阳、上谷、妫州、密云、归德、渔阳、顺义、归化）之一，这里沿用古称，泛指范阳地带。杜甫《后出塞》："渔阳豪侠地，击鼓吹笙竽。"亦以渔阳指范阳。

［14］《霓裳羽衣曲》：舞曲名。本名《婆罗门》，是西域乐舞的一种。开元中，西凉节度杨敬述依曲创声，才流入中国。

见《唐会要》卷三三及《白氏长庆集》卷二一《霓裳羽衣歌》“杨氏创声君造谱”句下自注。

［15］九重城阙：指京城。京城为皇宫所在，皇宫门有九重，故云。

［16］翠华：指皇帝的车驾。

［17］“西出”句：百余里，指马嵬驿。马嵬故址在今陕西省兴平市西北二十三里，兴平东至长安九十里，马嵬距长安为百余里。

［18］“六军”二句：六军，护卫皇帝的羽林军。蛾眉，美貌的女子。《诗·卫风·硕人》：“螓首蛾眉。”这里指杨贵妃。《长恨歌传》：“潼关不守，翠华南幸，出咸阳，道次马嵬亭。六军徘徊，持戟不进。从官郎吏伏上（玄宗）马前，请诛晁错（借指杨国忠）以谢天下。国忠奉氂缨盘水死于道周。左右之意未快。上问之，当时敢言者请以贵妃塞（搪抵）天下怨。上知不免，而不忍见其死，反袂掩面，使牵之而去。仓皇展转，竟死于尺组之下。”

［19］“花钿”二句：意谓花钿、翠翘、金雀、玉搔头都委地无人收。因限于诗句字数，故折为二句。花钿，即金钿，镶嵌金花的首饰。翠翘、金雀，都是钗名。玉搔头，即玉簪。

［20］云栈：高入云霄的栈道。

［21］“峨嵋”句：由长安到成都，并不经过峨嵋山，这里是泛指蜀中的山。峨嵋山，今多写作峨眉山。

［22］日色薄：日光黯淡。

［23］行宫：皇帝出行时住的地方。

［24］“夜雨”句：郑处诲《明皇杂录》补遗：“明皇既幸蜀，西南行，初入斜谷，霖雨涉旬，于栈道雨中闻铃音，与山相应。上既悼念贵妃，采其声为《雨淋铃曲》以寄恨焉。”这句暗咏其事。

［25］“天旋”句：唐肃宗至德二载（757年）十月，郭子仪军收复长安，肃宗派太子太师韦见素迎玄宗于蜀郡。同年十二月，玄宗还京。天旋日转，谓大局转变。龙驭，皇帝的车驾。

［26］空死处：空见死处。见字省略，意承上半句“不见玉颜”的“见”。

［27］信马归：意谓无心鞭马，任马前行。

［28］太液、未央：泛指宫廷池苑。太液，汉建章宫北池名。未央，汉宫名，为汉朝开国时丞相萧何所营建。

［29］日：一作“夜”。

［30］“西宫”句：西宫，太极宫。南苑，兴庆宫。苑，一作“内”。兴庆宫在东内之南，故称南内。玄宗还京后，初居兴庆宫，因邻近大街，时常和外界接触，肃宗左右的人惟恐其有复辟的野心，将他迁入太极宫的甘露殿，加以变相的软禁。

［31］梨园弟子：指玄宗过去所训练的一批艺人。

［32］椒房：后妃所住的宫殿。用椒和泥涂壁，取其香暖，兼有多子之意。阿监：宫中女官。《宋书·后妃传》：“紫极中监女史，置一人铨人士。光兴中监女史，置一人铨人士……官品第四。”阿，发语词。青娥：青春的美好容颜。《方言》卷二：“秦、晋之间，美貌谓之娥。”

［33］“孤灯”句：古代宫廷及豪门贵族，夜间燃烛，不点

油灯。这里用以形容玄宗晚年生活环境的凄苦，并非实叙。

［34］耿耿：微明貌。

［35］“鸳鸯”二句：鸳鸯瓦，两片嵌合在一起的瓦，简称鸳瓦。翡翠衾，即翡翠被，上面饰有翡翠的羽毛。《楚辞·招魂》：“翡翠珠被，烂齐光些。”

［36］“临邛（qióng）道士”句：意谓这道士是临邛人，来到京城作客。临邛，县名，唐属剑南道，今四川省邛崃市。鸿都，东汉首都洛阳宫门名（见《后汉书·灵帝纪》），这里借指长安。

［37］“上穷”二句：碧落，道家称天界之词。《度人经》：“昔于始青天中，碧落空歌。”注：“始青天乃东方第一天，有碧霞遍满，是云碧落。”

［38］五云起：耸立在彩云之中。《云笈七签》：“元洲有绝空之宫，在五云之中。”

［39］绰约：美好轻盈貌。

［40］太真：杨贵妃原名玉环，被度为女道士时叫太真，住进太真宫，所以这里用作仙号。

［41］参差：这里是仿佛的意思。

［42］金阙：金碧辉煌的神仙宫阙。扃（jiōng）：门户。

［43］“转教”句：意谓仙府重深，须经过辗转通报的手续。小玉和双成都是古代神话中的女子。原注：“小玉，吴王夫差女名。”双成，即董双成，西王母的侍女，见《汉武帝内传》。

［44］九华帐：张华《博物志》：“汉武帝好仙道，祭祀名山大泽，以求神仙之道。时西王母遣使乘白鹿告帝当来，乃供帐九华殿以待之。”

[45] 珠箔（bó）：用珍珠穿成的帘箔。银屏：镶嵌银丝花纹的屏风。迤逦（yǐlǐ）：连延貌。

[46] 阑干：纵横貌。

[47] 含情凝睇（dì）：流动的眼波里含有无限深情。睇，微视。

[48] 昭阳殿：汉代殿名，赵飞燕姊妹所居，这里借指贵妃生前的寝宫。

[49] 蓬莱宫：泛指仙境。蓬莱是神话中海外三仙山之一。

[50] 旧物：指杨贵妃生前和玄宗定情的信物。

[51] 钿合：用珠宝镶嵌的一种首饰，用两片合成。一说，是用珠宝镶嵌的金盒。

[52] “钗擘”句：伸足上句的意思。钗擘黄金，即上句所说的“钗留一股”；合分钿，即上句所说的“合一扇”。上句的“一股”“一扇”，指自己留下的一半，这里是寄给对方的一半。擘，用手分开。

[53] 长生殿：《唐会要》卷三〇“华清宫”条：“天宝元年十月造长生殿，名为集灵台，以祀神。”按：唐代后妃所居寝宫，又可通称为长生殿（见《通鉴》卷二〇七胡三省注），这里可能是指华清宫内贵妃的寝殿，不一定是祀神的集灵台。

[54] “在天”二句：是原先的海誓山盟。比翼鸟，《尔雅·释地》：“南方有比翼鸟焉，不比不飞，其名谓之鹣鹣。”连理枝，异本草木，枝或干连生在一起。

评《长恨歌》[①]

马茂元

这首诗是白居易三十五岁时所作。同时，陈鸿还写了一篇《长恨歌传》。歌和传都以唐玄宗和杨贵妃的爱情故事为题材，因为是悲剧结局，故以“长恨”名篇。恨，憾恨。传文有云：“元和元年（806年）冬十二月，太原白乐天自校书郎尉于盩厔，鸿与琅琊王质夫家于是邑，暇日相携游仙游寺，话及此事，相与感叹。质夫举酒于乐天前曰：‘夫希代之事，非遇出世之才润色之，则与时消没，不闻于世。乐天深于诗，多于情者也，试为歌之，如何？’乐天因为《长恨歌》。意者不但感其事，亦欲惩尤物，窒乱阶，垂于将来者也。”故事在社会上流传已久，基本定型。诗以传说作为素材，所谓“感其事”，当然是指对唐玄宗和杨贵妃生离死别的悲哀的同情；但另一方面，作者创作此诗的目的，则又是意图通过这一事件，批判统治集团因腐朽荒淫而招致祸乱，垂作历史教训。这两者之间是有矛盾的，因而使得诗的主题思想复杂化。白居易这类长篇故事诗，在一气舒卷之中，有着曲折离奇，自具首尾的情节描写和完整鲜明的人物形象的塑造；而在语言音节上发挥了乐府歌行的特点，特别显得流畅匀称，优美和谐，便于理解和歌唱。当时号为“元和体”，又称“千字律诗”。影响相当深远。《长恨歌》从思想至艺术在诗史上均有重要

① 选自马茂元《唐诗选》，上海古籍出版社 1999 年版。标题为编者所加。

意义。

陈鸿《传》云："不但感其事，亦欲惩尤物，窒乱阶，垂于将来者也。"可见他们的原意是从传统的"女祸"论出发，企图通过杨妃事为后皇提供借鉴。《长恨歌》前半部分的结构明确表现了这一思想。诗以"汉皇重色思倾国"揭起，明揭"色"字，第一段末则结以杨妃专宠压倒六宫，下启第二段，极写玄宗因重色失政，又结以天下"不重生男重生女"，再次点明因"色"而引起社会意识形态之颠倒。第三段写骊山之乐，更结以渔阳鼙鼓"惊破《霓裳羽衣曲》"，则明将变乱与重色直接挂连。其主题相当鲜明。然而文学创作中经常有这种现象：随着创作的深化，作者往往会改变原先确定的主题。列夫·托尔斯泰写《安娜·卡列尼娜》，改变原来将安娜作为堕落女性典型的设想，而终于将此书写成一部反映贵族制度及其意识形态崩坏的作品，安娜最终以社会牺牲面目出现的有名事例，正说明了这种文学现象。《长恨歌》虽不如此深刻，但情况却类似。中唐时白居易、元稹、陈鸿、白行简等，形成一个文学集团，常以歌行与传奇相辅，而其素材往往取之于当时的歌妓生活，故对妇女的受迫害有较深切的认识，遂表现出一种与传统"女祸"说相对立的具有民主色彩的思想。它不可避免地会在《长恨歌》中得到反映。随着故事的发展，作者为李杨故事中的悲剧因素所感动，以至诗的后半部分就离开了原先的主题，对李杨，特别是对杨妃倾注了满怀的同情。此诗主题与结构上的矛盾，实际上反映了传统封建思想与新兴民主倾向的矛盾。这是《长恨歌》在思想内容上的重大突破。

《长恨歌》的表现艺术，也在传统歌行体基础上吸取了当时传奇小说的某些因素。其取材虽为史事，却糅入了小说家流创造的汉武帝与李夫人爱情故事，改造为李杨的悲欢离合；在布局上也吸取了传奇的长处。马嵬事变李杨生离死别后，笔分两路，分写李、杨的入骨相思，最后以“天长”与“地久”分切李、杨，更以“此恨绵绵无绝期”总绾双方，点题“长恨”，情节铺排深得小说神髓。其描叙又避免了现象的平铺直叙，而着重于人物形象的细致的塑造（外貌，动作，特别是心理）。从而使本诗表现出与汉乐府《陌上桑》以来传统叙事诗迥然不同的风貌。唐代传奇虽有其自己的古典文人小说的历史渊源，但也深受当时俗文学影响。因此《长恨歌》中表现出这种艺术特点，亦反映了传统诗歌民众化的趋势，这与其思想上的进步倾向是一致的。孟棨《本事诗》记诗人张祜与白居易相互打趣说“上穷碧落下黄泉，两处茫茫皆不见，非《目连变》何邪”（《目连变》是佛教通俗讲唱故事），此语正道出了《长恨歌》艺术上以传奇为媒介与民间文学有深刻的内在联系。

我们并不认为《长恨歌》是所谓“市民文学”，然而也必须承认《长恨歌》与下录《琵琶行》是吸取了俗文学的思想、艺术因素的，对传统歌行体的大胆创新，因此它们在当时能够广泛流传于上至宫庭，下至民众之间。唐宣宗诗云“童子解吟《长恨》曲，胡儿能唱《琵琶》篇”，正是这一情况的说明。

一篇长恨有风情[1]

——漫谈《长恨歌》的思想和艺术

褚斌杰

唐代诗人白居易的《长恨歌》，是一篇久为传诵的名作。据记载，这篇诗写出不久，就给诗人带来很高的荣誉，被称为“《长恨歌》主”[2]，后世评论家亦诩为“自是千古绝作”[3]。《长恨歌》是一篇长篇叙事诗，所咏的是历史上唐玄宗和杨贵妃的故事。但对这样一篇为大家所喜读熟诵的作品，它的主题思想究竟是怎样的，却一直是古今研究者所争论的问题。从古人的评论来看，不外两种意见，一种认为这篇诗的主题是讽喻，“讥明皇迷于色而不悟也”[4]；一种认为它仅仅写了李、杨的爱情，“不过述明皇追怆贵妃始末，无他激扬”[5]。建国以后，这个问题，仍是大家所讨论的问题，始终还没有达到比较统一的认识。本来，在文学史上这样的事例是不少的，凡是一部伟大或者优秀的作品，它所蕴含的思想往往是比较复杂的，是需

① 褚斌杰（1933—2006），当代学者、文学史家，北京大学教授。著有《中国文学史纲要（先秦秦汉）》《先秦文学史》《两汉诗传》《诗经全注》《楚辞要论》《中国古代神话》等。本文选自张宝坤选编《名家解读唐诗》，山东人民出版社1999年版。

② 白居易：《与元九书》。

③ 赵翼：《瓯北诗话》。

④ 唐汝询：《唐诗解》。

⑤ 张邦基：《墨庄漫录》。

要经过人们长久的探讨，深入的分析，才能揭示其底蕴的。

在我看来，白居易《长恨歌》所要表达的思想，也正是诗人为这篇长歌所取的诗题，即“长恨”二字。恨，就是遗憾，遗恨；而作者写李、杨的故事，所引以为长恨的是什么呢？这作者在本诗的结尾中实际已经点明。诗中的最后一节，在铺写了李、杨二人生死隔离，思而不能相见，爱而不能复聚的情况以后，于是诗人用“天长地久有时尽，此恨绵绵无绝期”这样两句情深意长的诗句，结束了全篇。在诗人看来，一对彼此刻骨思念的情人，遭遇到这样的不幸，正是一个令人哀怜的悲剧，这对于这对情侣来说，以至对于后人来说，都只能为之遗恨千古，悲叹莫置。南朝江淹曾作过一篇有名的《恨赋》，叙述了某些古人“伏恨而死”的情况，对于历史上遭遇不幸的人寄予同情；而白居易这篇以“长恨”名篇的诗，也正写的是历史上的一个悲剧，写的是一个感人的爱情悲剧故事，而且于诗篇中毫不掩饰地流露出作者对所写悲剧主人公的莫大同情。

所以，我们认为《长恨歌》写的是一个爱情故事，是一篇描写爱情，歌颂爱情的诗篇，并不是一篇什么政治讽谕诗。但是由于这篇作品题材的特殊性，因而使它与一般的爱情悲剧故事有所不同。它所写的是历史题材，写的是历史上实有其人的唐玄宗和杨贵妃的故事。如果说他们的生离死别由爱情方面说是个悲剧的话，那么这个悲剧的铸成，也正有他们自己的过错在内。唐代安史之乱这场历史浩劫的发生，与唐玄宗宠爱杨妃，贻误政事有很大关系。因此，诗人在描写这个悲剧故事的时候，就不能不涉及到悲剧发生的原因问题。在诗人白居易看来，唐玄宗过分地宠爱杨妃，不理朝纲（“春宵苦短日高起，从此君王不早朝”），任用非人（“姊妹弟兄皆列土，可怜光彩生门户”），都是作为一个君主所不应该的事，对此他不能不有微辞。而在诗篇中，当写到这方面的时候，诗人也毫不掩饰地流露出不满情绪。正是因为这样，也就增加了这首诗的复杂性。但是，从作者的创作意图，从作品的主要内容和基本思想来看，它所力图表现的仍是李、杨在后期事变中爱情方面所遭遇的不幸，是一篇描写爱情，咏叹爱情悲剧的故事诗，而不是一首政治讽谕诗。

《长恨歌》是一篇具有高超艺术表现力的诗篇。作为一篇故事诗，它的篇幅并不太长，但是它具有生动的故事性。它比较完整地表现了一个悲剧故事的始末。全诗以“汉皇重色思倾国”开端，首先写了杨妃的入宫、专宠；接着写了事变的发生，杨妃的惨死；然后写唐明皇的幸蜀，以及回宫后对杨妃的笃诚思念；最后则以丰富的想象，构思了在蓬莱仙岛上杨妃亦不忘旧情的情景，完成了整个故事。正由于它刻画了人物，具有较完整的故事性，因而具有小说，特别是传奇小说的色彩，给人以特殊的吸引力。但作为一篇诗来说，它又始终没有离开诗歌的素质，它语言精醇简炼，感情浓郁，以情叙事，借景托情；诗中故事情节的每一发展，作者无不以情语出之，诗中对景物的每一描写，作者也无不以情来渲染。总之，生动、完整的故事性与浓烈的写情、抒情相结合，构成了这首诗的主要特色，也是它在艺术上最成功的地方。

《长恨歌》作为一篇故事诗，它的情节进展大致可以分为三个部分。首先，从“汉皇重色思倾国，御宇多年求不得”开始，到“缓歌曼舞凝丝竹，尽日君王看不足”，主要是叙写杨氏入宫，李、杨在一起时的生活。作者在这一部分里，用极为夸张的语言，写杨妃的美丽和娇媚，“回眸一笑百媚生，六宫粉黛无颜色。春寒赐浴华清池，温泉水滑洗凝脂；侍儿扶起娇无力，始是新承恩泽时”；同时，写唐玄宗李隆基对杨妃的专宠和纵情，“后宫佳丽三千人，三千宠爱在一身。金屋妆成娇侍夜，玉楼宴罢醉和春”。这一段既写了杨妃的入宫和李隆基对她的专宠，以至发展到纵情的经过，又寄寓了诗人对他们纵情误国行为的极大的痛心和无限的感慨之情，“春宵苦短日高起，从此君王不早朝”“遂令天下父母心，不重生男重生女”。诗人这样来写，就为后面事变的发生，悲剧的必然到来作了预示。

果然，“渔阳鼙鼓动地来，惊破《霓裳羽衣曲》”，安史之乱发生了，故事转到了第二段。这一段主要写杨妃之死和李隆基对杨妃的不能须臾忘怀的思念之情。这时唐明皇的形象，已经完全转化为一个爱情悲剧的男主角了。诗中写马嵬坡杨妃死后，唐明皇心情十分痛苦。其遭遇和心境的变化，诗人是通过情景相托的表现手法形象地表现出来的。“黄埃散漫风萧索，云栈萦纡登剑阁；峨嵋山下少人行，旌旗无光日色薄。蜀江水碧蜀山青，圣主朝朝暮暮情。行宫见月伤心色，夜雨闻铃肠断声。”前四句，是以情写景，借景托情，用萧索、孤凄、暗淡的景物色彩，渲染了幸蜀路途中悲凉的气氛；后四句，更借景物月色、铃声等给予唐明皇的特殊感觉，表达出人物当时的悲痛心情。下面更以一定的篇幅，铺写了唐明皇重回长安后的情景，“归来池苑皆依旧，太液芙蓉未央柳。芙蓉如面柳如眉，对此如何不泪垂!”深刻地刻画了唐明皇回宫后“物在人非”的感触和悲哀。如果单纯作为一个历史故事，其情节至此，本已结束；但诗歌作者却未受此局限。诗人以丰富的想象和富有才华的文笔，构思和描写了杨妃死后独居蓬岛仙山的故事，补足了对悲剧故事女主人公——杨妃的描写。在这一情节里，诗人描绘了杨妃“昭阳殿里恩爱绝，蓬莱宫中日月长”的幽怨，描写了“回头下望人寰处，不见长安见尘雾”的相思，尤其是通过杨妃“唯将旧物表深情，钿合金钗寄将去”的不忘旧情的举动和“但教心比金钿坚，天上人间会相见”的旦旦誓言，丰满地刻画了杨妃执着于爱情的动人的形象。这最后一段的描写，虽然超出了历史事实的范围，但却完满地表达了这一爱情悲剧故事的主题，从艺术上说，它给故事涂上了一层为当时人们所喜闻乐道的传奇色彩，从诗的要求来说，它增强了以“情”感人的力量。

作为一首故事诗来说，它有情节的推移、转换，但从全诗来看，它又一气旋折，完全灭去转落之痕。如写杨妃被选入宫廷，只用了“天生丽质难自弃，一朝选在君王侧”两句过渡；写安史之乱爆发，明皇幸蜀，只用了“渔阳鼙鼓动地来，惊破《霓裳羽衣曲》”两句过渡；写马嵬之变，悲剧的发生，只用了“君王掩面救不得，回看血泪相和流”两句带过；写仙山觅魂的情节，又用“悠悠生死别经年，魂魄不曾来入梦”两句推引。诸如这类转折接榫处，作者都构思、处理得十分自然、精炼而且形象生动，既保持了故事发展的层次和连接，使之不断其脉络；又保持了诗歌体裁所要求的凝炼、含蓄和抒情的色彩，充分表现了诗人高超的艺术才能。

这我们是从《长恨歌》总的构思和结构来说，至于这首诗的每一局部，每一细节，也无不精美、诱人。我们读这首长诗，宛如步入一座雕梁玉砌的殿堂，一檐一壁，一柱一石，无不佳美，精到。如开端部分写杨妃的入宫，用了“天生丽质难自弃”一语，这既缘上文写了“汉皇”的重色和无所不到的寻求，又写了杨妃的终难自掩的容颜丽质，“难自弃”三字，可谓一鼓双敲，善于足意。又如下文用“回眸一笑百媚生”写杨妃的顾盼生姿；用“侍儿扶起娇无力”，写杨妃的娇媚之态；用“梨花一枝春带雨”，写杨妃的美丽、哀怨的形与神，细按之，均有工致入画之妙。诗中还善于通过对人物意态和活动的细节描写，深刻地写情达意，揭示出人物的内心世界。如写唐明皇幸蜀归来复又经过马嵬坡时，诗中用“到此踌躇不能去”“不见玉颜空死处”，来表现唐明皇的痛苦、留恋、怅恨之情；接着下面又用“东望都城信马归”，形象地写出了唐明皇由于失去杨妃，而余痛在心，虽东归长安，也无情无绪的样子。又如诗中写方士去仙山叩寻杨妃的一段，杨妃闻讯后，先是“九华帐里梦魂惊”，次是“揽衣推枕起徘徊”，最后是“花冠不整下堂来”，分别依次地写出了杨妃闻讯之后的那种先是吃惊，后又半信半疑，最后则急急欲与使者相见的整个心理过程。正是由于《长恨歌》在每一细节上都有这样无意不透，无语不灵的艺术表现力，所以它能够生动、传神，博得人们永远的传诵。

《长恨歌》是一篇所谓写“风情”的作品，其所写的又是一桩宫廷的爱情故事，但它的整个风格却不流于浮艳。我们如果把这首诗与六朝时期的那些写宫廷男女生活的诗相比，就会发现它们的巨大区别。其所以如此，这是与作者的思想高度与作者创作这首诗的严肃态度分不开的。在《长恨歌》故事的前一部分，虽然由于故事发展的需要，诗中也写到李、杨前期的宫廷生活，甚至叙写了李隆基的纵情声色和杨妃的逞媚邀宠，但作者所持的不是欣赏的态度，对那一段生活不是作自然主义的描写，而是持批判的态度，作了概括性的艺术处理，因此它与历史上的那些肆意渲染淫靡色情的所谓香艳诗，在性质上乃是完全不同的。而且《长恨歌》所要着意表现的，是一个悲剧性的主题，诗中写李、杨的情和事，主要放在他们身罹不幸之后，重点在表现一对男女在爱情上的笃诚和他们生死不渝的信念，也就是说，作者所同情和借诗篇所歌颂的，是爱情的专一和坚贞，这无疑是严肃的，所表达的感情是感人而美好的。

诗人白居易在一首诗中曾不无自负地题写道："一篇《长恨》有风情，十首《秦吟》近正声"[①]，《长恨歌》和《秦中吟》虽属不同题材，不同思想感情和风格的作品，但它们都是诗人白居易的力作，都是文学史上不朽的名篇。

（原载《文史知识》1983年第7期）

① 《编集拙诗成一十五卷，因题卷末，戏赠元九、李二十》。

琵琶行

元和十年（815年），予左迁九江郡司马[1]。明年秋，送客湓浦口[2]，闻舟中夜弹琵琶者，听其音，铮铮然有京都声[3]。问其人，本长安倡女，尝学琵琶于穆、曹二善才[4]。年长色衰，委身为贾人妇[5]。遂命酒，使快弹数曲，曲罢悯默[6]。自叙少小时欢乐事，今漂沦憔悴，转徙于江湖间。予出官二年，恬然自安，感斯人言，是夕始觉有迁谪意。因为长句，歌以赠之，凡六百一十二言[7]，命曰《琵琶行》。

浔阳江头夜送客[8]，枫叶荻花秋瑟瑟[9]。
主人下马客在船，举酒欲饮无管弦。
醉不成欢惨将别，别时茫茫江浸月。
忽闻水上琵琶声，主人忘归客不发。
寻声暗问“弹者谁”？琵琶声停欲语迟。
移船相近邀相见，添酒回灯重开宴。
千呼万唤始出来，犹抱琵琶半遮面。
转轴拨弦三两声[10]，未成曲调先有情。
弦弦掩抑声声思[11]，似诉平生不得意。
低眉信手续续弹，说尽心中无限事。
轻拢慢捻抹复挑[12]，初为霓裳后绿腰[13]。
大弦嘈嘈如急雨，小弦切切如私语[14]。

嘈嘈切切错杂弹，大珠小珠落玉盘。
间关莺语花底滑，幽咽泉流水下滩[15]。
冰泉冷涩弦凝绝[16]，凝绝不通声暂歇。
别有幽愁暗恨生，此时无声胜有声。
银瓶乍破水浆迸，铁骑突出刀枪鸣[17]。
曲终收拨当心画，四弦一声如裂帛[18]。
东舟西舫悄无言，唯见江心秋月白。
沉吟放拨插弦中，整顿衣裳起敛容[19]。
自言“本是京城女，家在虾蟆陵下住[20]。
十三学得琵琶成，名属教坊第一部。
曲罢曾教善才伏，妆成每被秋娘妒[21]。
五陵年少争缠头[22]，一曲红绡不知数[23]。
钿头云篦击节碎[24]，血色罗裙翻酒污[25]。
今年欢笑复明年，秋月春风等闲度[26]。
弟走从军阿姨死，暮去朝来颜色故。
门前冷落鞍马稀，老大嫁作商人妇。
商人重利轻别离，前月浮梁买茶去[27]。
去来江口守空船，绕船月明江水寒。
夜深忽梦少年事，梦啼妆泪红阑干[28]！”
我闻琵琶已叹息，又闻此语重唧唧[29]。
同是天涯沦落人，相逢何必曾相识[30]！
“我从去年辞帝京，谪居卧病浔阳城。
浔阳地僻无音乐[31]，终岁不闻丝竹声。
住近湓江地低湿，黄芦苦竹绕宅生。

其间旦暮闻何物？杜鹃啼血猿哀鸣[32]。
春江花朝秋月夜[33]，往往取酒还独倾。
岂无山歌与村笛？呕哑嘲哳难为听[34]。
今夜闻君琵琶语，如听仙乐耳暂明。
莫辞更坐弹一曲，为君翻作《琵琶行》[35]。”
感我此言良久立，却坐促弦弦转急[36]。
凄凄不似向前声，满座重闻皆掩泣。
就中泣下谁最多，江州司马青衫湿[37]。

【注释】

[1] 左迁：即降职。九江郡：隋郡名，天宝元年（742年）改为浔阳郡，乾元元年（758年）复改江州，州治在今江西省九江市。这里沿用旧郡名。司马：官名，州刺史的副职。古制，佐刺史掌管一州军事，在唐代，实际已成为闲员。参看《白氏长庆集》卷四三《江州司马厅记》。

[2] 湓浦口：即湓口，在九江西湓水入江处。

[3] 京都声：京城流行的声调。

[4] 穆、曹二善才：当时著名的琵琶师曹善才，见段安节《乐府杂录》琵琶条。穆善才，未详何人。

[5] 委身：封建社会，妇女没有独立的经济地位，必须依附男子，所以称出嫁为“委身事人”。委，付托。

[6] 悯默：含愁不语。

[7] 六百一十二言：全诗实为六百一十六字，当作“六百一十六言”，“二”当是传写之误。

［8］浔阳江：长江流经九江北一段的别名。

［9］瑟瑟：风吹草木声。一作“索索”。

［10］“转轴”句：转轴拨弦，是弹奏前调弦校音的准备动作；三两声，指试弹。

［11］“弦弦”句：意谓弹时用掩按抑遏的手法，声调幽咽，一声声都含有深长的情思。

［12］“轻拢”句：拢，叩弦。撚，一作“捻”，揉弦。顺手下拨为抹，反手回拨为挑。四者都是弹琵琶的指法。前二者用左手，后二者用右手。

［13］霓裳：即《霓裳羽衣曲》。绿腰：当时京城流行的曲调名。本名《录要》（就乐工所进曲调，录要成谱，因以为名），后讹为《绿腰》或《六幺》。

［14］“大弦”二句：琵琶有四弦或五弦，一条比一条细。大弦，指最粗的弦；小弦，指细弦。嘈嘈，指声音沉重而舒长。切切，指急促而细碎。

［15］“间关”二句：段玉裁《经韵楼集》卷八《与阮芸台书》云：“‘泉流水下滩’不成语，且何以与上句属对？昔年曾谓当作‘泉流冰下难’，故下文接以‘冰泉冷涩’。难与滑对，难者，滑之反也。莺语花底，泉流冰下，形容涩滑二境，可谓工绝。”间关，鸟声。

［16］凝：凝滞之意，一本作“疑”。

［17］“银瓶”二句：形容静寂之后，忽然发出激越而雄壮的声音。铁骑，精锐的骑兵。骑，读去声。

［18］“曲终”二句：写弹到尾声，戛然而止。拨，弹弦的工

具，形略如薄斧头状。当心画，将拨在琵琶槽的中心，并合四弦，用力一划，即收拨时的弹法。如裂帛，形容声响强烈而清脆。

[19] 敛容：收敛起面部的表情。因为对生人说话，要恭敬一些。敛，有矜持的意思。

[20] 虾蟆陵：在长安城东南曲江的附近，是当时歌姬舞妓聚居之地。相传这地方原是汉朝学者董仲舒墓地所在，董的门人过此，必下马致敬，遂名下马陵，后来因音近传讹，当地人的口语呼为虾蟆陵（见《唐国史补》卷下）。

[21] 秋娘：当时长安城中著名的妓女。唐时以歌舞为职业的女子，多以秋娘为名。

[22] 缠头：当时风俗，歌舞妓演奏完毕，以绫帛之类为赠，叫作缠头彩。

[23] 绡：一种精细轻薄的丝织品。

[24] “钿头”句：意谓珍贵的物品，因歌舞击节而被打碎。钿头云篦（bì），两头镶有金属和珠宝的发篦，可能是一种发饰，非实用性的梳篦。击节，打拍子。唱歌时，本来用木板打拍，可是兴之所至，却代以钿头云篦，以致打碎了而无所顾惜。云，一作“银”。

[25] “血色”句：谓和少年们戏谑，泼翻酒而污损了红裙。

[26] 等闲度：随随便便地度过。

[27] 浮梁：唐属饶州，今属江西省景德镇市，因溪水常泛滥，居民伐木为梁得名。《元和郡县图志》记浮梁“每岁出茶七百万驮，税十五万余贯”。故茶商多往浮梁。

[28] 阑干：纵横貌。

[29] 唧唧：叹息声。

[30] “同是”二句：意谓彼此过去虽不相识，但遭遇有共同之处，因而即使是偶然相逢，也可倾谈心事，故下文向琵琶女诉说自己迁谪生活的苦闷。

[31] 地僻：一作“小处”。

[32] 血：一作“哭”。

[33] “春江”句：是“春江花朝，秋江月夜”的略文。

[34] 呕哑（ōuyā）嘲哳（zhāozhā）：都是指杂乱而繁碎的声音。

[35] 翻：按照曲调写成歌词。

[36] 却坐：退回原处，重行坐下。

[37] 青衫：按唐制，青是文官品级最低（八品、九品）的服色。这时，白居易的职位是州司马，官阶则是将仕郎，从九品，所以着青衫。

白居易《琵琶行》——新诗话①

何其芳

在古典诗歌最繁荣的唐代，在闪耀在天空上的繁星一样众多的诗人之中，除了李白和杜甫，我们还应该谈到谁呢？

多少有特色的诗人！多少不朽的美丽的诗篇！那是一个宝藏。那是一个可以使我们的眼界大为开阔的宝藏。

或许应该首先谈到白居易，重要性仅次于李白和杜甫的白居易。

白居易的诗没有李白那种豪放雄壮的气概和强烈的浪漫主义色彩。他反映民生疾苦的诗也似乎不如杜甫写得更沉痛。但较之前人，他的诗是有新的发展的。他主张“文章合为时而著，歌诗合为事而作”。更具体一些说，他强调用诗来批评当时社会上和政治上的不合理的现象。他把他自己写的这种诗叫作讽喻诗。他的讽喻诗接触到的问题是很广泛的。它们写出了农民生活的穷苦，赋税的过重（《观刈麦诗》《重赋》《杜陵叟》）。它们暴露了当时的封建统治阶级从皇帝到官僚的生活的奢侈（《红线毯》《轻肥》《歌舞》《买花》）。它们描写了当时的封建帝王的爪牙是怎样掠夺人民（《宿紫阁山北村诗》《卖炭翁》）。它们表现了封建社会的妇女的苦痛和作者对

① 何其芳（1912—1977），现代诗人、散文家、文学评论家。著有诗集《汉园集》《夜歌》《预言》，散文集《画梦录》等。本文选自何其芳《诗歌欣赏》，作家出版社 1962 年版。

于妇女的同情（《上阳白发人》《陵园妾》《母别子》《井底引银瓶》）。它们还反对用兵边疆的战争，反对把人当作贡品的虐政，并且写到了某些普通人民的悲惨的遭遇（《新丰折臂翁》《道州民》《缚戎人》）。这些诗都是他的讽喻诗的精华，都是能够感动人的作品。白居易在《新乐府》序中说，“其辞质而径，欲见之者易谕也。”可见他是有意识地把他的诗写得比较通俗一些。这样他的诗就有了一种平易近人的风格。

白居易的另一个新的发展是在叙事诗方面。在故事的完整、描写的细致和抒情气氛的浓厚等方面，他的《长恨歌》和《琵琶行》是其他唐代诗人和以后许多朝代的诗人的叙事诗不能比并的。李白和杜甫没有写过这样情节曲折的叙事诗。白居易的朋友元稹写过一篇《连昌宫词》，也是歌咏唐明皇杨贵妃的故事的，但却比《长恨歌》逊色多了。《长恨歌》和《琵琶行》曾多次被后代的人改编为戏曲。值得注意的是后人改编的戏曲都不如白居易的原作。这更说明它们的成就是难以企及了。

唐明皇杨贵妃的故事在唐代就已经成为传说了。白居易的《长恨歌》就是根据当时的传说写成的。这个故事本身就含有矛盾的成分：前半有些暴露封建统治者的荒淫，后半却成了令人同情的爱情故事。白居易把这个矛盾处理得恰到好处。这篇诗的开头虽然也对唐明皇杨贵妃作了批评，“春宵苦短日高起，从此君王不早朝”“渔阳鼙鼓动地来，惊破霓裳羽衣曲”，写出了他们的欢娱误国。但着墨不多，而且写得比较含蓄。他着重描写的是杨贵妃死后唐明皇的追忆和道士到海外去寻访的传说。感动古今的读者的也正是这两个部分。洪昇的《长生殿》把故事前半的暴露成分增加了许多，这就扩大了原来的矛盾，使读者很难同情这个故事里的男女主人公了。再加上他要翻案，把原来的悲剧结局改为团圆结局，而团圆的可能性又在于杨贵妃的忏悔，“一悔能教万孽清”，在于编造出唐明皇杨贵妃原来都是仙人，最后又有玉帝降旨，叫他们“永为夫妇”，这就更在思想上和情节上都落入庸俗陈套，一点也不如《长恨歌》的结尾有余味了。白朴的《唐明皇秋夜梧桐雨》虽然是敷演《长恨歌》而成，独创之处不多，但还没有这些问题和缺点。《长生殿》的文采也远不如《长恨歌》。许多读者能够背诵《长恨歌》全诗，《长生殿》却很少使人能够记住的句子。

把唐明皇杨贵妃写成互有爱情的人物，这是不是违背历史呢？这有些像曹操这个人物一样。曹操本来有奸雄的一面，后来的传说和小说却夸大了这一方面，抹杀了他有优点的另一方面，就成了和历史上的人物不完全相同的人物了。唐明皇杨贵妃可能是互有感情的。但把他们写得那样感情真挚，“天长地久有时尽，此恨绵绵无绝期”，减弱了他们的故事中不能令人同情的一面，却也是文学作品的夸张。

《琵琶行》的故事比较平常一些，但它的艺术感染力却或许更为强烈。它一开头就像画一样描绘出来了景色和人物：

浔阳江头夜送客，枫叶荻花秋瑟瑟。主人下马客在船，举酒欲饮无管弦。醉不成欢惨将别，别时茫茫江浸月。忽闻水上琵琶声，主人忘归客不发。寻声暗问弹者谁，琵琶声停欲语迟。移船相近邀相见，添酒回灯重开宴。千呼万唤始出来，犹抱琵琶半遮面。

写得情节这样细致，这样次序井然，而又这样从容，这样毫不费力，这样文字经济。这是艺术上很成熟的表现。接着是描写弹琵琶：

转轴拨弦三两声，未成曲调先有情。弦弦掩抑声声思，似诉平生不得志。低眉信手续续弹，说尽心中无限事。轻拢慢捻抹复挑，初为霓裳后六幺。大弦嘈嘈如急雨，小弦切切如私语。嘈嘈切切错杂弹，大珠小珠落玉盘。间关莺语花底滑，幽咽泉流水下滩。水泉冷涩弦凝绝，凝绝不通声暂歇。别有幽愁暗恨生，此时无声胜有声。银瓶乍破水浆迸，铁骑突出刀枪鸣。曲终收拨当心划，四弦一声如裂帛。东船西舫悄无言，唯见江心秋月白。

如果说前一段是诗中有画，读着这一段诗就简直像听见琵琶正在弹奏一样了。从最初的和弦到最后的结束都写得如闻其声。而且中间描写曲调的变化是多么逼真呵。这应该是诗歌中描写音乐的杰作了。

沉吟放拨插弦中，整顿衣裳起敛容。自言本是京城女，家在虾蟆陵下住。十三学得琵琶成，名属教坊第一部。曲罢曾教善才伏，妆成每被秋娘妒。五陵年少争缠头，一曲红绡不知数。钿头云篦击节碎，血色罗裙翻酒污。今年欢笑复明年，秋月春风等闲度。弟走从军阿姨死，暮去朝来颜色故。门前冷落鞍马稀，老大嫁作商人妇。商人重利轻别离，前月浮梁买茶去。去来江口守空船，绕船月明江水寒。夜深忽梦少年事，梦啼妆泪红阑干。

这是写弹琵琶的女子自述身世。通过这样一段短短的文字，一个女子的半生的经历就再现出来了。这是一个封建社会里面的平常的人物的悲剧，然而由于这里面饱和着作者的同情，而且写得这样抒情，这个悲剧的动人之处就显得突出了。下面就是作者写到自己并结束全诗了：

我闻琵琶已叹息，又闻此语重唧唧。同是天涯沦落人，相逢何必曾相识！我从去年辞帝京，谪居卧病浔阳城。浔阳地僻无音乐，终岁不闻丝竹声。住近湓江地低湿，黄芦苦竹绕宅生。其间旦暮闻何物，杜鹃啼血猿哀鸣。春江花朝秋月夜，往往取酒还独倾。岂无山歌与村笛，呕哑嘲哳难为听。今夜闻君琵琶语，如听仙乐耳暂明。莫辞更坐弹一曲，为君翻作琵琶行。感我此言良久立，却坐促弦弦转急。凄凄不似向前声，满座重闻皆掩泣。座中泣下谁最多，江州司马青衫湿。

“同是天涯沦落人，相逢何必曾相识！”这是过去的社会里许多不如意的人都喜欢吟咏的句子。它的确表达出来了一种典型的感情。杰出的抒情诗是应该能够写出一种典型的感情的。作者写到自己的贬谪的处境，写到重听琵琶时候的下泪，全诗的调子就变得十分凄楚了。他不再去描写琵琶的声音，只写出听者的悲泣。读者读到这里，不能不为这个杰出的诗人在封建社会里的不公平的遭遇感到愤懑了。

情节曲折动人，描写细致，很有抒情的气氛，又很有文采，每个句子都那样和谐好读——这就是白居易的叙事诗给我们留下的十分宝贵的传统。我们现在有多少动人的故事可以歌咏呵。我们应该大为发扬我国古典叙事诗的传统。

白居易在给他的朋友元稹的一封长信里，把他自己的诗分为四类。第一类就是讽喻诗。第二类他叫作闲适诗。他说是“退公独处，或移病闲居，知足保和，吟玩情性者”。第三类他叫作感伤诗。他说是“事物牵于外，情理动于内，随感遇而形于叹咏者”。《长恨歌》和《琵琶行》就编在这一类里面。第四类他叫作杂律诗，就是不能归入以上三类的其他作品。他自己认为有价值的是讽喻诗和闲适诗。但当时的读者并不喜爱。他们喜爱的是《长恨歌》和杂律诗。白居易在信里很是感慨，他说：“时之所重，仆之所轻。”

杰出的作家对于自己的作品的评论是很可珍贵的材料。但白居易的这段话我们并不能完全同意。

他的讽喻诗固然有许多很有价值的作品，但他的闲适诗却好诗很少。这一类诗的总的倾向是不好的。很多都提倡安分守己、乐天知命的思想。有的诗竟至鼓吹“不分物黑白，但与时沉浮”。杂律诗并不是没有好诗。后人传诵的《赋得古原草送别》就在杂律诗中。至于感伤诗中的《长恨歌》和《琵琶行》这样杰出的作品，白居易认为不重要，我们就更不能赞成了。

白居易死后，唐宣宗李忱曾写一首诗追悼他。其中有这样两句：“童子解吟《长恨》曲，胡儿能唱《琵琶》篇。”可见从当时到现在，这两篇诗都是很受读者喜爱的。白居易自己也曾在一首诗里说：“一篇《长恨》有风情，十首《秦吟》近正声。”可见他自己也并不是不欣赏《长恨歌》。为什么他要在给元稹的信里那样说呢？那是因为他在那封信里要提倡一种诗歌理论。按照那种理论，《长恨歌》和《琵琶行》就算不上重要的作品了。他那种理论是从古代对于《诗经》的解释来的。汉朝人解释《诗经》，把里面绝大多数的诗都看作不是美某人某事，就是刺某人某事。白居易根据这种传统，强调用诗歌来批评当时的社会和政治。他不满意陶渊明写了许多田园诗。他认为李白的诗很少符合他的理论的要求，杜甫的这样的诗也不够多。他决心在这方面大加努力。他这种理论当然是进步的。正是由于这种理论，他才写出了那些讽喻诗。但他这种理论也有缺点，就是把诗歌的作用和诗歌的题材的范围看得比较狭窄了一些。我们常引用他的这样的话："文章合为时而著，歌诗合为事而作"。单从这两句话还看不出有什么缺点。要从他整个给元稹的信，才会发觉他把"为时"和"为事"都看得狭窄了一些。白居易的讽喻诗，杜甫的写民生疾苦的诗，自然都十分难得，它们反映了封建社会的阶级的对立，暴露了封建制度的严重的不合理。但陶渊明、李白、杜甫和白居易自己表现其他方面的生活的诗歌，也有许多好诗，也是我们应该珍视的遗产，是不可否定和抹杀的。汉朝人把《诗经》就解释得太狭窄了，而且很多都是没有根据的牵强附会的解释。《诗经》所反映的生活其实是比汉朝人的解释广阔得多的。这是因为人的生活，无论是古代的人还是现代的人的生活，本来就是很广阔很多方面的缘故。现在有些著作把白居易关于诗歌的理论称为现实主义的理论，有的甚至说是比较全面的现实主义的理论，这并不恰当。我们今天的现实主义的文学理论是比白居易的诗歌理论更为广阔，因而也更为正确的。

3月18日深夜

（原载《文学知识》1959年第4期）

钱塘湖春行[1]

孤山寺北贾亭西[2]，水面初平云脚低[3]。
几处早莺争暖树[4]，谁家新燕啄春泥。
乱花渐欲迷人眼[5]，浅草才能没马蹄[6]。
最爱湖东行不足[7]，绿杨阴里白沙堤[8]。

【注释】

[1] 钱塘湖：今浙江省杭州市西湖。长庆三年、四年（823、824年）春，白居易都在杭州，诗当作于此时。

[2] 孤山：在西湖的里湖、外湖之间，山上旧有寺，筑于陈代天嘉初年。贾亭：贞元（785—804）中，贾全作杭州刺史，筑亭于西湖，名贾亭，后废。

[3] 水面初平：指春水初涨，湖面波平。云脚：指低垂的云。

[4] 暖树：向阳的树。

[5] 乱花：杂花，各色各样的花。

[6] “浅草”句：形容湖岸野草长得还不很高。

[7] 不足：不够，不厌。

[8] 白沙堤：今称白堤或白公堤，一名断桥堤，在西湖东畔，建于长庆以前。白居易所筑之堤，在杭州钱塘门外，非此白堤。

随物赋形　象中有兴[①]

——白居易《钱塘湖春行》析说

马茂元

这诗是长庆三或四年春白居易任杭州刺史时所作。

钱塘湖是西湖的别名。提起西湖，人们就会联想到苏轼诗中的名句：“欲把西湖比西子，淡妆浓抹总相宜。”（《饮湖上初晴后雨》）读了白居易这诗，仿佛真的看到了那含睇宜笑的西施的面影，更加感到东坡这比喻的确切，它所给予我们的美的启示；同时，也会惊叹于乐天这支善于描绘自然的天工化笔。

乐天在杭州时，有关湖光山色的题咏很多。这诗处处扣紧环境和季节的特征，把刚刚披上春天外衣的西湖，描绘得生意盎然，恰到好处。

“湖中独立一孤山。”孤山在后湖与外湖之间，峰岚耸立，上有孤山寺，是湖中登览胜地，也是全湖一个特出的标志。贾亭在当时也是西湖名胜。有了第一句的叙述，这第二句的“水面”，自然指的是西湖湖面了。秋冬水落，春水新涨，在水色天光的混茫中，太空里舒卷起重重叠叠的白云，和湖面上荡漾的波澜连成了一片，故曰“云脚低”。“水面初平云脚低”一句，勾勒出湖上早春的轮廓。接下两句，从莺莺燕燕的动态中，把春的活力，大自然从秋冬沉睡中苏醒过

---

① 选自《唐诗鉴赏集》，人民文学出版社 1981 年版。

来的春意生动地描绘了出来。莺是歌手，它歌唱着江南的旖旎春光；燕是候鸟，春天又从远处飞来。它们富于季节的锐感，成为春天的象征。在这里，诗人对周遭事物的选择是典型的；而他的用笔，则是细致入微的。说“几处”，可见不是“处处”；说“谁家”，可见不是“家家”。因为这还是初春季节。这样，“早莺”的“早”和新燕的“新”就在意义上互相生发，把两者联成一幅完整的画面。因为是“早莺”，所以抢着向阳的暖树，来试它的溜的歌喉；因为是“新燕”，所以当它啄泥衔草，营建新巢的时候，就会引起人们一种乍见的喜悦。谢灵运“池塘生春草，园柳变鸣禽”（《登池上楼》）二句之所以妙绝古今，为人传诵，正由于他写出了季节更换时这种乍见的喜悦。这诗在意境上颇与之相类似。

诗的前四句写湖上春光，范围是宽广的，它从“孤山”一句生发出来；后四句专写“湖东”景色，归结到“白沙堤”。前面先点明环境，然后写景；后面先写景，然后点明环境。诗以“孤山寺”起，以“白沙堤”终，从点到面，又由面回到点，中间的转换，不见痕迹，结构之妙，有如无缝天衣。薛雪曾指出：乐天诗“章法变化，条理井然”（《一瓢诗话》）。这种“章法”上的“变化”，往往寓诸浑成的笔意之中；倘不细心体察，是难以看出它的“条理”的。

“乱花”“浅草”一联，写的虽也是一般春景，然而它和“白沙堤”却有紧密的联系：春天，西湖哪儿都是绿毯般的嫩草；可是这平坦修长的白沙堤，游人来往最为频繁。唐时，西湖上骑马游春的风俗极盛，连歌姬舞妓也都喜爱骑马。观乐天另一首《代卖薪女赠诸妓》诗中说的“一种钱塘江上女，着红骑马是何人”可证。这诗题为《钱塘湖春行》，诗用“没马蹄”来形容这嫩绿的浅草，正是眼前现成景色。

“初平”“几处”“谁家”“渐欲”“才能”这些词语的运用，在全诗写景句中贯串成一条线索，把早春的西湖点染成半面轻匀的钱塘苏小小。可是这蓬蓬勃勃的春意，正在急剧发展之中。从“乱花渐欲迷人眼”这一联里，透露出另一个消息：很快地就会姹紫嫣红开遍，湖上镜台里即将出现浓妆艳抹的西施。

方东树说这诗“象中有兴，有人在，不比死句。”（《续昭昧詹言》）这是一首写景诗，它的妙处，不在于穷形尽象的工致刻画，而在于即景寓情，写出了融和骀宕的春意，写出了自然之美所给予诗人的集中而饱满的感受。所谓“象中有兴，有人在”；所谓“随物赋形，所在充满”，[①] 是应该从这个意义去理解的。

1980年10月于上海师院[②]

① 王若虚评白诗语，见《滹南诗话》。

② 1984 年，上海师院更名为上海师范大学。

李　贺

李贺（790—816），字长吉，昌谷（今河南省宜阳县）人。唐皇室远支。因避家讳，不得参加进士科考试（参看韩愈《昌黎集》卷一二《讳辩》）。曾官奉礼郎。年少失意，郁郁而死。

他早岁工诗，受知于韩愈、皇甫湜，有“诗鬼”之称。尤长乐府，善于熔铸词采，驰骋想象，运用神话传说，创造出恢奇诡谲、璀璨多彩的鲜明形象，艺术上有显著的特色。他作诗态度严肃，以苦吟著称。杜牧叙其诗云：“云烟绵联，不足为其态也；水之迢迢，不足为其情也；春之盎盎，不足为其和也；秋之明洁，不足为其格也；风樯阵马，不足为其勇也；瓦棺篆鼎，不足为其古也；时花美女，不足为其色也；荒园陊殿，梗莽丘垅，不足以为其怨恨悲愁也；鲸吸鳌掷，牛鬼蛇神，不足为其虚荒诞幻也。”杜牧认为他源本《楚辞》，为“骚人之苗裔”，唯缺乏“感怨刺怼”“激发人意”之处，有理不胜词的缺点（见《李长吉歌诗叙》）。

有《李长吉歌诗》。注本中，以清人王琦的《汇解》较为详备。

李凭箜篌引[1]

吴丝蜀桐张高秋[2]，空山凝云颓不流[3]。
湘娥啼竹素女愁[4]，李凭中国弹箜篌[5]。
昆山玉碎凤凰叫，芙蓉泣露香兰笑[6]。
十二门前融冷光[7]，二十三弦动紫皇[8]。
女娲炼石补天处，石破天惊逗秋雨[9]。
梦入神山教神妪，老鱼跳波瘦蛟舞[10]。
吴质不眠倚桂树，露脚斜飞湿寒兔[11]。

【注释】

[1] 李凭：当时供奉宫廷的乐工，擅弹箜篌。

[2] “吴丝”句：丝，指箜篌的弦。桐，指箜篌的身干。吴地以产丝著名，蜀中桐木宜为乐器；吴丝蜀桐，形容箜篌的精美。张高秋，在气象爽朗的秋天弹奏起来。

[3] “空山”句：意谓连空山的云气也为箜篌声所吸引，凝而不流。颓，颓然，堆集、凝滞的样子。《列子》记秦青“拊节悲歌，声震林木，响遏行云”。此化用其意。山，一作“白”。

[4] “湘娥”句：湘娥，湘水的女神，即古代帝舜的妃子娥皇、女英。传说舜死于苍梧（山名，在今湖南省宁远县）之野，二妃追踪至洞庭湖，听到不幸消息，南向痛哭，泪洒在竹上，留下了现在湘江一带的斑竹。素女，神话中的霜神。《史

记·封禅书》有“太帝使素女鼓五十弦瑟，悲，帝禁不止”的话。素女愁，化用其意。

［5］中国弹箜篌：犹言国中弹箜篌。国，国都，即长安。

［6］“昆山”二句：上句写高弹，下句写低弹。昆山，即昆仑山，是著名的产玉之区，一作“荆山”。玉碎，凤叫，形容音响的清脆激越。芙蓉，莲花的别名。芙蓉泣露，形容曲调的幽咽。香兰笑，言气韵的芬芳。

［7］十二门前：指长安。长安城四面各三门，共有十二门。

［8］二十三弦：指李凭所弹的箜篌。箜篌有各种不同的式样，其中有一种名叫竖箜篌的，体曲而长，有二十三弦。动紫皇：感动天神。《太平御览》卷六五九引《秘要经》：“太清九宫，皆有僚属，其最高者称太皇、紫皇、玉皇。”

［9］“女娲”二句：意谓箜篌声震惊了整个天界。古代神话中，共工氏怒触不周山，天倾西北，女娲炼五色石把缺处补好。石破天惊，是“天惊石破”的倒文。逗，引出来的意思。

［10］“梦入”二句：谓李凭的箜篌仿佛不是在人间弹奏，而是在神山之上把这绝艺传授给神仙。王琦注：“《搜神记》：‘永嘉中，有神见兖州，自称樊道基，有妪号成夫人。夫人好音乐，能弹箜篌。闻人弦歌，辄便起舞。’所谓神妪，疑用此事。”（《李长吉歌诗汇解》卷一）妪，妇女的通称，不限于老年人。鱼跳、蛟舞，意谓连无知的动物都为之欢欣鼓舞。《列子》：“瓠进鼓瑟而鸟舞鱼跃。”

［11］“吴质”二句：写深夜弹奏的情景。意谓不但人们被它吸引住，连月里吴刚聆音听曲，也为之不眠。此时，桂叶上的

露珠斜飞，溅湿树下的寒兔，月光更显得清冷了。吴质，即神话中在月中砍桂树的吴刚。质，是他的字。寒兔，指月轮。月中有黑影，古代神话说里面有兔和蟾蜍。

说李贺《李凭箜篌引》[①]

吴小如

人们每觉李贺的诗难懂，我自己也不例外。最近重读《昌谷集》，略有一点新体会。人的思维分逻辑思维和形象思维，近年来似已渐成定论。但这两者是互相依存的，特别是形象思维，它并不能独立于逻辑思维之外。当然，逻辑思维亦须凭借形象思维才能清楚而生动地把意思表达出来，故说理散文每借助于寓言和比喻。而李贺的诗，其难解处往往在于用绚丽的辞藻织成一个个具有幻想色彩的形象的网，纷纷藉藉杂糅在一起，使人不易找出其内在联系，即逻辑上的条理性和层次性。如果我们能把它们理出个头绪来，困难自然就少多了。另外，李贺笔下的形象描写除富有幻想色彩外，还运用了不少典故，读者很难捕捉其真正的涵义，这也是一个难点。这就需要我们为这些辞藻和典故找到可靠的根据，做出合理的解释。现在便举《李凭箜篌引》为例。

开头四句，点出李凭在弹箜篌。据王琦《李长吉歌诗汇解》（以下简称《汇解》）引《通典》，知李凭所弹为竖箜篌。另据与李贺同时的诗人杨巨源《听李凭弹箜篌》诗，知李凭为当时供奉内廷的乐工，即所谓“梨园子弟”。这一点很重要。不独第四句“中国”字样有了着落（“中国”指都城，即当时的长安），而且下文“十二门”

---

① 选自吴小如《古典诗词札丛》，天津古籍出版社2002年版。

和“紫皇”也是虚实兼指的，使读者得知其双关涵义。盖“十二门”既指天帝的宫门，也指长安的城门；“紫皇”既指上帝，也指皇帝。下面我们分别研究一下这前四句。

第一句，“吴丝蜀桐张高秋”，“丝”用以制琴弦，“桐”用以制琴身，无论琴、瑟、箜篌，都缺不了它们。而“吴”“蜀”则标出“丝”与“桐”的产地，除了标榜这乐器是高档名牌货（如古人一说琴必曰“焦尾”之类）外，还说明它是从长安不远千里物色到的用上好材料做成的，亦“工欲善其事，必先利其器”之意。“张”不仅作陈列解，也兼指弹拨、演奏，如《庄子》所谓黄帝“张咸池之乐于洞庭之野”，“张”即演奏意。“高秋”即暮秋，指阴历九月。这是点明季节，与下文“秋雨”“桂树”“露脚”“寒兔”相照应。但首句只说“丝”“桐”，则不辨为何种弦乐器，故第四句明白说出李弹的乃是箜篌。这是另一种互文见义的手法。

第二句“空山凝云颓不流”，各家注本都引《列子》“响遏行云”的出典，意指所奏箜篌，其声音上达云霄。王琦《汇解》的解释似更深入一层，我是比较同意的。他说：

> 琦玩诗意，当是初弹之时，凝云满空；继之而秋雨骤作；洎乎曲终声歇，则露气已下，朗月在天，皆一时实景也。而自诗人言之，则以为凝云满空者，乃箜篌之声遏之而不流；秋雨骤至者，乃箜篌之声感之而旋应。似景似情，似虚似实。……

惟解“空山”句为响遏行云之意，还未尽贴切。鄙意此是形容李凭在弹箜篌时，周围环境阒然静寂，达于极点，如在空山中，不独万籁无声，即高空欲颓堕之云亦凝而不流。这就给李凭精彩的演奏创造了一种极为宁谧的气氛。第三句“江娥啼竹素女愁”，王琦说：“咏其声能感人情志。”似尚隔一层。盖“江娥”泪染之竹，本为斑竹，此借指箫管类乐器；“素女”用《史》《汉》天帝使素女鼓五十弦瑟的典故，这里借指琴瑟一类在箜篌以外的弦乐器。这句实有两层意思。一是说李凭弹箜篌，哀愁动人心魄，兼具箫管琴瑟之美；二是说李用箜篌所奏之乐调远胜箫管与琴瑟。然后第四句点出本题，并说明身在长安。

第五、六句“叫”“笑”为韵，两句自成一节。上句写音，下句写情。王琦把“玉碎”“凤叫”“蓉泣”“兰笑”都释为“状其声”，疑未确（其他旧注亦多类此，似皆不够贴切）。“玉碎”指声音清脆，向无争议；而“凤叫”则言人人殊。如姚文燮云：“玉碎凤鸣，言其激越也。”王琦则谓：“凤叫，状其声之和缓。”这种大相径庭的理解，原也难怪，因为凤凰鸣叫谁也没有真正听到过。不过李贺在这里用了个“叫”字，显非和缓而是激切之意。《太平御览》卷九一五引《论语摘襄圣》，说“凤有九苞”，八曰“音激扬”；又引《韩诗外传》说：“夫凤，……小音金，大音鼓。”以金鼓状其声音，自非“和缓”可知。故鄙意以为碎玉状其声之清脆，凤叫状其声之激扬。至于“芙蓉泣露香兰笑”，固不排斥形容李凭所弹乐曲音色之美，但主要还在写其情之有悲亦有喜。而且这悲和喜都是令人赏心悦目的，是美如芙蓉香兰之姿的。芙蓉带露如泣，人固易知；香兰开花时花瓣初绽，如美人巧笑，则须有格物致知的经验。这两句比前四句深入了一步。

第七、八句既写乐声上达天听，也写它打动了皇帝的心，是总括语，而又起承上启下之作用。“冷光”二字，上承“高秋”，下启“秋雨”。箜篌之奏，使“冷光”得“融”，则上文所写的“凝云”盖由凝而动，由颓而流矣；于是过渡到第九、十两句，仿佛秋雨之点点滴滴乃由石破天惊之故；而乐声能使石破天惊，则震撼人心、感泣鬼神之魅力可知。第十一、十二两句，写李凭艺精，连善弹箜篌的神妪成夫人（典出《搜神记》卷四）都要经他在梦中传授；而鱼跳蛟舞，即《荀子·劝学》所谓“瓠巴鼓瑟而流（沉）鱼出听”之意，谓乐声能感动异类。但关键是李贺为什么在“鱼”“蛟”之上用了一个“老”和一个“瘦”字。我以为，此承上句“妪”字而来。神是老妇人，则水族也是“老”与“瘦”者，以求得形象上的和谐统一（如“枯藤老树昏鸦”之“枯”“老”“昏”，亦是求得形象上的和谐统一），一也。人老则阅历丰富，“鱼”“蛟”亦然；人老则感觉迟钝，“鱼”“蛟”亦然。连饱经风霜而感觉迟钝的“老鱼”“瘦蛟”也不禁闻乐而冲波起舞，可见此乐声感染力之强，二也。上文所举诸般形象，如江娥、素女、昆玉、凤凰、芙蓉、香兰等等，皆人与物之美好都丽者；此外则更进一步，言李凭之弹箜篌，不仅美丽者为之动容，即老瘦者亦不能不受到感动，三也。李贺诗诡谲怪诞，多在此等处，故姑妄揣测而言之。

结尾两句是曲终奏雅，袅袅余音。王琦云：“言赏音者听而忘倦，至于露零月冷，夜景深沉，尚倚树而不眠。其声之动人骇听为何如哉！”其说近之。据姚文燮《昌谷集注》引《余冬序录》：“吴刚字质，谪月中斫桂。”前人对此亦有争议。如王琦即以为此实指魏之吴季重。我的意思是，从末两句整体看，“吴质”自当指月中的吴刚。诗人之意盖谓不仅世间凡俗人听了李凭所奏的箜篌如醉如痴，连月宫里的吴刚也听得出了神，倚树不眠。这仍是透过一层的写法。但所以用“吴质”而不用“吴刚”，疑兼有作者自况之意。吴质是三国时文人名士，李贺本人也自负才华，本有相类似处。姑且拈合，正不必拘其用事是否允洽。全诗写李凭初奏时“空山凝云颓不流”，弹到高潮时则“石破天惊逗秋雨”，乃至曲终声歇，竟自“冷露无声湿桂花”（王建诗句），寒月逼人，听者忘倦。就实景而逗起作者无穷幻想，王琦固已先我言之矣。

此诗在用韵方面也有特色。句句用韵，一也。前四句由泛说而转入实指，故用一韵；五、六句状其声与情，乃一换韵；七、八句承上启下，又属总括虚写，故又换一韵；末六句深入细致地写乐声之感天动地，故再次换韵，二也。迤逦写来，以平淡出之之处用平声韵脚；精心刻画，着意描摹处则用仄声韵脚，三也。末六句韵脚以上、去两声之字通押（唐人虽有此例，尚非普遍），四也。即就上去通押而言，作者亦匠心独运，五也。盖“雨”“舞”为一韵（上声姥韵）“处”“妪”“树”“兔”为一韵（去声遇暮韵），如以两句为一节，则主要的韵脚都押在下句，那么末六句实更分两层，即前四句为一层，后二句为一层，以末二句乃一篇之余波故也。可见这六句虽属上去通押一韵到底，作者却仍尽量使韵脚有变化，在不规则中体现规则，从而见出层次和深度。这是读古体诗（特别是读唐人的七言歌行）所不可不注意的。

梦　天

老兔寒蟾泣天色[1]，云楼半开壁斜白[2]。
玉轮轧露湿团光[3]，鸾珮相逢桂香陌[4]。
黄尘清水三山下，更变千年如走马[5]。
遥望齐州九点烟，一泓海水杯中泻[6]。

【注释】

［1］“老兔”句：兔和蟾，都是指月。泣天色，意谓秋月初出，光影凄清，有如兔和蟾在哭泣似的。《太平御览》卷九〇九引《典略》：“兔者，明月之精。”又卷九四九引张衡《灵宪》：“羿请不死之药于西王母，娥窃之以奔月。遂托身于月，是为蟾蜍。”所以民间把月中的黑影叫作蟾，也叫作兔。蟾，蟾蜍的简称。

［2］云楼：指层层舒卷的云片。壁斜白：月光斜照。

［3］“玉轮”句：意谓月轮为冷露所沾湿，它的四周环绕着一重水气，已是深夜的时候了。轧，辗。因为称月为玉轮，所以说轧。因为是满轮月，所以说团光。

［4］鸾：雕着鸾凤的玉，这里指系着鸾的仙女。珮：字同“佩”。桂香陌：月宫里的大路。因为月中有桂，所以一路上桂子飘香。以上四句写梦入月亮与仙女相遇。

［5］“黄尘”二句：王琦注：“蓬莱、方丈、瀛洲三神山俱

在海中，今视其下，有时变为黄尘，有时变为清水。千年之间，时复更换，而自天上观之，则犹走马之速也。”（《李长吉歌诗汇解》卷一）葛洪《神仙传》卷二：“麻姑自说云：接侍以来，已见东海三为桑田；向到蓬莱，又水浅于往日会时略半耳，岂将复为陵陆乎？”这里化用其意。

［6］“遥望”二句：齐州，即中州，犹言中国（见《尔雅·释地》邢昺注）。泓，水深而清的样子。一泓水，犹言一汪水。古分中国为九州，九州之外，便是大海。这里是说，从天上看来，九州像九点烟尘；大海波涛，也不过是泻在杯中的一泓水而已。以上四句写由天宫俯视人间所见。

说李贺《梦天》[①]

吴小如

李贺诗古称难读。即以《梦天》而论，仅诗题便费解。通常注本多解为作者本人做梦登天，并认为这与晋人郭璞《游仙诗》相类似。但诗的前四句古今人又多谓是摹写月宫的景语。然则《梦天》乃缩小为梦游月宫之诗，恐失作者原意。不揣谫陋，姑陈己见。

我以为“梦天”者，犹言夜天。一日分昼夜，人是昼醒而夜梦的，天既有光明与黑暗之分，则白昼光明之际当为醒，而夜晚黑暗之时当为梦。但诗人如径言“夜天”，易生歧义，故以“梦天”名之。

夜间的天空最光亮者莫如月。月中传说有兔和蟾，故首句言天色乍晦，蟾兔皆泣。我疑心这是形容黄昏时的一阵微雨。第二句“云楼半开壁斜白”，乃写雨停云开，月光斜照。第三句写一轮明月在放晴后完全显现出来，如车轮辗着清露而缓缓行进，光团而微湿，正是刻画雨霁后的月色。第四句写月中阴影，诗人想象这大约是仙人在栽满桂树的路边相遇吧。前于李贺者有杜甫《月夜》，所谓“香雾云鬟湿”；后于李贺者有宋代周邦彦的《解语花》，所谓“桂华流瓦”——都是借美好的嗅觉来形容美好的视觉。而李贺所咏，乃是设想立足于碧空、纵身于霄汉，去月不过咫尺之遥，所以耳听得见鸾珮之声，鼻察得出桂花香气。以上四句泛写天上夜景，有超尘绝俗之

① 选自吴小如《古典诗词札丛》，天津古籍出版社 2002 年版。

意。以下四句乃转为自天上俯视尘寰。

“黄尘清水”两句当然是活用《神仙传》“沧海桑田”的典故。“三山”即三神山，谓蓬莱、方丈、瀛洲。“黄尘”泛指陆地，“清水”泛指海洋，盖从高空俯视，虽广袤的大陆只如一片黄尘，汪洋的大海不过是几滴清水。但这里主要还不是形容大陆与海洋之渺小，而是强调沧桑的变化，即侧重写漫无涯际、古往今来的时间观念，所以紧接着说“更变千年如走马”，“更变”犹“变更”，“走马”，王琦注引《庄子》，谓即“白驹过隙”之意，是不错的。七、八两句，才是写空间。古称世上有九州，九州之外，裨海环之（见《史记·孟子荀卿列传》）。这里写九州如九点微烟，大海如杯中之水，极写尘世之渺小可怜。但所以用“烟”形容九州，盖作者仍未忘记这是写夜景。意谓自碧落下瞰九州，其光尚不及微茫灯火，只如点点轻烟而已。夫“千年”不可谓不久，“九州”不可谓不大，而从“天”的角度视之，不过短促如走马之一瞥即逝，渺小如点烟杯水。其叹羡天地之永恒而悲人生之短暂，正是自初盛唐以来诗人一贯咏叹的主题。特其写法过于奇警险幻耳。

这里还要讲讲“齐州”的“齐”字。齐者，平也，指物之顶端都整齐地在一条水平线上。齐民犹言平民。民虽有等级贵贱之分，但在最高统治者（皇帝）眼中，不过都是平头百姓，分不出孰为高下。今从高天下视九州，根本看不出什么山川陵谷，只是一块块高矮差不多的水中平地而已，故以“齐州”称之。

浩　歌

南风吹山作平地，帝遣天吴移海水[1]。
王母桃花千遍红，彭祖巫咸几回死[2]。
青毛骢马参差钱[3]，娇春杨柳含细烟。
筝人劝我金屈卮，神血未凝身问谁[4]？
不须浪饮《丁都护》[5]，世上英雄本无主[6]。
买丝绣作平原君，有酒唯浇赵州土[7]。
漏催水咽玉蟾蜍[8]，卫娘发薄不胜梳[9]。
看见秋眉换新绿[10]，二十男儿那刺促[11]？

【注释】

［1］“南风”二句：言世事变化极大，山能够吹成平地，海可以从这里移到那里；也就是“高岸为谷”“沧海桑田”的意思。帝，主宰宇宙的天帝。天吴，水神。

［2］“王母”二句：慨叹于宇宙的永恒，人生的短暂。意谓仙桃的花期，彭祖、巫咸的寿命，在人们头脑中是代表长寿的概念，可是从永恒的宇宙来看，它们也是极其短促的。古代神话，西王母瑶池上的仙桃，每三千年开花结实一次（见《汉武帝内传》）。千遍红，开了千次花。彭祖，传说中长寿的人。《楚辞·天问》王逸注：“彭铿，彭祖也。至八百岁，犹自悔不寿，枕高而唾远也。”

［3］骢（cōng）：毛色青白相间的马。参差钱：一个套着一个连钱式的花纹。参差，错杂相间貌。

［4］“筝人”二句：慨叹人生空虚，意谓不如饮酒行乐。筝人，弹筝侑酒的歌妓。金屈卮，形似菜碗而有把手的酒盏。神血未凝，精神和血肉不能长期凝聚在一起，即佛家所谓“形骸假合”，也就是说，不能长远地活在世间。身问谁，这身体究竟是怎么一回事，从谁那儿可以得到解答呢？问，一作“是”。

［5］“不须”句：是转折语。意谓快意当前，对酒听歌的一时自我麻醉，终不能排遣内心真正的愤激之情。浪饮，犹言痛饮。《丁都护》，乐府歌曲名，声调哀怨，指筝人劝酒时所唱的歌曲。

［6］英雄无主：是说没有能够认识英雄、发挥英雄才能的人。主，指统治者。

［7］“买丝”二句：意谓像平原君那样的才是英雄之主，可是当世没有这样的人，因而自己的一腔热情，只有寄托在对历史人物的追慕上。绣，指绣像供奉。平原君，战国时赵国贵族执政者赵胜的封号，以礼贤好士著名，是战国四大公子之一，门下有三千宾客。他曾提拔过许多被埋没的人才。赵州，犹言赵国、赵地。古代祭祀时，用酒浇在地面，希望它渗透到地下（因死者埋在地下）。浇酒，也是表示向慕之情和凭吊之意。

［8］“漏催”句：言漏水不断地滴着，时间在飞速的流逝之中。玉蟾蜍，指计时的漏壶。漏壶的口雕成蟾蜍张口的形状，上面有一贮满清水的铜器，器口刻作龙形。龙口与蟾蜍口相衔接，从龙口里流出的水通过蟾蜍的口一滴滴地滴入壶中。壶中划有深浅的度数，以验时刻。

［9］“卫娘”句：言眼中丰容盛鬋（jiǎn）的佳人，很快就会衰老。卫娘，汉武帝时卫皇后，以美发得宠。此言其老后发薄，至于不堪梳理。胜，读平声。

［10］“看见”句：人年轻时眉毛的颜色浓，年老则渐黯淡，也像绿油油的树叶到秋天变成枯黄一样，故曰“秋眉”。新绿，鲜明的绿色。按：这句在音节上连下文读，“绿”“促”叶韵；在意义上则和上文相属，“眉”“发”并举，都指卫娘而言。

［11］“二十”句：以单句转折作结。意谓自己还是个二十岁的青年人，怎能老是纠缠在消极的苦闷情绪之中呢？刺促，因受到客观刺激而引起精神上的局促不安。

释李贺《浩歌》[1]

周振甫

这首诗称《浩歌》，本于《楚辞 · 九歌 · 少司命》："临风怳兮浩歌。"浩歌是大声唱歌。

开头四句有《梦天》里"黄尘清水三山下，更变千年如走马"的含义，即沧海变桑田。说南风吹山变成平地，天吴把海搬走，这是作者的奇突幻想。《山海经 · 海外东经》："朝阳之谷神曰天吴，是为水伯。"天吴是水神。但《山海经》里没有天帝命他把海搬走的神话，也没有南风把山吹走的神话，这是作者的创造。按《列子 · 汤问》里有天帝命夸娥氏二子把太行、王屋两山背走的神话。既然山可搬走，那么海当然也可搬走，山当然更可变成平地了。事实上，自然界里确有山崩海枯的例子，所以这样想象并不违反真实。这样的变化不知要经历多少万年。《汉武帝内传》称王母的仙桃"三千年一开花，三千年一生实"。那么"千遍红"当指几百万年。《列仙传》称彭祖升仙而去。《楚辞 · 离骚》王逸注："巫咸，古神巫也。"这种神仙也死了几次。这四句指出自然界的一切是变化的，神仙也要死的，破除当时迷信神仙的虚妄。

下四句写在游春时感叹人的生命短促，不能长生。马毛青白色的

---

① 选自周振甫《诗文浅释》，见《周振甫文集》第九卷，中国青年出版社 1999 年版。标题为编者所加。

称骢马，马的毛色有深有浅构成斑驳花纹的称连钱骢。“参差”指花色错杂相间。骑着骢马出游，正在初春，杨柳的细叶嫩黄，远看像薄雾笼罩。“娇”是嫩，“娇春”指初春。“细烟”指薄雾。“筝人”是弹筝的歌女，把杯劝酒。“金屈卮”，有把手的酒杯。想到精神血脉还没有凝聚，即神和形不能不分离而死去，此身的形神聚散的道理究竟去问谁呢？感叹虽及时行乐，也没有多少时候。联系神仙要死，更感叹人生的短促。

下四句承接上文的劝酒，说不须借酒浇愁，世上本没有能选拔人才的有权力者，倘要想找那样的人，只有到历史上去找了。丁都护，南朝刘宋时姓丁的武官，当时有《都护歌》，李白作了《丁都护歌》。这里或指当时的英雄，劝他不须狂饮，不可能找到赏识你的有权力者。《史记 · 平原君列传》：“平原君赵胜者，赵之诸公子也。”“喜宾客，宾客至者盖数千人。”为了纪念他能选拔人才，所以要用丝来绣他的像。因为他是赵国人，所以要用酒来祭奠赵州的土地。丝绣平原君，当是从越王勾践“使良工铸金像范蠡之形”变化出来的（见《吴越春秋 · 勾践伐吴外传》），这里也显出李贺的创造性。

末四句感叹时光迅速，美人易老，但自己还年轻，不须局促不安。当时的计时器，用铜壶盛水，壶有铜龙口中吐水，下有虾蟆张口承水，流入下一壶中，有箭来计时刻。“漏催”指时光迅速。“水咽”承滴水，含有悲咽时光易逝的意思。“卫娘”似指汉武帝卫皇后，《文选 · 西京赋》：“卫后兴于鬒（zhěn）发（黑发）。”卫皇后因发美而得到汉武帝的喜爱。卫后老去，发少了，禁不起梳妆了。她的眉毛原来是黑的，也稀疏了。“新绿”，指黑而有光，古以绿指黑。“秋眉”，指眉毛稀疏，像秋天的树叶凋零。但自己只是二十岁的青年，那就不该局促不安，应该大有作为才是。作者在这里称卫皇后为卫娘，同他在《金铜仙人辞汉歌》里称汉武帝为刘郎一致，都是前人所不敢用的，是有创造性。

这首诗设想奇特，富于创造，具有非凡的笔力，显示出李贺的独特风格。一般的意思，在他的笔下就构成奇特惊人的形象。像沧桑变幻这是一般的说法，但他就化作“南风吹山作平地，帝遣天吴移海水”了。一般认为神仙是不死的，他却创造出“王母桃花千遍红，彭祖巫咸几回死”这样惊人的话。像赞美能识拔人才的有力者，就创造出“买丝绣作平原君”。感叹美人易老，本是一般的说法，他就创造出“卫娘发薄不胜梳”。就是一般写景叙事，也写出奇幻的色彩。如杨柳含烟，他写作“娇春杨柳含细烟”，不称“初春”而称“娇春”，不称“烟”而称“细烟”，这里就有感情，有色彩。不说劝酒，而说“劝我金屈卮”，也有奇特的色彩。

这诗的思想也可探讨，他正面的话只有一句“二十男儿那刺促”，反映了二十男儿应该有所作为。他用时光易逝，美人易老作反衬，更显得年轻之可贵，要急于有所作为。再用“丝绣平原”作映衬，显得当时没有平原君，没有人能提拔他的可悲。再用“筝人劝酒”来陪衬，显得游宴不足以解忧。再用沧桑变幻，神仙死去，来反映人命的短促。最后用一句话来表达主旨，笔力千钧。自己失意沦落的悲哀，不平的感慨，都从中透露出来。

许　浑

许浑（生卒年不详），字用晦（一作“仲晦”），润州丹阳（今江苏省丹阳市）人。大和六年（832年）进士。任当涂、太平县令，润州司马。拜监察御史，历虞部员外郎，睦、郢二州刺史。

他和杜牧、李商隐同时，擅长近体诗，颇负盛名。其诗工稳丽密，在字句格律方面，有其独到之处。

著有《丁卯集》。

咸阳城西楼晚眺

一上高楼万里愁，蒹葭杨柳似汀洲[1]。
溪云初起日沉阁，山雨欲来风满楼[2]。
鸟下绿芜秦苑夕，蝉鸣黄叶汉宫秋[3]。
行人莫问当年事[4]，故国东来渭水流。

【注释】

[1]“一上”二句：总领全诗，点题登楼，“愁”为诗眼。《诗·蒹葭》“蒹葭苍苍，白露为霜”；《诗·采薇》“昔我往矣，杨柳依依”：二句均含愁思。此化用之，以渲染“愁”意。

［2］“溪云”二句：溪云句下旧注：“南近蟠溪，西对慈福寺阁。”山，咸阳之北为九嵕（zōng）山。二句近望城西楼周遭即日景色，仍由“愁”眼看出。

［3］“鸟下”二句：意谓秦、汉遗迹，已经成为一片丘墟。《太平寰宇记》：“（长安）隔渭水对秦咸阳宫，汉于其地筑未央宫。”芜，草地。二句远望，由今及古，继续生发，依然“愁”意。

［4］当年：一作“前朝”。

一上高城万里愁[1]

——说许浑《咸阳城西楼晚眺》

周汝昌

这首诗题目有两种不同文字，今采此题，而弃“咸阳城东楼”的题法。何也？一是醒豁，二是合理。比如李德裕有《登崖州城作》，罗隐有《登夏州城楼》，有了一个“登”字，就一切明白了，再不致为后人误会是以“城楼”为题的“咏物诗”。然而，李义山也分明大书《安定城楼》一题，既不言登，也不说眺（此种例子不少，今特专举晚唐诗人也），作者、览者都认为题意自明，原不须像后来“试帖”诗家那等地拘墟小样。我因何又取这个罗嗦题呢？就只为那个“西”字更近乎情理，——而且“晚眺”也是全诗一大关目。

提起义山的《安定城楼》，倒也有趣，那首诗，与许丁卯这篇，不但题似，而且体同（七律），韵同（尤部），这还不算，你再看那头两句怎么写的——

迢递高城百尺楼，绿杨枝外尽汀洲。

① 周汝昌（1918—2012），红学家、古典文学研究家，并专于诗词创作及书法艺术。著有《红楼梦新证》《曹雪芹新传》《唐宋词鉴赏辞典：唐五代北宋》（与唐圭璋合著）等。本文选自周汝昌《诗词赏会》，广东人民出版社 1987 年版。

这实在是巧极了，就如同俩人有个约会似的。最奇不过的是都用“高城”，都用杨柳，都用“汀洲”。

然而，一比之下，他们的笔调，他们的情怀，就不一样了。义山一个“迢递”，一个“百尺”，全在神超；而丁卯一个“一上”，一个“万里”，端推意远。神超多见风流，意远兼怀气势。

“一上”的“一”，和“万里”的“万”，本是两回事，并非“数字”的关系，但是我们汉字文学——特别是诗，离开汉字的特点特色，是根本无法理解——当然也无法讲解的。正如李义山的“相见时难别亦难”，两个难字，意思，用法，本不相同，却被诗人的巧思妙用联在一句之中，平添了无限的韵味。“一”上高城，就有“万”里之愁怀，也正是巧用了两个不同意义的“数字”而取得了艺术效果。——这种妙趣，不要说译成外国文字，就是改成“白话”，那也“全完了”！

记得顾随先生在《苏辛词说》里讲一首登临眺望之作，说道：千古高人志士，定是登高望远不得；一登了望了，便引起无限感怀，满腔愁绪。（大意如此。随手行文，未能检引原书——那是用参采语录式的文体而讲说的。）此话当真不假。要在古代诗词中寻找例证，纵不汗牛充栋，怕也车载斗量。即如稼轩，不是就说“我来吊古，上危楼赢得闲愁千斛”吗？虽说是“闲愁”（这听起来不太冠冕堂皇），却有千斛之多哪！词人岂好为夸大之语哉。

此理既明，则丁卯这诗的起句，就“有情可原”了。

辛稼轩（即辛弃疾）千斛之愁，缘何而起？他自己上来就“交待”，很“坦白”：“我这是来吊古”的。可以说，那是“时间”上的事情无疑了。丁卯此篇，吊古与否，须待“后文再表”，上来却是万里之愁，这应是"空间"上的事情才对。虽说是万里之遥，毕竟他也有个实指。其意中这是哪个范围？诗是活龙，你硬要打成死蛇看，未免太嫌呆相；然而诗人笔下分明逗露，并非讲者有意穿凿。你看李义山，他次句接写的是"绿杨枝外尽汀洲"，一个"尽"字，斑斑实景，——据说安定泾州东边果有一处名叫美女洲。既是实景，便为正笔，遂尔无多可说。若论许丁卯这句，他所紧接的却是"蒹葭杨柳似汀洲"，一个"似"字，早已分明道破，此处并无有什么真个的汀洲，不过是想象之间，似焉而已。既然似而非是，为何又非要拟之为汀洲不可?须知诗人家在润州丹阳，他此刻登上咸阳城楼，举目一望，见秦中河湄风物，居然略类江南。于是笔锋一点，微微唱叹。万里之愁，正以乡思为始。盖蒹葭秋水，杨柳河桥，本皆与怀人伤别有连。愁怀无际，有由来矣。

以上单说句意。若从诗的韵调丰采而言，如彼一个起句之下，著此"蒹葭杨柳似汀洲"七个字，正是"无意气时添意气，不风流处也风流"。学诗之人，且宜体会。提笔作诗，处处是"意"，而不知有文采风流、高情远韵之事，那就只能始终是"意"而总非是诗了。再从笔法看，他起句将笔一纵，出口万里，随后立即将笔一收，回到目前。万里之遥，从何写起？一笔挽回，且写眼中所见，潇潇洒洒，全不滞呆，而笔中又自有万里在。仿批点家一句：此开合擒纵之法也。

话说诗人正在凭栏送目，远想慨然，——也不知过了多久，忽见一片云生，暮色顿至；那一轮平西的红日，已然渐薄溪山，——不一时，已经隐隐挨近西边的寺阁了，——据诗人自己在句下注明："南近磻溪，西对慈福寺阁。"形势了然。却说云生日落，片刻之间，"天地异色"，那境界已然变了，谁知紧接一阵凉风，吹来城上，顿时吹得那城楼越发空空落落，萧然凛然。诗人凭着“生活经验”，知道这风是雨的先导，风已飒然，雨势迫在眉睫了。

景色迁动，心情变改，捕捉在那一联两句中，使后来的读者，都如身在楼城之上，风雨之间，遂为不朽之名作。何必崇高巨丽，要在写境传神。令人心折的是，他把“云”“日”“雨”“风”四个同性同类的“俗”字，连用在一处，而四者的关系是如此的清晰，如此的自然，如此的流动，却又颇极错综辉映之妙，令人并无一丝毫的“合掌”之感。——也并无组织经营、举鼎绝膑之态。名下无虚，岂侥幸邀誉哉。我说四个字的“关系”如彼，其清晰、自然而又流动，当然是指他写云起日沉、雨来风满，在“事实经过”上是一层推进一层，井然不紊。然而“艺术感觉”上，则又分明像是错错落落，“参差”有致——这不知是何缘故？岂即我个人的一种“错”觉乎？“沉”字，“满”字，着实斤两沉重，更加“日沉”舌，“风满”唇，音色各得其美。“起”之与“沉”，当句自为对比，而“满”之一字本身亦兼虚实之趣——曰“风满”，而实空无一物也；曰空空落落，而益显其愁之“满楼”也。

“日”“风”两处，音调小拗，取其峭拔，此为常见之理趣，原不待多说；但今日年轻的学子，或有未明，还该略加申解：此一联，到第五个字上，上句当用平声字，它却是仄；下句当仄，它却是平，恰好掉反了。此盖律诗于精严不紊的音节规律中，偶于整齐中小加变化，且“风”既作平，适以兼救“来”字之孤平，变而非乱，规律益明，此之谓艺术，——艺术岂有“乱来”就行的事情？

那么，风雨将至，“形势逼人”的情况下，诗人是“此境凛乎不可久留”，赶紧下楼匆匆回府了呢？还是怎么？看来，他未被天时之变“吓跑”，依然登临纵目，独倚危栏。

何以知之？你只看它两点自明：前一联，虽然写得声色如新，气势兼备，却要体味那个箭已在弦，“引而不发，跃如也”的意趣。而下一联，鸟下平芜，蝉吟高树，其神情意态，何等自在悠闲，哪里是什么“暴风雨”的问题？

我意吾人读诗学句，不可一见“山雨”之二字，加上“来”之一字，即便“死于句下”。须看那诗人只说“欲”来，笔下精神，全在虚处，本来不是死语。假使山雨真个大降，而且还必定是“暴”，那下联当“正面”写雨，或“咏暴风雨”，我们大约应当看到天昏地暗呀，倾盆翻滚呀……等等才是。如何还会只有什么鸟下绿芜，蝉鸣黄叶呢？

夫斜日云遮，危楼风急，以常理而推，地接溪山，可能雨即随之——此即不虚。然而，雨大雨小，雨久雨暂，谁又知之？甚至风势虽紧，云意未浓，数点沾洒之后，“人间重晚晴”，正恐不在情理之外。不然者，何以诗人置已“来”之“暴风雨”于鸟下蝉鸣之间乎？

以上纯为一己读时之感觉，未必即当。比如，云已乍起，雨即欲来，虽诗人不为境牵，依然屹立楼城，而虫鸟亦知天色之变，形势之迫，故一则不敢高翔，降于平地，一则风送声急，嘈嘈盈耳。凡此皆加一倍写风雨之势，非“悠闲”也。信如此解，则此全篇乃观察天时物象之作也，何以第七句能遽接“行人莫问”？夫秦苑之夕，汉宫之秋，此任何常时所能感者也，又何必定待疾风暴雨而后知乎?故我意此诗虽后来享名以颈联一句，当日诗人本旨实以腹联为重心。溪云山雨，阁日楼风，不过一时之暂，适逢其会，借为题目增一层色彩耳。

讲到此处，不禁想起，那不知名氏的一首千古绝唱《秦楼月》：

……乐游原上清秋节，咸阳古道音尘绝。音尘绝，西风残照，汉家陵阙。

持此合看，虽然异曲难同，而其情景之间，岂无一点相通之处？诗人许浑，也正是在西风残照里，因见汉阙秦陵之类而引起了感怀。

咸阳本是秦汉两代的故都，旧时禁苑，当日深宫，而今只一片绿芜遍地，黄叶满林，唯有虫鸟，不识兴亡，翻如凭吊。“万里”之愁乎？“万古”之愁乎？

行人者谁？过客也。可泛指古往今来是处征人游子，当然也可包括自家在内，但毕竟并非一己之情，个别之感。其曰莫问，也请勿参死句，——他正是欲问，要问，而且“问”了多时了，正是说他所感者深矣！

“故国东来渭水流”，结束全篇——并不十分警策动人，却也神完气足。吹毛求疵，腹联已嫌“合掌”（对仗太“工”太板，而笔无跌宕之致）；此结句第四字“来”，与“山雨欲来”句之第四字犯复，——复犹可也，不合都用在同一个“第四字”位置上，此真大病。

“故国”者何也？古都也，“东来”者何也？说者谓，咸阳地枕渭水，渭水之流，自西而东也。——是否？是否？

假如除此一解，实无别义可言，则其遣辞铸句，不已拙乎？所以我也曾疑此“东来”字恐有千百年来传写之误，未必即是诗人遂而失检一至于此耳。但另一合理之解应是：我闻咸阳古地名城者久矣，今日东来，至此快览——而所见无几，唯“西风吹渭水”，系人感慨矣。觉如此读去，文从字顺，于理最通。但问题是：许浑此次登上咸阳城，是否自咸阳以西之某地而到此者？这就牵涉到历史考证的事，非我辈空疏口议所能解纷了。

至于“山雨欲来风满楼”，为人传诵（甚至滥用得十分庸俗化了），固当击赏，却也不可忘掉它的上句“溪云初起日沉阁”；下句之好，全在上句辅成之，辉映之，而不是孤零零地“好”起来的。“蒹葭杨柳似汀洲”，也隐隐为下文的平芜高树牵引脉络。凡此细处，幸留意焉。

又不禁想起，词人柳三变，那一首千古绝唱《八声甘州》——

> 对潇潇暮雨洒江天，一番洗清秋。渐霜风凄紧，关河冷落，残照当楼。是处红衰绿减，冉冉物华休。唯有长江水，无语东流。……

你看他写得何等地苍凉激越，何等地警策动人！比较之下，笔力远胜许君。柳郎当日，也正是在暮雨潇潇、旋即复晴的情景下，“不忍登高临远，望故乡渺邈，归思（去）难收。”但柳郎虽也触及了“时间”之感，其下半终归是停留在“空间问题”——“佳人凝望”上，却不像许君思绪由“万里”而转到“千年”。那么，这篇名作的价值，还在于它显示了一位诗人的感情在“时”“空”两“间”的“交叉点”上的一种复杂的变化活动。

或者以为，此篇当有深意，盖许浑生当晚唐，预感唐朝局势也。诗无达诂，仁智之分所在恒有。陈子昂，一登上幽州台蓟北楼，就写下了前不见古人，后不见来者，以致天地悠悠之感，为之怆然涕下。

那自然又是一番情景。然而陈乃初唐诗人，“文章高蹈”，他那又是“预感”的什么呢？

我在上文说，此诗结句，虽不见十分精彩，却也神完气足，如今还要略作补说：气足，不是气尽，当然也不是语尽意尽。此一句，正使全篇有“状难写之景，如在目前；含不尽之意，见于言外”的好处，确实它有悠悠不尽之味。“渭水”之“流”，自西而东也，空间也，其间则有城、楼、草、木、汀洲……；其所流者，自古及今也，时间也，其间则有起、沉、下、鸣、夕、秋……。三字实结万里之愁，千载之思，而使后人读之不禁同起无穷之感。如此想来，那么诗人所说的“行人”，也正是空间的过客和时间的过客的统一体了。

李商隐

李商隐（812—858？），字义山，号玉溪生，怀州河内（今河南省沁阳市）人。开成二年（837年）进士，授秘书省校书郎，补弘农尉。当时牛、李党争剧烈，他被卷入旋涡，在政治上受到排挤，一生困顿失意。曾依桂管观察使郑亚及京兆尹卢弘正。柳仲郢为东川、剑南节度使时，辟其为节度判官、检校工部员外郎。李商隐后卒于荥阳。

李商隐和杜牧齐名，是晚唐重要诗人之一。他的诗多抒写时代乱离的感慨，个人失意的心情，其中有不少借古讽今的咏史诗和缠绵深挚的爱情诗。他在诗歌艺术上，善于广泛地从多方面学习前人，形成自己的一种独特风格。构思缜密，想象丰富，语言美艳，韵调和谐，包蕴丰富而表达含蓄。各体之中，尤以七言律、绝为擅长。唯部分作品，过于讲究词藻，多用典故，不免流于晦涩，其末流遂演为宋代西昆一派，产生了不良的影响。

有《李义山诗集》。后代注本，以清人冯浩的《玉溪生诗笺注》较为详备。

夜雨寄北

君问归期未有期，巴山夜雨涨秋池。

何当共剪西窗烛[1]，却话巴山夜雨时！

【注释】

［1］共剪西窗烛：在西窗下深夜共谈。蜡烛点久了，烛心就会结成穗形的烛花，须用烛剪把它剪掉，否则昏暗不明。

重读《夜雨寄北》[1]

王家新

在读《夜雨寄北》前，我们首先要了解诗人通过这首诗“对谁讲话”，或者说，我们需要理解首句中的“君”指的是谁。

这里会首先涉及到版本学上的问题。在《万首唐人绝句》中，李商隐的这首名诗题为《夜雨寄内》。但人们考证，诗人写作此诗时，妻子王氏早已去世，故自《唐诗三百首》以来改为《夜雨寄北》。诗题改了，诗写给谁，也就成为一个问题。有人仍认为“这当是作者在巴蜀时寄给妻子的诗”。有人反对这种解释，因为前面讲到的原因；也有人在解释这首诗时采用了“这是在蜀地怀念亲人的诗”这类模糊的措辞。

但是在我看来，这些不同的解释都有一个共同点，那就是执意要把这里的“君”与实际生活中的某个人联系起来。我并不反对在诗与生活之间建立某种联系，但是如果这种联系太“实”，就无助于深刻理解这首诗以及一切诗歌的性质。千百年来，对李商隐诗穿凿附会的解释已太多了，它们让我想起了博尔赫斯曾引用的一句话：把一本书

---

① 王家新，著名诗人，诗歌评论家，中国人民大学文学院教授。著有《塔可夫斯基的树》《未完成的诗》《王家新的诗》等诗集，《在你的晚脸前》《取道斯德哥尔摩》《没有英雄的诗》等诗论随笔集，《新年问候：茨维塔耶娃诗选》《保罗·策兰诗文选》《带着来自塔露萨的书：王家新译诗集》等译诗集。本文选自《扬子江诗刊》2003 年第 3 期。

交到一个无知的人手里，跟把剑交到小孩子的手中是一样的危险。

那么，诗人究竟是在“对谁讲话”？从诗中所表达的关切和思念来看，尤其是从“何当共剪西窗烛”这一温馨、亲密、私人化的生活场景和细节来看，我们不妨认为这里的“君”为诗人的妻子或伴侣。即使妻子亡故，诗人依然可以同她的亡灵对话。而同亡灵进行一种超越时空、超越生死的对话，这似乎一直是诗歌的一个传统。这在中外诗歌史上都曾产生过一些深刻动人的篇章，如苏轼的《江城子》（“十年生死两茫茫”），英国作家、诗人哈代写给亡妻的悼亡诗等等。甚至可以说但丁的《神曲》，在某种意义上也是同贝雅特里齐的亡灵的一种对话。人的肉体消亡了，但他们却在诗人那里化为一种更为深刻、持久的生命存在。这一点也不神秘。可以说，在人类的精神生活中，“亡灵”从来就是一种“缺席的在场”。

但我们也可以撇开这一切，设想诗人李商隐是在同他生命中惟一的心灵信息的接受者和对话者进行对话。而这个“惟一者”是超越一切现实人际关系的。他/她在本质上不会是生活中的任何一个人，而只是一种想象中的存在。人们乐于说诗人叶芝一生为他的精神恋人茅特·冈写下了多少诗，实际上出现在这些诗中的，已是“另一个人”。诗歌作为一种精神活动的性质就体现在这里。它从现实的触动开始，最终却指向“绝对”。而生命对话的最终意义，也正在于找到这样一个至高无上的对话者。这样的精神存在，才对诗人的灵魂是一种庇护。像但丁和叶芝这样的西方诗人，往往把找到这样一位终极意义上的对话者，作为对灵魂的拯救。而中国历代诗人在飘零无依的苦难生涯中，同样把对“知音”的想象和寻找，作为一种对人生孤独的超越。

这一切，在李商隐的诗中都有深刻的表现。他惯常的方式，是借助爱情相思，写一种对生命对话的渴望及其现实隔绝，及其本质上的不可能。无论是“春蚕到死丝方尽”的执着，还是“车走雷声语未通”的遗恨，无论是“梦为远别啼难唤”的孤寂，还是“何当共剪西窗烛”的希冀，所有这一切，都是在对“某一个人”讲话。这是一种想象中的对话，也往往是一种绝望的对话。无论如何，它给孤寂的生灵带来了一种意义；同时，它给李商隐的诗带来了一种时而凄楚、时而沉郁、时而扑朔迷离的悲剧的美。

这一切，也应是我们深入理解这首诗的前提。

那么，让我们首先来看诗的起句：君问归期未有期。比较实在的理解是，有人很关切地来信询问。但也很有可能没有任何人来信，在徒劳的等待中什么也没有发生，一切都只是在诗人的想象中进行。因此这句诗也可以这样读解：假如你问我何时可以归去，我无法预期。因为“归期”指向遥遥无期的未来，正如人的流放永无尽头。“未有期”的回答极有分量，它写出的不仅是一时的处境，更是一种命运。一个彻底无望的人才能写出这样的诗句。

接下来，诗人没有言说自己不平静的心情，而是用“巴山夜雨涨秋池”这一“景语”来烘托自己无尽的愁思苦绪。这一景语的出现，首先刻画出一种具体的境遇，使秋池动荡不息、夜雨无尽落下、诗人临窗凝望的场景呈现而出，更重要的，是恰到好处地显现了诗人在此时的内心世界。这里，应格外留意一个“涨”字。从句法上看，“涨”可以置换成“落”或“飘”，但又是不可置换的（这就像杜甫的“感时花溅泪”不能改为“感时花流泪”一样）。因为“涨”字有一种动荡感，一种不息上涨之感，它不仅暗示夜雨之倾盆，而且和诗人动荡不息的内心产生了一种呼应。不仅如此，如果说“落”是由上而下的，“涨”就是由里而外的，这就显现出一种情感的深度和内在性（请想想李白的“玉阶生白露”，仿佛那冰冷的霜露是从石头的内部渗出来的一样）。“巴山夜雨涨秋池”，仅此一句，诗人足以不朽！它不仅写出了一种“东方式的意境”，一种无比凄楚的美，而且有一种艺术的“含蓄”和精神的深度。它把我们带入了一种世代相传的灵魂的内在状况之中。

至此，“此情”与“此景”都已写绝，不可能再写了，我们已可以从“巴山夜雨涨秋池”这一句中深刻体会到诗人内心里那难以平息而又欲说还休的一切（实际上，就此两句已可以“独立成章”，即成为一首完整的诗）。然而在“转念之间”，诗人不言当下，却展开了对未来的动情想象：“何当共剪西窗烛”。这就是钱锺书所说的“出位之思”吧。这样一来，时间空间都变了，情感的色调也变了，仿佛在烛火的一挑一剪之间，整个压抑愁苦的生活也都变得明亮起来。看来，诗人李商隐不仅工于用典，也善于调动想象并运用生活细节，来写出他在孤寂中所渴望的一切。“黑暗处的人们总是看见／光明处的人们。这是一个古老的真理”（阿米亥）。正常生活的一切如同梦幻一样动人，是因为对身在异乡的人来说遥不可及；而想象中的团聚与烛火的明亮，又与凄凉的滞留形成一种强烈对比。如果我们这样来体会，就会更深刻地感受到诗人询问“何当共剪”时的内心里的颤栗。

出人料想的还在后面。如果说“何当共剪西窗烛”是从现在遥想将来，结尾的“却话巴山夜雨时”（李商隐用词一向“典丽”，但这里的“却话”却十分口语化，它恰到好处地道出了亲人团聚时的那种氛围），却从一个想象中的未来又回到现在。这就是历来为人们所称道的《夜雨寄北》的结构艺术。说它“结构巧妙”，不是指刻意取巧，因为那会是对诗人痛苦的某种羞辱，而是指一种对生活充满超越性智慧的艺术观照和处理。他通过这种出人意想的艺术处理，将人生不同的层面形成一种诗的对照。写到最后，在一种奇异的转折中，“巴山夜雨”又出现了。它使诗产生了一种结构上的前后呼应，但它本身已不再是同一事物。由于拉开了距离，更由于一种想象中的美好“团聚”，过去所经历的不堪承受的苦难居然成为一种美，而消失在时间深处的“巴山夜雨”也成为一种人生的谈资，一种令人无限回首的情感的纪念。

这就是《夜雨寄北》，它以难以承受的孤独愁苦开始，以对苦难的超越和对人生充满留恋的回首结束。尤其是在它的后半部，出现了李商隐诗中少有的亮色。虽然这是一种“语言的明亮”，或者说，一种想象中的“解决”，但它对诗人沉重的精神已是一种超渡。它启示我们：人生的超越在于对孤独的克服，在于最终找到一位灵魂的对话者、寄托者和激励者。正是他／她的存在和出现，使诗人所承受的苦难获得意义和价值，使生命的悲剧转化为一种美。人生是孤独的吗？但一位叫里尔克的德语诗人却在诗中这样写道：

我是孤独的，但孤独得还不够，为了来到你的面前。

无题（选六）

一

相见时难别亦难，东风无力百花残[1]。
春蚕到死丝方尽，蜡炬成灰泪始干[2]。
晓镜但愁云鬓改，夜吟应觉月光寒[3]。
蓬山此去无多路[4]，青鸟殷勤为探看[5]！

【注释】

［1］“相见”二句：上句的见难，言机会难得；别难，谓不忍分离。下句说别时恰当春暮，更加使人伤感。陆机《答贾谧诗》“分索则易，携手实难”，此变化其意而用之。

［2］“春蚕”二句：上句以蚕丝象征情丝，下句以烛泪象征别泪。蜡烛燃烧时油脂流溢，称为烛泪。

［3］“晓镜”二句：写对方相思之情。但愁，应觉，是设想的语气。云鬓，年轻女子丰盛的鬓发。云鬓改，意谓青春的容颜逐渐消失。

［4］蓬山：即蓬莱山，海外三神山之一。这里指对方住处。

［5］青鸟：神话中的鸟，是西王母的使者（见《汉武故事》）。这里借指传递消息的人。

二

昨夜星辰昨夜风，画楼西畔桂堂东[1]。
身无彩凤双飞翼，心有灵犀一点通[2]。
隔座送钩春酒暖，分曹射覆蜡灯红[3]。
嗟余听鼓应官去，走马兰台类转蓬[4]。

【注释】

［1］“昨夜”二句：由今夕追想昨夜。星辰好风，宛如昨夜，而昨夜在“画楼西畔桂堂东”经历的一幕却难以追寻。“昨夜”重叠，句中自对，两句蝉联，圆转流美中富咏叹之致。

［2］“身无”二句：彩凤，有彩色羽毛的凤凰。灵犀，古代把犀牛角视为灵异之物。犀角中心的髓质像一条白线贯通上下，诗中借喻相爱的双方心灵的感应与暗通。

［3］“隔座”二句：送钩，古代一种游戏，又称藏钩。周处《风土记》：“义阳腊日饮祭之后，叟妪儿童为藏钩之戏。分为二曹（队），以校胜负。……一钩藏在数手中，曹人当射（猜）知所在。”射覆，古代游戏，用巾盂等物覆盖着东西让人猜。

［4］“嗟余”二句：听鼓，唐制：五更二点，鼓自内发，诸街鼓承振，坊市门皆启。鼓响天明，即须上班。应官，上班应差。兰台，汉代藏图书秘籍的宫观叫兰台，这里借指诗人供职的秘书省。两句写自己天明上班，匆匆走马秘书省官署，如蓬草的飘转不能自主。

三

来是空言去绝踪，月斜楼上五更钟[1]。
梦为远别啼难唤，书被催成墨未浓[2]。
蜡照半笼金翡翠，麝熏微度绣芙蓉[3]。
刘郎已恨蓬山远，更隔蓬山一万重[4]！

【注释】

［1］“来是”二句：是说当初远别时对方曾有重来的期约，结果却徒为空言，一去之后便杳无踪影。夜来入梦，忽得相见，一觉醒来，但见朦胧的斜月空照楼阁，远处传来悠长而凄清的晓钟声。

［2］“梦为”二句：意谓梦中远别，不禁悲啼，但却悲极而咽，唤不出声来。梦醒之后，为强烈的思念之情所催迫，急切地草成给对方的书信，这才发现刚才匆忙中竟连墨还未磨浓。为，读平声，犹“是”。

［3］“蜡照”二句：蜡照，烛光。笼，罩。此指烛光所照及的范围。金翡翠，用金线绣成翡翠鸟图案的帷帐。烛光用罗罩盖住，故帷帐的上部为烛照所不及，因说“半笼”。一说，金翡翠即指画有翡翠鸟的烛台上的罗罩笼。温庭筠《菩萨蛮》词：“画罗金翡翠，香烛销成泪。”麝熏，古代豪贵人家用名贵香料放在香炉中熏被帐衣物。这里指麝香的芬芳气味。绣芙蓉，绣有芙蓉图案的床褥。这两句是说，残烛的余光半照着用金线绣成翡翠鸟图案的帷帐，芙蓉褥上似乎还依稀浮动着麝熏的幽香。

［4］“刘郎”二句：刘郎，汉武帝刘彻与传说中同阮肇入天台山采药遇仙女的刘晨均可称“刘郎”。汉武帝曾派人入海至蓬莱山求仙，此处用“蓬山”字面，似用武帝事，但全篇内容与求仙无涉，系咏爱情，故仍以用刘晨事较切。蓬山，泛指仙山，不必拘泥。传东汉永平年间，剡县人刘晨、阮肇入天台山采药迷路，遇二仙女，被邀至家。半年后返故里，子孙已七世。后重入天台访仙女，仙女踪迹杳然。事见刘义庆《幽明录》。晚唐诗人曹唐有《刘阮洞中遇仙人》诗等五首，诗中有“免令仙犬吠刘郎”“此生无处访刘郎”之句，是刘晨可称刘郎。刘禹锡“前度刘郎”亦用此。两句谓：刘郎已恨蓬山之远隔，更哪堪隔着千万重蓬山呢！

四

飒飒东南细雨来，芙蓉塘外有轻雷[1]。
金蟾啮锁烧香入，玉虎牵丝汲井回[2]。
贾氏窥帘韩掾少，宓妃留枕魏王才[3]。
春心莫共花争发，一寸相思一寸灰[4]！

【注释】

［1］“飒飒”二句：东南，姜本、朱本作“东风”，蒋本、戊签、悟抄、席本、影宋抄、钱本、毛本均作“东南”。按“飒飒”亦可状雨声，如杨师道《中书寓直》：“飒飒雨声来”，王维《辋川集·栾家濑》：“飒飒秋雨中。”芙蓉塘，即莲塘。两句是说，从东南方向飘来飒飒细雨，芙蓉塘外传来阵阵轻雷。“细雨”

暗用“梦雨”典；“轻雷”暗用《长门赋》“雷殷殷而响起兮，声象君之车音”；“莲塘”在南朝乐府与唐人诗中常为男女相会传情之所。

［2］“金蟾”二句：金蟾，一种蛤蟆形状的香炉。啮，咬。锁，指香炉的鼻钮，可以开闭，放入香料。玉虎，指用玉石装饰的虎状辘轳。丝，指井索。两句谓：香炉虽锁，烧香时仍可开启添入香料，井水虽深，借辘轳牵引亦可汲上清泉。赋而寓含比兴。“烧香”“牵丝”，谐“相思”；而香炉、辘轳，又常用作男女欢爱的象征或衬托。故这一联既是借室内外香炉啮锁、玉虎牵丝的物象衬托女主人公长日无聊、深锁春光的惆怅，又是暗示情之不能深藏久闭，见“烧香入”“汲井回”而不免牵动情思。

［3］“贾氏”二句：贾氏窥帘，晋韩寿貌美，大臣贾充辟他为掾（yuàn，僚属）。一次，充女在门帘后窥见韩寿，私相慕悦，遂私通。充女以皇帝赐充的西域异香赠寿。后被贾充发觉，遂以女妻寿。事载《世说新语》。宓（fú）妃留枕，《文选·洛神赋》李善注说：曹植曾求娶甄氏，曹操却将她许给五官中郎将（即后来的魏文帝）曹丕。甄后被谗死后，曹丕将她的遗物玉带金镂枕送给曹植。植离京归国途经洛水，梦见甄对他说：“我本托心君王，其心不遂。此枕是我在家时从嫁，前与五官中郎将，今与君王（时植为鄄城王）……。”植感其事作《感甄赋》，后魏明帝改其名为《洛神赋》。（传伏羲氏之女宓妃溺死于洛水，遂为洛神。诗中“宓妃”借指甄氏。）两句意谓：贾氏窥帘，是爱韩寿的少俊；宓妃留枕，是慕曹植的才华。言外含有无论结局或幸或不幸，但追求爱情的愿望都无法抑止的意思，即“春心应共花争发”

之意，反跌下联“春心莫共花争发”。贾氏窥帘、赠香韩掾与上联“烧香”，甄后留枕、情思不断与上联“牵丝”也存在着若有若无的联系。

［4］“春心”二句：末联陡转反接，迸发内心的郁积悲愤：向往美好爱情的心愿（即所谓“春心”），切莫和春花争荣竞发，要知道寸寸相思都化成了寸寸灰烬！相思无望，终归幻灭，是抽象的概念，诗人由香销成灰生出联想，创造出“一寸相思一寸灰”的奇句，不但化抽象为形象，且以强烈对照显示美好情愫的被毁灭。在绝望、幻灭的悲愤中所显示的，正是永不泯灭的春心。

五

重帏深下莫愁堂，卧后清宵细细长[1]。
神女生涯原是梦[2]，小姑居处本无郎[3]。
风波不信菱枝弱，月露谁教桂叶香[4]？
直道相思了无益，未妨惆怅是清狂[5]。

【注释】

［1］“重帏”二句：莫愁，古乐府中所传女子，一为石城人，一为洛阳人。这里借指女主人公。清宵，静夜。两句谓：堂室中层帷深垂，独卧床上，追思前事，倍感静夜漫长。“细细”二字把女主人公自思身世时辗转不眠的情景和夜的深沉寂静、时间的缓慢推移都生动地表现出来。

［2］“神女”句：神女，即巫山神女，传说楚王曾在梦中与她

欢会。这句是说，自己的生涯正像巫山神女，原是一场幻梦。“原是梦”包括往昔的爱情遇合，但不限于此，而是兼包整个“生涯”。

［3］“小姑”句：原注：古诗有“小姑无郎”之句。按南朝乐府《神弦歌·清溪小姑曲》：“小姑所居，独处无郎。”小姑，诗中借指年轻未嫁女子。居处，犹“生活”，与上“生涯”义近。句意谓自己正如小姑独处，没有郎君可以相依相托。这一联中“原”“本”二字可味。“原是梦”，暗示以前曾有过某种遇合，但到头来却如逝去的幻梦。“本无郎”暗示现实境况虽然如此，却遭到人们的猜疑误解。口吻中带辩解意味。

［4］“风波”二句：两句意谓，自己正像柔弱的菱枝，却偏遭风波的摧折；又像具有芬芳美质的桂叶，却无月露滋润使之飘香。“不信”，是明知菱枝之为弱质而故意施加横暴；“谁教”，是本可使之飘香而竟不施助。措辞婉转而意极沉痛。作者《深宫》诗云：“狂飚不惜萝阴薄，清露偏知桂叶浓。”上句与“风波”句意略同，而语较直遂；下句与“月露”句意相反，而取譬相同，均可互参。教，令。读平声。

［5］“直道”二句：直道，即使说。了，全然。清狂，本指白痴，这里犹言痴情。两句是说，即使相思全然无益，也不妨抱痴情而惆怅终身。

六

凤尾香罗薄几重，碧文圆顶夜深缝[1]。

扇裁月魄羞难掩，车走雷声语未通[2]。

曾是寂寥金烬暗，断无消息石榴红[3]。

斑骓只系垂杨岸[4]，何处西南待好风[5]？

【注释】

［1］“凤尾”二句：凤尾香罗，一种织有凤尾花纹的薄罗。几重，几层。古代复帐不止一层，故须几层薄罗缝制。碧文圆顶，有青碧花纹的圆顶罗帐。两句写女主人公深夜用凤尾香罗缝制有青碧花纹的圆顶罗帐，期待着与所思念的人会合。

［2］“扇裁”二句：月魄，本指月初生或始缺时不明亮的部分，亦泛指月。这里指圆月形。扇裁月魄，是说裁制的扇形如圆月。传为东汉班婕妤所作的《怨歌行》中有“裁为合欢扇，团团如明月”之句。车走雷声，司马相如《长门赋》：“雷殷殷而响起兮，声象君之车音。”此谓车驰之声如雷声隐隐。两句是“夜深缝”的女主人公对昔日邂逅情景的追忆：对方驱车匆匆走过，自己则含羞以团扇半掩面庞，露眼偷窥，虽相见而未及通一语。描绘路遇情景鲜明如画，刻画初恋心理细致入微。追忆中有温馨甜蜜，也有遗憾惆怅，艳而不流于亵。

［3］“曾是”二句：曾是，已是。金烬暗，指灯烛烧残，灯烬已暗。断无，绝无。石榴红，石榴花开。两句写邂逅之后长期的隔绝和悠长的思念，意谓：已经独伴黯淡下去的残灯度过多少寂寥的长夜，但对方却是杳无音讯，转眼间石榴花又红了。“金烬暗”，兼寓相思无望；“石榴红”，暗示青春易逝。石榴花开当初夏，其时春事已过。女主人公在寂寥的期待与思念中，忽然瞥见窗外石榴花红，不免触动青春易逝的感伤。

［4］“斑骓”句：斑骓，毛色青白相间的马，这里指所思念的男子乘的马。乐府《神弦歌·明下童曲》有“陆郎乘斑骓，……望门不欲归”之句。这句是说，所思念的人就系马于垂杨岸边，离自己并不遥远。

［5］“何处”句：西南待好风，曹植《七哀》：“君若清路尘，妾若浊水泥。浮沉各异势，会合何时谐？愿为西南风，长逝入君怀。”此句化用其意。说什么时候能等到美好的西南风，将自己吹送到对方身边呢？待，一作“任”。

通境与通情[①]

——也谈李商隐的《无题》七律

王 蒙

修辞上讲“通感”，哲学上讲“通理”——普遍规律，诗境上能不能讲“通境”、诗情上能不能讲“通情”呢？就是说，我们的诗人能不能创造一种这样的诗境，涵盖许多不同的心境，抒发这样一种诗情，与各种不同的感情相通呢？

让我们看看李商隐的六首七律——《无题》，谨按个人熟悉的程度，似乎也是这六首诗的普及程度为序，抄录如下：

相见时难别亦难，东风无力百花残。春蚕到死丝方尽，蜡炬成灰泪始干。晓镜但愁云鬓改，夜吟应觉月光寒。蓬山此去无多路，青鸟殷勤为探看。

① 王蒙，当代作家、学者，曾任文化部长，中国作家协会名誉主席。著有长篇小说《青春万岁》《活动变人形》等多部，中短篇小说集《组织部来了个年轻人》《名医梁有志传奇》《布礼》《坚硬的稀粥》等。有《王蒙文集》（人民文学出版社）四十五卷行世。本文选自王蒙、刘学锴主编《李商隐研究论集 1949—1997》，广西师范大学出版社 1998 年版。

昨夜星辰昨夜风，画楼西畔桂堂东。身无彩凤双飞翼，心有灵犀一点通。隔座送钩春酒暖，分曹射覆蜡灯红。嗟余听鼓应官去，走马兰台类转蓬。

来是空言去绝踪，月斜楼上五更钟。梦为远别啼难唤，书被催成墨未浓。蜡照半笼金翡翠，麝熏微度绣芙蓉。刘郎已恨蓬山远，更隔蓬山一万重！

飒飒东风细雨来，芙蓉塘外有轻雷。金蟾啮锁烧香入，玉虎牵丝汲井回。贾氏窥帘韩掾少，宓妃留枕魏王才。春心莫共花争发，一寸相思一寸灰！

重帏深下莫愁堂，卧后清宵细细长。神女生涯原是梦，小姑居处本无郎。风波不信菱枝弱，月露谁教桂叶香？直道相思了无益，未妨惆怅是清狂。

凤尾香罗薄几重，碧文圆顶夜深缝。扇裁月魄羞难掩，车走雷声语未通。曾是寂寥金烬暗，断无消息石榴红。斑骓只系垂杨岸，何处西南待好风？

可以继古人而继续争论义山写这几首诗的动机，有（寄）托？无托？艳情？狎游？感遇？政治？悼亡？致令狐楚？可以遍引有关解释这六首诗的资料并加以论述，使资料上再添资料，使这解释成为一种学问。

更可以去思量一个问题：这些诗提供了什么样的语言语象典故，

这些语言语象典故构筑了怎样的诗情诗境，这样的诗情诗境为何至少既可以解释为爱情又可以解释为政治？

从诗的文本开始，于是，从这六首七律《无题》中我们获得了一个又一个夜晚：“夜吟应觉……”“昨夜星辰昨夜风”“卧后清宵细细长”“月斜楼上五更钟”“碧文圆顶夜深缝”“曾是寂寥金烬暗”等。

我们看到了夜晚的蜡烛，“蜡炬成灰泪始干”“蜡照半笼金翡翠”“分曹射覆蜡灯红”。看到了夜晚的星、月，有“星辰”“月斜”“月光寒”“月露”“月魄”等。得知了“梦”“梦为远别啼难唤”“神女生涯原是梦”等。

我们获得了一些典故，故事的引用，刘郎蓬山，贾氏窥帘，宓妃留枕，莫愁，此外斑骓、小姑、神女等皆有出处。这些典故多与女性有关，与爱情有关，与一种不成功的、被阻隔的、终未断绝的、朦朦胧胧的情感有关。

六首诗也提供了直写情感的句子，“晓镜但愁云鬓改”“嗟余听鼓应官去”“……啼难唤”“春心莫共花争发，一寸相思一寸灰”“曾是寂寥金烬暗”“直道相思了无益，未妨惆怅是清狂”等。总的情绪是愁，是寂寥，是惆怅，是无益的即没有结果与呼应的相思。再比喻一下，就是“春蚕到死丝方尽，蜡炬成灰泪始干”的痛苦的执著与执著的痛苦了。

为什么痛苦？因为遥远和阻隔。“相见时难别亦难”“来是空言去绝踪”“更隔蓬山一万重”“梦为远别啼难唤，书被催成墨未浓”“重帏深下……”“车走雷声语未通”“更无消息石榴红”……美好的东西被阻挡在遥远的地方了。

却又执著，又相信感情的穿透的力量，乃至获得了一种亲切感，相通感。“身无彩凤双飞翼，心有灵犀一点通”。无翼而有通，身体是不自由的，行动是不自由的，然而心灵的力量与情感的力量是可以穿透的。“昨夜星辰……”这一首《无题》是六首中最亲切的，除结尾两句“嗟余……”发嗟叹之情以外，通篇似乎是写十分美好的回忆。“蜡照半笼……”“麝薰微度……”“金蟾啮锁烧香入，玉虎牵丝汲井回”，都写出了这种情感的穿透的渗透的力量，锁也锁不住，深藏也可以汲出来。“贾氏”“宓妃”典亦是讲此。“斑骓只系垂杨岸，何处西南任待风”“蓬山此去无多路，青鸟殷勤为探看”，希望仍存，春心未泯。虽然另一首诗说“更隔蓬山一万重”，总的情感仍然是“矛盾的统一”。这么，是“一万重”，阻而又隔，那么，是“无多路”“心有灵犀一点通”嘛。“一点通”与“语未通”，无多路与“一万重”，“月光寒”与“春酒暖”，“金烬暗”与“石榴红”，“去绝踪”与“待好风”，乃至“菱枝弱”与“桂叶香”，这种远与近，隔与通，冷与暖的心情，互相矛盾而又互相统一在诗人的内心世界、诗艺世界里。

以上说的是诗人提供的材料。读义山诗，也许更有兴趣的是看看他没有提供的是什么。他写下了什么是重要的，他没有写下的就更重要。善哉海明威之比喻也，文学作品如冰山，三分之一露出来了，三分之二隐藏在海水的下面。那三分之二又是什么呢？

没有提供确定的主体与客体。如果是抒情，总要有“抒情主人公”，如果是赠答、送别、悼亡、相思、嘲谑……总要有诗的主体与诗的对象。但这些诗没有。“晓镜但愁云鬓改，夜吟应觉月光寒”，是诗人的自思自叹？是诗人设想他所思念的一位女子的寂寞心绪，还是“晓镜”句写一位女子（“云鬓”嘛），“夜吟”句写诗人自己（“吟”当是吟诗喽）？同样，“梦为远别啼难唤，书被催成墨未浓”，也是没有人称的。是写自己思念别人——我念她或他，还是她（他）在思念自己？互相思念？一般性的，普泛的，人类性宇宙性的思念之情？也许写作动机缘起很明确具体，那不是我辈考证得出来的；反正写出来成了“无头公案”，也就成了“多头公案”了。

汉语是绝了，动词没有时、位的变化，光看动词看不出你、我、他来。真不知道这样的诗如译成动词有人称变化的语言当如何译？只写动词原型？而汉语汉诗惯于写无主语的句子，或有及物动词作谓语而没有宾语的句子，不独义山然。不独《无题》然。

没有提供具体的时间与空间。“东风无力百花残”，有时间了；“相见时难别亦难”却是超时空的概括。那么，东风无力，百花残落，究竟是具体的暮春时节景色还是仅仅是一个象征，一个虚拟的背景，表达“见难”与“别难”的无可奈何呢？

“飒飒东风细雨来”，是具体的。“金蟾啮锁”“玉虎牵丝”则只是比喻，没有具体的时间与空间的规定性。“贾氏窥帘”“宓妃留枕”是用典，用典目的是以古喻今，而不是讲西晋或东汉的往事，“春心莫共花争发，一寸相思一寸灰”，又是超时空的普遍规律了。

“昨夜星辰昨夜风”有具体的时间，“画楼西畔桂堂东”，有具体的空间。“身无彩凤双飞翼，心有灵犀一点通”，却又是超时空的概括。“春蚕到死丝方尽，蜡炬成灰泪始干”连同前面提到的“相见”句，“春蚕”“春心”“身无”“梦为”诸联，都是无时间无空间无主体无对象的艺术概括、哲理概括、比喻概括，而越是这种“四无”句子，越是普及和易于接受，脍炙人口，人们可以不懂这六首诗或某一首“整”诗，却没有人不懂这几句几联。

时间与空间，是世间万物存在的不可缺少的背景、条件与形式。什么东西才能打破时间与空间的具体性、规定性和不可混淆的性质呢？只有诗，诗心，诗人的精神活动以及常人的内心生活。“直道相思了无益，未妨惆怅是清狂”，相思、惆怅与清狂是没有时空界限的。对相见时之难与别之难的咀嚼是不受时空限制的。心有灵犀，就更不受限制。近十余年谈文学新潮什么的，或曰“打破时空界限”之类，其实，我们老祖宗压根儿就没让具体的现实的时空把自己囿住。

没有提供现实与非现实、叙事、用事、借喻、神话之间的区别。“相见时难”一诗概括的当然是人间世，“蓬山”“青鸟”一联，却带来了神话或梦幻的色彩。“飒飒东风细雨来，芙蓉塘外有轻雷”，很写实的，“金蟾”“贾氏”二联一上，现实成就失落了。“昨夜星辰”篇相对来说写得最实最亲切，名句却是巧喻——“心有灵犀”也。“重帏深下莫愁堂，卧后清宵细细长”，“重帏深下”与“卧后清宵细细长”似乎都很现实，“莫愁堂”是怎么回事？写莫愁的故事？当然不是或至少不仅仅是。“来是空言去绝踪”，是抽象的。“月斜楼上五更钟”，又是写实的。“梦为”“书成”，又像实写又像借喻。“蜡照半笼金翡翠，麝薰微度绣芙蓉”，写实乎？借喻乎？前句写实——难以说“蜡照”句在比喻什么——后句借喻乎？抑或这两句写的都不是“实”，而只是诗人的心理活动——想象、追忆、幻境、梦境呢？

这样，新闻学里讲的几个W——什么（What）、谁（Who）、对谁（Whom）、何时（When）、何地（Where）、为何（Why）、如何（How）——你在李商隐的这几首诗里是找不到、至少是找不全找不清的。而注家诗家学者便遍索资料来解答这“7W”，以便用某人某事某时某地某因某果来解释这几首诗。这样，就势必以推测来代替推论，以想象代替证明，以对诗人生平境遇的考察代替对诗的客观内涵的把握（其实境遇和诗作关系未必是即时的与直线的），这又怎么能不聚讼纷纭、莫衷一是呢？

尤其重要的是，这些诗没有提供形象之间、诗句之间、诗联之间的连结、关系、逻辑与秩序。孤立地一句一句或两句两句地看，这些诗句并无难解之处，它们大多是具体的、形象的或平实的、确定的，“相见”“东风”，“春蚕”“蜡炬”何难解之有？“昨夜”“画堂”，“隔座”“分曹”何难解之有？“飒飒”“芙蓉”，“梦为”“书被”何难解之有？即使用典用事，稍加注疏，也很好懂，问题是诗句特别主要是诗联之间，空隙很大、空白很大、跳跃很大，使你往往弄不清头两句、次两句、再两句与最后两句（即首联、颔联、颈颈、尾联）之间的关系，并因而弄不清全诗的主旨，弄不清主题，甚至弄不清题材即不知所云。从颔联的“金蟾”到颈联的“贾氏”，从颔联的“神女生涯原是梦，小姑居处本无郎”到颈联的“风波不信菱枝弱，月露谁教桂叶香”，从“梦为”到“蜡照”，从“身无”到“隔座”，从“扇裁月魄羞难掩，车走雷声语未通”到“曾是寂寥金烬暗，断无消息石榴红”，最后从“春蚕”到“晓镜”，这六首诗的颔联与颈联的关系实在不易断定。逻辑推理关系吗？时间顺序关系吗？主从关系？递进关系？虚实关系？兴起关系？所指能指关系？堆砌（无贬意，指含意主旨相近的句子放在一起）排比关系？景情关系？人境关系？比喻关系？似乎都不完全说得通。

当然不仅颔联颈联之间有这样大的空白。不过按“七律”的要求，这中间最要紧的二联，也是李义山最下功夫（许多名句都出自其诗的中间四句）的部分的这种“不连结”特色表现得特别明显。特别引人注目罢了。这样，就产生了一种奇妙的效果，具体与具体不甚连贯地放在一起，产生的效果是概括的抽象。如从“春蚕”联到“晓镜”联。确定与确定放在一起产生的效果是一种不确定，一种朦胧，如“飒飒东风”一诗。明白与明白放在一起产生的效果是曲奥和艰深，如“来是空言去绝踪”一诗。不连贯性，中断性，可以说是李商隐这几首诗的重要的结构手法，“蒙太奇”手法，叙述手法。正是用这种手法，构筑了、熔铸了诗人的诗象与诗境，建造了一个与外部世界有关联又大不相同的深幽的内心世界，造成了一种特殊的“蒙太奇”，一种更加现代的极简略的“蒙太奇”。现代电影较少用“淡出”“淡入”“叠影”蒙太奇手段，而常常是直接跳进去。开始，人们也会觉得不太习惯，看多了这样的电影，观众就会开动脑筋用自己的想象补充蒙太奇的变化。对于诗句诗联的“蒙太奇”呢？我们可不可以花一点脑筋？

以“相见时难别亦难”为例，第二句“东风无力百花残”。第一句是抽象的情，第二句是具体的背景。两句连在一起，使情变得具体可感觉，使背景变得具有概括性的内涵。颔联“春蚕”“蜡炬”：又具体又抽象，又精微又独特，又痛切又模糊。现在，第一句的叙述，第二句的描写，第三四句的象征放列在一起，“难”这一客观的存在与主观感受的结合变成了丝一样泪一样感人的执著了。颈联“晓镜但愁云鬓改，夜吟应觉月光寒”，本身是并不艰深的描述，却使“难”“无力”“残”“尽”“干”这些抽象的悲哀一下子变得富有人间味，亲切感。具体分析这两句，晓镜句更有人情，夜吟句人情之中更流露出一种飘然的寂寞。这六句诗下来，抽象的、具体的、人间的、宇宙的（花、蚕、蜡等）、叙述的、抒情的、描绘的、象征的都有了，一个世界已经诞生了。最后两句又有点超人间了，蓬山了，仙境了，不但有“此岸”而且有“彼岸”了。

回过头来看全诗：“相见时难……”，这是写一种不得相见——抒而言之，这是一种不得相应相和相通相悦相满足的悲哀。悲哀铭心刻骨、难尽难干、与生俱在，如蚕之吐丝至死，蜡之滴泪至无。东风百花，青春正在逝去。消极之中仍有一种体贴，一种眷恋，愁云鬓之改，觉月光之寒，并非槁木死灰，却又无可奈何。无奈之中遐思彼岸之蓬山，身无双翼而青鸟有翼，能为之殷勤探看乎？一丝希望，一点春心，袅袅无穷。

“昨夜星辰昨夜风”，这起句其实是了不起的。连用两个昨夜过去的事已是永远的不复的过去；星辰和风却这样地亲切可触这样地历时不变，星辰与风与昨夜一样而人事已非，这七个字里不是包含着一种“张力”吗？首联、颈联都比较具体，中间夹一句概括性极强而无具体所指的妙喻，“身无彩凤双飞翼，心有灵犀一点通。”这两句在某种意义上已经脱离了全诗而被独立接受，并用来形容许多事情。尾联淡淡地嗟叹，弥漫开去。从颈联的美好具体的回忆（在六首《无题》中其回忆的温暖应属绝无仅有），跳到“嗟余听鼓应官去，走马兰台类转蓬”，与“身无彩凤双飞翼”呼应，道出了作者的身不由己的怅惘。

“来是空言去绝踪”，没头没脑、横空出世的第一句。是一个梦吗？是许多梦想和渴望的抽象概括吗？与次句“月斜楼上五更钟”之间留下了空白，抽象与具体在这里交融而变得更加富有弹性。“梦为远别啼难唤”与“书被催成墨未浓”之间又是一片空白。谁梦了？谁书了？谁啼了？谁唤了？同一时间同一地点同一人？不同时间同一地点同一人？不同地点，同一时间两个人？（排列组合下去，设想绵绵）。此颔联又在与首联及颈联间留下空白，使你觉得诗人在表达一种无法表达的心情，在想象一种难以想象的意境。颈联“蜡照半笼金翡翠，麝薰微度绣芙蓉”，似乎突入贵夫人的深闺（如果是小姐，似不应这样点缀奢华），是梦入吗？是致书吗？是别后的回忆吗？连作者自己也似乎弄不明晰了，“刘郎已恨蓬山远，更隔蓬山一万重”。

从色彩、风致上看，此诗首联悲凉，“来是空言去绝踪”甚至是一种使人震惊的冲刺，幸有一句“月斜楼上五更钟”的平实之句才使读者打了一个趔趄之后却没有跌倒。颔联多情而且纤细，“墨未浓”云云有点女性化。颈联绮丽幽雅朦胧，让你觉得诗人对红尘生活诸多眷眷甚至不无非非之想。尾联又悲凉了，但悲凉已经“化开”，虽说“一万重”但也淡淡，没有什么新的刺激，而且尾联的节奏减缓，容量减少，读起来不吃力了。

“飒飒东风细雨来”此诗同样汇具象、抽象、典故、比喻、哲理、抒情于一炉，联与联之间的巨大反差使诗意闪烁而又无所不包。综观之，当仍是对相知相悦相应相和的一种向往，雨细雷轻，在理想与现实之间，在人与人之间，这里有一种不事张扬却又相互吸引的情感力量，锁坚而香可入，井深而丝可牵。贾氏倾慕韩寿，甄妃向往曹植，感情世界中那些像烟一样无形的东西其实是无可阻挡的；那些深埋在井底的东西也终将汲出。而这一切又都不可能获得圆满的结果。春心与花争发，这该多么迷人，而终于成灰，又是多么悲凉，悲即美，这不是川端康成的命题吗？

“重帏深下莫愁堂”。下一首写得更加朦胧若隐若现。写相思的惆怅与清狂。失眠的夜晚当中，咀嚼着，品味着内心的深情。好事难全，神女、小姑又成就了什么？弱的菱枝承担着人间的风波，清爽的桂叶，因月露而益香，美在失却，爱在失却，理想在失却，都留下了某种沁人的芳香。

“凤尾香罗薄几重”。阻隔与希望共存。凤尾香罗是美的，“几重”却使美深藏。“碧文圆顶夜深缝”不但是美的，而且有一种难以触摸的神秘感。“扇裁”掩盖而又难掩，扇与羞都是阻隔又都不是那么决绝。语未通而能听到车走的雷声，这不也是“身无”而“心有”吗？寂寥是因为没有消息。金烬暗与未有的石榴红都在有无之间呈现一种婉转的美丽。终于抱着一丝希望，等待着能够“入君怀”的“西南风”的到来。

这是写爱情吗？当然是写爱情，这里有对妻子的思念吗？完全可能。这是写人生的自怨与自解吗？也是，每首诗的情境都是自相矛盾而又自成格局的。这是写作者政治上的坎坷，怀才不遇，怀情不遇吗？以致写到牛李党争给自己带来的厄运吗？完全可以这样解释。“7W”没写清，但读者可以用自己最熟悉最痛感的“W”去补充。

汉语“空间”一词何其妙也！既空且间，诗句与诗联之间的空白、空隙、间离、间隔构成了这六首诗的谈不上宏伟阔大、却十分美丽深幽曲折有致的艺术空间。读者、学者、史家、传记家与诗人同行，大可以在它们的艺术空间中做出自己的选择、想象、补充与欣赏，这种“空”“间”便是通情与通境，不同的“W”的情感与不同的“W”的环境都可以与它们的艺术空间相通。而这种“空”与“间”的性质，正是李商隐这几首诗的绝妙之处。

那么，这样的艺术空间，这样的蒙太奇，这样的“W”的隐去或朦胧化，是怎样形成的呢？当然不会是李商隐受了什么什么流派的理论的影响。通观这几首诗以及诗人其他一些抒情诗（如著名的《锦瑟》）的特点，套用一个既摩登又不合时宜的说法，这一类型的诗似可说成作者“向内转”的产物。只有当诗人致力于表现自己幽深婉转多愁善感的内心世界、感情世界的时候，他才会不知不觉地摆脱“7W”，不知不觉的摆脱某人某事的因果顺序，乃至摆脱时空限制，逻辑限制与语法限制。内心世界与“7W”的现实生活息息相关，因此诸诗不乏具体形象、具体描写以及时隐时现的某个或几个“W”。内心世界又不是绑在几个确定的、不可入的“W”上的，所以，内心世界的自由、广阔与瞬息万变的流动性又使得一首诗中出现属性大不相同的句、联。内心世界、感情世界的相反相成，使这些不甚连贯的诗句联成一体。每一句特别是每一联的功力使得它们既是整诗的一个有机组成部分又具有独立存在的价值与魅力，有许多联就是离开全诗而被传诵至今的。汉字的整齐，七律的严格的格律，更从形式上、语言上、音乐感上帮助了每首诗的完整与统一，使一颗一颗的珍珠，一道一道的彩练，组合成一个又一个令人目眩神迷的艺术圣殿，却也是艺术迷宫。

“文章千古事，得失寸心知”，这种“向内转”、淡化“W”、蒙太奇的手法造就了通情与通境的同时当然会遭到另一方面的批评，艰深曲奥，故弄玄虚，太不“返朴归真”，乃至雕琢过分。情发于中而成文，“文”反过来也可造境造情。不连贯的蒙太奇会带来某种随意性，随意性未必全是贬意，这里说的只是客观现象。随意性则会带来文字的与诗的排列组合的游戏性。中国文人读旧体诗早有集句的传统，集不同诗人的不同诗中的句子而能成“新”诗，不论你喜欢不喜欢这都是早有的存在。李商隐的这几首《无题》，也可以重新排列组合。例如：车走雷声语未通，月斜楼上五更钟。身无彩凤双飞翼，凤尾香罗薄几重。神女生涯原是梦，碧文圆顶夜深缝。春心莫共花争发，来是空言去绝踪。

对仗差了，仍可读下来。如果一联一联的集就更好办一些。例如：昨夜星辰昨夜风，画楼西畔桂堂东。梦为远别啼难唤，书被催成墨未浓。几日寂寥伤酒后，一番萧索禁烟中。（此联集自韦庄诗）刘郎已恨蓬山远，更隔蓬山一万重。

呜呼，知止而后有定，诗道恢恢，疏而多漏。再讲下去，不是有点“走火入魔”了吗?

（原载《中外文学》1990年第4期）

锦瑟

锦瑟无端五十弦，一弦一柱思华年[1]。
庄生晓梦迷蝴蝶[2]，望帝春心托杜鹃[3]。
沧海月明珠有泪，蓝田日暖玉生烟。
此情可待成追忆？只是当时已惘然！

【注释】

［1］“锦瑟”二句：古瑟有五十弦，见《史记·封禅书》。又《汉书·郊祀志》记素女鼓五十弦瑟而悲，此暗用其意。无端，表示心惊的意思。

［2］“庄生”句：出《庄子·齐物论》“昔者庄周梦为胡蝶，栩栩然胡蝶也。……俄然觉，则蘧蘧然周也？不知周之梦为胡蝶与（同“欤”），胡蝶之梦为周与？”

［3］“望帝”句：意谓托文字以抒写内心哀愁。《华阳国志·蜀志》：“杜宇称帝，号曰望帝，更名蒲卑……会有水灾，其相开明决玉垒山以除水害。帝遂委以政事，禅位于开明。帝升西山隐焉。时适二月，子鹃鸟鸣，故蜀人悲子鹃鸟鸣也。”

李商隐《锦瑟》诗解①

钱锺书

何屺瞻《义门读书记·李义山诗集》卷上则曰[1]："此悼亡之诗也。首特借素女鼓五十弦之瑟而悲、泰帝禁不可止以发端，言悲思之情，有不可得而止者。次联则悲其遽化为异物。腹联又悲其不能复起之九原也。曰思华年，曰追忆，指趣晓然，何事纷纷附会乎。钱饮光亦以为悼亡之诗，与吾意合；庄生句取义于鼓盆也。亡友程湘衡谓此义山自题其诗以开集首者，次联言作诗之旨趣，中联又自明其匠巧也。余初亦颇喜其说之新。然义山诗三卷出于后人掇拾，非自定，则程说固无据也。"义门"初喜"之程氏说，详著于王东溆《柳南随笔》卷三[2]："何义门以为此义山自题其诗以开集首者。首联云云，言平时述作，遽以成集而一言一诺俱足追忆生平也。次联云云，言集中诸诗，或自伤其出处，或托讽于君亲；盖作诗之旨趣，尽于此也。中联云云，言清词丽句，珠辉玉润，而语多激映，又有根柢，则又自明其匠巧也。末联云云，言诗之所陈，虽不堪追忆，庶几后之读者，知其人而论其世，犹可得其大凡耳。"程说殊有见，义门徒以宋

① 钱锺书（1910—1998），现代作家、文学研究家，有"文化昆仑"之誉。代表作有长篇小说《围城》，散文集《写在人生边上》，探讨中国传统诗学的专著《谈艺录》、古文笔记体著作《管锥篇》，并编注《宋诗选注》等。有《钱锺书集》（三联书店）十三卷行世。本文选自王蒙、刘学锴主编《李商隐研究论集1949—1997》，广西师范大学出版社 1998 年版。

本义山集旧次未必出作者手定，遂舍甜桃而觅醋李。“庄生”句乃用《齐物论》梦蝶事，非用《至乐》鼓盆事，何得谓“取义”悼亡。梦蝶鼓盆固庄生一人之事，然见言梦蝶而断其意在鼓盆，即在文字狱诗案之“兴也”“笺云”，亦属无理取闹。譬如见言“掩鼻而过”，乃断其隐指“输钱以观”，以二事均属西施也（市人输金钱一文见西施事，见《孟子·离娄·西子蒙不洁》章孙奭疏、又《琱玉集·美人》篇[3]；见言盗金，乃断其隐指盗嫂，以二事均属直不疑也[4]；于义安乎）。濠梁之乐、髑髅之叹，举凡漆园行事，无不可射覆者，何以独推知为鼓盆哉。义门笑“纷纷附会”，而不免躬自蹈之。

张孟劬《玉溪生年谱会笺》卷四至云[5]：“沧海句言李德裕已与珠海同枯，李卒于珠崖也；蓝田句言令狐绹如玉田不冷，以蓝田喻之，即节彼南山意也。”释“沧海”句或犹堪与第46页补订所引“拜佛西天”之谑相拟；释“蓝田”句则原语无可依附，于是想入非非，蛮凑强攀。苟尽其道，亦无妨曰：“蓝令、田绹皆双声；日能暖人，故有黄棉袄之谑，狐裘更暖于棉袄。蓝田日暖隐指令狐绹，的然无疑。”盖尚不足比于猜谜，而直类圆梦、解谶；心思愈曲，胆气愈粗，识见愈卑，又下义门数等矣。

施北研《元遗山诗集笺注》卷十一《论诗三十首》之十三注引厉樊榭说此诗[6]，亦以为“悼亡之作。锦瑟五十弦，剖为二十五，是即其人生世之年。今则如庄生之蝶、望帝之鹃，已化为异物矣。然其珠光玉润，容华出众，有令人追忆不能忘者。在当日已惘然知尤物之不能久存，不待追忆而始然也。”施注称其说之“简快”，而未言出处，检樊榭著作亦不得。冯氏《玉溪生诗集笺注》卷二说此诗后半首[7]，与樊榭冥契。

汪韩门《诗学纂闻》则非“悼亡”之说[8]，谓义山“以古瑟自况”：世所用者，二十五弦之瑟，此则五十弦之古瑟，“不为时尚”，犹己挟文章才学而不得意也；“不解其故，故曰无端，犹言无谓也”；自顾“头颅老大，一弦一柱，盖已半百之年矣”；晓梦“喻少年时事”，春心指“壮心，壮志消歇”；追忆谓“后世之人追忆”，可待犹言“必传于后无疑”；当时“指现在”，言“后世之传虽可自信，而即今沦落为可叹耳”。梁茝林《退庵随笔》卷二十极称其解[9]。程、厉、汪三家之说，道者寥寥，皆差能紧贴原诗，言下承当，取足于本篇，不抄瓜蔓而捕风影。

余窃喜程说与鄙见有合，采其旨而终条理之也可。义山《谢先辈防记念拙诗甚多，异日偶有此寄》有云：“星势寒垂地，河声晓上天。夫君自有恨，聊借此中传”，乃直白自道其诗也。《锦瑟》之冠全集，倘非偶然，则略比自序之开宗明义，特勿同前篇之显言耳。

“锦瑟”喻诗，犹“玉琴”喻诗，如杜少陵《西阁》第一首：“朱绂犹纱帽，新诗近玉琴”，或刘梦得《翰林白二十二学士见寄诗一百篇、因以答贶》：“玉琴清夜人不语，琪树春朝风正吹。”锦瑟、玉瑟，正堪俪偶。义山诗数言锦瑟。《房中曲》：“忆得前年春，未语含悲辛。归来已不见，锦瑟长于人”；“长于人”犹鲍溶《秋思》第三首之“我忧长于生”，谓物在人亡，如少陵《玉华宫》：“美人为黄土，况乃粉黛假。当时付金舆，故物独石马。冉冉征途间，谁是长年者”，或东坡《石鼓歌》：“细思物理坐叹息，人生安得知汝寿。”义山“长于人”之“长”即少陵之“长年”、东坡之“寿”。《回中牡丹为雨所败》第二首：“玉盘迸泪伤心数，锦瑟惊弦破梦频”；喻雨声也，正如《七月二十八日夜与王郑二秀才听雨后梦作》所谓："雨打湘灵五十弦。"而《西昆酬唱集》卷上杨大年《代意》第一首[10]："锦瑟惊弦愁别鹤，星机促杼怨新缣"，取绘声之词，传伤别之意，亦见取譬之难固必矣。《寓目》："新知他日好，锦瑟傍朱栊"，则如《诗品》所谓："既是即目，亦惟所见"[11]；而《锦瑟》一诗借此器发兴，亦正睹物触绪，偶由瑟之五十弦而感"头颅老大"，亦行将半百。"无端"者、不意相值，所谓"没来由"，犹今语"恰巧碰见"或"不巧碰上"也（如吴融《上巳日》："本学多情刘武威，寻花傍水看春晖。无端遇着伤心事，赢得凄凉索漠归"）。首两句"锦瑟无端五十弦，一弦一柱思华年"，言景光虽逝，篇什犹留，毕世心力，平生欢戚，"清和适怨"，开卷历历，所谓"夫君自有恨，聊借此中传"。

三四句"庄生晓梦迷蝴蝶，望帝春心托杜鹃"，言作诗之法也。心之所思，情之所感，寓言假物，譬喻拟象；如庄生逸兴之见形于飞蝶，望帝沉哀之结体为啼鹃，均词出比方，无取质言。举事寄意，故曰"托"；深文隐旨，故曰"迷"。李仲蒙谓"索物以托情"，西方旧说谓"以迹显本""以形示神"，近说谓"情思须事物当对"（参观《管锥编》63页、又628～692页），即其法尔。

五六句"沧海月明珠有泪，蓝田日暖玉生烟"，言诗成之风格或境界，犹司空表圣之形容《诗品》也[12]（参观第47页补订）。《寄谢先辈》以"星势""河声"品其诗，此则更端而取"珠泪""玉烟"。《博物志》卷二记鲛人"眼能泣珠"[13]，《艺文类聚》卷八四引《搜神记》亦言之[14]；兹不曰"珠是泪"，而曰"珠有泪"，以见虽凝珠圆，仍含泪热，已成珍饰，尚带酸辛，具宝质而不失人气。《困学纪闻》卷十八早谓"日暖玉生烟"本司空图《与极浦书》引戴叔伦论“诗家之景”语[15]；《全唐文》卷八百二十吴融《奠陆龟蒙文》赞叹其文[16]，侔色揣称，有曰：“触即碎，潭下月；拭不灭，玉上烟。”唐人以此喻诗文体性，义山前有承、后有继。“日暖玉生烟”与“月明珠有泪”，此物此志，言不同常玉之冷、常珠之凝。喻诗虽琢磨光致，而须真情流露，生气蓬勃，异于雕绘汩性灵、工巧伤气韵之作。匹似挦撦义山之“西昆体”，非不珠圆玉润，而有体无情，藻丰气索，泪枯烟灭矣。珠泪玉烟，亦正诗风之“事物当对”也。近世一奥国诗人称海涅诗较珠更灿烂耐久[17]，却不失为活物体，蕴辉含湿。非珠明有泪欤。有人尝品目歌德一剧本曰：“如大理石之光润，亦如大理石之寒冷”；海涅诗文中喻人物之仪表端正而沉默或凉薄者，每曰：“如大理石之美好洁白，而复如大理石之寒冷”。差同玉冷无烟焉。谋野乞邻，可助张目而结同心。

七八句“此情可待成追忆，只是当时已惘然”，乃与首二句呼应作结，言前尘回首，怅触万端，顾当年行乐之时，即已觉世事无常，抟沙转烛，黯然于好梦易醒，盛筵必散。登场而预有下场之感，热闹中早含萧索矣。朱行中《渔家傲》云[18]：“拼一醉，而今乐事他年泪”,“而今”早知“他年”，即“当时已惘然”也。拜伦深会此情[19]，尝曰：“入世务俗，交游酬应，男女爱悦，图营势位，乃至贪婪财货，人生百为，于兴最高、心最欢时，辄微觉乐趣中杂以疑虑与忧伤，其故何耶。”不啻为“当时已惘然”作笺矣。

（原载钱锺书《谈艺录》第434~438页）

【注释】

［1］何屺瞻：清代何焯，字屺瞻，学者称义门先生，有《义门读书记》五十八卷。

［2］王东溆：清王应奎字，有《柳南随笔》六卷。

［3］孙奭：宋人，有《孟子正义》十四卷。《琱玉集》：类书，残二卷，未署撰人。

［4］直不疑：《史记·直不疑传》：不疑没有偷金，有人疑心他偷。不疑无兄，有人说他偷嫂。

［5］张孟劬：近人张采田字，有《玉溪生年谱会笺》四卷。

［6］施北研：清施国祁号，有《元遗山诗集笺注》十四卷。厉樊榭：清厉鹗号，有《樊榭山房集》二十卷。

［7］冯氏：清冯浩《玉溪生诗集笺注》三卷。

［8］汪韩门：清汪师韩号，有《师学纂闻》一卷。

［9］梁茝林：清梁章钜字，有《退庵随笔》二十二卷。

［10］《西昆酬唱集》：共二卷，宋杨亿、刘筠等作。大年，杨亿字。

［11］《诗品》：三卷，梁钟嵘撰。引文见《诗品·序》。

［12］司空表圣：唐司空图字，有《诗品》一卷。

［13］《博物志》：共十卷，晋张华撰。鲛人：《博物志》："南海水有鲛人，水居如鱼，不废织绩，其眼能泣珠。"

［14］《艺文类聚》：共一百卷，唐欧阳询撰。《搜神记》：共二十卷，晋干宝撰。

［15］《困学纪闻》：共二十卷，宋王应麟撰。

［16］《全唐文》：共一千卷，清董诰、曹振镛等编。

［17］奥国诗人：指奥地利诗人、剧作家霍夫曼斯塔尔（1874—1929）。海涅（1797—1856）：德国诗人。

［18］朱行中：宋代词人朱服字。

［19］拜伦（1788—1824）：英国浪漫主义诗人。

李商隐《锦瑟》诗张《笺》补正①

程千帆

李商隐诗从宋以来，注解很多。近人张采田博考众说，参稽旧史，断以己意，著《玉溪生年谱会笺》四卷（以下简称“会笺”），在各注中，最为精审。

《锦瑟》是旧编李集的开卷诗，根据唐代进士行卷，特选有代表性的作品列为卷首的习惯，这可能是出于作者自己的安排。[1]这篇诗向称难解，异说纷纭，莫衷一是。《会笺》后出，比较能够贯通全篇，阐明诗意，但也还有一些疏忽和误会的地方。今录诗及张说于下，略加补正。

> 锦瑟无端五十弦，一弦一柱思华年。庄生晓梦迷蝴蝶，望帝春心托杜鹃。沧海月明珠有泪，蓝田日暖玉生烟。此情可待成追忆？只是当时已惘然。

《会笺》系此诗于唐宣宗大中十二年（858年），笺云：

---

① 程千帆（1913—2000），文史学家、教育家，在校雠学、历史学、古代文学（特别是唐宋文学研究）领域均有杰出成就。著有《校雠广义》《史通笺记》《文论十笺》《程氏汉语文学通史》《两宋文学史》《古诗考索》《被开拓的诗世界》等。有《程千帆全集》（河北教育出版社）十五卷行世。本文选自王蒙、刘学锴主编《李商隐研究论集1949—1997》，广西师范大学出版社1998年版。

此全集压卷之作,解者纷纷,或谓寓意青衣,[2]或谓悼亡,[3]迄不得其真象;惟何义门云:“此篇乃自伤之词,骚人所谓‘美人迟暮也。’[4]其说近似。盖首句谓行年无端将近五十。[5]“庄生晓梦”,状时局之变迁;“望帝春心”,叹文章之空托;而悼亡,斥外之痛,皆于言外包之。“沧海”、“蓝田”二句,则谓卫公毅魄久已与珠海同枯,令狐相业方且如玉田不冷。卫公贬珠崖而卒,而令狐秉钧赫赫,用“蓝田”喻之,即“节彼南山”意也。[6]结言此种遭际,思之真为可痛,而当日则为人颠倒,实惘然若堕五里雾中耳,所谓“一弦一柱思华年”也。疑义山题此以冠卷首,后人因之,故诸本皆首此篇也。义门又谓:“义山集三卷,犹是宋本相传旧次,始之以《锦瑟》,终之以《井泥》,合二诗观之,则吾谓自伤者,更无可疑矣。”斯真定论,诸家臆说,亦可以少息也哉!又案:《困学纪闻》引司空表圣云:“戴容州谓:‘诗家之景,如蓝田日暖,良玉生烟,可望而不可置于眉睫之前也。’李义山‘玉生烟’之句,盖本于此。”[7]此说是也。可望而不可前,非令狐不足当之,借喻显然。

我们平常认为一个作品难解,其含义也是多方面的,或指语言艰深,或指典故偏僻,或指背景复杂,或指主题模糊,等等。过去的注释评论诸家,大都是通过诗中所用典故,探索作者事迹,来论证《锦瑟》的意旨。在这方面,是有成绩的。如张氏所概括,许多不正确的见解已被澄清,诗为自伤“美人迟暮”之作,已成为多数读者可以接受的结论。

但是，由于这篇诗所用典故都是习见的，语言粗看上去也似乎明白晓畅，没有什么难以通解的地方，其中存在的问题就反而被忽略了；而这种忽略，不用说，对于全诗的理解不利。

这些问题，在诗的第二、第三两联中都存在着。如次联出句用《庄子 · 齐物论》所载庄周梦蝶的寓言来比喻自己在世事变化中的迷惘心情，本很清楚，但有的注家如冯浩等，却因为要证实《锦瑟》是悼亡之作，硬拉上见于《庄子 · 至乐》的庄周丧妻故事，说“义山之用典颇有旁射者”。[8]用某书中一个典故，就被认为此书中的其他典故也可以包括在内，这种“旁射”的推理方式，也实在有点过于离奇。张《笺》不取，可谓有识。但他对于对句所用望帝故事，却似乎忽略了作者的深意，所以释此句时，只泛泛地说是“叹文章之空托”。这是很不全面的，需要进一步加以阐明。

《太平御览》卷八百八十八引《蜀王本纪》云：

> 有一男子，名曰杜宇，从天堕，止朱提，自立为蜀王，号曰望帝，治汶山下邑郫。望帝积百余岁。荆有一人名鳖灵，其尸亡去，荆人求之不得。鳖灵尸随江水上至郫，遂活，与望帝相见。望帝以鳖灵为相。时玉山出水，若尧之洪水。望帝不能治，使鳖灵决玉山，民得安处。鳖灵治水去后，望帝与其妻通，惭愧，自以德薄，不如鳖灵，乃委国授之而去。

又卷九百二十三引同书云：

> 望帝去时子䳏鸣，故蜀人悲子䳏而思望帝。望帝，杜宇也。

《文选》卷五左思《蜀都赋》刘渊林《注》引《蜀记》云：

> 有人姓杜名宇，王蜀，号曰望帝。宇死，俗说云：宇化为子规。子规，鸟名也。蜀人闻子规鸣，皆曰：望帝也。

杜鹃就是子规。它在农历暮春三月啼叫，所以说“望帝春心托杜鹃”。

之所以把这些材料都抄录出来，是想和大家共同考察一下，出现在古代神话中的望帝，是一个什么样的形象。

早在李商隐写《锦瑟》以前，诗人们就多次用过这一典故。其专门以它为题材的著名作品为人们所熟知的，则有鲍照《拟行路难》十八首的第七首、杜甫的《杜鹃行》及《杜鹃》。鲍诗有人认为是为晋恭帝司马德文作，也有人认为是为宋少帝刘义符作。[9]杜诗则注家几乎一致认为是为唐玄宗李隆基作。总之，在鲍、杜这两位大诗人看来，望帝是一位皇帝的形象，而且是一位被迫退了位的皇帝的形象，所以他们才用他来影射晋恭帝（或宋少帝）和唐玄宗。

可是，这样一来，就出现了一个问题：李商隐既不是一位退位的皇帝，怎么可以用望帝来自比呢？回答是：他虽然不是一位皇帝，但也不得其位，此其一。而更重要的是，第二，望帝固然是个退位皇帝的形象，同时还是个自觉做错了事，感到非常悔恨的形象，而李商隐则正是这么一个人。望帝托杜鹃之口啼出的春心，也就是李商隐不由自主地陷入当时激烈的政治派别斗争中，倒了一辈子的楣，因而在垂老之年感到极为悔恨的心情。这种心情，我们在他的其他诗篇中也可以找到。其写得十分明白的，则如《有感》：

中路因循我所长，古来才命两相妨。劝君莫强安蛇足，一盏芳醪不得尝。

如《幽居冬暮》：

羽翼摧残日，郊原寂寞时。晓鸡惊树雪，寒鹜守冰池。急景倏云暮，颓年寖已衰。如何匡国分，不与夙心期？

其写得比较隐约的，则如《嫦娥》：

云母屏风烛影深，长河渐落晓星沉。嫦娥应悔偷灵药，碧海青天夜夜心。（张《笺》卷四云："义山依违党局，放利偷合，此自忏之词。"）

如《风雨》：

凄凉宝剑篇，羁泊欲穷年。黄叶仍风雨，青楼自管弦。新知遭薄俗，旧好隔良缘。肠断新丰酒，消愁斗几千。（冯《注》卷六云："'新知'，谓婚于王氏；'旧好'，指令狐。'遭薄俗'者，世风浇薄，乃有朋党之分，而怒及我矣。"）

这些作品，也就是所谓春心的流露。张采田因为没有意识到望帝也是一个自觉错了事而感到悔恨的形象，因此就无从深刻理解李商隐这句诗。《锦瑟》首先把望帝的形象的这一方面突出出来，为"美人迟暮”这个主题服务，可以说，是很富于创造性的。

现在，让我们进而研究三联两句中存在的问题。首先，可以注意一下出句中沧海这个词。大家都知道，古人称今南海海域为南海，亦称涨海。[10]东海、黄海、渤海等海域则通称沧海。如《初学记》卷六所云：

> 按东海之别有渤海，出《说文》[11]。故东海共称渤海，又通谓之沧海。

汉代所置沧海郡，故地在今吉林省境。曹操《步出夏门行》云：“东临碣石，以观沧海。”据黄节《汉魏乐府风笺》卷十二所考订，此碣石指《汉书·地理志》所载骊成（今河北省乐亭县西南）的大碣石山，面临渤海。杜甫《诸将》五首之三：“沧海未全归禹贡，蓟门何处尽尧封？”杨伦《杜诗镜铨》卷十三指出，出句是“指缁、青等处”，即当时被藩镇李正已等割据，今位于山东、江苏两省沿东海的各州。可见曹、杜诗中，所言沧海，位置均很明确。

但同时，也还有另一个人所共知的事实，即在我国海域中，出珠的并非沧海而是南海。《太平御览》卷八百二引《邹子》：“珠生于南海”。又引张勃《吴录·地理志》：“朱崖珠官县出明月珠”。珠官县置于三国孙吴，故治在今合浦县南。杜甫《自平》：“自平中官吕太一，收珠南海千余日。”又《诸将》五首之五：“越裳翡翠无消息，南海明珠久寂寥。”还有许多歌咏南方风土的唐人作品，也都涉及珠事。如张籍《送海客归旧岛》云：

海上去应远，蛮家云岛孤。竹船来桂蠹，山市卖鱼须。
入国自献宝，逢人多赠珠。却归春洞口，斩象祭天吴。

王建《南中》云：

天南多鸟声，州县无半城。野市依蛮姓，山村逐水名。
瘴烟沙上起，阴火雨中生。独有求珠客，年年入海行。

皆其显证。那么，李商隐为什么要将诗句写成“沧海月明珠有泪”，而不写成“南海（或涨海）月明珠有泪”呢？

当然，我们在讨论这一点的时候，不应当，也不会忘记，在李商隐之前，已经有人将沧海认作是出珠的地方了。“沧海遗珠”这句成语，出自《新唐书·狄仁杰传》，是阎立本用嗟叹狄的才能没有被发现的一个比喻。而杜甫《岳麓山道林二寺行》：

地灵步步雪山草，僧宝人人沧海珠。

又《暮秋枉裴道州手札，率尔遣兴寄，近呈苏涣侍御》：

盈把那须沧海珠，入怀本倚昆山玉。

元稹《古题乐府·估客乐》：

求珠驾沧海，采玉上荆衡。

则都是在李商隐以前著名诗人的作品，为他所得见的。杜诗中既言南海出珠，又言沧海出珠，乃至元稹仅言沧海出珠，当然是认为抒情诗并非地理志，可以无须那么确实。但李商隐素以用事精切见长，而且他在大中元年还到过岭南，在桂林住过一年[12]，对于南方风土出产，相当熟悉，《锦瑟》一篇，则是他已在桂林旅居之后的作品，那么，他在此诗中宁愿沿袭前人之误用或泛用，就值得深思了。在我们看来，他是有意这样做的。

其用意就在于“谬悠其词”，免得把诗句暗指李德裕被贬崖州的事说得太露骨。崖州产珠，故又名珠崖。[13]如果说南海，就更容易使人联系时事，而说沧海，则比较空泛，等于涂上了一层保护色，不易察觉了。唐时文字之祸虽不如后世之烈，但刘禹锡因诗涉讽刺，被贬远州，则是人所共知的事情。[14]何况李商隐当时正有求于令狐，又何必把对李的同情写得过于明显呢？可以说，这既是诗歌的艺术，也是政治的策略，更其具体地说，这是服从于政治策略的诗歌艺术。

其次，这一句中的“珠有泪”三字，看上去虽然并不扎眼，但细想起来，也不大好解释。朱鹤龄《李义山诗集注》卷上及高步瀛《唐宋诗举要》卷五都引用张华《博物志》所载鲛人泣珠传说来释此事。按《指海》本《博物志》卷二云：

> 南海外有鲛人，水居为鱼，不废织绩，其眼能泣珠，(《御览》七百九十引止此，与今本同。)从水出，寓人家，积日卖绢。将去，从主人索一器，泣而成珠，满盘，以与主人。（此上二十八字，原并脱去，依《御览》八百三补正。）[15]

左思《吴都赋》："泉室潜织而卷绡，渊客慷慨而泣珠。"也是指的这一神奇传说。

但如此说，则概括其意，也只能作"鲛（人）有泪"，而不能作"珠有泪"。当然，也不妨牵强地说，"珠有泪"即珠中有泪或珠为泪变之意，然而这和前人的理解可不相同。北宋博学能文、精于训诂、诗风和李商隐有相近处的宋祁，在他的《落花》一诗中写道："沧海客归珠迸泪，章台人去骨遗香。"出句显然胎息李诗。宋祁以迸字代替（也就是解释）有字，可见他是认为"珠有泪"就是珠出了泪，而非珠中含泪。这样，问题就又来了，珠是珠贝将进入其体中的异物裹上其所分泌的珠质而形成的，并非一种长着泪腺的动物，怎么能出泪呢？李、宋两位写诗的时候，又是怎样理解和使用这个泣珠传说的呢？

问题的答案并不远，就在《后汉书·循吏传》里。《传》云：

> 孟尝迁合浦太守，郡不产谷实，而海出珠宝，与交趾比境，通常商贩，贸籴粮食。先时，宰守并多贪秽，诡人采求，不知纪极，珠遂渐徙于交趾郡界。于是行李不至，人物无资，贫者死饿于道。尝到官，革易前弊，求民利病，曾未岁余，珠去复还。百姓皆反其业，商贾流通，称为神明。

而与李商隐大略同时的人所著《玉泉子》也载有如下一个故事：

> 杜黄裳知贡举，……其年（尹）枢状头及第。试《珠还合浦赋》，成，或假寐，梦人告曰："何不序珠来去之意？"

既寤，乃改数句。及谢恩，黄裳谓之曰："序珠来去之意，如有神助。"[16]

从上引文献可以看出，从汉到唐，珠这个词，不仅指珠本身，也兼指产珠的贝，即今所谓珠贝或珠母。"海出珠宝"之珠，指前者，而"珠遂渐徙""珠去复还""序珠来去"的珠，则指后者。我们如果再看一下《全唐文》卷六百十九所载尹枢的《珠还合浦赋》，这一事实就更为显然。《赋》中有云：

骇浪浮彩，长川再媚，回夜光之错落，反明月之瑰异，非经汉女之怀，宁泣鲛人之泪。

这是形容珠的。又有云：

于是焕清濑，辉浅湾，奔璀璨，走斓斑。……想沿洄于旧渚，念泳涵之通津。

则是形容珠贝的。珠既然可以作为产珠的珠贝的代称，引申起来，自然也就无妨作为可以泣珠的鲛人的代称了。所以，"珠有泪"（"珠迸泪"）也就是鲛人泣泪。如此解释，这句诗念起来就文从字顺了。译成口语，大致是：在南海的月明之夜，鲛人在哭泣着。这也就是李商隐所想象的李德裕被贬为崖州司户后的忧伤的形象。李德裕有一首题为《登崖州城作》的小诗："独上高楼望帝京，鸟飞犹是半年程。青山似欲留人住，百匝千遭绕郡城。"这一凄凉的独白，依照李商隐的体会，大概就是那个鲛人在南海月光下用自己的泪水写成的吧。

如果以上对“沧海月明珠有泪”这句诗的解释不太远于事实，则对比之下，张采田认为它是指“卫公毅魄久已与珠海同枯”之不妥当，就显而易见了。因为原句既未涉及李德裕的死亡（虽然作《锦瑟》时，李已死了），更没有提到珠海的枯竭，彼此之间，简直完全对不上号。

张氏解三联对句，认为是说：“令狐相业方且如玉田不冷”，比解上句略胜一筹，但也不是没有问题的。因为这一联的句法是相同的，“珠有泪”和“玉生烟”是句子的主要部分，而“沧海月明”和“蓝田日暖”则是句子的从属部分。“玉田不冷”不过是“蓝田日暖”的改写，而“玉生烟”这主要的三个字却被忽略过去了。这种说法，显然不能充分表达诗人本意。并且，正是在“玉生烟”三个字里面，作者又做了一点小文章，有待后人抉发。

为了便于理解这句诗，我们可以先读一下李贺《老夫采玉歌》的开头四句：

> 采玉采玉须水碧，琢作步摇徒好色。老夫饥寒龙为愁，蓝溪水气无清白。

王琦《〈李长吉歌诗〉汇解》卷二云：

> 《山海经》：“耿山多水碧。”郭璞《注》：“亦水玉类。”琦谓：水玉是今之水精，水碧是今之碧玉。……《太平寰宇记》：“蓝田山在蓝田县西三十里，一名玉山，……灞水之

源出此。"《三秦记》："有川方三十里，其水北流，出玉。"今蓝田犹出碧玉，世谓之蓝田碧。诗言玉产蓝溪水中，因采玉而致蓝溪亦不安静，不特役夫受饥寒之累，即水中之龙亦愁其骚扰，至于溪水为其翻搅，有浑浊而无清白矣。

此注能明诗意，其缺点是忽略了水和气应当分别开来讲。气指溪上的云烟。山高水深，其上都容易出现云烟。而云、烟、雾、气等字，在古代汉语中，又常可通用和连用。所以李商隐诗中的烟，也就是李贺诗中的气，虽然两诗所写的气氛很不相同。《采玉歌》写的是狂风暴雨中水上的雾气，以陪衬老夫的愁苦，而《锦瑟》写的是晴和阳光下山间的烟云，以象征令狐绹的权势。

从气象学的角度说，云雾之类，都是水蒸气凝聚成微小水滴在空中浮游的形态。它们并不是从山上或水中生出来的。但过去一般都这么认识，虽然不合事理，也就随它去了。然而即使这样，至多也只能说玉山生烟，怎么能够说"良玉生烟"或"玉生烟"呢？玉怎么能生烟呢？

这个问题是无法从现代自然科学或古代习惯认识来回答的，它只能从古代迷信中获得回答。原来，古代有一种称为望气术的迷信。根据这种迷信，凡是伟大的人、珍奇的物所在的地方，天空就会出现云气，而人们看到这种云气，就可以发现这些人和物。如《汉书·高帝纪》所载：

高祖隐于芒砀山泽间。吕后与人俱，求索得之。高祖怪问之。吕后曰："季所居，上常有云气，故从往，常得季。"

又《史记·天官书》云：

> 大水处、败军场、破国之墟，下有积钱。金宝之上皆有气，不可不察。

即其二例。由此可见，所谓“玉生烟”，也就是地中有良玉，天上有云气之意。它是用以比喻令狐已经当上了宰相，上应天象，“可望而不可前”了。

在这句诗的解释里，张氏还以蓝田山和南山相比附，以为它同时也是以山来形容令狐的“秉钧赫赫”，和《节（彼）南山》中所写太师尹氏相同。这却未免节外生枝，画蛇添足。因为它既然是以良玉比令狐如上所论证，那么，就不能又用产玉的山来比他，从而造成读者印象上的重叠和混乱，这是精通创作艺术的李商隐所十分清楚的。如果说，蓝田在长安附近，蓝田之玉生烟，以比令狐在京城得势；沧海（南海）离长安极远，沧海之珠有泪，以比李德裕在崖州发愁，那就都说得通了。

高步瀛认为，李德裕之贬死与令狐之拜相，“此二事关于义山一生枯菀，张氏拈出，尤为扼要。”这话是对的。但只有作出如上一些补正之后，张《笺》才能融会贯通，从而使全诗用意更为清楚。

（原载《南京大学学报》1979年第1期）

【注释】

［1］参看拙著《唐代进士行卷与文学》第二章。

［2］见刘攽《中山诗话》、许颉《彦周诗话》及胡仔《苕溪渔隐丛话》前集卷二十二引黄朝英《靖康缃素杂记》（今本《缃素杂记》佚此条）。

［3］见沈厚塽《〈李义山诗集〉三家评》卷上引朱彝尊说、纪昀《李义山诗话》卷下《抄诗或问》引汪存宽（香泉）说及冯浩《玉溪生诗详注》卷四等。张氏旧说亦同，见所著《李义山诗辨正》（张氏先著《玉溪生年谱补征》，《补征》成后，再批《三家评》本，论其得失，其后又将《补征》修订，改名《会笺》，正式刊行。所以，对于《会笺》来说，《三家评》本的批语乃是旧说。吴丕绩先生将《三家评》本的批语辑为《玉溪生诗辨正》，说它“是张氏编写《会笺》后的另一著作”似与事实略有出入）。

［4］屈原《离骚》：“惟草木之零落兮，恐美人之迟暮。”何焯说亦载沈辑《三家评》本。

［5］按李商隐即卒于大中十二年，其生年，冯浩《玉溪生年谱》定为唐宪宗元和八年（813年），钱振伦《〈樊南文集〉补编注》定为元和六年，张氏定为元和七年，即其享年有四十六岁、四十七岁及四十八岁三种不同的说法，但都可认为年近五十。

［6］《诗·小雅·节彼南山》：“节彼南山，维石岩岩，赫赫师尹，民具尔瞻。”

［7］王应麟《困学纪闻》说，见该书卷十八，司空图说见其《与极浦书》，载《司空表圣文集》卷三。戴叔伦曾任容管经

略使，故称戴容州。

［8］意见和冯浩相同的，还有宋翔凤，见所著《过庭录》卷十六，及何焯评引饮光说。

［9］见黄节《鲍参军诗注》卷三引朱乾《乐府正义》及陈沆《诗比兴笺》。

［10］鲍照《芜城赋》："南驰苍梧涨海。"《初学记》卷六："按南海大海之别有涨海（谢承《后汉书》曰："交趾七郡贡献皆从涨海出入"）。《旧唐书·地理志》："循州海丰县南五十里即涨海，渺漫无际。"

［11］按《说文》十一篇，水部澥字下云："勃澥，海之别也。"当即此所指。

［12］参看《会笺》卷三，大中元年、二年条。

［13］《汉书·地理志》："自徐闻南入海，得大洲，东西南北方千余里。武帝元封元年，略以为珠崖、儋耳郡。"应劭《注》："郡在大海中，崖岸之间出真珠，故曰珠崖。"

［14］见孟棨《本事诗·事感第二》及两《唐书》刘《传》等。

［15］按："水居为鱼"，为当作如。"积日卖绢"，绢当作绡。旧题郭宪《汉武帝别国洞冥记》卷二也载有这个传说。

［16］《太平广记》卷一百八十《尹极》条引《闽川名士传》，亦载此事，尹枢作尹极，误；又以梦人告以当于赋中序珠来去之意为林藻事，则不能确定哪一个记载是正确的，因《全唐文》卷五百四十六只载林藻所作《冰地照寒月赋》一篇，其《珠还合浦赋》已佚，无从取以与现存尹枢赋比较。

谈李商隐《锦瑟》[1]

废　名

要说李商隐的诗，我感着有点无从下手，这个人的诗，真是比什么人的诗还应该令我们爱惜，在中国文学史上只有庾信可以同他相提并论。然而要我说庾信，觉得并不为难，庾信到底是六朝文章，六朝文章到底是古风，好比一株大树，我们只就他的春夏秋冬略略讲一点故事就好了，或者摘一片叶子下来给你们看，你们自己会向往于这一棵树，我也不怕有所遗漏，反正这个树上的叶子是多得很的，路上拾得一片落叶你也喜欢这棵树哩。李商隐的诗颇难处置，我想从沙子里淘出金子来给大家看罢，而这些沙子又都是金子。他有六朝的文采，正因为他有六朝文的性格，他的文采又深藏了中国诗人所缺乏的诗人的理想，这一点他也自己觉着。他的诗真是一盘散沙，粒粒沙子都是珠宝，他是那么的有生气，我们怎么会拿一根线可以穿得起来呢？在他当然都是从一个泉源里点滴出来的。现在有几位新诗人都喜欢李商隐的诗，真是不无原故哩。好在我今天讲到他是由用典故说来的，我们就从这一点下手。温庭筠的词，可以不用典故，驰骋作者的幻想。反之，李商隐的诗，都是借典故驰骋他的幻想。因此，温词给我们一个立体的感觉，而李诗则是一个平面的。实在李诗是“人间从到海，

---

① 节选自废名《以往的诗文学与新诗》，见废名《论新诗及其他》，辽宁教育出版社 1998 年版。标题为编者所加。

天上莫为河”，“星沉海底当窗见，雨过河源隔座看”，天上人间什么都想到了，他的眼光要比温庭筠高得多，然而因为诗体的不同，一则引我们到空间去，一则仿佛只在故纸堆中。这便是我所想请大家注意的。我们还是举例子，就说一千年来议论纷纷的《锦瑟》一首诗。胡适之先生说：“这首诗一千年来也不知经过多少人的猜想了，但是至今还没有人猜出他究竟说的是什么鬼话。”我且把这首诗抄引了来：

锦瑟无端五十弦，一弦一柱思华年。庄生晓梦迷蝴蝶，望帝春心托杜鹃。沧海月明珠有泪，蓝田日暖玉生烟。此情可待成追忆，只是当时已惘然。

这首诗大约总是情诗，然而我们想推求这首诗的意思，那是没有什么趣味的。我只是感觉得“沧海月明珠有泪，蓝田日暖玉生烟”这两句写得美，这两句我也只是取“沧海月明珠有泪”一句来讲。如果大家听了我的话对于这一句有点喜欢，那么蓝田日暖之句仿佛也可以了解。“沧海月明珠有泪”，作者大约从两个典故联想起来的，一个典故是月满则珠全，月亏则珠阙，这个珠指蚌蛤里的珠。还有一个典故是海底鲛人泣珠。李诗另有“昔去灵山非拂席，今来沧海欲求珠”之句，那却是送和尚的诗，与我们所要讲的这句诗没有关系，不过看注解家在“今来沧海欲求珠”句下引杜甫诗“僧宝人人沧海珠”，可见“沧海”与“珠”这两个名词已有前例，容易联串起来，于是李商隐在《锦瑟》一诗里得句曰“沧海月明珠有泪”了。经了他这一制造，于是我也想大概真个沧海月明珠有泪似的——，这是我的一位老同学曾经向我说的话，他确曾经沧海回来，沧海月明珠有泪既然确实，于是蓝田日暖玉生烟亦为良辰美景无疑了。新诗人林庚有一回同我说："沧海月明珠有泪，蓝田日暖玉生烟，"李商隐这两句诗真写得好。于是我也想大概是真写得好。但我尽管说好是不行的，我还可以说点理由出来。从上面列举的典故看来，"沧海月明珠有泪"这七个字是可以联在一起的，句子不算不通，但诗人得句是靠诗人的灵感，或者诗有本事，然后别人联不起来的字眼他得一佳句，于是典故与辞藻都有了生命，我们今日读之犹为之爱惜了。我便这样来强说理由。李商隐另外有两首绝句，一首题作《月》，诗是这样的："过水穿楼触处明，藏人带树远含清。初生欲缺虚惆怅，未必圆时即有情。"一首题作《城外》，诗是这样的："露寒风定不无情，临水当山又隔城。未必明时胜蚌蛤，一生长共月亏盈。"这些诗作者似乎并无意要千百年后我辈读者懂得，但我们却仿佛懂得，其情思殊佳，感觉亦美，一面写其惘然之情，一面又看得出诗人的贞操似的。"未必明时胜蚌蛤，一生长共月亏盈"，我觉得便足以做"沧海月明珠有泪"的注解。李诗有《题僧壁》一首，其末四句云："蚌胎未满思新桂，琥珀初成忆旧松。若信贝多真实语，三生同听一楼钟。"蚌胎未满思新桂，即是用月与蚌蛤的典故，从这些地方我们都可以看出作者的幻想，总是他的感觉美。李商隐常喜以故事作诗，用这些故事作出来的诗，都足以见作者的个性与理想，在以前只有陶渊明将《山海经》故事作诗有此光辉，其余游仙一类的诗便无所谓，即屈原亦不见特色，下此更不足观了。像杜甫关于华山诗句："西岳崚嶒竦处尊，诸峰罗立似儿孙。安得仙人九节杖，拄到玉女洗头盆。……"直是应景而已。李商隐关于王母，关于嫦娥，关于东方朔，关于麻姑，关于鲛人卖绡，或成一篇，或得一句，都令我们如闻其语如见其人，表现了作者。只看他的这两句话，在他的诗里算是极随便的两句诗："闻道神仙有才子，赤箫吹罢好相携。"便见他的个性，他要说神仙也有才子，若他人说便说某人是谪仙了。我今天并不是专门解诗，我再举一首《过楚宫》七言绝句："巫峡迢迢旧楚宫，至今云雨暗丹枫。微生尽恋人间乐，只有襄王忆梦中。"他用故事不同一般做诗的是滥调，他是说襄王同你们世人不一样，乃是幻想里过生活哩。我再举一首《板桥晓别》，看他的文采："回望高城落晓河，长亭窗户压微波。水仙欲上鲤鱼去，一夜芙蓉红泪多。"这种句子真是写得美，因为他用的是典故，我们容易忽略他的幻想，只赏鉴他的文采，实在他的想象很不容易捉住，他倒好容易捉住了这个乘赤鲤来去水中的典故，我们却不容易哩。说到用典故，我还想补足一点意思，胡适之先生所谓白话诗家苏黄辛陆这一些人倒真是用典故，他们的词里有时用当日的方言，有时用古书上的成语，实在用方言也好，掉书袋也好，在他们是平等看待，他们写韵文同我们现在乱写散文是差不多的，成语到了口边就用成语，方言到了手下就用方言，他们缺少诗的感觉，而他们又习惯于一种写韵文的风气，结果写出来的韵文只用得着掉文与掉口语，并不是他们有温李的典故而不用，要说典故都应该归在典故的性质项下。他们缺少诗的感觉，他们有才气，所以他们的诗信笔直写，文从字顺，落到胡适之先生眼下乃认为同调，说他们做的是白话诗。真有诗的感觉如温李一派，温词并没有典故，李诗典故就是感觉的联串，他们都是自由表现其诗的感觉与理想，在六朝文章里已有这一派的根苗，这一派的根苗又将在白话新诗里自由生长，这件事情固然很有意义，却也是最平常不过的事，也正是"文艺复兴"，我们用不着大惊小怪了。我们在温庭筠的词里看着他表现一个立体的感觉，更可以注意诗体解放的关系，我们的白话新诗里头大约四度空间也可以装得下去，这便属于天下诗人的事情了。

重过圣女祠

白石岩扉碧藓滋，上清沦谪得归迟[1]。
一春梦雨常飘瓦，尽日灵风不满旗。
萼绿华来无定所[2]，杜兰香去未移时[3]。
玉郎会此通仙籍[4]，忆向天阶问紫芝[5]。

【注释】

［1］上清沦谪：道家认为天上有太清、玉清、上清，是仙人居住的地方。沦谪，仙人因有过失而被贬谪到人间。

［2］萼绿华：仙女的名字。见《真诰》。

［3］杜兰香：仙女的名字。见《墉城集仙录》《搜神记》。

［4］玉郎：仙人名。见《云笈七签》。通仙籍：入了仙人的名册。

［5］紫芝：传说中植物名。道家认为吃了可以成仙。见《茅君内传》。

释李商隐《重过圣女祠》[①]

刘逸生

李商隐是晚唐一位著名诗人。他的诗以工丽绮美见称。他善于运用典故，组织语言，常常把纤微繁复的事象和意念，通过巧妙的剪裁典故、修饰语言而重现出来，构成意境迷离、色彩斑斓、寄意深微之美。其中的“无题”或类似无题的近体更能充分显示这种特色。

但正因如此，他这一类型的诗歌，常常不容易得出确解。翻开他集子的第一首《锦瑟》，再看各家的笺注，竟使人有莫知所从之感。三百多年来，笺李诗的家数虽然不少，各申己见，异说纷纭，不能不是作者这种深曲隐晦的手法造成的结果。

我们自然尊重这些对李诗苦下功夫，企图扫开迷雾，为读者方便着想的人。例如清代的冯浩，近代的张采田，都曾付出很大的劳动量。他们都本着“知人论世”的宗旨，从考究李商隐的生平入手，写成年谱，然后笺释作品。路子当然是对的。

然而“知人论世”毕竟只是一种手段，这种手段运用得对头，当然很好；如果运用不好，便会变成自造一个僵硬的套子，不仅对作品没有好处，反而损害、摧残了作品，并且还把读者引到歧路上去。这却是值得注意的。

“知人论世”也会成为套子？乍听这话一定有人觉得奇怪。

---

① 选自刘逸生《唐诗小札》，广东人民出版社 1982 年版。标题为编者所加。

李商隐的事迹，史书上本来留下不多。《旧唐书》里不过五百多字，《新唐书》还更简单。可是《旧唐书》里有几句话，却成为后代一些笺注家的陷阱。这几句话是：

“令狐绹作相，商隐屡启陈情，绹不之省。弘正镇徐州，又从为掌书记。府罢入朝，复以文章干绹，乃补太学博士。”

就因为这几句话，于是令狐绹的鬼魂就凭空出观，变成某些人在笺注李诗时的“不治之症”了。

就拿张采田的《玉溪生年谱会笺》来说吧。由于有了令狐绹这个鬼魂，他面对一部《李义山集》，整天疑神疑鬼，在不到六百首的李诗中，竟然以为八十多首是牵涉令狐绹的。十多年间，李商隐不是想令狐绹，便是怨令狐绹，不是向令狐求情，便是向令狐剖白。真不知李商隐到底负了令狐家多少债，非得这样清偿不可。这除了坐实李商隐的“放利偷合”，毫无人格之外，还能有什么？

然而他还振振有词说这是“知人论世”。不知在考据诗人生平时已安上套子，离其真“知人”已远了。

就因为有了令狐绹这个鬼魂，不仅“知人论世”出了问题，连解释诗句也不按常规，而陷于自相矛盾。

这首《重过圣女祠》仅仅是其中一例。

这首诗本来是不难解的。

圣女祠，旧注上说是陕西武都秦冈山悬崖上一块似女子的神像，俗称圣女神。此说不可靠。有人认为圣女祠是暗指女道士居住的道观，比较近理。由于诗人在道观中有过一段遭遇，此次重来有所追忆，才写下这首诗。

首句点出是“重过”。“碧藓滋”是石门上长满苔藓，光景同前次大有不同了。次句叹息自己回来太迟，是因为“上清沦谪”，亦即受了客观环境驱迫，留滞他乡，未能迅速回来。因为在这儿有过一段遭遇，所以诗中把自己也仙化了。

三四两句正面渲染圣女祠。“梦雨”，据王若虚《滹南诗话》引萧闲的话说：“盖雨之至细若有若无者，谓之梦。田夫野老皆道之。”可知“梦雨”是唐、宋人口语。

“一春……尽日……”这两句，从景色上看是春雨春风笼罩着整座祠宇。探深一步，却使人仿佛看到祠宇经常出现仙女的身影，她们在里里外外徘徊，伴随着如烟似雾的细雨，以及轻微淡荡的和风。雨，轻盈如在屋瓦上飘扬舞蹈；风，也仅仅能够拂动檐头的旗角。通过这些细致的描写，带动我们从神话传说中得到的联想，很自然会感到这当中有着呼之欲出的人物的影像。不是别的影像，是仙女的绰约风姿和合乎她身分的行动。还有更巧妙的，既实在写了圣女祠，又空灵写了仙女，在虚实交错中，暗暗点出诗人追忆之情，大有“人面桃花”之感。

萼绿华和杜兰香都是仙女名字。这里当然有李商隐遭遇过的人在。但是“来无定所”，“去未移时”，她们如今已经不在了。也许走了才不久吧？也许还会再来吧？迷离怅惘，是一片失望的神情。

最后，他想起那段往事：“玉郎”是李商隐自指；“通仙籍”，曾经和仙人打过交道。“那时候，我曾经站在天阶向她们求取过芝草呢！”这当然是含蓄的说法。这两句正好点出题目中的“重过”。

照说，这里应该没有什么令狐绹在内。

可是，张采田却立即拉过令狐绹来了：

> 此诗全以圣女自慨己之见摈于令狐也。首二句“上清沦谪”一篇之骨。“一春”句言梦想好合。“尽日”句则言终不满意。“萼绿”二句言己方至京相见，匆匆聚合，又将远去。结二句回想当日助之登第，正是经此祠之时，奈之何屡启陈情而不省哉！

又说：

> “来无定所”似指桂州府罢来京……徐州府罢，复选太常博士，所谓无定所也。“去不移时”者，似指参军未几，又赴徐幕；博士未几，又赴梓幕。岂非不移时乎？
>
> ——《李义山诗辨正》

照这样解释，诗中的“圣女”是李商隐自己，杜兰香、萼绿华也是李商隐自指，那也不妨；但“玉郎登仙籍”又说是“回想当日助之登第”，岂非“玉郎”又是李商隐了么？在一首诗里，忽然自比圣女，忽然自比玉郎，男女混淆，诗人岂有这种比喻手法？

“通仙籍”自然可以比喻登进士第，然而凭什么证据说“正是经此祠之时”呢？这又是无中生有。

“梦雨”是蒙蒙细雨，怎么能解成梦想和令狐绹好合？“尽日”是终日，“满旗”是风吹满一旗，怎么会变成“终不满意”？岂不是惊人的曲解！

还有，李商隐从徐州回长安，是大中五年（851年）。《旧唐书》说他“复以文章干（令狐）绹，乃补太学博士。”是令狐绹帮助他才不久，又怎会发生“屡启陈情而不省”的叹息？张采田后来觉得这太说不过去，于是又把这首诗的写作年月推迟到大中十年。但也没法解决前面的矛盾。

还可以补充一句：在张氏的《会笺》《辨正》中，这种忽而甲忽而乙的比喻，和对文字的曲解并不是个别的。试细看《深宫》《越燕》《对雪》等诗，便可知道。

诗人创作一首诗，当然有他要创作的原由。他是处在什么样的环境，带着什么样的感情，受到哪些外物的触发，抱着什么目的，读者假如能够弄清楚它，对于理解诗的涵义，它的情趣，比之没弄清楚当然要好得多。这是没有什么疑问的。

然而，“知人论世”绝不能攻其一点，不及其余；更不能借“知人论世”为名实行污蔑作者之实。

李商隐和令狐绹自然有一定的友情关系，这种友情后来因派别之争而破裂，也是实情。然而这毕竟是李商隐一生中的一种遭遇。他可以给令狐绹写一些诗，表露自己的情意；但是决不能说，为了在朝廷上求得一官半职，他竟无耻到那种程度，不管白天黑夜，也不管在京离京；不管对月看花，也不管有题无题，都是为了向令狐绹求告乞哀而写。果真如此，这些诗又有什么价值？果真如此，李商隐还能不能算是一个诗人？

不踢开诸如“令狐绹”之类的鬼魂，要真正理解李商隐的诗，我以为是不可能的。

版权说明

联 系 人：文　雯

联系电话：010-62376499

电子邮箱：chuanwx2016@126.com